Eigentlich ist Ambers Ehe mit Ned glücklich. Doch seit einiger Zeit streiten die beiden immer öfter. Wie auch an dem Tag, als Amber ihren Job verliert. Dann erreicht sie die Nachricht, dass ihr Vater einen Herzinfarkt hatte. Amber weiß: Sie muss sofort in ihre Heimat Australien zurückfliegen, um sich um ihren Vater zu kümmern. Und vielleicht tut ihr auch eine kleine Auszeit von Ned ganz gut. Kaum ist sie zu Hause angekommen, erwachen die Erinnerungen. Schmerzliche und schöne. An ihre Mutter, die in einem Autounfall starb, als Amber drei war. Und an Ethan, ihre erste große Liebe. Als er plötzlich vor ihr steht, merkt Amber, dass sich etwas verändert hat. Jetzt erwidert er auf einmal ihre Gefühle. Aber darf sie überhaupt so empfinden? Und was ist mit Ned, der in London auf sie wartet?

Weitere Titel von Paige Toon: »Lucy in the Sky«, »Du bist mein Stern«, »Einmal rund ums Glück«, »Immer wieder du«, »Diesmal für immer«, »Ohne dich fehlt mir was«, »Sommer für immer«, »Endlich dein«, »Nur in dich verliebt« sowie »Alles Liebe zu Weihnachten«.

Als Tochter eines australischen Rennfahrers wuchs *Paige Toon* in Australien, England und Amerika auf. Nach ihrem Studium arbeitete sie zuerst bei verschiedenen Zeitschriften und anschließend sieben Jahre lang als Redakteurin beim Magazin »Heat«. Paige Toon schreibt inzwischen hauptberuflich und lebt mit ihrer Familie – sie ist verheiratet und hat zwei Kinder – in Cambridgeshire.

Weitere Informationen finden Sie auf www.fischerverlage.de

Paige Toon

Wer, wenn nicht du?

Aus dem Englischen von
Tanja Hamer

FISCHER Taschenbuch

Erschienen bei FISCHER Taschenbuch
Frankfurt am Main, August 2019

Die Originalausgabe erschien 2015 unter dem Titel ›The Sun in Her Eyes‹
im Verlag Simon & Schuster UK Ltd, London.
© Paige Toon, 2015

Für die deutschsprachige Ausgabe:
© 2018 S. Fischer Verlag GmbH, Hedderichstr. 114,
D-60596 Frankfurt am Main

Druck und Bindung: CPI books GmbH, Leck
Printed in Germany
ISBN 978-3-596-70178-0

Für meinen Bruder Kerrin, meine Schwägerin Miranda und meinen wundervollen kleinen Neffen Ripley.
Ich habe euch alle unglaublich lieb.

Prolog

In letzter Zeit ging Doris das kleine Mädchen einfach nicht mehr aus dem Kopf. Natürlich hatte sie nach dem Unfall oft an sie gedacht, doch das war sechsundzwanzig Jahre her, und nun war Doris über neunzig und hatte Jahrzehnte von anderen Erinnerungen, auf die sie zurückgreifen konnte.

»Bitte ... Sie müssen es ihr sagen ...«, hatte die Frau sie mit ihren letzten Atemzügen angefleht. Beim Gedanken daran zuckte Doris unwillkürlich zusammen, der Schmerz fühlte sich noch genauso frisch an wie vor sechsundzwanzig Jahren.

Doris versuchte, die Bilder aus ihrem Kopf zu verdrängen, doch es half alles nichts. Die Frau ließ sich nicht zum Schweigen bringen, jetzt genauso wenig wie damals. Selbst Schlaf brachte Doris keinen Frieden, und dabei war sie doch so furchtbar müde in letzter Zeit.

Doris hatte die Hand der Frau genommen, ohne zu wissen, wie sie ihr erklären sollte, dass ihre Tochter auf dem Rücksitz bewusstlos war. Doch einen Moment später war die Frau gestorben, ihre letzten Worte hallten in Doris' Ohren wider.

Da bewegte sich das kleine Mädchen. Es hielt ein Plüschtier fest im Arm, und Doris' gequältes Herz brach erneut, als sich die kobaltblauen Augen des Kindes öffneten und in dasselbe grelle Sonnenlicht blinzelten, das vermutlich seine Mutter dazu gebracht hatte, von der Straße abzukommen.

Wenn Doris nur wüsste, was aus dem Mädchen geworden war, vielleicht könnte sie dann loslassen und endlich ohne Albträume schlafen. Sie hatte dem Polizisten mitgeteilt, was die Frau vor ihrem Tod gesagt hatte, doch sie hatte sich nicht mehr weiter versichert, dass die Nachricht dem Mädchen auch ausgerichtet worden war. Hätte sie es dem Kind nicht doch selbst sagen sollen, wie sie es versprochen hatte?

In diesem Moment wusste Doris, was sie zu tun hatte. Sie würde einen Brief schreiben und ihren Sohn bitten, ihr dabei zu helfen, das Mädchen zu finden, das natürlich inzwischen eine erwachsene Frau war. Ihr Name war Amber, Doris hatte es nicht vergessen. Amber Church. Es war an der Zeit, dass sie ihr Versprechen einlöste.

Die Geschichte von
Amber Church, dem Mädchen
mit der Sonne in den Augen

Kapitel 1

Heute war ein richtiger Scheißtag.
Er fing schon mies an, als ich das zweite Mal diese Woche ohne meinen Mann neben mir im Bett aufgewacht war. Ned war mit seinem Boss nach der Arbeit etwas trinken gegangen – mal wieder –, und ich fand ihn völlig ausgeknockt auf dem Sofa, nach Schnaps und kaltem Rauch stinkend. Rauch von *ihren* Zigaretten, um genau zu sein. Sein Boss ist eine Frau, und sie steht auf ihn. Zumindest vermute ich das.
Mein erster Gedanke war, ihm ein Glas kaltes Wasser über den Kopf zu gießen, mein zweiter, dass ich damit unser braunes Wildledersofa ruinieren würde. Also ließ ich es sein. Da entdeckte ich einen kleinen Fleck von Erbrochenem auf seiner Schulter, stellte jedoch schnell fest, dass er gar nicht so klein war und sich auch nicht auf seine Schulter beschränkte.
»Ned, du Vollidiot!«, schrie ich aus vollem Hals, was ihn hochschrecken ließ, die hellbraunen Augen weit aufgerissen.
»Was ist los?«, krächzte er.
»Du hast aufs Sofa gekotzt! Mach das wieder sauber!«
»Nein! Ich schlafe noch«, maulte er. »Ich habe tierische Kopfschmerzen«, fügte er hinzu und legte den Arm übers Gesicht. »Ich mache es später.«
»Steh auf und mach es *jetzt*!«, brüllte ich ihn an.
»*Nein!*«, schrie er genauso laut zurück.
Es war wohl nicht vermessen zu behaupten, dass unsere Flitterwochenphase schon länger vorbei war.

Ich war fuchsteufelswild, als ich mich für die Arbeit fertig machte, was ich dadurch zum Ausdruck brachte, dass ich möglichst viel Lärm machte und dabei unablässig vor mich hin schimpfte, wie egoistisch und erbärmlich mein Ehemann doch war. Ich dachte nicht eine Sekunde lang an das Paar, das seit kurzem unter uns wohnte, weshalb ich ziemlich überrascht war, als ich der Frau in die Arme lief, nachdem ich die Haustür krachend ins Schloss geworfen hatte und die Treppe hinuntergestampft war.

»Vielen Dank auch, dass Sie mein Baby geweckt haben!« Das Gesicht der Frau war vor Wut gerötet. Im Hintergrund schrie ein Baby wie am Spieß. »Der Kleine ist erst vor zwei Stunden eingeschlafen, nachdem er die ganze Nacht wach war. Ich hatte das Glück, eine ganze Stunde Schlaf zu bekommen, ehe der Lärm in Ihrer Wohnung angefangen hat.«

»Es tut mir leid«, entgegnete ich beschämt. »Ich hatte einen Streit mit –«

»Seien Sie einfach in Zukunft etwas rücksichtsvoller, ja?«, unterbrach sie mich müde.

Den ganzen Weg zur U-Bahn plagte mich mein schlechtes Gewissen.

Doch dann fing der Spaß erst richtig an.

Dank erheblicher Verzögerungen auf der Northern Line war der U-Bahnhof vollgestopft mit Berufspendlern, die sich wie Autos im dicksten Stau bis in die Tiefen des Tunnels schoben.

Bis ich bei der Arbeit ankam, war ich erhitzt, genervt und fünfundvierzig Minuten zu spät. Zu allem Überfluss hatte die Hitze in der U-Bahn meine rotbraunen, gewellten Haare strähnig gemacht, so dass ich jetzt auch noch mit einem Bad-Hair-Day klarkommen musste.

Ich eilte reumütig ins Büro, so voller Entschuldigungen, dass ich hätte platzen können, blieb dann aber wie angewurzelt stehen. Ich arbeitete als Aktienhändlerin in einem Start-up-Unternehmen in der City, doch die hektische Geschäftigkeit, die mich normaler-

weise empfing, war an diesem Morgen seltsam gedämpft. Als mein Chef mich erblickte, schnipste er mit den Fingern und winkte mich zu sich.
»Sie sind zu spät.«
»Es tut mir leid –«
»Machen Sie sich keine Gedanken«, unterbrach er mich. »Jemand aus der Personalabteilung will Sie sehen.«
Er nickte in Richtung seines Büros, wohin ich mich mit sorgenvoller Miene aufmachte. Die meisten meiner Kollegen verhielten sich normal, doch ein paar Plätze waren leer. Ich ertappte meine Schreibtischnachbarin Meredith dabei, wie sie mir einen mitleidigen Blick zuwarf, doch da hatte ich das Büro meines Chefs auch schon erreicht.
Die beiden Leute von der Personalabteilung baten mich, die Tür zu schließen und Platz zu nehmen.
Die Nachricht traf mich völlig unvorbereitet: Sie würden mich auf die Straße setzen. Fünf von uns wurden entlassen, mit sofortiger Wirkung. Genauer gesagt waren vier bereits weg.
Ich würde noch drei Monate lang mein Gehalt bekommen, allerdings ohne die erhebliche Bonuszahlung, die in weniger als zwei Monaten fällig gewesen wäre.
Mir wurde schlecht.
Der Maklerberuf zählt nicht zu den sichersten Jobs der Welt, und eigentlich war es auch gar nicht das, was ich machen wollte. Als ich die Universität mit einer Eins in Mathematik abgeschlossen hatte, entschloss ich mich zunächst dazu, Lehrerin zu werden. Einige meiner Mitstudenten hielten mich damals für verrückt, dass ich keinen besserbezahlten Karriereweg einschlagen wollte, wo mir doch so viele Türen offenstanden. Vergangenen Sommer war ich einem von ihnen begegnet, der mir von seinem tollen Job in einem Start-up-Unternehmen erzählt hatte, das offenbar Millionen scheffelte. Er gab mir seine Visitenkarte und sagte, er könnte mir den Kontakt zu jemandem verschaffen, wenn ich in nächster Zeit vor-

hätte, meinen Lehrerjob an den Nagel zu hängen. Er hatte mich zur rechten Zeit erwischt, ich war gerade an dem Punkt angelangt, dass ich eine Veränderung brauchte. Dummerweise stand die nächste schon allzu bald wieder an.

Bob, einer der Sicherheitsmänner des Gebäudes, leistete mir Gesellschaft, während ich meine Sachen zusammenpackte. Seine Anwesenheit wäre nicht nötig gewesen – ich hatte nicht vor, meinen PC in die Handtasche zu quetschen. Obwohl ich, ehrlich gesagt, ein paar Stifte mitgehen ließ, als er gerade nicht hinschaute.

Dann musste ich die ätzende U-Bahn-Fahrt erneut antreten, nur in die andere Richtung und mit einem Kopf voller Fragen, was ich als Nächstes tun sollte.

Irgendwann schaffte ich es zurück in unsere Wohnung im zweiten Stock eines dreigeschossigen Reihenhauses in Dartmouth Park, einer Gegend Londons, die nicht weit vom Tufnell Park, Highgate oder Archway entfernt ist, je nachdem, wer fragt.

Es stank immer noch nach Neds Eskapaden der vorherigen Nacht; er hatte offenbar nur einen kläglichen Versuch unternommen, sein Erbrochenes vom Sofa zu entfernen. Mir blieb also nichts anderes übrig, als es selbst zu tun. Fluchend schruppte ich auf dem Fleck herum.

Wie gesagt, es war ein ziemlicher Scheißtag. Und dabei ist es gerade mal Mittag.

Ich seufze schwer, als der Abspann der Fernsehsendung über den Bildschirm läuft. Was jetzt? Ich sollte Ned anrufen, um ihm von meiner Kündigung zu erzählen, doch allein beim Gedanken daran, mit ihm zu sprechen, bekomme ich noch schlechtere Laune. Er hätte sich wenigstens mal melden können, um sich bei mir zu entschuldigen.

Einen Moment später klingelt mein Handy. Ich wette, das ist er. Wurde auch Zeit.

Ich fische mein Telefon aus der Tasche, doch die Nummer auf dem Display ist unbekannt. Wenn es wieder einer dieser Idioten ist, der mir eine Restschuldversicherung aufschwatzen will, kann er was erleben.

»Hallo?«, gehe ich gereizt dran.

»Amber, hier ist Liz«, sagt die Lebensgefährtin meines Dads in ihrem üblichen verhaltenen Tonfall.

Mein Dad und Liz sind schon seit siebzehn Jahren zusammen, haben aber nie geheiratet. Ich wünsche mir immer noch, dass sie sich eines Tages von ihm trennt, damit er eine Nettere finden kann, denn er selbst wird es nie schaffen, sie zu verlassen. Dad war schon immer jemand, der Konfrontationen lieber aus dem Weg geht.

»Hi, Liz«, erwidere ich kühl, während ich mich frage, warum sie mich auf dem Handy anruft, obwohl das viel teurer ist. Oh, natürlich, sie weiß noch nicht, dass ich arbeitslos bin. Das wird ein Spaß, ihr und Dad diese Neuigkeiten zu verkünden.

»Ich rufe wegen deines Dads an«, sagt sie. Ich versteife mich augenblicklich. »Er hatte einen Schlaganfall.«

Mir rutscht das Herz in die Hose. »Geht es ihm gut?«

»Das wissen wir noch nicht.« Sie klingt, als würde sie gleich anfangen zu weinen. Normalerweise würde sich Liz nie dabei ertappen lassen, in der Öffentlichkeit Schwäche zu zeigen, also muss die Lage mehr als ernst sein. »Ich habe ihn auf dem Badezimmerboden gefunden. Er konnte nicht sprechen, oder zumindest habe ich nicht verstanden, was er gesagt hat. Er klang, als wäre er betrunken, nur schlimmer, und sein Gesicht sah irgendwie komisch aus – als wäre eine Seite gelähmt. Er konnte seinen Arm nicht bewegen, und dann ist mir aufgefallen, dass seine gesamte rechte Körperhälfte nicht mehr funktionierte.«

»O Gott«, murmele ich.

»Ich habe sofort den Krankenwagen gerufen, und sie haben uns ins Krankenhaus nach Adelaide gefahren, weil sie dort eine Spezial-

abteilung für Schlaganfälle haben. Jetzt bekommt er gerade ein CT. Ich wollte dir nur so schnell wie möglich Bescheid geben.«
»O Gott«, wiederhole ich, unfähig, irgendwelche anderen Worte zu finden, die in der Situation angebracht wären. »Ist er –«
»Ich weiß es nicht, Amber«, unterbricht sie mich, wobei sie schon wieder viel mehr wie die Liz klingt, die ich nur zu gut kenne. »Ich weiß doch auch noch nichts«, fügt sie frustriert hinzu. »Sie haben mir nur gesagt, dass er sehr, sehr viel Glück gehabt hat, dass ich ihn so früh gefunden habe. Je schneller er behandelt wird, umso besser stehen seine Chancen, dass die Schädigung sich in Grenzen hält. Nicht auszudenken, was passiert wäre, wenn ich wie geplant mit Gina ins Kino gegangen wäre. Ich hatte etwas Halsweh, deshalb bin ich zu Hause geblieben.«
»Rufst du mich an, wenn –«
»Ich rufe an, wenn ich mehr weiß«, unterbricht sie mich wieder und beendet meinen Satz.
»Sollen wir nach Hause kommen?«, frage ich, während mir vor Angst schon ganz flau im Magen ist.
»Wir sprechen uns später«, entgegnet sie eilig. »Ich muss auflegen! Sein Arzt ist gerade rausgekommen.«
»Ich bin in der Wohnung«, sage ich noch, doch sie hat bereits aufgelegt.
Ich fühle mich so hilflos. Dad und Liz leben in Adelaide, Australien, wo ich aufgewachsen bin, und ich sitze hier in London, am anderen Ende der Welt.
Wie in Trance nehme ich das Festnetztelefon und wähle Neds Nummer.
Er sagt nicht einmal hallo. »Was machst du denn schon zu Hause?«, fragt er stattdessen, weil er offenbar die Nummer im Display gesehen hat.
»Ich wurde entlassen.«
Er schnappt überrascht nach Luft, doch ich komme ihm zuvor, ehe er etwas erwidern kann.

»Aber ich rufe an, weil mein Dad einen Schlaganfall hatte.«
Am anderen Ende der Leitung herrscht Schweigen, dann höre ich ihn seufzen.
»O Baby«, sagt er leise.
Angesichts seines Mitgefühls breche ich zusammen.
»Ach Mensch, du Arme«, murmelt er. »Willst du, dass ich nach Hause komme?«
»Das musst du nicht«, schluchze ich. Bitte, komm nach Hause.
»Ich bin schon unterwegs«, erwidert er zärtlich. »Ich liebe dich.«
Ich schreibe Liz, dass sie mich auf dem Festnetz anrufen soll, sobald sie die Gelegenheit dazu hat, ehe ich mir mein iPad schnappe und mich damit aufs Bett lege. Ned kommt eine Dreiviertelstunde später nach Hause. Ich höre, wie er seine schwere Winterjacke im Flur aufhängt und sich dann auf die Suche nach mir macht. Im Türrahmen zum Schlafzimmer bleibt er stehen. Er sieht ganz zerknautscht aus, in ungebügeltem grauem Hemd und Jeans.
»Hey«, sagt er leise und lächelt mich mitfühlend an.
Als kleines Friedensangebot strecke ich die Hand nach ihm aus. Seufzend setzt er sich aufs Bett und nimmt meine Hand. »Was genau hat Liz denn gesagt?«
Ich gebe unsere Unterhaltung wieder.
»Und was ist mit deinem Job?«, fragt er als Nächstes, also bringe ich ihn auch, was das angeht, auf den neuen Stand.
»Was für ein Arschloch«, beschwert er sich über meinen Chef, während er kopfschüttelnd meine Hand drückt.
»Mmm.« Meine Miene verfinstert sich, als ich ihn so ansehe. Mein Exboss ist nicht das einzige Arschloch hier.
Endlich hat er den Anstand, sich zu entschuldigen.
»Tut mir leid wegen vorhin.« Er senkt den Blick auf unsere ineinander verschlungenen Finger.
»Ich fasse es immer noch nicht, dass du mich angeschrien hast«, erwidere ich. »Nachdem du aufs Sofa gekotzt hast und –«

»Ich weiß, ich weiß«, unterbricht er mich. Ned hasst es, die eigenen Fehler unter die Nase gerieben zu bekommen.

Dieser Streit könnte tagelang so weitergehen – so war es jedenfalls schon in der Vergangenheit –, doch es gibt jetzt Wichtigeres, also beiße ich mir auf die Zunge.

»Ich habe mal nach Flügen nach Australien geschaut«, erzähle ich und verziehe das Gesicht, als ich nach meinem iPad greife. »Die Preise sind eine Frechheit, aber wenigstens ist die Weihnachtszeit vorbei.« Es ist Mitte Februar, was bedeutet, dass in Australien noch Sommer ist, es jedoch nicht mehr ganz so heiß ist wie im Dezember und Januar.

»Denkst du, du solltest fliegen?«, fragt er.

»Definitiv«, antworte ich. »Ich könnte übermorgen schon einen Flug nehmen.«

»Wirklich? Okay. Ich schätze, irgendwie ist es sogar gutes Timing. *Ungutes* Timing«, korrigiert er sich schnell, als er sieht, wie ich die Augen aufreiße. »Du weißt doch, was ich meine.« Er wippt nervös mit dem Bein. »Wenigstens kannst du so lange dort unten bleiben, wie es nötig ist.«

»Kommst du mit?«, frage ich hoffnungsvoll.

»Amber, ich kann nicht«, entgegnet er kleinlaut. »Ich wünschte, ich könnte, ehrlich, aber auf der Arbeit ist gerade zu viel los.«

Eine dunkle Ahnung beschleicht mich.

»Hey.« Er tätschelt mir die Schulter. »Du weißt doch, dass ich nicht einfach alles stehen- und liegenlassen kann. Übernächste Woche muss ich nach New York –«

»Mit Zara?«, frage ich dazwischen. Das ist seine Chefin.

»Ja.« Er runzelt die Stirn. »Sei nicht so«, mahnt er sanft. »Du weißt doch, dass dieser Job wichtig ist für mich. Für uns.«

»Ich verstehe nicht, warum du nicht einfach zugibst, dass sie auf dich steht«, entgegne ich aufgebracht.

»Tut sie nicht!«, erwidert er. »Sie hat sich erst vor ein paar Monaten von ihrem Mann getrennt.«

»Sie hatte doch gerade erst geheiratet!«, rufe ich, erbost darüber, dass er sie verteidigt.
»Sie steht nicht auf mich«, wiederholt er. »Ich wollte dir eigentlich eine gute Neuigkeit erzählen, aber ...« Er bricht ab und starrt aus dem Fenster.
»Was denn?« Ich setze mich auf.
»Max und Zara haben mich heute befördert. Zara hat mir gestern Abend schon angekündigt, dass sie es vorhaben.«
»Zu was denn befördert?« Meine Stimme klingt, als käme sie von woanders her und nicht von mir.
»Zum Creative Director.« Er zuckt mit den Achseln und lächelt auf diese schüchterne, süße Art, die er manchmal an sich hat.
»Du arbeitest doch erst seit zwei Jahren dort, und sie macht dich schon zum Abteilungsleiter?« Von wegen, sie steht nicht auf ihn!
Er wird schlagartig ernst. »Es sind schon fast *zweieinhalb* Jahre, und vielleicht mache ich meinen Job ja besser, als du es mir zutraust.« Damit stürmt er aus dem Zimmer.
»Ned!«, rufe ich bestürzt und laufe ihm hinterher. Er ist schon in der Küche, wo er sich lautstark klappernd einen Kaffee macht. »Tut mir leid«, sage ich. »Ich weiß, du bist genial. Was haben sie denn gesagt?«, fordere ich ihn auf weiterzuerzählen.
Ned arbeitet bei einer rasch expandierenden Werbeagentur in der Londoner Innenstadt. Im vergangenen Jahr wurden sie von einer New Yorker Agentur aufgekauft, und diese Reise in weniger als zwei Wochen wird sein erster Besuch im amerikanischen Büro sein.
Max Whitman ist CEO und einer der drei Gründer der Firma. Zara ist Hauptgeschäftsführerin, ihr unterstehen also alle Angestellten. Sie ist erst dreiunddreißig. Ich kann sie nicht leiden, auch wenn ich sie erst ein paarmal gesehen habe.
Sie ist dünn und sehr groß – viel größer als ich mit meinen eins vierundsechzig – und sie hat seidenglatte, weißblonde Haare, die sie normalerweise streng zurückgekämmt trägt, so dass ihr markantes Gesicht mit den hohen Wangenknochen noch besser zur

Geltung kommt. Sie fällt auf, das muss man ihr lassen, aber vor allem könnte sie sich äußerlich kaum noch mehr von mir unterscheiden, mit meinem zierlichen Körperbau und den langen rotbraunen Locken. Manchmal trägt sie zwar die gleiche Art trendiger Hornbrille, die ich auch mal getragen habe, aber seit meiner Laseroperation brauche ich keine Brille mehr. Wir können beide roten Lippenstift tragen, aber ich bin mir nicht sicher, ob das schon als Gemeinsamkeit zählt.

Ohne mich anzusehen, geht Ned zum Kühlschrank und holt die Milch heraus. »Tate arbeitet jetzt im New Yorker Büro, weshalb sie hier einen Ersatz für ihn brauchen«, sagt er und schließt die Kühlschranktür schwungvoller, als nötig gewesen wäre. Tate war Neds direkter Vorgesetzter und eines der sogenannten kreativen Genies der Agentur.

»Heißt das, du unterstehst jetzt Max direkt?«, frage ich. Das wäre ein ziemlicher Aufstieg. Max ist der Platzhirsch.

»Ja«, antwortet er. »Und Zara auch noch zu einem gewissen Grad.«

Plötzlich bin ich unglaublich stolz auf ihn, als würde seine gute Neuigkeit jetzt erst richtig zu mir durchdringen. »Das ist wirklich toll«, sage ich und streiche ihm über den Arm.

»Es bedeutet auch viel mehr Geld«, erwidert er grinsend und lehnt sich an den Küchentresen. »Ich werde ein paar Abende länger arbeiten müssen, und wahrscheinlich bräuchte ich ein paar neue Anzüge.« Er schaut an sich runter und zuckt amüsiert mit den Schultern.

»Ach, was, ich liebe deinen Shabby-Look«, sage ich mit schiefem Grinsen, und auch wenn es für einen Außenstehenden so aussehen mag, als würde ich ihn necken, weiß er, dass es stimmt.

Er lacht und zieht mich in seine Arme.

»Gut gemacht«, sage ich und drücke ihn.

»Danke, Baby«, murmelt er in meine Haare. Er ist über eins achtzig groß und überragt mich um eine Kopflänge. »Tut mir leid, dass du heute nur schlechte Nachrichten bekommen hast.«

Mir wird schlagartig flau im Magen, als ich daran erinnert werde, dass Dad einen Schlaganfall hatte und ich entlassen wurde.
»Hey«, sagt Ned leise, als sich meine Augen mit Tränen füllen und ich zu schluchzen beginne.
Wenigstens habe ich genug Geld gespart, um mir den Flug zurück nach Australien leisten zu können, und ich bekomme noch drei Monate Gehalt, von denen ich dort leben kann.
»Ich wünschte, du könntest mitkommen«, schniefe ich.
»Ich auch. Aber vielleicht ist es sogar besser so«, fügt er vorsichtig hinzu. »Dann kannst du dich besser auf deinen Dad konzentrieren.«
»Vielleicht.«
Ich weiß, er freut sich tierisch über seine Beförderung und würde jetzt viel lieber feiern, als mich zu trösten. Aber vielleicht tue ich ihm auch unrecht.
Er schiebt mich auf Armlänge von sich weg, um mir ins Gesicht zu schauen. »Und du kannst dich mal wieder mit Tina und Nell treffen.«
Und mit Ethan, flüstert eine Stimme in meinem Kopf, ehe ich sie unterdrücken kann.
Aber der Gedanke ist nicht leicht zu verdrängen. Plötzlich sehe ich nur noch den gutaussehenden dunkelhaarigen Jungen vor mir, in den ich mich vor vielen, vielen Jahren verliebt habe.
Ethan, Ethan, Ethan …
Meine erste große Liebe. Derjenige, der meine Liebe nie erwidert hat.
Trotz all der Tränen, die ich um ihn vergossen habe, trotz all des Herzschmerzes, den ich ertragen musste, würde ich immer noch alles dafür geben, ihn wiederzusehen.
Und jetzt bekomme ich die Gelegenheit dazu.

Kapitel 2

Ich war acht, als mir das erste Mal klarwurde, dass ich in Ethan Lockwood verliebt war. Er war schon von Anfang an in meiner Klasse, aber ich hatte erst ein Jahr vorher angefangen, ihn richtig wahrzunehmen, von dem Moment an, als er mich unter einer Kiefer auf der anderen Seite des Spielplatzes gefunden hatte.
Ethans bester Freund war kurz zuvor weggezogen, und seitdem wechselte er zwischen verschiedenen Gruppen von Freunden hin und her, ohne irgendwo wirklich reinzupassen.
Mir ging es genauso. Allerdings ging es mir schon so, seit ich denken konnte.
»Alles okay?«, fragte er vorsichtig, als er mich schniefend am Fuß des Baumes sitzen sah, mit dreckverkrustetem Rocksaum und matschverschmierter Brille.
Jean würde wütend werden. »So ein schmuddeliges Mädchen«, sagte sie immer. Ich hasste sie.
Ich wischte mir schnell über die Nase und schüttelte den Kopf, ehe ich das Gesicht in den Händen vergrub.
»Soll ich einen Lehrer holen?«, bot er an.
»Nein«, murmelte ich zwischen meinen Fingern hindurch.
Er setzte sich neben mich und legte den Arm um meine Schultern.
»Nicht weinen«, sagte er leise, doch ich konnte nicht anders, besonders jetzt, wo er so nett zu mir war. »Was ist denn los?«, fragte er.
»Ich will nicht zu Jean gehen nach der Schule«, brachte ich erstickt hervor.

»Wer ist Jean?«
»Die Frau, die sich um mich kümmert, wenn mein Dad arbeitet«, erklärte ich. Sie war eine Tagesmutter, und ich war der zweitjüngste ihrer vier Schützlinge.
»Wo ist denn deine Mum?« Er zog verwirrt die Augenbrauen hoch.
Seine Frage überraschte mich. Ich dachte, jeder wüsste, dass ich keine Mutter hatte. War das nicht der Grund, warum niemand meine beste Freundin sein wollte, weil mein Vater meine Kleider nicht oft genug wusch und meine Haare nicht in schöne Zöpfe flocht? Jetzt, wo er wieder arbeitete, hatte er noch weniger Zeit, sich um mich zu kümmern, weshalb ich jeden Tag zu Jean in ihr furchtbares Haus gehen musste.
Ich wollte Ethan erst nicht sagen, dass meine Mum tot war, doch als ich in seine grünen Augen blickte, welche die gleiche Farbe hatten wie die Nadelbäume über uns, stellte ich fest, dass ich ihn nicht anlügen konnte.
»Oh«, sagte er stirnrunzelnd, als ich es ihm erzählt hatte. »Willst du lieber mit zu mir kommen zum Spielen?«
Ich konnte nicht, da Jean mich gleich nach der Schule abholte, und sie meckerte, wie zu erwarten, über meine verdreckte Schuluniform. An diesem Abend steckte ich meinen Rock selbst in die Waschmaschine und blieb extra lang wach, um ihn rausholen und zum Trocknen aufhängen zu können. Doch morgens war er trotzdem noch feucht. Meinem Dad sagte ich nichts davon.
»Ich hatte heute Morgen einen Anruf«, informierte er mich, als wir im Auto saßen, um zu Jean zu fahren, wo ich jeden Morgen vor der Schule mein Frühstück bekam. »Wer ist Ethan?«
Mein Herz machte einen Sprung. »Ein Junge aus meiner Klasse.«
»Seine Mutter hat angerufen, um zu fragen, ob du heute Nachmittag zu ihnen kommen darfst. Willst du das denn gern?«
»Ja, bitte!«, rief ich schnell.
»Okay, dann sage ich Jean Bescheid. Mrs Lockwood hat angeboten, dass du zum Abendessen bleibst.«

Ich war so aufgeregt, dass ich sogar die Kälte vergaß, die von meinem klammen Rock ausging.

Mrs Lockwood hatte dunkelbraune Haare wie Ethan, doch ihre waren lang und zu einem losen Dutt hochgesteckt. Ich fand, sie war so schön wie eine Disney-Prinzessin, nur dass sie kein Kleid mit Puffärmeln trug. Ich mochte sie auf Anhieb. Sie sagte, ich sollte sie Ruth nennen.

Ethans Haus kam mir vor wie aus einem Märchen mit einem riesigen, weißen Holzbalkon und hellen Steinmauern. Ich fand schnell heraus, dass Ethans Eltern die Besitzer eines kleinen Weinguts waren, zu dem die leuchtend grünen Weinberge gehörten, die das Haus umgaben. Wir gingen spazieren, und ich habe lebhafte Erinnerungen an Ethans Gesicht, wie es immer wieder zwischen den Blättern aufblitzte, als er auf der anderen Seite der Weinreben neben mir herlief. Obwohl er es eigentlich nicht durfte, drehte er die Bewässerungsanlage an, und wir rannten lachend durch den künstlichen Regen den sanft abfallenden Weinberg hinab. Vor Übermut stolperte ich und machte mich so schmutzig, dass Ruth mit Ethan schimpfte, als wir ins Haus zurückkehrten. Es war ihr so unangenehm, mich in diesem Zustand nach Hause zu schicken, dass sie mir ein paar Sachen von Ethan gab und meine Kleider in die Waschmaschine steckte. Ich konnte es nicht fassen, als sie mir abends alles sauber, trocken und gebügelt zurückgab. Sie besaßen einen Trockner – ein Luxus, von dem ich bis dahin noch nie gehört hatte.

Ethan und ich wurden schnell beste Freunde. Ich erinnere mich, wie seine Mum mich mal als seine Freundin bezeichnet hatte, woraufhin er sie hastig verbesserte, aber manchmal, wenn er lächelte, ließen seine Grübchen mein kleines Herz ein winziges bisschen schneller schlagen. Als Nelly Holland in der dritten Klasse lautstark verkündete, dass sie in Iain Grey verliebt war, kam mir ein Gedanke.

Ich war auch verliebt. In Ethan.

Ich habe es ihm allerdings nie gesagt.

Bis wir in die Highschool kamen, war ich ein Ass im Waschen und frisierte mir meine Haare selbst, weshalb ich nicht mehr ganz so eine Außenseiterin war. Außerdem hatte ich meine Kurzsichtigkeit akzeptiert und mir eine coole Brille zugelegt. Überhaupt hatte ich einen ziemlich guten Sinn für Mode entwickelt. Durch die Freundschaft zu Ethan war ich viel selbstbewusster geworden, wodurch ich auch leichter andere Freunde fand. Nelly wurde bald zu Nell für mich, und dann zog Tina aus Melbourne zu uns, und wir wurden zu einem Dreiergespann.

Es brach mir das Herz, als Ethan anfing, mit Ellie Pennell auszugehen, einem superhübschen, beliebten Mädchen mit großen braunen Rehaugen und dunklen Haaren. Zum Glück hatte ich meine Freundinnen, die mich wieder aufbauten.

Die Jahre vergingen, und Ethan hatte auf unserer Highschool schon bald den Ruf eines Frauenschwarms. Ich zwang mich, mit anderen Jungs auszugehen – welche, von denen ich eher erwartete, dass sie meine Gefühle erwiderten –, und irgendwann lebten Ethan und ich uns auseinander. Doch als er mit siebzehn die wunderschöne, intelligente Sadie Hoffman kennenlernte, wusste ich, dass ich ihn verloren hatte.

Sie heirateten, und inzwischen haben sie zwei wunderschöne Töchter, die ihm wie aus dem Gesicht geschnitten sind, mit den gleichen dunkelbraunen Haaren und grünen Augen. Es war hart, die Mädchen auf meiner Hochzeit zu sehen, aber nicht annähernd so hart, wie ihren Vater wiederzusehen.

Und doch habe ich »Ja, ich will« gesagt.

Ich liebe Ned. Ich liebe ihn heiß und innig. Ich hätte mich nicht von ihm zum Altar führen lassen, wenn es anders wäre, und ich weiß jetzt schon, dass ich ihn vermissen werde, während ich in Australien bin.

Aber ich liebe auch Ethan. Ich glaube nicht, dass ich in der Lage bin, damit aufzuhören.

Kapitel 3

Als ich aus dem Flugzeug steige, laufe ich gegen eine Wand aus Hitze. Da ich den günstigsten Flug nach Adelaide gebucht habe, musste ich zwei Zwischenstopps in Kauf nehmen. Jetzt ist es früher Nachmittag in Australien, die heißeste Zeit des Tages.
Den werde ich nicht brauchen, denke ich, und stopfe meinen Wintermantel in die Außentasche des Koffers, den ich gerade vom Gepäckband gewuchtet habe. In Jeans und Sportschuhen werde ich schon genug schwitzen, doch es ist nur eine halbstündige Taxifahrt bis zu Dads und Liz' Haus. Ich werde meinen Koffer abstellen und mich schnell umziehen, ehe ich zum Krankenhaus fahre. Schlaf muss warten.
Ich bin so in Eile, um dem großen Ansturm auf den Taxistand zuvorzukommen, dass ich Liz völlig übersehe, die in der Ankunftshalle auf mich gewartet hat.
»Amber! Warte!« Ihre Rufe dringen schließlich doch zu mir durch, und ich bleibe so abrupt stehen, dass ich den Gepäckwagen der Person hinter mir in die Waden gerammt bekomme. Autsch! Was macht Liz denn hier? Ich habe ihr doch gesagt, dass sie mich nicht abholen muss.
»Hallo!«, rufe ich ihr zu. »Ich dachte, ich hätte dir gesagt, dass ich ein Taxi nehme.«
»Ich weiß, ich weiß«, winkt sie ab. »Das konnte ich doch nicht zulassen, jetzt da du deinen Job verloren hast.«
Als ich in London zum Terminal gehetzt bin, habe ich ihr noch schnell von meiner Entlassung erzählt.

»Reine Geldverschwendung«, fügt sie hinzu und umarmt mich grob. Liz ist ein paar Zentimeter größer als ich und hat kurze graue Haare. Die beste Art, sie zu beschreiben, wäre wahrscheinlich als »bullig«. Ab und zu erinnert sie mich tatsächlich an eine Bulldogge.

»Wie war der Flug?«, fragt sie und nimmt mir, ohne zu fragen, meinen Rollkoffer ab. »Das Auto steht da drüben.« Sie zeigt nach links.

»Ach, du weißt schon, lang.« Ich muss neben ihr herhetzen, um Schritt zu halten, und mein Handgepäck wird immer schwerer.

»Willst du dich erst ein bisschen ausruhen, bevor du deinen Vater besuchst?«

»Nein, ist schon okay. Ich wollte nur schnell meine Sachen abstellen und mich umziehen.«

»Nun ja, das Krankenhaus liegt quasi auf dem Weg, also wäre es praktischer, direkt dorthin zu fahren.«

»Wie es für dich besser ist«, erwidere ich.

Sie hat schon immer diese gouvernantenhafte Art an sich gehabt, die es schwer macht, sich mit ihr zu streiten. Als Teenager habe ich es natürlich trotzdem versucht.

»Du kannst dich im Auto umziehen«, fügt sie nüchtern hinzu.

Ich habe bereits beschlossen, es sein zu lassen.

»Hat sich sein Zustand schon verbessert?«, frage ich, als Liz auf die breite Straße in Richtung Innenstadt einbiegt.

»Ein bisschen«, antwortet sie, und ich verspüre einen leisen Hoffnungsschimmer. Seit ich vor drei Tagen die schreckliche Nachricht erhalten habe, ist die Angst um meinen Dad ins Unermessliche gestiegen. »Du wirst dich trotzdem erschrecken, also bereite dich besser auf das Schlimmste vor«, fährt sie beiläufig fort.

Ich lasse das Fenster runter und befehle mir, tief durchzuatmen. Niemand hat es je geschafft, mich so schnell auf die Palme zu bringen wie Liz. Für einen kurzen Moment bringt mich der Geruch

nach Eukalyptus und Sonnenschein dazu, alles zu vergessen. Ich wusste nicht, dass man Sonnenschein riechen kann, aber jetzt gerade will ich glauben, dass es so ist.
»Du bekommst noch einen Sonnenbrand«, stellt Liz fest. »Hast du dich eingecremt?«
»Noch nicht«, antworte ich genervt.
»Mach das Fenster wieder hoch, dann kann ich die Klimaanlage einschalten, wenn dir zu warm ist.«
»Schon okay«, sage ich zähneknirschend. »Ich wollte nur ein bisschen frische Luft schnappen.«
Sie schnaubt.

Meine Nervosität steigt, als wir auf dem Parkplatz hinter dem Krankenhaus halten. Ich habe Krankenhäuser schon immer gehasst. Mir wird schlecht, als wir die nach Desinfektionsmittel stinkenden Korridore entlangeilen. Ich erinnere mich noch daran, wie ich nach dem Autounfall, bei dem meine Mutter gestorben ist, in einem Krankenhausbett lag und sehnsüchtig darauf wartete, dass mein Dad kommt und mich abholt. Ich würde alles darum geben, das Geräusch endlich vergessen zu können, das er gemacht hat, als er vor meinem Zimmer ankam. Ich habe mich furchtbar erschrocken und erst nach einem Moment gemerkt, dass die Person, die dieses unmenschliche Heulen von sich gab, derjenige war, der mich nach Hause bringen sollte.
»Das ist sein Zimmer.« Liz' Stimme reißt mich aus meinen Gedanken. Sie bleibt vor einer geöffneten Tür stehen, die in ein geräumiges Vierbettzimmer führt. Jedes Bett ist mit einem blauen Vorhang vor Blicken abgeschirmt. Liz geht auf das erste auf der rechten Seite zu und lugt durch einen Spalt im Vorhang.
»Len«, sagt sie leise. »Amber ist hier.«
Ein Geräusch dringt hinter dem Stoff hervor, das nicht nach jemandem klingt, den ich kenne, und am wenigsten nach dem Vater, den ich so innig liebe.

Ich habe einen kurzen Déjà-vu-Moment, als Liz beiseitetritt, um mich ans Bett zu lassen.
Mein Dad liegt auf dem Bett, doch er sieht nicht aus wie mein Dad. Die rechte Seite seines Gesichts hängt nach unten, wie bei einem Gemälde, das man zur Hälfte im Regen stehen gelassen hat.
Liz schiebt mich nach vorn.
»Amber ist gerade aus London angekommen, Len. Sieht sie nicht toll aus für jemanden, der die ganze Nacht im Flugzeug gesessen hat?«
Er stöhnt.
»Du wirst dich erst daran gewöhnen müssen, aber dann kann man eigentlich ganz gut verstehen, was er sagen will«, erklärt Liz mir, als wäre er gar nicht da.
»Hat er mal versucht, etwas aufzuschreiben?« Ich steige nur widerwillig in diese Unterhaltung über ihn ein, wo er doch direkt vor uns liegt.
»Er kann kaum den Arm heben, da ist an Schreiben nicht zu denken.« Sie nickt in Richtung des Stuhls an seinem Bett. »Setz dich doch.«
Zögerlich tue ich wie geheißen. Dad hebt wie in Zeitlupe die linke Hand, und ich nehme sie in meine, während sich meine Augen mit Tränen füllen. Er sagt wieder etwas, das ich nicht verstehe.
»Er sagt, du sollst nicht weinen«, übersetzt Liz, ehe sie lauter hinzufügt: »Sie weint doch gar nicht, Len. Amber ist keine Heulsuse.«
Ich starre sie verdutzt an. Woher will sie das denn wissen? Da fällt mir ein, dass ich ihr als Teenager nie die Genugtuung verschafft habe, mich weinen zu sehen. Ihr Kommentar hilft jedenfalls sofort. Meine Augen sind wieder trocken.
»Er wird sehr schnell müde, also können wir nicht zu lang bleiben«, erklärt Liz. »Aber wir machen schon Fortschritte, nicht wahr, Len?«
Wenn das Fortschritte sind, will ich mir gar nicht vorstellen, wie es vor drei Tagen um ihn stand.

»Wird er wieder ganz gesund?«, frage ich leise und versuche, den Kloß in meinem Hals zu ignorieren.
»Das ist der Plan, stimmt's, Len?«
Es irritiert mich, wie sie ständig seinen Namen sagt. Ich frage mich, ob es ihm auch so geht.
»Ich würde gern mit deinem Arzt sprechen.« Ich schaue Dad fest in die braunen Augen. Dann drehe ich mich wieder zu Liz um. »Könntest du ihn für mich holen?«
»Ich kann dir auch alles sagen, was du wissen willst.«
»Trotzdem würde ich gern mit seinem Arzt sprechen«, entgegne ich bestimmt.
»Er kommt sowieso demnächst zur Visite vorbei«, sagt sie. »Oder war er schon hier, Len?«
Dieses Mal verstehe ich ihn, als er »Nein« antwortet. Das ist schon mal ein Anfang.
Ich drücke seine Hand, und ein paar Sekunden später erwidert er den Druck. Ich lächele schwach und gebe ihm einen Kuss auf den Handrücken. Seine Hand fühlt sich knochig an, die Haut ist mit Leberflecken überzogen. Hat er vor dem Schlaganfall auch schon so alt ausgesehen? Ich war viel zu lang fort.

Liz und Dad wohnen in einem kleinen, für australische Verhältnisse alten Haus im Kolonialstil in Norwood, nur ein paar Gehminuten von der beliebten Innenstadt entfernt, in deren Läden, Cafés und Restaurants immer reges Treiben herrscht. Das Haus ist wirklich hübsch, mit weißer Holzvertäfelung, Wellblechdach und schmiedeeisernen Verzierungen an den Regenrinnen. Der Vorgarten ist mit einem weißen Holzzaun begrenzt. Es ist nicht das Haus, in dem ich aufgewachsen bin – nicht einmal das Haus, in dem ich meine Teenagerzeit verbracht habe. Es ist allein ihr Zuhause, und ich bin hier nur zu Gast.
Liz rollt meinen Koffer ins Gästezimmer, dessen Fenster einen idyllischen Blick auf den Carport des Nachbarn bietet. Dads und

Liz' Schlafzimmer liegt links davon mit Blick auf die Straße, und die Küche ist rechts. Von dort hat man Zugang zum Garten. Das einzige Badezimmer erreicht man über den Hauswirtschaftsraum, der an die Küche anschließt. Das Wohnzimmer und das Esszimmer befinden sich gegenüber der beiden Schlafzimmer. Das Haus ist nur eingeschossig, wie so viele australische Häuser, also gibt es glücklicherweise keine Treppen. Was ein Bonus ist, wenn Dad wieder nach Hause darf.
»Ich muss schnell zur Arbeit, um ein paar Unterlagen abzuholen, die ich gestern vergessen habe«, sagt Liz. »Hast du vor, ein Nickerchen zu machen?«
Wie mein Dad ist sie im Bildungswesen tätig. Sie arbeitet als Dozentin für Psychologie an der Universität, während er stellvertretender Rektor einer Grundschule hier in der Nähe ist. Sie sind beide Anfang sechzig, gehen also aufs Rentenalter zu. Bei meinem Dad könnte es jetzt schon so weit sein. Der Gedanke ist irgendwie traurig.
»Ja, ich würde mich gern ein bisschen hinlegen«, antworte ich. »Soll ich irgendwas zum Abendessen machen?«
»Nein, nein.« Sie winkt ab. »Ich hole uns Hühnchen und Pommes vom Imbiss die Straße runter.«
»Ich kann das auch abholen, wenn du mir sagst, wann du essen möchtest?«
»Das klären wir später«, wiegelt sie ab und verlässt das Zimmer.
»Wo sind Dads Autoschlüssel?« Ich folge ihr in den Flur.
»In der Schale auf der Kommode da«, antwortet sie und sieht mich fragend an. »Hast du vor, sein Auto zu benutzen, während du hier bist?«
»Eigentlich schon.« Ich weiß, dass mein Name noch mit in der Versicherung steht und Dad sicher nichts dagegen hätte.
»Das Auto müsste dringend mal wieder zur Inspektion«, stellt sie stirnrunzelnd fest. »Seit Wochen liege ich Len schon in den Ohren, dass er sich darum kümmert.«

»Ich mache das«, sage ich schnell. Ich brauche ohnehin Beschäftigung, wenn ich Dad gerade nicht besuche. Und über Schlaganfälle habe ich inzwischen mehr als genug gelesen, nachdem ich mir einen Berg an Informationen aus dem Internet zusammengesucht habe.

Ich weiß jetzt, dass ein Schlaganfall ein Hirnschlag ist, der auftritt, wenn die Blutzufuhr zu einem Teil des Gehirns plötzlich abgeschnitten oder stark reduziert wird. Das Gehirn braucht Nährstoffe und Sauerstoff, die von dem Blut transportiert werden, und ohne diese Versorgung sterben Gehirnzellen ab oder werden beschädigt. Wie ich vorhin im Gespräch mit dem Arzt herausgefunden habe, hatte mein Dad einen ischämischen Schlaganfall, der von einem Blutgerinnsel verursacht worden ist.

Weil Liz sofort den Krankenwagen gerufen hat, konnte die Diagnose schnell gestellt werden, und er kam wohl auch für eine Behandlung namens Thrombolyse in Frage, bei der das Blut mit Hilfe von speziellen Medikamenten wieder zum Fließen gebracht wird. In manchen Fällen kann die Behandlung auch negative Folgen haben, doch bisher zeigt Dad keinerlei Anzeichen von Nebenwirkungen.

Der Arzt hat mir erklärt, dass seine Genesung trotzdem ein langer Prozess sein wird. Er leidet immer noch unter einer geringen Schwellung im Gehirn, doch sobald diese zurückgeht, sollten deutliche Fortschritte sichtbar sein. Das ultimative Ziel ist es, dass er wieder nach Hause kommt und dort möglichst selbständig leben kann. Es kann durchaus sein, dass er manche Fähigkeiten neu erlernen muss. Alltägliche Dinge, die für uns selbstverständlich sind, wie Laufen, Reden, Lesen und Schreiben werden für ihn nicht mehr so leicht zu meistern sein.

Schlaganfälle sind nicht wie Krebs oder andere Krankheiten. Es gibt keine Warnsignale, keine Übelkeit oder andere Symptome. Man hat keine Zeit, sich an den Gedanken zu gewöhnen, dass man krank ist. Das Leben verändert sich von einer Sekunde auf die nächste. Alles ist anders. Ich hoffe, ich kann Dad helfen, damit zurechtzukommen.

Nachdem Liz gegangen ist, ziehe ich mich bis auf die Unterwäsche aus, lasse das Rollo herunter und schlüpfe unter die dünne, hellgraue Decke des Gästebetts. Das Zimmer ist neutral gehalten, die abstrakten Kunstdrucke in Grün-, Grau- und Blautönen an den cremefarbenen Wänden wirken beruhigend. Liz hat einen erstaunlich guten Geschmack.
In England ist es noch sehr früh am Morgen, also schicke ich Ned nur eine Nachricht, dass ich gut angekommen bin und Dad schon besucht habe. Dann lege ich das Handy weg und hoffe auf einen tiefen, traumlosen Schlaf.
Ich wache desorientiert und gerädert auf, und merke erst nach ein paar Sekunden, dass Liz mich an der Schulter rüttelt.
»Amber, wach auf!«, ruft sie. Ich bin zu müde, um sie abzuschütteln. »Wenn du jetzt nicht aufwachst, kannst du heute Abend nicht schlafen«, warnt sie, und ich spüre, wie sich ihr Gewicht von der Matratze hebt. Ist sie weg? Bitte, lass sie weggegangen sein.
Plötzlich flutet grelles Tageslicht das Zimmer, und ich schreie wütend auf und ziehe mir die Decke über den Kopf. Sie ist nur aufgestanden, um die verdammten Rollos hochzuziehen.
»Aufwachen, Schlafmütze!«, wiederholt sie. »Ich habe schon Hühnchen geholt, also spring in deine Klamotten und komm zum Essen. Du verschläfst noch den ganzen Tag.«
Es fühlt sich nicht so an, als hätte ich den ganzen Tag geschlafen. »Wie viel Uhr ist es denn?« Die Sonne erscheint mir noch sehr hell.
»Sechs Uhr«, antwortet sie. »Du hattest drei Stunden.«
»Mehr nicht?« Ich fasse es nicht. Ist das ihr Ernst?
»Du wirst mir noch dankbar sein, wenn du nicht morgens um vier hellwach bist«, sagt sie in ihrem Oberlehrertonfall. »Los, aufstehen!«

»Gib mir fünf Minuten!« Ich schreie sie regelrecht an.
Schmunzelnd verlässt sie das Zimmer. Warum nur habe ich nicht Tina oder Nell gefragt, ob ich bei einer von ihnen wohnen kann? Tina lebt oben in den Bergen, also ziemlich weit weg vom Krankenhaus, und Nell hat nur eine Einzimmerwohnung im Norden Adelaides. Aber gerade erscheint mir selbst ihr Schlafsofa verlockender, als hier zu bleiben.
Ich setze mich auf und reibe mir erschöpft die Augen. Ich sollte Nell und Tina tatsächlich mal anrufen. Ich habe ihnen per E-Mail angekündigt, dass ich nach Australien komme, wollte aber noch keine Versprechungen machen, was ein Treffen angeht, bis ich Dad gesehen hätte. Da fällt mir ein, dass Tinas Freund in einer Autowerkstatt arbeitet, vielleicht kann ich ihm die Inspektion von Dads Auto übertragen. Dann könnte ich mich währenddessen mit Tina treffen.
Ächzend schwinge ich die müden Glieder aus dem Bett und ziehe mich an. Als ich in der Küche ankomme, zerreißt Liz gerade mit bloßen Händen ein gebratenes Hühnchen. Bei dem Anblick dreht sich mir der Magen um. Dabei sollte ich völlig ausgehungert sein. Ich habe im Flugzeug kaum etwas gegessen. Genau genommen habe ich seit Tagen kaum etwas gegessen. Ich lasse mich auf einen Stuhl plumpsen, und Liz tischt eine Platte mit Hühnchen und Pommes auf.
Riecht sie etwa nach Zigaretten? Ich dachte, sie und Dad hätten aufgehört.
»Was möchtest du trinken?« Ihre Frage lenkt mich von meinen Gedanken ab. »Ich habe Fruita da.«
Was bin ich, ein Teenager? Ich will schon fragen, ob sie Wein da hat, als sie eine Auswahl der süßen, australischen Limo auf den Tisch stellt. Versuchsweise öffne ich eine Dose und nehme einen Schluck, woraufhin mir sofort das Wasser im Mund zusammenläuft. Plötzlich sieht sogar das Essen gut aus.
»Und, gut?«, fragt Liz, als ich ordentlich reinhaue.

»Super«, erwidere ich lächelnd.
»Dachte ich mir.« Sie klingt selbstgefällig. »Übrigens habe ich einen Inspektionstermin für Lens Auto gemacht, während du geschlafen hast. Ich muss morgen früh zur Arbeit, es wäre also toll, wenn du den Wagen so um zehn in die Werkstatt bringen könntest? Sie ist nur ein Stückchen die Straße runter, du kannst also zurück laufen.«
Ich erstarre in der Bewegung, die volle Gabel auf halbem Weg zu meinem Mund. »Ich habe doch gesagt, ich kümmere mich darum.«
»Ich wollte nur helfen«, entgegnet sie unterkühlt.
»Es ist nur so, der Freund meiner Freundin arbeitet in einer Werkstatt in den Bergen«, erkläre ich angespannt. »Ich dachte, dann könnte ich sie gleich besuchen fahren. Zwei Fliegen mit einer Klappe, sozusagen.«
»Dann sag den Termin morgen wieder ab, mir egal.« Sie zuckt mit den Schultern. »Die Telefonnummer hängt an der Pinnwand.«
Ich beiße mir auf die Lippe. Ich sollte lieber erst mit Tina reden. Ich rufe sie gleich nach dem Abendessen vom Festnetztelefon an. Liz hat mir auch Dads Handy geliehen.
Ein Mann geht dran.
»Ist da Josh?«, frage ich. Das ist Tinas Langzeitbeziehung. Ich habe ihn erst einmal getroffen, und das war bei meiner Hochzeit, aber er scheint ein netter Kerl zu sein.
»Ja«, antwortet er.
»Hier ist Amber«, sage ich. »Tinas alte Schulfreundin.«
»Ach, hey! Tina hat schon angekündigt, dass du nach Hause kommst.«
»Ja, leider ist der Grund weniger schön.«
»O Mann, ja, tut mir leid mit deinem Dad«, erwidert er.
»Danke.«
»Ich hole mal Tina ans Telefon.« Dann ruft er »TEENS!« aus vollem Hals, was mich zusammenzucken lässt.

»Josh, warte mal«, sage ich schnell, ehe er den Hörer weglegt, »ich wollte dich eigentlich fragen, ob du noch in der Werkstatt in Mount Barker arbeitest? Beim Auto meines Vaters ist die Inspektion fällig.«

»Ja, da arbeite ich noch. Was fährt er denn?«

»Einen Holden Caprice.«

»Ich könnte dich morgen noch dazwischenschieben, wenn du eh hierher unterwegs bist?«

»Das wäre super. Ich hatte gehofft, Tina hätte vielleicht Zeit, mit mir zu Mittag zu essen.«

»Sie muss arbeiten, aber – warte, da kommt sie gerade.« Pause. »Es ist Amber«, sagt er, und die nächste Stimme, die ich in der Leitung habe, ist die meiner alten Freundin.

»Hey du!« Selbst in diesen zwei kleinen Worten kann ich ihr Mitgefühl spüren.

»Hey«, erwidere ich mit leisem Lächeln.

»Das mit Len tut mir so leid. Wie geht es ihm?«

»Ziemlich schlecht.« Ich spüre, wie ich einen Kloß im Hals bekomme, aber ich will sie nicht am Telefon vollheulen, also rede ich schnell weiter. »Hast du morgen Zeit, mit mir zu Mittag zu essen? Ich bringe Dads Auto zur Inspektion.«

»Aber klar!«

Wir machen eine Zeit aus und beenden das Gespräch. Es ist schön, etwas zu haben, auf das ich mich freuen kann.

Kapitel 4

Am nächsten Morgen wache ich um neun Uhr auf und fühle mich erfrischt und ausgeruht. Liz ist bereits zur Arbeit gefahren, was mir einen »Habe ich dir doch gesagt«-Kommentar zu meiner erholsamen Nachtruhe erspart, nachdem sie gestern mein Nickerchen so unsanft beendet hat.

Ich will heute Morgen noch Dad besuchen, ehe ich in die Berge fahre, also mache ich mich schnell fertig und suche im Bad seine Rasiersachen zusammen. Ihn gestern so zu sehen, hat zu viele schlechte Erinnerungen geweckt. Es war nicht nur die Art, wie er geklungen hat, sondern auch sein Aussehen. In meinen frühesten Erinnerungen ist er ein glattrasierter, gutriechender Daddy gewesen. Dann starb meine Mum, und ab da hat er sich völlig gehenlassen. Plötzlich war er der Dad, dessen Bartstoppeln kratzten, und der alles andere als frisch roch. Ich hatte nicht nur meine Mum verloren, sondern auch meinen Daddy. Ich wollte ihn nicht wieder verlieren, nicht im übertragenen und nicht im wörtlichen Sinne.

Es ist keine große Sache, aber ich habe vor, ihn heute zu rasieren. Ich frage mich, warum Liz das nicht längst getan hat.

Es ist kurz nach zehn Uhr, als ich im Krankenhaus ankomme. Mir wird wieder schlecht, also durchquere ich die langen Gänge möglichst schnell. Ich habe immerhin eine Mission. Dads Arzt kommt gerade aus einem anderen Patientenzimmer.

»Ach, hallo«, grüßt er freundlich. Sein Name ist Dr. Mellan, er ist

ein großgewachsener Mann in den Fünfzigern mit olivfarbener Haut und schwarzgraumeliertem Haar. »Was macht der Jetlag?«
»Nicht so schlimm, danke. Wie geht es meinem Dad?«
Er legt den Kopf schief. »Heute ist er ein bisschen deprimiert«, berichtet er und gibt mir mit einem Kopfnicken in Richtung des Gangs zu verstehen, dass er mich begleitet. »Es ist normal, dass man nach einem Schlaganfall wütend oder depressiv ist. Aber eine positive Einstellung ist extrem wichtig für eine erfolgreiche Genesung«, erklärt er.
»Ich verstehe. Ich habe gedacht, ich könnte ihn heute mal rasieren. Dann sieht er wieder ein bisschen ordentlicher aus.«
»Das ist eine schöne Idee«, meint er. »Aber seien Sie nicht enttäuscht, wenn er nicht so reagiert, wie Sie es sich erhofft haben. Denken Sie immer daran, dass es für ihn sehr frustrierend sein kann, selbst die einfachsten Dinge nicht mehr ohne Hilfe tun zu können.«
»Okay«, erwidere ich ein wenig verzagt.
»Sie selbst dürfen Ihre gute Laune nicht verlieren«, erinnert er mich. »Bei Ihnen ist eine positive Einstellung genauso wichtig.«
Wir kommen bei Dads Zimmer an, und der Arzt bleibt stehen. »Noch ein Rat«, sagt er, »sprechen Sie langsam und in einfachen Sätzen. Machen Sie Pausen, damit er Zeit hat, das Gesagte zu verarbeiten. Aber passen Sie auf, dass Sie nicht von oben herab mit ihm reden. Er ist kein Kind.«
Ich nicke und bin froh, dass er mit ins Zimmer geht, wo er den Vorhang vor Dads Bett beiseiteieht.
»Guten Morgen, Len«, sagt er fröhlich. »Ihre Tochter Amber ist hier.«
Ich lächele Dad an, in der Hoffnung, dass es warm und herzlich rüberkommt und nicht so ängstlich, wie ich mich tatsächlich fühle. Was sich nicht verbessert, als Dad etwas Unverständliches nuschelt.
Dr. Mellan dreht sich lächelnd zu mir um. »Ich komme in etwa einer halben Stunde wieder.«

Er lässt uns allein, und ausnahmsweise wünschte ich mir, Liz wäre hier, und wenn es nur zum Übersetzen wäre.
»Hi, Dad«, sage ich so fröhlich, wie es mir möglich ist, und setze mich ans Bett. Ich beuge mich zu ihm und gebe ihm einen Kuss auf die nicht herunterhängende Wange. »Ich habe dein Rasierzeug mitgebracht«, erzähle ich. »Traust du mir zu, dass ich dich rasieren kann?«
Was auch immer er erwidert, es klingt wütend.
»Ach, komm schon, Dad.« Ich nehme seine Hand und schaue ihm in die braunen Augen. »Dann habe ich wenigstens etwas zu tun.« Pause. »Sonst fühle ich mich so nutzlos.« Mein Blick verschwimmt, als mir Tränen in die Augen steigen, und einen Moment später drückt er meine Hand.
»Okay«, nuschelt er langgezogen. Und dann könnte ich schwören, fügt er hinzu: »Aber nicht schneiden.« Auch wenn ich mir nicht sicher bin.
»Ich schneide dich nicht, versprochen«, versichere ich ihm kichernd.
Sein leises Lachen ist das vertrauteste Geräusch, seit ich in Australien gelandet bin.
»Das ist mein Dad«, sage ich schniefend. »Ich wusste, du bist da irgendwo hinter der ganzen Gesichtsbehaarung.«
»Bringen wir es hinter uns«, murmelt er. Glaube ich. Oder vielleicht sagt er auch nur, dass ich mich verziehen soll.

Nach dem Besuch bei Dad breche ich in die Berge auf. Ich kurbele die Autofenster runter und lasse die warme Luft über meine Haut wehen. Die Hitze ist angenehm nach dem kalten Winter, den wir in England gehabt haben. Wenn nicht hier und da ein Schneeglöckchen aufgetaucht wäre, hätte man annehmen können, der Frühling mache dieses Jahr Pause.
Es ist nur eine halbe Stunde Fahrtzeit bis Mount Barker, und ich finde die Werkstatt, in der Josh arbeitet, sofort.

»Hey«, grüßt er, als er in einem schmutzigen, grünen Overall aus der Garage tritt. Seine Wangen sind ölverschmiert, doch sein kantiges, gutaussehendes Gesicht kann nichts entstellen. Josh ist groß und schlank, dazu braungebrannt mit längerem dunklen Haar und dunkelbraunen Augen. Tina hat mit ihm wirklich einen guten Fang gemacht.
»Ich gebe dir lieber keinen Kuss zur Begrüßung, sonst mache ich dich noch schmutzig«, erklärt er. »Ich habe Tina gesagt, dass du dir mein Auto leihen kannst, damit ihr euch in Stirling treffen könnt.« Er zieht einen Schlüsselbund aus der Tasche und zeigt auf einen alten, aber gutgepflegten schwarzen BMW, der zwanzig Meter weiter geparkt ist.
»Bist du sicher?«, frage ich überrascht.
»Ja, aber geh vorsichtig mit ihr um«, warnt er mich, als er die Schlüssel in meine Handfläche fallen lässt. »Sie ist mein Baby.«

Tina arbeitet als Friseurin in Stirling, einer hübschen kleinen Stadt mit alten Häusern im Kolonialstil und baumgesäumten Straßen. Es gibt ein paar coole Bars und Cafés, und vor einem solchen sitzen wir auf der sonnigen Terrasse unter einem großen Sonnenschirm.
»Es ist so schön, dich wiederzusehen«, sagt Tina. »Tut mir leid, dass die Umstände so furchtbar sind.«
»Ja, das ist ätzend«, stimme ich zu, wohlwissend, dass es eine Untertreibung ist. »Die nächsten paar Wochen werden bestimmt hart.«
»Bleibst du so lang hier?«, fragt sie.
»Ich weiß es noch nicht. Ich musste für den Rückflug schon ein Datum angeben, was ich aber noch ändern kann. Im Moment plane ich, Ende März zurückzufliegen, um bis Ostern zu Hause zu sein.« Es sind noch etwa sechs Wochen bis dahin.
Tina ist auffallend hübsch: groß und schlank mit honigfarbener Haut und von Natur aus hellblondem Haar, das sie ein paar Zentimeter kürzer als schulterlang trägt. Sie ist offen und herzlich, und

wenn ich gerade noch gedacht habe, dass Josh ein guter Fang ist, dann gilt das für sie erst recht. Die beiden geben ein ekelerregend attraktives Paar ab. Wenn sie sich entschließen sollten, Kinder zu bekommen, könnten sie die Babys für ein Vermögen verkaufen.
»Mir gefällt dein Pony.« Sie fasst über den Tisch und streicht mir über die Haare. »Steht dir echt gut.«
»Danke.« Ich lächele und senke die Speisekarte. Es ist nicht überraschend, dass sie Friseurin geworden ist. Als wir jünger waren, hat sie immer an Nells und meinen Haaren geübt. Wir haben alles mitgemacht: Dauerwellen, Strähnchen, ausgefallene Haarschnitte. Teilweise konnte sich das Ergebnis sehen lassen, teilweise eher weniger.
»Und, wie geht es Ned?«, fragt Tina.
»Es geht ihm gut«, antworte ich. »Er wurde gerade befördert.«
»Wie schön! Konnte er dich deshalb nicht begleiten?«
»Ja.« Ich zucke mit den Achseln. »Bisschen blöd, aber es ging nicht anders.«
»Du vermisst ihn sicher schon«, meint sie.
»Ach was!«, winke ich ab. »Ich bin doch gerade mal ein paar Tage weg. Willkommene Pause.«
Sie lacht, und ihre grünen Augen funkeln. »Seid wohl schon ein altes Ehepaar, was?«
»So in der Art«, erwidere ich grinsend. »Wie sieht's bei dir und Josh aus? Läuten da auch bald die Hochzeitsglocken?«
»Nee. Der Idiot hat mir immer noch keinen Antrag gemacht.« Sie nimmt ihr Glas in die Hand und lässt die Eiswürfel kreisen. »Wenn er nicht bald in die Puschen kommt, schaue ich mich noch anderweitig um.«
»Echt jetzt?« Ich bin mir nicht sicher, ob sie scherzt.
»Andere Mütter haben auch schöne Söhne«, erwidert sie augenzwinkernd.
»Ihr zwei wohnt jetzt schon eine ganze Weile zusammen«, merke ich an.

»Wem sagst du das. Wir sind quasi selbst schon wie ein altes Ehepaar. Wenn er noch einmal seine verdreckten Overalls auf dem Badezimmerboden liegen lässt, drehe ich durch. Wir sollten bestellen.«

Ich lache, während sie die Kellnerin herbeiwinkt.

Tina muss nach einer Stunde wieder an die Arbeit, aber sie fragt mich, ob ich am Freitag Zeit habe. Sie und Josh wollen mit ein paar Freunden in die Stadt fahren, inklusive meiner alten Freundin Nell, die ich immer noch nicht angerufen habe.

Ich sage Tina, dass ich ihr wegen Freitag noch Bescheid gebe. Ich werde es davon abhängig machen, wie es diese Woche mit Dad läuft. Ich bin mir nicht sicher, ob ich schon in Partylaune bin.

Dads Auto ist erst in einer Stunde fertig, also schlage ich noch ein bisschen Zeit mit Bummeln tot. Ich genieße die frische Luft, die hier in den Bergen immer ein paar Grad kühler ist. Ich finde einen süßen Buchladen und kaufe den neuen Dan-Brown-Roman für Dad, den ich ihm auch vorlesen könnte, wenn er es selbst noch nicht schafft.

Schließlich steige ich wieder in Joshs BMW und fahre vorsichtig zurück zur Werkstatt.

Als ich auf dem Vorplatz den hellgrünen Jaguar Cabrio stehen sehe, beginnt mein Puls zu rasen. Josh tritt aus dem Büro, und ich steige aus dem BMW aus.

»Wir sind gerade mit dem Wagen deines Dads fertig geworden«, ruft er.

»Super, danke! Hey, ist das der Jaguar von Tony Lockwood?«, frage ich atemlos, obwohl ich die Antwort schon kenne. Ich würde das Auto immer wieder erkennen. Ethans Dad hat uns als Kinder immer darin spielen lassen.

»Nein, der von seinem Sohn«, antwortet Josh.

Damit hatte ich nicht gerechnet. »Ethan?«

»Du kennst ihn?« Er streckt mir die Hand hin, und ich gebe ihm die Schlüssel zurück.

»Ich bin mit ihm zur Schule gegangen«, erkläre ich nervös, während ich ihm zu dem Oldtimer folge. »Er war auch auf meiner Hochzeit.« Ich gebe mir alle Mühe, normal zu klingen, aber ich fürchte, meine Stimme ist zittrig.

»Stimmt, ich erinnere mich.« Er zieht ein Fensterleder aus der Tasche und entfernt damit einen Fleck auf der Kühlerhaube.

»Geht es Tony gut? Weil du meintest, das Auto gehört jetzt Ethan?«

»Oh. Ja, Tony geht es super«, antwortet er. »Er hat Ethan diese Schönheit zur Verlobung geschenkt, dem alten Glückspilz.«

»Nicht das schlechteste Auto der Welt.« Ich lächele schwach, während er das Tuch wieder einsteckt.

»Er sollte es jetzt eigentlich zurückgeben«, meint Josh und zieht vielsagend die Augenbrauen hoch.

Ich schaue ihn verwirrt an. »Was, wieso?«

»Na, jetzt wo er und Sadie sich getrennt haben?« Er runzelt die Stirn. »Wusstest du das gar nicht?«

Ich schüttele den Kopf. Adrenalin rauscht in meinen Adern. »Nein. Wann haben sie sich denn getrennt?«

»Vor einem halben Jahr etwa. Habt ihr gar keinen Kontakt mehr?«

»Nicht wirklich.« Bis zu meiner Hochzeit hatte ich ihn jahrelang nicht gesehen.

»Er wird demnächst herkommen, um den Wagen abzuholen. Du kannst ja noch kurz warten und ihm hallo sagen«, schlägt er vor.

Ich zögere, ehe mir einfällt, dass Dads Ergotherapeutin um drei vorbeischauen wollte. Ich wollte ein paar Dinge mit ihr besprechen. »Ich kann nicht, ich muss noch zu meinem Dad ins Krankenhaus. Aber richtest du ihm einen Gruß von mir aus, bitte?«

»Klar, mache ich.«

»Danke noch mal, dass ihr Dads Auto so kurzfristig dazwischengeschoben habt. Und dass ich dein ›Baby‹ leihen durfte«, füge ich lächelnd hinzu.

»Kein Ding«, erwidert er grinsend.

Ich habe Ohrensausen, als ich davonfahre und dabei immer die Augen nach Ethan aufhalte. Er und Sadie haben sich also getrennt? Er ist Single?

Ja, und ich bin verheiratet. Und daran sollte ich mich wirklich nicht erinnern müssen.

Kapitel 5

»Du hast vergessen, den Inspektionstermin abzusagen«, meckert Liz, sobald sie Dads Krankenzimmer betreten hat.
»O Shit!«, fluche ich, was ihr Stirnrunzeln nur verstärkt.
»Die Werkstatt hat mich auf dem Handy angerufen, als ich gerade gearbeitet habe«, fügt sie vorwurfsvoll hinzu.
»Ups. Tut mir leid«, entschuldige ich mich. »Hab es total vergessen.«
»Du bist rasiert!«, stellt Liz fest, als sie sich endlich meinem Dad zuwendet.
»Das war Amber«, nuschelt Dad.
»Ja, ich habe ihn rasiert«, bestätige ich mit stolzem Lächeln.
»Ich mochte deinen bärtigen Look, nicht wahr, Len?«
Ach, fahr doch zur Hölle.
Dad sagt etwas, das klingt wie »Mag das lieber«, und ich beobachte fasziniert, wie er langsam und zögerlich seine beeinträchtigte rechte Hand an sein Gesicht hebt.
»Ich auch.« Ich beuge mich über ihn und gebe ihm einen Kuss auf die glatte Wange.
»Ach, hallo!«, ruft Liz, als eine Frau Anfang vierzig an Dads Bett tritt. »Amber, das ist Lens Ergotherapeutin«, stellt sie uns vor, und rückt sich damit wieder in ihre angestammte Position als Dads Hauptpflegerin. Ich schlucke meinen Ärger runter.

Vier Tage später, am Freitagnachmittag, liege ich auf meinem Bett herum und beobachte die Fliegen, die gegen mein Fenster fliegen.

Einmal, zweimal, dreimal. Mann, sind die dumm. Viermal. Oh, eine Biene!

Gestern Abend habe ich aus Versehen eine Motte am Badezimmerspiegel zerquetscht, als ich sie einfangen wollte. Mein erster Gedanke war: Ups. Der zweite: Was für eine schöne Lidschattenfarbe der Staub der Flügel ergeben würde. Die arme Motte. Ich glaube, ich sollte mal wieder mehr unter Leute kommen. Zum Glück habe ich heute Abend vor, mit Nell und Tina auszugehen.

Dad wurde heute in den Rehaflügel der Klinik verlegt, was ein großer Schritt für ihn ist. Er ist immer noch sehr müde, weshalb ich nicht allzu viel für ihn tun kann. Er braucht gerade seine ganze Energie und Konzentration für die verschiedenen Rehamaßnahmen: Physiotherapie, Ergotherapie und Sprachtherapie. Ich habe versucht, ihm vorzulesen, doch selbst Zuhören strengt ihn an. Liz hat mich schon gewarnt, dass ich ihn mehr ausruhen lassen soll. Er leidet an chronischer Erschöpfung, was offenbar häufig vorkommt bei Menschen, die einen Schlaganfall überlebt haben. Manchmal schläft er auch ein, während ich mit ihm rede. Ich habe angefangen, im nahe gelegenen Botanischen Garten spazieren zu gehen, um die Zeit totzuschlagen.

Ich weiß, dass Liz auch darauf erpicht ist, dass ich heute Abend ausgehe. Sie bekommt Besuch von ein paar Freunden und hätte das Haus gern für sich. Ich freue mich darauf, mal wieder mit Nell zu plaudern. Sie hat einen neuen Freund, wie ich gehört habe.

Sie hat angeboten, mich abzuholen, so dass wir uns bei ihr gemeinsam fertig machen können, und als sie klingelt, scharre ich bereits mit den Hufen, um endlich aus dem Haus zu kommen.

»Hi!«, rufe ich und falle meiner alten Freundin stürmisch um den Hals, sobald ich die Tür geöffnet habe. Sie kichert und erwidert die Umarmung.

Nell ist eins siebzig und kurvig, dazu hat sie kastanienbraune Ringellocken und braune Augen. Sie ist Hebamme an der Frauen- und

Kinderklinik, und sie trägt ihre Haare normalerweise offen, wenn sie nicht gerade arbeitet. Jetzt hat sie ihre Locken in einem hohen Pferdeschwanz zusammengebunden.
»Kommst du direkt von der Arbeit?«, frage ich. Als ich mich von ihr löse, fällt mir auf, dass sie ihre Schwesterntracht noch anhat. So viel dazu.
»Ja«, bestätigt sie. »Meine Ablöse war spät dran, und dann war diese Frau so kurz davor, das Baby zu bekommen, dass ich es nicht übers Herz gebracht habe zu gehen, ohne das kleine Mädchen zu sehen. So eine Süße!«, schwärmt sie.
»Wie niedlich«, sage ich pflichtbewusst. »Komm doch noch eine Sekunde rein. Ich hole nur schnell meine Sachen.«
»Du siehst phantastisch aus«, sagt sie, als sie mir ins Haus folgt. »Was für ein tolles Kleid! Und deine Haare sind umwerfend, wenn du sie so trägst.«
»Oh, danke.«
Ich trage ein kurzes schwarzes Kleid mit einem schwingenden A-Linien-Rock, dazu habe ich meine Haare so geföhnt, dass sie mir glatt und glänzend bis über die Schultern fallen.
»Hast du dich etwa schon geschminkt?« Sie mustert meine roten Lippen argwöhnisch.
»Ja, ich konnte es nicht mehr abwarten. Mir war so langweilig.« Den zweiten Satz raune ich ihr zu, während ich sie in mein Zimmer führe.
Sie setzt sich auf mein Bett, während ich in meiner Schmucktasche krame, auf der Suche nach einem Weihnachtsgeschenk von Ned: einer klobigen Halskette mit blattförmigen, grünen Schmucksteinen in kupferfarbenen Einfassungen.
»Wie geht es deinem Dad?«, fragt sie.
»Weißt du was«, antworte ich, als meine Finger die Kette ertasten, »ich glaube, diese Woche hat er wirklich Fortschritte gemacht.« Ich senke die Stimme. »Liz erinnert mich immer daran, dass sich die Besserung nach ein paar Wochen sehr gut noch einmal ver-

langsamen kann, aber du kennst sie ja, sie war schon immer eine Schwarzmalerin.« Ich verdrehe die Augen, während ich die Halskette anlege.

»Wie ist es denn, wieder bei ihr zu wohnen?«, flüstert Nell und schielt dabei zur Tür.

Ich schließe sie vorsichtshalber.

»Nicht so schlimm wie früher«, erwidere ich mit vielsagendem Blick. »Aber ich bin auch erst seit Sonntag hier, und wir waren beide sehr mit Dad und seiner Krankheit beschäftigt.«

Nell schürzt wissend die Lippen. Liz und ich sind von Anfang an nicht wirklich gut miteinander klargekommen. Als sie anfing, mit Dad auszugehen, mochte ich sie nicht, und als sie bei uns eingezogen ist, war ich außer mir vor Wut. Ich war damals fünfzehn, und Dad hat es einfach meiner Teenagertrotzphase zugeschrieben. Ich habe es drei Jahre mit den beiden ausgehalten, ehe mir dämmerte, dass sie so schnell nicht wieder verschwinden würde, also habe ich selbst einen Abflug gemacht. Ich habe immer vermutet, dass sie es als Sieg für sich verbucht hat.

»Los komm, lass uns gehen.« Ich schlüpfe in meine schwarzen High Heels. »Ich brauche dringend was zu trinken.«

Wir rufen Liz zum Abschied zu und verlassen das Haus.

Nell und ich hauen fast eine ganze Flasche Prosecco weg, während sie sich fertig macht, so dass wir beide schon ziemlich albern drauf sind, als wir in der Leigh Street ankommen. Dieser Teil der Stadt war früher ein eher zwielichtiges Viertel, doch in den vergangenen Jahren haben hier eine Menge cooler Bars eröffnet. Vor allem die, in der wir Josh und Tina jetzt treffen, ist phantastisch. Die beiden warten schon auf uns. Sie haben Bierflaschen vor sich und die Ellenbogen auf den Tresen gestützt, über dem kupferne Lampenschirme ein gemütliches Licht verbreiten. Nells neuer Freund Julian will später zu uns stoßen. Er war nachmittags zu einer Grillparty eines Freundes am anderen Ende der Stadt eingeladen, wes-

halb Nell davon ausgeht, dass er ziemlich betrunken sein wird. Womit er dann sicher nicht der Einzige ist.
»Wie viel habt ihr denn schon getrunken?«, fragt Tina vorwurfsvoll, als ich beim Versuch, mich auf einen Barhocker zu setzen, fast umgekippt wäre.
»Nur 'ne Flasche Prosecco«, gebe ich kichernd zu.
»Ich kann einfach nicht mehr so viel trinken wie früher«, beschwert sich Tina, während Josh das Mädchen hinter dem Tresen heranwinkt.
»Aber wir können es versuchen«, sage ich augenzwinkernd, in der Hoffnung, dass es heute Abend so lustig wird wie früher.
»Ich mach das«, winkt Josh ab, als ich meinen Geldbeutel aus der Handtasche ziehe. »Was hättest du denn gern?«
»Ich glaube, ein Glas Rotwein wäre schön, danke.«
»Nell?«, fragt er. Sie entscheidet sich für Weißwein.
»Hast du Ethan gesehen?«, frage ich Josh, sobald Tina und Nell ins Gespräch vertieft sind.
»Oh, ja!«, ruft er, als ob es ihm gerade wieder einfällt. »Er hat sich riesig gefreut, dass du in Adelaide bist. Meinte, er schaut heut Abend vielleicht mal vorbei.«
»Echt?« Wenn ich noch in der Lage bin, rot zu werden, habe ich eindeutig noch nicht genug getrunken. Ich greife nach dem Glas Wein, dass die Barkeeperin mir gerade eingegossen hat, mit dem Vorsatz, diesem Problem Abhilfe zu schaffen.
»Über wen redet ihr?«, fragt Tina.
»Über Ethan«, antwortet Josh.
Nell schüttelt mitfühlend den Kopf. »So schade, das mit ihm und Sadie. Hast du schon gehört, dass sie sich getrennt haben?«, fragt sie mich.
»Josh hat es mir erzählt«, erwidere ich. »Traurige Sache. Ich habe sie seit Jahren nicht zusammen gesehen, aber vorher haben sie immer sehr glücklich gewirkt.«
Sadie ist damals nicht mit zu meiner Hochzeit gekommen. Sie hat-

te angeblich Magen-Darm-Grippe, also ist Ethan mit den Kindern allein gekommen.

»Sie haben sich viel gestritten, oder?« Tina schaut Josh an.

»Aber hallo«, bestätigt er.

»Die armen Töchter.« Nell schüttelt den Kopf.

»Wie alt sind sie denn jetzt?«, frage ich.

Ich rechne gar nicht damit, dass irgendjemand die genaue Antwort kennt, weshalb es mich überrascht, als Tina wie aus der Pistole geschossen erwidert: »Penelope ist acht, und Rachel ist gerade fünf geworden.«

»Ach herrje«, murmele ich. Es tut mir für sie alle leid, selbst für Sadie, der ich nie wirklich verziehen habe, dass sie mir Ethan gestohlen hat.

Ich meine nicht als festen Freund, so verblendet bin ich nicht. Aber etwa drei Monate, nachdem sie angefangen hatten miteinander auszugehen, zog er sich langsam aus unserer Freundschaft zurück. Er kam nicht zur Party zu meinem siebzehnten Geburtstag, sagte eine Verabredung zum Kino ab, die wir ausgemacht hatten, als wir uns zufällig auf der Straße begegnet sind. Solche Sachen. Es war wesentlich auffälliger als bei seinen vorherigen Beziehungen, und ich denke wirklich, dass Sadie ihn davon abgehalten hat, mich zu sehen. Ich weiß nicht, warum – es ist nicht so, als wäre ich je eine Bedrohung für sie gewesen. Hätte er mich gewollt, hätte er genügend Gelegenheiten gehabt, etwas zu unternehmen.

»Die Situation ist ein bisschen unangenehm, ehrlich gesagt, oder?« Tina reißt mich aus meinen Gedanken. Sie sieht Josh an, schielt aber zu mir rüber und erklärt dann: »Josh und Ethan sind befreundet, und ich habe Sadie über die Jahre auch ganz gut kennengelernt, weshalb wir gerade ein wenig zwischen den Stühlen sitzen.«

»Ich wusste gar nicht, dass du Sadie kennst.« Und es gefällt mir auch kein bisschen.

»Sie war immer bei uns im Salon zum Haareschneiden. Allerdings schon eine Weile nicht mehr«, meint Tina nachdenklich, ehe sie

mit den Schultern zuckt. »Vielleicht ist es ihr auch unangenehm. Jedenfalls haben wir die Mädchen manchmal gebabysittet.«
»Ach, ja?« Ich ziehe überrascht die Augenbrauen hoch. Sie und Josh kennen die zwei gut genug, um ihre Kinder zu hüten?
»Jetzt nicht mehr so oft«, erklärt Tina und nimmt einen Zug aus der Bierflasche.
Ich nehme einen Schluck Wein und versuche, meinen flauen Magen damit zu beruhigen. Es ist lange her, seit Ethan und ich ein richtiges Gespräch miteinander geführt haben. Ich frage mich, wie es sein wird, wenn er heute Abend wirklich dazustoßen sollte. Das letzte Bild, das ich von ihm vor Augen habe, ist von meiner Hochzeit, als er ein kleines Kind am Bein und eins auf den Schultern hatte. Wir unterhielten uns kaum an diesem Tag, aber ich erinnere mich, dass ich ihn oft lachend gesehen habe. Er hat sich aufrichtig für Ned und mich gefreut, während es mich zerrissen hat, ihn zu sehen.
Ich hätte ihn gar nicht erst einladen sollen. Um ehrlich zu sein, hatte ich nicht damit gerechnet, dass er tatsächlich kommt. Ich hatte seit Jahren nicht mit ihm gesprochen, aber in meinen Kindheitserinnerungen spielte er eine so wichtige Rolle, dass es sich nicht richtig anfühlte, meinen ältesten Freund nicht einzuladen, wenn ich schon in Australien heiratete.
Dad hat Angst vorm Fliegen, deshalb wussten Ned und ich, dass wir zu ihm kommen mussten, wenn er mich zum Altar führen sollte. Wir organisierten alles, so gut es ging, vom anderen Ende der Welt aus, und Nell und Tina halfen mit den Details vor Ort.
Als Lehrerin hatte ich damals noch sechs Wochen Sommerferien, also flog ich im August vor anderthalb Jahren nach Australien, um möglichst viele der Vorbereitungen selbst zu übernehmen. Ned kam eine Woche vor unserer Hochzeit dazu, und nach der Trauung flogen wir über Thailand zurück, wo wir unsere Flitterwochen verbrachten. Es hätte traumhaft sein sollen – und das war es für Ned sicherlich auch. Ich dagegen fühlte mich innerlich zerbrochen.

Als ich zum Altar schritt, wo mein süßer, lustiger, kluger Freund auf mich wartete, mit dem ich seit fünf Jahren zusammen war, konnte ich an nichts anderes denken, als an den dunkelhaarigen Mann mit den grünen Augen, der in der fünften Reihe auf der rechten Seite des Gangs saß. Ich zwang mich, den Blick auf Ned gerichtet zu halten, als ich an Ethan vorbeiging, doch es fühlte sich an, als würde ein Teil meines Herzens abgetrennt werden und bei ihm zurückbleiben. Alle fanden es herzzerreißend, dass ich bei der Zeremonie ein paar Tränen verdrückte. Bis heute kennt niemand mein dunkles Geheimnis. Ich war nicht gerührt, weil ich so glücklich war, die Liebe meines Lebens zu heiraten. Ich war so emotional, weil mir plötzlich bewusst wurde, dass die Liebe meines Lebens eine andere geheiratet hatte, und dass ich kurz davor war, einen weiteren Schritt zu tun, ihn für immer zu verlieren.

Ethan beim Empfang mit seinen Kindern zu sehen, wie er fröhlich seine jüngere Tochter auf den Schultern auf und ab hüpfen ließ, traf mich zutiefst. Ich versuchte, ihn nicht anzusehen, aber irgendwie schien er sich immer in meinem peripheren Blickfeld aufzuhalten.

Und auch, wenn ich mich tapfer durch unsere Hochzeit und die anschließenden Flitterwochen lächelte, zerriss es mich innerlich vor Schmerz. Ich weiß, dass es melodramatisch klingt, aber Ethan hat mich als Kind gerettet. Bis er mich fand, war ich ein verlorenes kleines Lamm gewesen. Ich hatte ihm so viel zu verdanken.

Als würde ich seine Anwesenheit spüren, wandert mein Blick in dem Moment Richtung Tür, als er die Bar betritt und sich suchend umschaut. Seine waldgrünen Augen finden mich, und auf seinem Gesicht breitet sich das bezauberndste Lächeln aus, wobei sich das Grübchen in seiner rechten Wange zeigt, das mich schon damals so fasziniert hat.

Oh, oh, ich habe ein Problem. Ein großes Problem.

Kapitel 6

»A!«, ruft er mit breitem Grinsen, als er zielstrebig auf mich zugeht und mich mit dem Spitznamen anspricht, den er sich in der Highschool für mich ausgedacht hat. Ich steige von meinem Barhocker, um ihn zu begrüßen, und ehe ich mich versehe, drückt er mich an seine breite Brust – so fest, dass mir fast die Luft wegbleibt.

Er nimmt mein Gesicht in die Hände und lächelt mich an, während mein Herz gegen meinen Brustkorb hämmert. »Fucking A«, sagt er amüsiert – mein *anderer* Spitzname. Ich muss daran denken, wie er mich mal quer über den Schulhof so gerufen hat, woraufhin ihn seine damalige Freundin ganz komisch angesehen hat. »Ich fasse es nicht, dass du hier bist!«, ruft er. Ich wette, unsere Freunde sind ziemlich erheitert von seiner Show.

»Du erdrückst mich«, sage ich gepresst.

Er lacht und umarmt mich wieder, wobei er mich vor und zurück schaukelt, als wäre ich für ihn das Wertvollste auf der Welt.

»Kann. Nicht. Atmen«, bringe ich mühsam hervor. Ich hasse ihn dafür, dass er so liebenswert ist.

Er lässt mich lachend los und tritt einen Schritt zurück.

Ich halte die Luft an, während er mich von Kopf bis Fuß mustert. »Sieh dich an. Mann, du bist ja ein richtiger Feger«, sagt er augenzwinkernd.

»Ethan!«, tadele ich ihn und schubse ihn spielerisch.

Er fängt meine Hand und hält sie sich an die Brust gedrückt, was dafür sorgt, dass ich sofort weiche Knie bekomme. »Es ist so schön, dich zu sehen«, sagt er ernster.

Sein Lächeln erstirbt, und er schüttelt mitfühlend den Kopf. »Tut mir leid mit deinem Dad.«

»Ja. Es ist ziemlich hart.« Das Gefühl seiner warmen Brust unter meiner Handfläche irritiert mich zu sehr, also ziehe ich meine Hand sanft aber bestimmt weg.

»Wie geht es ihm?«, fragt er mit sorgenvoll gerunzelter Stirn und zieht sich einen Barhocker neben meinen.

»Er ist ... Na ja, es war ziemlich schlimm, aber zum Glück war Liz dort, als es passierte, so dass er sehr schnell in der Klinik war.«

Mir fällt auf, dass Ethan die anderen noch nicht einmal begrüßt hat. Ich lehne mich zurück, damit er an mir vorbeischauen kann.

»Sorry, willst du hallo sagen?«, schlage ich vor.

»Nee, diese Nasen sehe ich doch ständig«, scherzt er und tut so, als würde er sie ignorieren, greift dann aber an mir vorbei, um Josh die Hand zu schütteln. Er wuschelt Tina durch die Haare und tätschelt Nell den Rücken, ehe er seine Aufmerksamkeit wieder mir zuwendet.

»Wie läuft es sonst so bei dir?«, fragt er. »Abgesehen von Len«, fügt er hinzu. »Wie geht es Ned?«

Ethan ist schon immer sehr entspannt damit gewesen, über meine Beziehungen zu sprechen. Meine Ehe ist da keine Ausnahme.

»Ihm geht's gut«, antworte ich. »Er wurde gerade befördert, deshalb konnte er mich auch nicht begleiten.«

»Zu schade«, meint Ethan. »Aber super, dass er befördert wurde. Er arbeitet in der Werbebranche, oder?«

»Ja, er ist jetzt Creative Director.« Ich lächle.

»Nicht schlecht.« Er sieht beeindruckt aus. »Zum Thema Werbung hätte ich ein paar Fragen gehabt. Zu blöd, dass er nicht hier ist.«

»Mmm. Wie geht es dir?«, frage ich und füge mitfühlend hinzu: »Ich habe das mit Sadie gehört.«

»Ja, war ein schwieriges Jahr.« Er klingt niedergeschlagen. »Ich erzähle dir alles bei Gelegenheit.«

»Okay.« Ich versuche krampfhaft, ein fröhlicheres Thema zu finden. »Wie geht es deinen Eltern?«
»Gut«, antwortet er, und sein Lächeln kehrt zurück. Er liebt seine Eltern über alles. »Ich arbeite jetzt Vollzeit mit Dad«, erzählt er.
»Wirklich? Auf dem Weingut?«
»Ja. Er kann manchmal ein ziemlicher Griesgram sein. Er mag keine Veränderungen. Aber Mum hat angefangen, diese phantastischen Dinnerpartys zu organisieren, und das läuft wirklich gut. Hey, ich brauche auch was zu trinken«, stellt er plötzlich fest. Er tastet in seiner Jackentasche nach seinem Geldbeutel. »Braucht noch jemand etwas?« Er sieht die anderen fragend an, doch unsere Gläser sind alle noch halbvoll. »Ich könnte eine Flasche Rotwein holen. Was trinkst du da?« Er steht auf und deutet auf mein Weinglas.
»Keine Ahnung. Josh hat für mich bestellt.«
Er nimmt mir das Glas aus der Hand und schnuppert daran, ehe er das Gesicht verzieht. »Das riecht nach Brett.«
Ich starre ihn ratlos an.
»Brettanomyces-Hefen«, erklärt er. »Das kommt von einer Art Pilzinfektion. Schmeckst du es nicht? Der Wein hat dann einen erdigen, muffigen Ton.«
»Oh, vielleicht ein bisschen. Ich dachte, er sollte so schmecken.«
»Nein. Das Holzfass war vermutlich mit Hefe verunreinigt.« Er stellt das Glas wieder auf dem Tresen ab und schiebt es angewidert weg.
Dann geht er zur Barfrau, und ich wende mich an meine Freunde.
»Macht er so was öfter?«
»Ab und zu«, grinst Tina.
Er kehrt mit einer Flasche Rotwein und ein paar Gläsern zurück. Ich warte, bis er an seinem Glas gerochen hat, ehe ich es wage, einen Schluck zu probieren.
»Oh, der schmeckt aber gut«, sage ich. »Ist das einer von euren Weinen?« Ich greife nach der Flasche, um das Etikett zu lesen.

»Nee, die verkaufen hier keinen Lockwood House«, sagt er.
»Warum nicht?« Ich stelle die Flasche wieder auf dem Tresen ab.
»Wir sind zu teuer«, erklärt er. »Aber ich würde gern expandieren und einen Weißwein im niedrigeren Preissegment produzieren. Wir kaufen gerade zusätzliche Weinberge in Eden Valley.«
»Ich wusste gar nicht, dass du so involviert bist. Als du jünger warst, hat dich das Unternehmen deiner Eltern gar nicht interessiert.«
»Stimmt«, gibt er zu. »Das hat sich vor ein paar Jahren geändert, also bin ich aufs College gegangen und habe ein paar Kurse in Önologie belegt.«
»Was ist das denn?«
Er lacht über meinen verdutzten Blick. »Die Lehre von Wein und Weinbau.«
»Oh.« Hätte er das nicht gleich sagen können? »Was lernt man da so?«
»Pflanzenkunde, Anbautechnik, nachhaltige Landwirtschaft, Bodenkunde und andere Dinge.«
»Ich verstehe nur Bahnhof«, meine ich achselzuckend.
Er grinst. »Ich könnte noch stundenlang über das Thema reden, aber damit würde ich dich sicher zu Tode langweilen.«
Ich mag es, wie leidenschaftlich er klingt, auch wenn es mich überrascht. Er war nie sehr fleißig, als wir noch in der Schule waren. Hat er sich so verändert? Er wirkt gar nicht so.
»Wir hätten besser in Kontakt bleiben sollen«, sagt er mit bedeutungsvollem Blick.
»Mmm.« Ich habe Schmetterlinge im Bauch, verdammte Dinger. Unruhig rutsche ich auf dem Barhocker herum.
»Wie lange bleibst du denn?«, will er wissen. »Du solltest mal vorbeikommen und Mum und Dad hallo sagen.«
»Das fände ich schön«, erwidere ich aufrichtig. »Ich werde mindestens fünf Wochen hier sein.«
»Toll! Sie würden sich so freuen, dich zu sehen.« Er legt nachdenk-

lich den Finger ans Kinn. »Vielleicht könntest du zu einer von Mums Dinnerpartys kommen.«

»Gilt die Einladung dann auch für uns alle?«, fragt Josh dazwischen. »Er verspricht uns das nämlich schon seit Jahren«, fügt er mit vorwurfsvollem Blick hinzu.

»So ein Quatsch, doch nicht seit Jahren!« Ethan verdreht gespielt übertrieben die Augen. »Ich war in letzter Zeit ein bisschen abgelenkt, Kumpel«, sagt er locker und klopft Josh auf die Schulter. Ich spüre aber, dass ihm das Thema viel nähergeht, als er zugibt. »Aber natürlich könnt ihr alle kommen. Ich spreche mal mit Mum wegen eines Termins«, fährt er fort.

»Oh, da ist Julian!«, ruft Nell, und ihr Gesicht hellt sich auf. Ich drehe mich um, und sehe einen stämmigen Typ in Karohemd und Jeans auf uns zugehen. Sein Gesicht ist gerötet und verschwitzt, als wäre er gerannt.

»Hi«, grüßt ihn Nell freudestrahlend und rutscht von ihrem Barhocker, um ihm einen Kuss zu geben. Sie stellt uns alle vor, und ich gebe mir Mühe, ein bisschen geselliger zu sein.

Kurz darauf treffen noch ein paar von Tinas und Joshs Freunden ein, so dass ich nicht mehr dazu komme, mit Ethan zu reden, bis wir in eine andere Bar weiterziehen. Beim Gehen legt er auf diese lässige Art und Weise den Arm um meine Schultern, wie er es getan hat, als wir Teenager waren.

»Wo wohnst du, solange du hier bist?«, fragt er.

»Bei Liz.« Meine Stimme klingt nicht sehr begeistert, doch mein Herz klopft schnell

»Wie geht es der alten Ziege?«, fragt er beiläufig.

»Ganz gut«, erwidere ich. »Immer noch ein bisschen nervig manchmal.«

»Wenigstens hat sie sich um deinen Dad gekümmert, oder?«

»Ja. Stimmt.«

Mir kommt ein beunruhigender Gedanke. Wenn Liz meinen Dad jetzt verließe, wären wir geliefert. Wie könnte ich zurück nach London fliegen, wenn er hier sonst niemanden hätte? Vielleicht sollte ich etwas netter zu ihr sein. Es ist sicher auch nicht leicht für sie.

Ethan lässt mich los, um die Tür zur nächsten Bar zu öffnen, die wir nacheinander betreten.

»Was möchtest du trinken?«, fragt er mich.

»Sollte ich nicht lieber dich wählen lassen?«, entgegne ich grinsend.

»Sie lernt schnell«, lacht Josh. »Kannst du für Teens und mich zwei Bier mitbringen?«

Wir nehmen noch ein paar Bestellungen der anderen auf, dann begleite ich Ethan an die Bar, wo er erst mal die Bedienung ausfragt, ehe er seine Entscheidung trifft.

»Also, was arbeitest du eigentlich auf dem Weingut so?«, frage ich ihn, als wir mit den Armen voller Getränke zu unseren Freunden zurückkehren.

»Von allem ein bisschen. Hauptsächlich kümmere ich mich um den Verkauf und die Probierstube und helfe Dad mit dem Abmischen.«

»Was bedeutet das genau?« Ich teile die Bierflaschen aus und nehme am Tisch Platz, während Ethan den Weintrinkern einschenkt.

»Wir haben einen Laden, die *Kellertür*, in dem wir unsere Weine direkt an die Kunden verkaufen. Außerdem organisiere ich Weinproben und Events, Bustouren – solche Dinge. Ich verkaufe auch an den Handel.«

»Was ist mit dem Abmischen?«, frage ich, als er mir zuprostet.

»Abmischen der Weine?« Er zieht eine Augenbraue hoch.

Ich zucke mit den Schultern.

»Du weißt schon, den Wein aus den Fässern holen, verschiedene Weine zusammenmischen, um den Geschmack zu verbessern und eventuell stimmiger zu machen?«

»Ich weiß wirklich absolut nichts darüber, wie aus ein paar Trauben so etwas wird«, gebe ich mit einem Kopfnicken in Richtung meines Glases zu.

»Was hältst du davon, wenn ich dir bei Gelegenheit eine kleine Tour durchs Weingut gebe?«, schlägt er lächelnd vor.
»Okay.« Ich grinse ihn an.
»Was ist mir dir?«, fragt er. »Was treibst du so, bist du immer noch Lehrerin?«
Meine Miene verfinstert sich. »Nein. Ich habe letzten Sommer aufgehört und bei einem Start-up-Unternehmen als Aktienhändlerin angefangen. Es ist genauso langweilig, wie es klingt, fürchte ich. Die Bezahlung war in Ordnung, aber leider bin ich gerade entlassen worden.«
»O nein.« Er zieht besorgt die Augenbrauen zusammen. »Wann denn?«
»Mittwoch vor einer Woche. Am selben Tag, als ich von Dads Schlaganfall erfahren habe«, erkläre ich.
»Oje«, sagt er. »Wir brauchen mehr Alkohol.«
»Da bin ich dabei«, lache ich, auch wenn ich mich schon ordentlich angesäuselt fühle. »Na ja, immerhin kann ich dank meiner Arbeitslosigkeit jetzt so lang wie nötig hier bleiben«, füge ich hinzu, während er unsere Gläser auffüllt.
»Na, wenigstens etwas«, stimmt er nickend zu. »Prost.«
»Prost.«
Klink.
»Hey, hast du am Montagabend schon was vor?«, fragt er unvermittelt.
»Nö, wieso?«
»Hast du Lust, mit mir zu einer Open-Air-Vorführung von *Pulp Fiction* im Botanischen Garten zu gehen?«
»Ich dachte, da wolltest du mit Michelle hin?«, mischt sich Josh ein.
Tina steckt sich die Finger in die Ohren und singt: »Lalalala.«
»Nein«, winkt Ethan ab und wirft Tina einen finsteren Blick zu.
»Wer ist Michelle?«, frage ich, obwohl ich mir nicht sicher bin, ob ich die Antwort überhaupt hören möchte.

»So eine Frau, mit der ich ein paar Mal ausgegangen bin. Ist nichts Ernstes«, fügt er zu meiner unangebrachten Erleichterung hinzu. »Begleite du mich, bitte«, bettelt er. »Du siehst so aus, als könntest du ein bisschen Spaß vertragen.«
»Das stimmt allerdings«, seufze ich. »Okay, warum nicht?«

Die Nacht nimmt ihren Lauf, und wir ziehen noch mal weiter. Ein paar Leute sind gegangen, inklusive Nell und Julian. Josh und Tina plaudern mit ein paar Freunden, die sie zufällig getroffen haben.
Ich habe den lustigsten Abend seit langem, und Ethan zeigt auch keine Anzeichen von Ermüdung.
»Ist ja nicht so, als würde zu Hause jemand auf mich warten«, grummelt er.
»Wo lebst du jetzt eigentlich?«, frage ich.
»Bei meinen Eltern.« Er starrt in sein Getränk. »Es ist, wie es ist.« Er sieht mich schief an und lächelt schwach. »Du hast dich kein bisschen verändert, weißt du das eigentlich?«, sagt er leise und schüttelt den Kopf. »Ich mag deine langen Haare.« Er streckt die Hand aus und zieht an einer Locke. Er hat wirklich keine Ahnung, was für einen Effekt er auf mich hat. Das war schon immer so.
»Ich trage die Haare schon seit Jahren lang«, erkläre ich flapsig.
»Waren sie bei deiner Hochzeit auch schon so?« Er runzelt die Stirn, als versuche er, sich zu erinnern.
»Ja, aber ich hatte sie hochgesteckt.«
»Ach, genau.« Er lächelt auf seine süße Art, und wieder bildet sich sein Grübchen. »Ich weiß noch, dass du keine Brille getragen hast.«
»Nein, da hatte ich meine Augen schon lasern lassen.«
In meinem Kopf fängt es an, sich zu drehen.
»Ich glaube, ich sollte lieber aufhören zu trinken«, murmele ich.
»Hab ganz vergessen, dass du so ein Leichtgewicht bist«, neckt er mich. »Soll ich dir ein Wasser holen?«
»Das mach ich selbst. Muss eh aufs Klo.«

Oje, ich bin *wirklich* betrunken. Ich taumele in Richtung Toilette, wobei ich ein paar Leute anrempele. Ned und ich gehen nicht mehr oft aus. Wann sind wir nur so langweilig geworden? Früher hatten wir immer Spaß miteinander. Jetzt scheint es so, als könnten wir nur getrennt voneinander Spaß haben.

Ethan steht mit Tina und Josh an der Bar, als ich aus der Toilette komme.

»Ich hab doch gesagt, ich hol's mir selbst«, beschwere ich mich, als er mir ein großes Glas Wasser reicht.

»Trink das«, befiehlt er, also tue ich es. »Die beiden haben ein Taxi bestellt«, erklärt er. »Wir könnten dich bei Liz absetzen?«

»Ja. Okay.«

Irgendwann muss ich im Auto eingedöst sein, denn das Nächste, was ich weiß, ist, dass Ethan mich zur Haustür führt.

»Schlüssel«, verlangt er.

Ich schleudere ihm meine Handtasche gegen den Bauch. »Uff«, macht er, ehe er etwa fünf Minuten lang erfolglos in der Tasche kramt.

»Klingel einfach«, sage ich genervt, auch wenn ich keine Ahnung habe, wie viel Uhr es ist.

»Hab ihn«, ruft er plötzlich und schließt die Tür auf.

Irgendwie schaffe ich es in mein Zimmer und falle der Länge nach aufs Bett.

»Schuhe aus«, fordert er mich auf, doch ich kann die Beine nicht mehr anheben, also erledigt er das für mich.

»Wie kommst du heim?«, nuschele ich.

»Taxi.« Er ist ein bisschen verschwommen, aber ich sehe, wie er auf seine Armbanduhr sieht. »Ich rufe mir gleich eins. Du kannst aber schon schlafen, ich muss bestimmt eine ganze Weile warten.«

»Schlaf auf Sofa«, bringe ich hervor, lasse aber schon die weniger wichtigen Worte aus.

»Echt?«

»Klar.«

»Okay, A.« Er beugt sich zu mir runter und gibt mir einen Kuss auf die Stirn.
Mmm. Habe ich das Geräusch laut gemacht oder nur gedacht? Ich weiß es nicht. Ist mir auch egal.
»Sag Bescheid, wenn du was brauchst«, höre ich ihn noch sagen.
Einen Moment später geht das Licht in meinem Zimmer aus, und ich bin sofort weg.

Kapitel 7

»AAAAAAAAHHHHHHHH!«
Was zur *Hölle* war das? Ich richte mich ruckartig auf. Hat da jemand geschrien?
»Du hast mich zu Tode erschreckt!«, kreischt Liz.
Oh, verdammt.
Ich falle praktisch aus dem Bett und schaue hastig an mir runter. Gott sei Dank, ich trage noch mein kurzes schwarzes Kleid. In dem Moment ist es, als würde mich ein Vorschlaghammer auf den Kopf treffen. Verdammt, tut das weh!
»Sorry, sorry!«, höre ich Ethans panische Antwort.
Ich taumele aus dem Zimmer und ins Wohnzimmer, wo er in Unterwäsche auf dem Sofa liegt. Liz steht wie angewurzelt in der Mitte des Raumes, während Ethan sich abmüht, ein Kissen zu finden, das groß genug ist, seine Männlichkeit zu bedecken.
»Was zur Hölle ist hier los?«, fährt Liz mich an, als sie mich erblickt.
»Reg dich ab, Liz«, entgegne ich gequält. »Du kennst doch Ethan, meinen alten Schulfreund. Er hat gestern Nacht kein Taxi mehr nach Hause bekommen.«
Ich entdecke sein T-Shirt und seine Jeans auf dem Boden und reiche sie ihm. Er nimmt die Klamotten dankbar entgegen und zieht Ersteres über seinen, wow, ziemlich durchtrainierten Oberkörper. Das letzte Mal, dass ich ihn in einem solchen, halbnackten Zustand gesehen habe, war er noch ein schlaksiger Teenager am Strand.

Ähm, hallo? Ja, du! Die verheiratete Frau! Du erinnerst dich noch an deinen Ehemann, oder? Ned? Genau, der.
Als Ethan seine Jeans anzieht und zuknöpft, zwinge ich mich, meinen Blick abzuwenden, und mich Liz zu stellen. Sie sieht wütend aus.
»Ich wollte dich eigentlich fragen, ob du mit ins Krankenhaus fahren möchtest, um Len zu besuchen, aber das kann ich mir offenbar sparen«, meint sie unterkühlt.
»Ich besuche ihn später«, erwidere ich. Für wen hält sie sich, mir ein schlechtes Gewissen machen zu wollen? Es ist ja nicht so, als dürfte ich den ganzen Tag im Krankenhaus bleiben.
»Na schön«, zischt sie und verlässt mit einem letzten, vorwurfsvollen Blick in meine Richtung das Zimmer.
»Mann, mein Kopf«, stöhne ich, als sie weg ist und ich mich neben Ethan aufs Sofa fallen lasse. »Wie viel habe ich gestern Abend nur getrunken?«
»Zu viel«, entgegnet er. »Ich fürchte, daran bin ich nicht ganz unschuldig.«
»Ich bin ein großes Mädchen.« Ich reibe mir über die schmerzende Stirn. »Kaum zu glauben, dass ich nicht kotzen musste.«
Er räuspert sich.
»Was?« Ich schiele zu ihm rüber.
»Um ehrlich zu sein, hast du gekotzt. Zwei Mal.«
»Wie bitte?!« Ich starre ihn fassungslos an.
»Es war wie in alten Zeiten.« Er grinst.
»O nein, du machst Witze, oder?«
Immer noch lächelnd steht er auf und verlässt das Wohnzimmer. Ich weiß nicht, wo er hingeht, aber mein Kopf schmerzt zu sehr, als dass ich in der Lage wäre, ihm zu folgen, also strecke ich mich einfach auf dem Sofa aus und gebe mich meinem Selbstmitleid hin.
»Kaffee?«, ruft er von nebenan.
Aha! Er ist in der Küche.
»Ja, bitte«, rufe ich krächzend zurück.

»Milch und ein Löffel Zucker?«
Eigentlich verzichte ich seit ein paar Jahren auf den Zucker, aber gerade könnte ich etwas zum Aufputschen gebrauchen, also sage ich ja. Kurz darauf bringt er mir eine dampfende Kaffeetasse und ein paar Kopfschmerztabletten, die er mir auf die Handfläche legt.
»Wo hast du die denn gefunden?«
»Küchenschublade.«
»Nicht schlecht.« Ich schlucke sie herunter.
Er hebt meine Füße hoch und setzt sich. Dann drapiert er meine Beine über sich. Das ist so seltsam. Es ist, als wären wir in unsere Vergangenheit zurückversetzt worden. Er ist vielleicht ein bisschen kräftiger mit sexy Brustmuskeln, aber er ist dem Jungen, den ich kannte, immer noch verdammt ähnlich.
»Ich hätte zu gern Liz' Gesicht gesehen«, sage ich grinsend.
»Sie war ziemlich geschockt«, bestätigt er amüsiert.
Aus heiterem Himmel breche ich in Gelächter aus. Die Vorstellung, dass Liz ihn halbnackt auf dem Sofa findet, ist einfach zu komisch. Mein Lachen muss anstecken sein, denn kurz darauf halten wir uns beide die Seiten.
Das Telefon klingelt, und ich wedele mit der Hand in Richtung des Geräts auf der anderen Seite des Sofas, während ich versuche, mein Gelächter zu unterdrücken. Ethan reicht mir das schnurlose Telefon, ohne dranzugehen.
»Hallo?«, sage ich in den Hörer.
»Bist du das, Amber?«
O nein, es ist Ned.
»Hallo!« Ich setze mich auf und schwinge die Beine von Ethans Schoß.
»Hey«, sagt er zärtlich. »Ich wusste nicht, ob ich dich noch erreiche, bevor du ins Krankenhaus fährst.«
»Ich gehe später.« Es ist anstrengend, fröhlich und locker zu klingen, aber ich gebe mir alle Mühe. »Wie spät ist es?« Ich bin noch nicht einmal dazu gekommen, auf die Uhr zu sehen.

»Hier ist es kurz nach Mitternacht«, antwortet Ned, während Ethan mir seine Armbanduhr vor die Nase hält. »Ich weiß nicht, wie spät es bei dir ist«, fügt Ned hinzu.
»Viertel nach zehn«, sage ich und gebe Ethan ein stummes Daumen-hoch.
»Sag hallo von mir«, flüstert Ethan von der Seite.
Ich lege mir hastig den Zeigefinger auf die Lippen und mache dann eine schneidende Bewegung über meine Kehle. Er sieht mich verdutzt an.
»Warst du wieder mit Zara was trinken?«, frage ich Ned, als mir klarwird, wie spät er anruft.
»Nein, mit Tate«, antwortet er, und ich atme erleichtert auf.
»Ich dachte, der wäre in New York.«
Ned gähnt hemmungslos. »Er ist wegen eines Kundentreffens zurückgekommen. Wir wollten noch ein paar Dinge besprechen, ehe ich nächste Woche nach New York fliege.«
»Du klingst ziemlich fertig«, stelle ich fest.
»Du klingst auch nicht ganz frisch. Geht es dir gut?«, fragt er.
»Ja. Ich war mit Tina und Nell weg, und es ging ziemlich lang.«
»Ah, okay«, sagt er. Er erkundigt sich noch nach dem Befinden meines Dads, ehe er sich verabschiedet, um ins Bett zu gehen. Wir machen aus, in ein paar Tagen noch einmal zu telefonieren, bevor er in die USA fliegt.
»Ich liebe dich«, sagt er zum Abschied.
»Gute Nacht, liebe dich auch«, erwidere ich und lege auf. Ethan schaut mich irgendwie seltsam an. »Was ist?«, frage ich irritiert.
»Warum hast du ihm keinen Gruß von mir ausgerichtet?«, fragt er stirnrunzelnd.
»Weil du hier übernachtet hast«, erwidere ich. Was für eine Frage.
»So gut kennt er dich auch nicht. Er denkt am Ende noch, du wolltest mir nur an die Wäsche oder so.«
Er verdreht die Augen.
»Was hast du am Wochenende sonst noch vor?«, frage ich und dre-

he die Kaffeetasse in den Händen. Ich verzichte absichtlich darauf, die Beine wieder über seinen Schoß zu legen.
»Wein verkaufen in der *Kellertür*. Mum vertritt mich heute Vormittag. Und du?«
»Im Krankenhaus abhängen.«
Ethan steht auf und stellt seine Tasse auf dem Couchtisch ab. »Ich sollte besser mal los.«
»Soll ich dich heimfahren?«, biete ich an.
»Du bist doch bestimmt noch betrunken«, stellt er amüsiert fest.
»Oh.« Ich ziehe die Augenbrauen hoch. Wenn er recht hat, wie komme ich dann zum Krankenhaus?
»Leg dich am besten noch mal hin«, sagt er, als könnte er meine Gedanken lesen. »Schlaf noch ein bisschen und iss etwas, bevor du losgehst. Ich nehme den Bus.«
Ich habe ein schlechtes Gewissen, dass ich nicht gleich zu Dad fahre, aber ich bezweifle, dass ihm meine Alkoholfahne gefallen würde.
Ich bringe Ethan zur Tür, und er gibt mir seine Nummer, die ich in mein Handy eintippe und gleich anrufe, damit er auch meine hat. »Angekommen«, sagt er, als es in seiner Hosentasche zu klingeln beginnt, und lächelt müde. Da ist wieder das Grübchen. »Bis Montag«, sagt er und umarmt mich zum Abschied.
Ich schaue ihm nach, bis er außer Sichtweite ist.

»Da ist sie ja endlich«, sagt Liz mit unüberhörbarem Vorwurf in der Stimme, als ich ein paar Stunden später bei Dad im Krankenzimmer ankomme. »Wie geht es deinem Kopf?«, fragt sie dann so laut, dass ich mir wünschte, eine Schildkröte zu sein, die besagten Kopf in die schützende Schale zurückziehen könnte.
»Gut, wenn ich nicht gerade angeschrien werde«, erwidere ich spitz. »Hi, Dad.« Ich lächele ihn an und gebe ihm einen Kuss auf die Wange. »Oh, oh, ich muss dich bald wieder rasieren«, füge ich hinzu und streiche ihm zärtlich über den Stoppelbart.

»Liz wollte es machen«, nuschelt er langsam. Das Sprechen strengt ihn immer noch sehr an, aber allmählich ist er schon besser zu verstehen. »Ich hab nein gesagt.«

Ich unterdrücke ein Lachen. »Nicht schlecht, Dad. Bei mir weißt du, dass ich dich nicht schneide.«

Liz schnalzt missbilligend mit der Zunge, doch ich schaue nicht über meine Schulter, um zu sehen, ob sie dabei lächelt. Wenn sie immer noch nicht weiß, wann Dad sie neckt, ist es ihr Problem.

»Soll ich es gleich machen?«, biete ich an und öffne die Schublade in seinem Nachttisch, um zu sehen, ob sein Rasierzeug noch bereitliegt. Das tut es.

»Nein. Muss dir was zeigen«, bringt er hervor.

Ich starre ihn verwirrt an, ehe ich zu Liz schiele, die ermutigend nickt.

Seine Beine zittern, als er sie schmerzhaft langsam vom Bett schwingt und ein paar Minuten später zu meiner Freude und zu meinem Erstaunen nur mit Hilfe eines Gehstocks durchs Zimmer schlurft.

»O Dad«, rufe ich und strahle Liz an, deren Augen ebenfalls vor Rührung schimmern. Unser weniger erfreuliches Aufeinandertreffen vom Morgen ist vergessen.

Kapitel 8

Für Dienstag ist Regen gemeldet, doch am Montagnachmittag ist der Himmel noch strahlend blau. Heute Abend im Park sollten wir die Sterne über uns leuchten sehen.
Ich musste mir wegen Ethan selbst ins Gewissen reden. Mir ist schon klar, dass ich nicht solche Gefühle für einen Mann haben sollte, der nicht mein Ehemann ist, und bei Tag betrachtet, fühle ich mich ziemlich schuldig deswegen.
Wenn es umgekehrt wäre, würde ich nicht wollen, dass Ned heute Abend ausgeht, doch ich bringe es einfach nicht übers Herz, Ethan abzusagen. Die Wahrheit ist, am Freitagabend hatte ich das Gefühl, den alten Ethan wieder zu haben – meinen Freund Ethan, den ich schmerzlich vermisst habe.
Ich liebe Ned, und auch wenn wir uns in letzter Zeit viel gestritten haben, weiß ich doch, dass wir gut füreinander sind. Er muss sich absolut keine Sorgen machen, genau wie Sadie sich damals, als Ethan und ich jünger waren, keine Sorgen hatte machen müssen.
Ich hatte zwar jahrelang Phantasien, was Ethan angeht, doch letztendlich waren sie alle harmlos, denn es ist nie etwas daraus geworden.
»Was ist eigentlich mit dem Jaguar?«, frage ich ihn, als er mich abholt, und wir auf einen grauen Golf GTI zugehen, der am Straßenrand geparkt ist. »Josh meinte, dein Dad hat ihn dir zur Verlobung geschenkt.«
»Das stimmt.« Er wirft mir einen zweifelnden Blick über das Auto-

dach hinweg zu. »Ich glaube, er bereut es schon wieder. Nicht wegen Sadie und mir«, fügt er hinzu, als wir ins Auto steigen und die Türen schließen. »Er hätte ihn einfach gern selbst noch.«
»Ich weiß noch, wie er uns als Kinder im Auto hat spielen lassen.«
»Daran erinnere ich mich auch noch gut«, sagt er lächelnd, während er den Motor anlässt. Ich wende den Blick schnell von seinen muskulösen, gebräunten Unterarmen ab. »Wir sollten mal eine kleine Spritztour damit machen.«
Ich bemühe mich, das Kribbeln in meinem Bauch zu ignorieren, das sein Kommentar in mir auslöst.
Wir parken so nah wie möglich an dem Park, der an Adelaides wunderschönen Botanischen Garten anschließt. Ethan hat mir nur gesagt, ich solle eine Jacke mitbringen, um alles andere wollte er sich kümmern. Da ich den ganzen Nachmittag in der Reha-Abteilung bei Dad verbracht habe, bin ich froh, dass ich nichts organisieren musste.
Gestern ist er das erste Mal allein zur Toilette gegangen, was ein immenser Fortschritt ist. Er leidet immer noch an Hemiparese – in seinem Fall der Schwäche auf der rechten Körperseite, aber mit einer Gehhilfe kann er mittlerweile wieder kurze Strecken bewältigen.
Seine Ärzte denken, dass er nächstes Wochenende schon nach Hause kann. Der Gedanke ist einerseits großartig, andererseits macht er mir auch Angst. Ich glaube, ausnahmsweise sind Liz und ich uns mal einig.
Es ist halb acht, als Ethan und ich im Park ankommen, der Film fängt erst kurz vor neun an, wenn es dunkel wird. Wir suchen uns also einen guten Platz, nicht zu nah und nicht zu weit weg von der Leinwand, und breiten unsere Picknickdecke aus. Ethan hat zwei Klappstühle dabei und eine Wolldecke, falls es später kühl werden sollte. Als er den Picknickkorb öffnet, entdecke ich Käse, Kräcker, Weintrauben, Salate und zwei gegrillte Wachteln.
»Wow, du hast dich selbst übertroffen«, staune ich.

»Mum hat mir geholfen, das Essen zusammenzustellen«, gibt er zu. »Sie ist echt gut in so was.«
»Na dann, sag ihr lieben Dank.«
»Ich soll dir auch von beiden liebe Grüße ausrichten.«
Er zieht eine Flasche Rotwein aus dem Korb.
»Was haben wir denn da Gutes?«, frage ich, weil ich von meinem Sitzplatz aus das Etikett nicht erkennen kann.
»2012er Auslese.« Er reicht mir die Flasche, damit ich sie begutachten kann. »Einer von uns. Verdammt guter Jahrgang.«
»*Lockwood House Apple Acre Shiraz*«, lese ich laut vor. In der rechten Ecke des Etiketts entdecke ich einen silbernen Stern. »Hat der einen Preis gewonnen?«
Er nickt. »Den Silberstern auf der Royal Adelaide Weinmesse im vergangenen Jahr.«
»Wow. Das ist ja toll. Du hast auch die Etiketten verändert«, stelle ich fest. »Sehen cool aus.«
Früher waren sie auf rotem Papier gedruckt, mit verschnörkelter Goldschrift, doch dieses Etikett ist einfach und stylish, mit einer modernen Strichzeichnung eines Apfelbaums auf cremefarbenem Grund.
»Nur bei diesem Wein.« Er nimmt die Flasche wieder an sich. »Was die anderen angeht, muss ich Dad noch bearbeiten.« Er schraubt die Flasche auf. »Ich würde auch am liebsten unsere ganze Produktion auf Drehverschlüsse umstellen, aber Dad liebt die gute alte portugiesische Rinde.«
Ich nehme an, er redet von Korken.
»Warum hat er dir dann in diesem Fall deinen Willen gelassen?«
»Der Apple Acre Shiraz ist irgendwie mein Projekt«, erwidert er und gießt uns zwei Gläser Wein ein. »Erinnerst du dich an unseren alten Apfelhain?«
»Natürlich. Einmal habe ich mir fast den Arm gebrochen, als ich auf einen Baum klettern wollte, um einen Apfel zu pflücken.«
»Da waren nicht mehr viele Äpfel dran am Ende«, stimmt er zu.

Seine Mundwinkel zucken amüsiert, als er mir ein Glas reicht.
»Ich fahre übrigens noch, deshalb bleibt es bei dem einen Glas für mich.«
»Ach, herrje, ich werde wieder sturzbetrunken sein.«
Er grinst und fährt fort. »Na ja, vor ein paar Jahren, als ich noch auf der Uni war, habe ich alle Apfelbäume rausmachen lassen. Sie waren eh zu alt«, fügt er schnell hinzu, und ich bekomme den Eindruck, als hätte er sich dafür schon das ein oder andere Mal rechtfertigen müssen. »Egal. Jedenfalls habe ich Shiraz-Reben gepflanzt und wir hatten 2010 die erste Ernte.«
»Wow. Ich bin beeindruckt.«
Er lacht über meine Reaktion. »Ach, bevor ich es vergesse: Mum hat gefragt, ob du nächsten Mittwoch Zeit hast, zu uns zum Abendessen zu kommen?«
»O ja, unbedingt.«
Die Sonne scheint golden durch die Bäume und verwandelt deren Äste in schwarze Silhouetten, während wir das Picknick verputzen, das Ethan mitgebracht hat.
»Vielen Dank für die Einladung«, sage ich fröhlich kauend. »Es tut gut, ein bisschen Ablenkung zu haben.«
»Wie geht es denn Len?«, fragt er nach.
Ich bringe ihn auf den neuesten Stand, inklusive der Tatsache, dass Dad vielleicht schon nächstes Wochenende nach Hause kommen darf.
»So bald schon?«, staunt Ethan. »Meinst du, ihr kommt zurecht?«
»Ich hoffe es. Liz will, wenn möglich, weiter arbeiten, also werde ich mich tagsüber um Dad kümmern, und sie will dann abends übernehmen.«
Ich weiß aus meinen Nachforschungen, dass viele Angehörige von Schlaganfallpatienten ihren Job aufgeben, um sich Vollzeit um die Pflege zu kümmern. Sie sind dann nicht mehr nur die Ehefrau, der Ehemann, die Tochter, der Sohn, sondern auch Rund-um-die-Uhr-Pflegekraft.

»Das klingt nach ziemlich viel Arbeit«, bemerkt er mitfühlend.
»Das könnte schon sein, aber er will unbedingt aus dem Krankenhaus raus.«
»Ich hoffe für ihn, dass sich deine Kochkünste seit der Schulzeit verbessert haben.«
Ich knuffe ihn in den Oberarm.
»Ich mach doch nur Spaß«, mault er und reibt sich den Arm.
»Weißt du, mein Onkel Henry hatte vor etwa zehn Jahren auch einen Schlaganfall, und was ihm damals wirklich geholfen hat, war so ein Ballervideospiel. Hat irgendwas mit der Koordination zwischen Auge und Hand zu tun, glaube ich.«
»Klingt einleuchtend«, erwidere ich nickend. Alles, was meinen Vater dazu bringt, die Muskeln in seiner Hand zu trainieren, ist hilfreich.
»Ich kann mal schauen, ob ich meine alte PlayStation finde«, bietet er an. »Ich bin mir ziemlich sicher, dass die noch irgendwo rumsteht und Staub fängt.«
»Das wäre super, danke!«
Ich bin mir nicht sicher, ob mein Dad der Typ für Ballerspiele ist. Liz ist bestimmt dagegen. Aber ich finde, wir sollten alles ausprobieren.
Ich atme tief ein und genieße den Geruch nach frisch gemähtem Gras und Eukalyptus. Vom Boden her wird es allmählich kühler, doch die Wärme des Tages ist noch zu spüren. Die Sonne versinkt weiter hinter den Bäumen des Parks und färbt den Horizont orange ein. Ich hebe den Blick nach oben, wo der Himmel noch blau ist und sich die ersten Sterne zeigen. Ich habe mich seit Tagen nicht mehr so unbeschwert gefühlt. Nein, seit Wochen.
»Soll ich dir noch was einschenken?«, fragt Ethan.
»Sehr gern. Er schmeckt köstlich«, lobe ich, während er den Wein in mein Glas gießt. »Also, erzähl mal von Michelle«, fordere ich ihn auf.
»Da gibt es nicht viel zu erzählen. Sie ist nur ein Mädchen, das ich

vor einem Monat oder so in einer Bar kennengelernt habe. Wir sind ein paarmal miteinander ausgegangen. Ich weiß auch nicht.« Er zuckt mit den Schultern. »Glaube, ich bin noch nicht so weit, mich wieder auf jemanden einzulassen.«
»Ist sie zu anhänglich geworden?«
Das ist bei Ethan in der Regel das Problem. Ja, ich weiß, wer im Glashaus sitzt ...
Er sieht mich erstaunt an. »Ja, das ist sie tatsächlich.« Er hält inne. »Was ist mit dir? Wer ist Zara?«
Ich versteife mich.
»Du hast Ned am Telefon nach ihr gefragt«, erinnert er mich.
»Oh! Ach ja. Sie ist sozusagen sein Boss«, berichte ich widerwillig. »Sie gehen manchmal nach der Arbeit zusammen etwas trinken. *Networking* nennt man das.« Ich ziehe vielsagend die Augenbrauen hoch.
»Du glaubst, sie steht auf ihn?«
»Ich bin mir sicher, dass es so ist«, erwidere ich mit Nachdruck. »Er kommt so oft später nach Hause und stinkt nach ihren Zigaretten. Ich glaube, sie hat angefangen zu rauchen, als sie sich von ihrem Mann getrennt hat. Sie waren nur ein paar Wochen verheiratet.«
»Klingt nach 'nem guten Fang«, meint er mit ironischem Augenzwinkern. Dann fügt er wieder ernster hinzu: »Du machst dir aber keine Sorgen wegen Ned, oder?«
»Nein. Nur ihretwegen.« Ich schüttele den Kopf und versuche, möglichst selbstbewusst zu wirken.
»Ihr zwei seid cool, A«, sagt er ruhig und zupft eine Traube vom Stiel. »Jeder konnte sehen, wie verrückt Ned bei eurer Hochzeit nach dir war. Ich bin mir sicher, dass du keinen Grund zur Sorge hast.«
Das Thema ist mir unangenehm, also bedanke ich mich und belasse es dabei.
Vielleicht ist es Ethan genauso unangenehm, über seine zukünftige

Exfrau zu reden, aber ich spreche ihn trotzdem darauf an. »Wann habt Sadie und du euch denn getrennt?«
»Letztes Jahr, am 12. August.«
»Du weißt das genaue Datum?«
»Es war an Pennys achtem Geburtstag«, entgegnet er tonlos.
»Oh.«
Er seufzt. »Sie hasst es, wenn ich Penelope Penny nenne.«
»Ich finde, es klingt süß.«
»Sie hasst ziemlich viel an mir«, fügt er trocken hinzu.
»Wer hat es beendet?«, wage ich zu fragen.
»Es war am Ende ziemlich einvernehmlich.« Er nimmt einen großen Schluck aus seinem Weinglas und starrt über den Park in den Sonnenuntergang. Ich mustere sein Profil: Seine grünen Augen, die das orange leuchtende Licht reflektieren, seine gerade Nase, der Bartschatten, der sein kantiges Kinn bedeckt.
»Tut mir leid, dass es nicht funktioniert hat«, sage ich leise. »Wie geht es den Mädchen?«
»Rachel versteht es noch nicht richtig, aber Penny tut sich schwer. Sie stellt jede Menge Fragen, was Sadie ziemlich fertigmacht.«
»Das kann ich mir vorstellen.« Ich verspüre ausnahmsweise mal so etwas wie Mitgefühl mit Sadie.
Er seufzt wieder. »Ich will dich aber nicht nerven mit meinem Gejammer.«
»Du kannst jederzeit mit mir reden«, sage ich bestimmt, was ihn dazu bringt, mich anzusehen. »Ich weiß, dass Josh und Tina ein wenig zwischen den Stühlen sitzen, deshalb bin ich gern für dich da.«
»Danke, A«, erwidert er leise, und sein Blick bringt mein Herz zum Schmelzen. Ich erinnere mich an das, was ich mir vorher selbst eingebläut habe.
»Gern geschehen«, sage ich schnell und betrachte das Chaos, das wir auf der Picknickdecke angerichtet haben. »Sollen wir hier noch ein bisschen aufräumen, bevor es zu dunkel wird?«

Kapitel 9

»Die Physiotherapeutin hält es für eine gute Idee«, berichte ich Ethan ein paar Tage später. Wir besprechen gerade am Telefon seinen Vorschlag, meinem Dad seine alte PlayStation zu geben.
»Cool. Ich gehe gleich mal auf die Suche. Hoffentlich hat Sadie sie nicht weggeschmissen«, fügt er seufzend hinzu. »Sie hat mich vor ein paar Jahren gezwungen, sie wegzupacken.«
Ich kann mir nur zu gut vorstellen, wie der Anfang zwanzigjährige Ethan an seiner Videospielkonsole festgehangen hat, während er eigentlich Windeln wechseln sollte.
»Ich schaue morgen bei Sadie vorbei, wenn die Kinder in der Schule sind«, sagt er. »Ich kann dir die Konsole dann abends gleich einrichten, wenn du magst.«
»Das wäre großartig, danke.«
»O Mann, *Medal of Honour*«, meint er mit verträumter Stimme, als würde er von einem alten Freund sprechen. »Dein Dad wird das Spiel lieben. Man ist ein Soldat im Zweiten Weltkrieg und kämpft gegen die Nazis.«
»Ich hoffe, das Spiel kann man allein spielen.« Ich muss sagen, dass ich das Konzept nicht gerade ansprechend finde.
»Ja, klar, das geht schon. Aber zu zweit macht es viel mehr Spaß. Keine Sorge, ich zeige dir, wie man es spielt, dann kannst du es deinem Dad beibringen.«
»Okay. Wenn es dir nichts ausmacht.«
»Gar nicht.«
Ich habe das Gefühl, er freut sich sogar darauf.

Wie nicht anders zu erwarten, ist Liz nicht gerade begeistert von unserem Plan, als ich ihr am nächsten Abend davon erzähle. Ethan wird in einer Stunde bei uns sein, um die PlayStation aufzubauen.
»Ich hatte vor, ihm ein paar Spiele auf sein iPad zu laden«, sagt sie mit beleidigter Miene. »Müssen wir uns hier wirklich einen Haufen Videospiele reinholen, die uns das Wohnzimmer zumüllen?«
»Seine Physiotherapeutin meinte, es könnte ihm helfen«, erinnere ich sie. »Und wir wollten doch alles ausprobieren, oder?«
Sie runzelt missbilligend die Stirn. »Wir brauchen ein größeres Haus. Weißt du eigentlich, dass wir immer noch einen Haufen Kisten von dir haben, die du mal aussortieren müsstest? Das könntest du doch eigentlich angehen, während du hier bist, oder?«
»Wo sind denn die Kisten?«
Sie steht abrupt vom Sofa auf. Wir haben vor dem Fernseher zu Abend gegessen, weil wir beide nach einem langen Tag im Krankenhaus zu müde zum Reden waren. Liz musste zwischendurch noch zur Arbeit, und danach wieder zum Krankenhaus zurückhetzen, weil am Nachmittag ein Familientreffen anberaumt war. Wir haben uns mit Dads Team aus verschiedenen medizinischen Bereichen getroffen, um seine für die nächste Woche geplante Rückkehr nach Hause durchzusprechen.
Mit gemischten Gefühlen folge ich ihr in den Flur und von dort durch die Küche in die Abstellkammer, wo sie sich nach einem Hängeschränkchen in der Ecke streckt. Wir legen beide den Kopf in den Nacken, um die Pappkartons zu betrachten, die zwischen Spinnenweben und wer weiß was übereinandergestapelt sind. Ich würde gern vermeiden, dort reinzugreifen.
»Du brauchst die Leiter aus dem Schuppen im Garten«, stellt sie fest. Wir sind beide nicht die Größten. »Aber pass auf Spinnen auf«, warnt sie mich. »Ich habe die Leiter ewig nicht benutzt.«
Na, großartig. Da kann ich mich doch auf etwas freuen.
Damit kehrt sie ins Wohnzimmer zurück, um weiter fernzusehen.

Für jemanden, der sich selbst als intellektuell bezeichnet, schaut sie eine ganze Menge Mist im Fernsehen an.

Trotz meines Mangels an Begeisterung für achtfüßige Krabbeltiere bin ich doch zu neugierig, was in den Kisten ist, also bin ich zehn Minuten später dabei, sie abzustauben und eine nach der anderen in mein Schlafzimmer zu tragen. Ich lasse mich auf dem Boden nieder und lehne mich ans Bett. Es sind vier mittelgroße Kisten. Ich habe damals nicht viel mitgenommen, als ich mit achtzehn Jahren zu meinem Backpacking-Trip nach Europa aufgebrochen bin. Mum war geborene Britin, so dass ich neben dem australischen auch den britischen Pass besitze. Dad erzählte mir davon allerdings erst an meinem siebzehnten Geburtstag, zusammen mit der Information, dass Mums Erbschaft für mich in einem Fond angelegt worden war, auf den ich ab achtzehn Zugriff hatte. Ich hatte also genau ein Jahr Zeit, meine Flucht zu planen. Es sollte das längste Jahr meines Lebens werden. Sadie war bereits Ethans Freundin, was bedeutete, dass er sich aus unserer Freundschaft immer mehr zurückzog, und Liz und ich bekämpften uns jeden Tag bis aufs Blut. Rückblickend denke ich, dass es für sie vermutlich auch ein sehr langes Jahr war.

Ich hatte immer vor, nach meinen Reisen durch Europa nach Australien zurückzukehren, doch dann verliebte ich mich Hals über Kopf in London und in die Idee, dort zu leben und zu studieren. Als ich noch zur Schule ging, war ein Studium nie mein Ziel gewesen, doch in London änderte ich meine Meinung. Die nächsten drei Jahre waren die besten meines Lebens. Zahlen hatten für mich schon immer Sinn ergeben, also wählte ich ein Mathestudium und belegte Pädagogikkurse, um Lehrerin werden zu können. Ich wollte in die Fußstapfen meines Dads treten – er mochte am anderen Ende der Welt leben, aber der Lehrerberuf brachte mich ihm irgendwie näher. Ich bekam eine Stelle an einer weiterführenden Schule, und auch wenn die Bezahlung ziemlich mau ausfiel, liebte ich meinen Job. Kurz darauf lernte ich Ned kennen.

Ich sparte Geld, um Dad alle zwei bis drei Jahre besuchen zu können. Das letzte Mal hatte ich ihn zu meiner Hochzeit gesehen. Er kam nie nach England, so sehr ich ihn auch bekniete, wegen seiner Flugangst mal einen Therapeuten aufzusuchen. Manchmal frage ich mich, wie Mum es ausgehalten hat, nie mit ihm reisen und ihm ihre Heimat zeigen zu können. Hat sie sich in Adelaide gefangen gefühlt? In London fühlte ich mich ihr irgendwie näher, wenn ich die gleiche, leicht verschmutzte Luft atmete wie sie vor langer Zeit.
Ich wünschte, ich hätte sie gekannt. Ich wünschte, ich hätte sie besser gekannt. Aber alles, was mir bleibt, sind ein paar verblasste Erinnerungen.
Die erste Kiste ist die schwerste und enthält stapelweise staubig riechende Bücher, Übungshefte und Schulzeug, das teilweise noch aus meiner Grundschulzeit stammt. Ich blättere die alten Unterlagen durch und stolpere über ein kurzes Bühnenstück, das ich mit vierzehn geschrieben habe. Nell, Tina und ich haben es damals im Theaterclub aufgeführt, und ich muss kichern, als ich die holprigen Dialoge überfliege.
Das werde ich dir nie verzeihen, solange ich lebe!
Zahlen waren mein Ding. Worte weniger.
Die zweite Kiste ist randvoll mit Teenager-Nostalgie: verblichene, zerknitterte Poster meiner Lieblingsbands, zerkratzte CDs und sogar ein alter, abgewetzter Walkman. Ich öffne das Kassettenfach, um zu sehen, was ich zuletzt gehört habe. Mir stockt der Atem, als ich Ethans krakelige Schrift auf der Kassette entdecke: *Herzlichen Glückwunsch zum 13. Geburtstag, A!*
Es ist eines der Mixtapes, die er für mich aufgenommen hat. Ich habe damals Stunden damit verbracht, auf meinem Bett zu liegen und sie zu hören, immer in der Hoffnung, eine verborgene Nachricht in der Musik zu entdecken, die er für mich ausgewählt hatte.
Mit gespanntem Lächeln drücke ich die Play-Taste, doch nichts passiert. Die Batterien sind leer. Ich frage mich, ob Liz noch irgendwo welche hat. Wenn ich sie frage, will sie bestimmt, dass ich sie

ihr bezahle, also beschließe ich, einfach schnell in der Küche nachzusehen. Und tatsächlich – gleich neben den Kopfschmerztabletten finde ich ein paar passende Duracell-Batterien. Bingo.

Zurück in meinem Zimmer, mit den Kopfhörern auf den Ohren summe ich lächelnd zu den Spät-90er-Songs von The Verve, Oasis und Blur, während ich meine Aufmerksamkeit der dritten Kiste zuwende. Zu meiner großen Freude stelle ich fest, dass sich in dieser das Fotoalbum befindet, das ich zusammengestellt habe, nachdem Dad mir als Teenager einen Fotoapparat geschenkt hatte. Mit spitzen Fingern blättere ich die mit Klarsichtfolie überzogenen Seiten um, wobei ich immer wieder welche voneinander trennen muss, die nach der langen Zeit zusammenkleben. Die meisten Fotos zeigen mich und meine Freunde, und ich schlage mir kreischend die Hand vor den Mund, als ich sehe, wie wir auf manchen Fotos rumlaufen: mehr Make-up als Klamotten. Von Ethan gibt es auch etliche Fotos: am Strand und im Schwimmbad, schlaksig und knackig braun; bei einer Grillparty im Park, die Augen unter einer Baseballkappe versteckt; mit längerem Haar, dann wieder mit Kurzhaarschnitt; mit mir, mir, mir.

Viele der Fotos habe ich nicht selbst geschossen. Ein paar wenige zeigen Mum, Dad und mich, als ich noch ein Baby war. Diese Bilder entdeckte ich damals in einem Schuhkarton unter Dads Bett, als ich aus Langeweile umhergestöbert hatte, doch als ich ihn fragte, sagte er, ich könnte sie behalten. Früher habe ich die Fotos stundenlang angestarrt und versucht, Erinnerungen in mir wachzurufen. Doch alle echten, lebhaften Erinnerungen waren in meinem Gehirn vergraben und nicht mehr erreichbar. Zwischen meinem dritten und siebten Lebensjahr gibt es keine Fotos von mir. Ich kann es Dad nicht verübeln, dass er in dieser Zeit nicht fotografieren wollte, ich würde diese Phase meines Lebens auch am liebsten vergessen.

Das früheste Foto, das es nach dem Unfall von mir gibt, ist eines, das Ethans Mutter von mir geschossen hat. Es entstand beim Haus seiner Eltern, als Ethan und ich sieben Jahre alt waren. Wir befinden uns auf der anderen Seite der Reben und grinsen Ruth durch die Blätter an. Unsere Augen funkeln schelmisch in der Spätnachmittagssonne, Ethans dunkelgrün und meine blau wie der Himmel, selbst durch meine Brillengläser.

Ich war mir damals so sicher, dass wir gemeinsam groß werden, heiraten, Kinder bekommen und für immer zusammen sein würden. Dabei wusste ich selbst am besten, dass vieles im Leben anders kommen konnte, als man es sich wünschte oder es erwartete.

Meine Nase beginnt zu kribbeln, ein sicheres Zeichen, dass ich den Tränen nahe bin. Plötzlich taucht eine winkende Hand vor meinem Gesicht auf. Schreiend zucke ich zurück. Als ich aufschaue, steht Ethan über mir, die Augen vor Schock geweitet, ein eingefrorenes Lächeln auf den Lippen.

»Du hast mich zu Tode erschreckt!« Ich schlage das Fotoalbum zu und reiße mir die Kopfhörer runter.

»Tut mir leid«, entschuldigt er sich hastig, während ich hektisch blinzele, um meinen Blick zu klären. »Liz hat mich reingelassen.«

Ich lache schließlich doch. »Ich habe nichts gehört, weil ich das hier auf den Ohren hatte.«

Ich öffne das Fach des Walkmans und strecke ihm die Kassette mit seiner Handschrift darauf entgegen.

Er nimmt sie mir ab. »Nicht zu glauben, dass du die noch hast!«

»Finde ich auch. Du hast Glück, dass du mich nicht dabei erwischt hast, wie ich aus vollem Hals Natalie Imbruglias *Torn* mitschmettere.«

»Was?« Er verzieht das Gesicht. »Das habe ich doch nicht ernsthaft da draufgepackt, oder?«

»Wieso, ist doch ein super Song«, verteidige ich das Lied.

»Ich muss gewusst haben, dass er dir gefällt.« Er watet vorsichtig durch den Krimskrams auf dem Boden und lässt sich auf meinem Bett nieder. »Meine PlayStation steht im Flur. Was treibst du so?«

»Ich schaue nur diese alten Kisten durch.« Ich werfe ihm einen Blick über die Schulter zu, da ich immer noch im Schneidersitz auf dem Teppich sitze. »Liz will den Kram ausgemistet haben, bevor Dad nach Hause kommt.« Reizend, wie meine für mich so wertvollen Kindheitserinnerungen zu »Kram« verkommen konnten.

»Sieht aus, als würdest du Fortschritte machen«, stellt er mit ironischem Unterton fest, während er den Blick über das Chaos schweifen lässt, das mich umgibt.

»Sie kann schön weiterträumen, wenn sie denkt, ich würde irgendwas davon wegwerfen«, sage ich bestimmt. »Sieh dir das mal an.« Ich reiche ihm eines der Fotoalben. Er kichert, als er die Seiten mit den alten Bildern durchblättert. Ich ziehe die vierte Kiste zu mir und öffne sie. Ich lächele breit, als ich den Inhalt sehe: Plüschtiere!

»O mein Gott, da ist ja Bunny!«, rufe ich und ziehe einen langohrigen Stoffhasen heraus, der auf den Wangen immer noch mit neonpinkem Marker gezeichnet ist, womit ich ihm damals ein bisschen Farbe verpassen wollte. Jungs können auch Rouge tragen, wisst ihr.

Ethan beugt sich über mich, um ein anderes Plüschtier aus der Kiste zu angeln. »An das erinnere ich mich noch«, meint er, und mein Herz macht einen Sprung, als ich das ehemals weiße Schaf erblicke. Instinktiv schnappe ich es ihm aus der Hand.

»Lambert«, murmele ich und starre das Spielzeug überrascht an. »Ich dachte, den hätte ich verloren.«

»Hast du nicht immer mit ihm im Arm geschlafen?«, fragt Ethan hinter mir.

»Ja«, bestätige ich leise. »Ich hatte so ein schlechtes Gewissen, dass ich ihn auf meine Europareise nicht mitgenommen habe. Total bescheuert.«

Ethan sagt nichts, als ich mit der Fingerspitze zärtlich über die glänzende, schwarze Nase des Schafs fahre. Der Kloß in meinem Hals ist beunruhigend.

»Ooh«, macht er, als er meine Rührung bemerkt. Jetzt komme ich mir blöd vor. Ich will Lambert wieder in die Kiste stecken, doch aus irgendeinem Grund schaffe ich es nicht. Meine Hand schwebt über dem Pappkarton, als wäre mein Handgelenk mit einer unsichtbaren Schnur an der Zimmerdecke befestigt. Ich gebe auf und nehme das Stofftier stattdessen in den Arm.

»Du alter Softi«, meint Ethan und drückt meine Schulter, während sich meine Augen mit Tränen füllen.

»Sorry. Echt bescheuert von mir.«

Irgendwie hatte ich schon immer eine besonders enge Beziehung zu diesem Spielzeug. Die Vorstellung, dass Liz ihn einfach in eine Kiste gesteckt hat, sobald ich aus dem Weg war, erfüllt mich mit heißer Wut.

»Lass uns über etwas anderes reden«, sage ich schnell.

»Also, mein Tag war ziemlich beschissen«, meint er leichtfertig.

Ich drehe mich erstaunt zu ihm um. »Warum das denn?«

»Bin heimgefahren, um meine PlayStation zu holen, und habe Sadie mit einem anderen Mann erwischt.«

»Was? Haben sie etwa –«

»Nein«, unterbricht er mich. »Sie haben Tee getrunken.« Er verzieht das Gesicht. »Das Schlimmste daran ist, dass ich ihn kenne. Sein Name ist David, er ist einer der Dads von der Schule der Mädchen. Frisch geschieden«, fügt er hinzu.

»Bist du dir sicher, dass du da nicht zu viel reininterpretierst?«, frage ich stirnrunzelnd.

»Ich denke nicht.« Er schüttelt den Kopf, und unsere Blicke treffen sich. Er mag noch so tough tun, ich spüre, wie nah es ihm geht.

Ich lächele ihn mitfühlend an, ohne zu wissen, was ich sagen soll.

»Ich würde mich jetzt am liebsten so richtig betrinken«, seufzt er.

»Ich bin immer froh, wenn ich behilflich sein kann.« Ich springe auf, bleibe dann aber unschlüssig stehen, weil ich nicht weiß, was ich mit Lambert anstellen soll. Ethan streckt mir die Hand hin, also händige ich ihm das Schaf aus, das er auf meinem Kissen drapiert, ehe er selbst aufsteht. Er schenkt mir ein trauriges Lächeln, was mein Herz zum Flattern bringt, während unsere Blicke ein klein wenig zu lang aneinander hängenbleiben. Dann reiße ich mich zusammen, schnappe mir meine Handtasche und stakse vorsichtig durch die Überreste meiner Teenagerzeit, um zur Tür zu gelangen. Ethan folgt mir.

Wir gehen nicht weit – nur zu einer Kneipe an der Norwood Parade. Dieses Mal überspringt Ethan den Vino und fängt gleich mit dem harten Zeug an. Zwei Whiskys später bricht es aus ihm heraus.

»Ich fasse es nicht, dass sie einen Mann in unser Haus gebracht hat!«, poltert er. »Was zur Hölle hat sie sich dabei gedacht? Hat sie schon mit ihm gevögelt? Haben die Kinder ihn schon kennengelernt? Wenn sie ihn den Kindern schon vorgestellt hat, drehe ich durch«, fügt er mit finsterer Miene hinzu.

»Vielleicht haben sie sich nur auf eine Tasse Tee getroffen«, spiele ich die Stimme der Vernunft.

»Auf keinen Fall.« Er schüttelt vehement den Kopf. »Sie hatte so einen schuldbewussten Gesichtsausdruck. Er bedeutet ihr etwas.«

»Denkst du, da lief schon etwas, als ihr noch –«

»Das weiß ich eben nicht«, unterbricht er mich aufgebracht. »Sie hätte wahrscheinlich seit Jahren eine Affäre haben können, ohne dass ich es bemerkt hätte. Vielleicht ist *seine* Ehe daran zerbrochen.« Er lacht bitter und kippt den Rest seines Getränks runter, ehe er den Barkeeper herbeiwinkt. Wir sitzen auf Hockern an der Bar. Ich versuche erst gar nicht, bei seinem Tempo mitzuhalten.

»Das hättest du sicher gemerkt«, erwidere ich ruhig und schüttele den Kopf, als der Barkeeper mir fragend zunickt. »Das spürt man doch, oder?«

»Ich war in den letzten Jahren ziemlich abgelenkt«, gibt er seufzend zu und klatscht eine Banknote auf den Tresen. »Studium, Kinder, Arbeit.«

»Warum habt ihr Schluss gemacht?«, frage ich.

Er senkt den Blick in sein Glas. »Alle haben mir immer gesagt, wir hätten zu früh geheiratet. Zu früh zu viel Verantwortung. Keine Ahnung, warum ich nicht auf sie gehört habe.«

»Du hast sie geliebt«, konstatiere ich, auch wenn es mir immer noch einen Stich versetzt.

»Ja, schon. Aber jetzt hasse ich sie.«

Das bringt mich zum Schweigen.

»Ich meine es nicht so.« Er kratzt sich frustriert am Kopf und starrt ins Leere.

»Ich weiß«, sage ich und berühre sanft seinen Arm. Sein Blick saust zu meiner Hand, und ich tätschele unbeholfen seinen Unterarm und lasse ihn schnell wieder los. Ethan nimmt einen tiefen Schluck aus seinem Whiskyglas.

»Es ist *mein* Haus«, stellt er hitzig fest und sieht mich an. »Es sind meine Kinder. Sie hat immer gesagt, ich könnte nicht einfach so reinschneien, weil es die Kinder zu sehr stresst, aber wahrscheinlich wollte sie nur verhindern, dass ich sie mit dem anderen Kerl im Bett erwische.« Auch wenn seine Augen vor Wut über eine andere Frau funkeln, lässt mir sein intensiver Blick den Atem stocken. Da stimmt doch etwas nicht mit mir. Ich schaue schnell weg und greife nach meinem Weinglas.

»Sorry«, murmelt er, weil er offenbar meinen Gesichtsausdruck falsch gedeutet hat. »Ich wollte dich nicht so volljammern.«

»Schon okay. Ich habe dir doch gesagt, dass du immer mit mir reden kannst. Das war ernst gemeint.«

Es dauert einen Moment, ehe er antwortet. »Danke.« Er starrt in sein Getränk, und ich ertappe mich dabei, wie mein Blick zu seinem Hals wandert. Ich frage mich, wie es wäre, mich nach vorn zu beugen und ihn zu küssen.

Verdammt! Da ist *eindeutig* etwas nicht ganz richtig mit mir.

»Bist du gern verheiratet?«, fragt er unvermittelt.

»Ähm, das ist aber eine seltsame Frage«, entgegne ich.

»Es ist eine einfache Frage.« Er dreht sich auf seinem Barhocker zu mir um, den nackten Unterarm auf den hölzernen Tresen abgestützt. Er trägt ein schwarzes T-Shirt mit blaugrauem Druck. Ich fand schon immer, dass ihm Schwarz gut steht.

»Na ja, schon«, erwidere ich zögerlich. »Ich meine, meistens ja.« Ich schüttele den Kopf. »Wenn du es genau wissen willst, haben wir uns in letzter Zeit nicht besonders gut verstanden.«
»Nicht?« Er zieht eine Augenbraue hoch, für den Moment von seinem eigenen Drama abgelenkt.
»Vielleicht liegt es am verflixten siebten Jahr«, meine ich achselzuckend.
»Seid ihr schon so lange zusammen?«
»Nächsten Monat sind es sieben Jahre. Wir haben uns an meinem dreiundzwanzigsten Geburtstag kennengelernt.«
Er hebt überrascht die Augenbrauen. »Echt? Das wusste ich gar nicht. Wo habt ihr euch denn kennengelernt?«
»Das war ausgerechnet im Bus«, antworte ich lächelnd, als mich die Erinnerungen einholen. Aber ich will jetzt nicht daran denken, also fahre ich schnell fort, ehe er mich nach weiteren Details fragen kann. »Ich habe das Gefühl, wir haben uns im letzten halben Jahr kaum gesehen. Ned hatte viel zu tun, ich hatte viel zu tun. Jetzt habe ich nicht mehr viel zu tun, aber dafür bin ich auf der anderen Seite des Erdballs«, erkläre ich seufzend. »Und er war zu beschäftigt, um mich zu begleiten.«
»Bist du deswegen sauer auf ihn?«
Ich antworte nicht sofort. »Ein bisschen«, räume ich dann wahrheitsgemäß ein. »Klar, er ist gerade erst befördert worden. Na ja, *Zara* hat ihm eine Beförderung gegeben, weil sie auf ihn steht.« Ich weiß, dass meine Eifersucht kindisch ist, aber das ist mir egal. Ethan grinst. »Ich meine es nicht so«, sage ich dann und verziehe den Mund. »Er ist wirklich gut in dem, was er tut«, füge ich hinzu, ehe ich wieder zu meinem Punkt zurückkehre. »Aber ich bin mir trotzdem sicher, dass sie die Sache mit ihrem Mann vermasselt hat, und jetzt will sie meinen«, schnaube ich.
Er prustet los. »Mannomann, wir geben vielleicht ein Paar ab.«
»Da widerspreche ich dir nicht«, entgegne ich trocken.

Kapitel 10

»Amber!« Liz' wütende Stimme reißt mich am nächsten Morgen unsanft aus dem Schlaf.
»Was?«, rufe ich gereizt zurück und schiele durch halb geöffnete Augenlider. Sie steht im Türrahmen und hat die Hände in die Hüfte gestemmt.
»Steh auf!«
Wow, was für ein Flashback! So hat sie mich meine gesamte Teenagerzeit immer angeschrien, wenn ich nicht rechtzeitig aufgestanden bin. Aber jetzt bin ich erwachsen. Für wen hält sie sich?
»Warum?«, entgegne ich trotzig.
»Ich muss dir etwas zeigen«, erwidert sie.
Okay, jetzt bin ich neugierig. Ich setze mich verschlafen auf und tapse in den Flur, wo Liz mit vorwurfsvoll ausgestrecktem Finger auf Ethans PlayStation zeigt.
»Wenn Len erst mal wieder zu Hause ist, kannst du dein Zeug nicht mehr so rumliegen lassen!«, schilt sie mich.
Ich starre sie ungläubig an. Meint sie das ernst? »Ach, echt? Ich bin doch nicht blöd«, erwidere ich. Ich war dabei, als Dads Ergotherapeutin gestern bei uns zu Besuch war.
»Du hast gehört, was die Ergotherapeutin gesagt hat«, belehrt mich Liz unbeirrt. »Es darf absolut nichts herumstehen, das ihn zum Stolpern bringen oder es ihm erschweren könnte, sich im Haus zu bewegen. Und in deinem Schlafzimmer herrscht das reinste Chaos. Wir müssen vorbereitet sein, Amber.« Sie schüttelt missbilligend den Kopf. »Sonst wird das für uns alle nur noch schwerer.«

»Weißt du, wenn du hier schon anfängst, mit Vorwürfen um dich zu werfen, kannst du mir auch gleich mal erklären, warum zum Teufel du immer noch rauchst?«, schleudere ich ihr wütend entgegen.
Sie zuckt sichtlich zusammen.
»Ich weiß, dass du dich immer wieder zum Rauchen rausgeschlichen hast. Ich dachte, du hättest aufgehört. Ich dachte, Dad hätte aufgehört. Du hast seinem Arzt gesagt, dass ihr beide mit dem Rauchen aufgehört habt, aber das war offenbar gelogen!«
Jetzt bin ich richtig in Fahrt. Rauchen verdoppelt das Schlaganfallrisiko.
Als ich klein war, hat Dad hin und wieder eine Zigarette geraucht, doch richtig zu rauchen angefangen hat er erst, als Liz bei uns eingezogen ist. Als Nells Großvater, dem sie sehr nahegestanden hatte, mit Mitte sechzig an Lungenkrebs starb, flehte ich Dad an, das Rauchen aufzugeben. Das Trauma, meine Freundin und ihre Familie bei der Beerdigung weinen zu sehen, verleidete mir das Rauchen gründlich. Doch Liz rauchte, seit sie Anfang zwanzig war, und sah absolut keinen Anlass, damit aufzuhören – für mich schon gar nicht. Also rauchte Dad ebenfalls weiter. Dafür mache ich Liz verantwortlich.
»Wir hatten aufgehört«, entgegnet sie mit schuldbewusster Miene. »Unter Stress bin ich vielleicht ab und zu schwach geworden, aber sobald er zu Hause ist, werde ich nicht mehr rauchen.«
»Na, dann hast du aber nicht mehr lange Zeit, es dir wieder abzugewöhnen«, fahre ich sie an. »Fang besser gleich damit an.«
Sie rauscht beleidigt ab und reißt die Haustür auf.
»Und vergiss Bruce nicht«, wirft sie mir schnippisch zu, ehe sie die Tür hinter sich ins Schloss wirft.
Ich seufze schwer.
Bruce ist der Handwerker, der damit beauftragt wurde, das Haus für Dads Heimkehr nächste Woche bereitzumachen. An der Haustür gibt es nur eine kleine Stufe, die Dad mit Hilfe des Gehstocks

bewältigen sollte, doch die Ergotherapeutin hat vorgeschlagen, im Bad einen Haltegriff neben der Toilette anzubringen, um ihm das Hinsetzen und Aufstehen zu erleichtern. Sie hat außerdem betont, wie wichtig es ist, die Wege für ihn möglichst freizuräumen, weshalb wir die Teppiche im Flur und im Wohnzimmer rausnehmen wollen. Die Kommode im Flur dagegen soll bleiben, damit er sich daran abstützen kann, wenn er verschnaufen muss.

Liz unterrichtet heute, weshalb ich den Handwerker beaufsichtigen soll. Bruce wollte um neun hier sein, also sollte ich mich langsam mal anziehen.

Ned ruft auf dem Festnetz an, als ich gerade aus der Dusche komme. Er ist kurz davor, ins Flugzeug nach New York zu steigen.

»Ich hoffe, es geht alles gut«, sage ich und bekomme ein schlechtes Gewissen, als sein »Danke« überrascht klingt.

So wie wir in letzter Zeit miteinander umgegangen sind, hat er wahrscheinlich damit gerechnet, dass ich ihm mit sarkastischem Unterton »viel Spaß« wünsche. Aber da ich mich schon wie eine miese Verräterin verhalte, versuche ich, nicht auch noch so zu klingen.

Ned weiß nicht viel über Ethan. Er weiß, dass wir alte Freunde sind – das habe ich ihm erzählt, als ich ihm Ethan bei unserer Hochzeit vorgestellt habe. Davor habe ich versucht, seinen Namen möglichst wenig zu erwähnen. Ich wollte Ethan oder meine Gefühle für ihn nicht geheim halten, auch wenn es für Ned rückblickend bestimmt so aussehen würde, sollte er es je herausfinden. Es tat einfach weh, über ihn zu sprechen, das war alles.

Als wir am Morgen nach unserer Hochzeit den Tag noch einmal Revue passieren ließen, fragte Ned mich, ob da jemals etwas gewesen war zwischen Ethan und mir. Ich war froh, dass ich mit einem ehrlichen Nein antworten konnte.

Ich weiß, ich sollte mich besser von Ethan fernhalten, aber ich kann den Gedanken gerade nicht ertragen, noch einen Menschen zu verlieren, der mir wichtig ist.

»Um wie viel Uhr geht dein Flug?«, frage ich meinen Ehemann.
»In vierzig Minuten. Wir sind gerade auf dem Weg zum Gate.«
»Ist Zara bei dir?«
»Ja.«
»Seid ihr zu zweit?«
»Ja.«
Darauf sage ich nichts mehr. Ich höre, wie Ned das Handy abdeckt und Zara auffordert, schon mal vorzugehen, ehe er wieder am Telefon ist.
»Ich liebe dich«, sagt er mit fester Stimme in den Hörer. »Du musst dir keine Sorgen machen.«
Ich hole tief Luft und atme zittrig aus.
»Amber?«
»Ja?«
»Ich liebe dich«, wiederholt er. »Ich rufe dich von New York aus wieder an.«
»Okay.« Ich schließe die Augen. »Ich liebe dich auch. Gute Reise.«
Als wir aufgelegt haben, komme ich nicht umhin, mich zu fragen, ob ich ihn gerade verliere.

Gestern Abend, als ich noch wach im Bett lag, versuchte ich, wenigstens eine kleine vergessene Erinnerung wieder auszugraben. Ich hatte gar nichts Spezielles im Sinn, es musste auch nicht unbedingt mit meiner Mutter zu tun haben. Es musste nicht einmal eine Erinnerung aus meiner Kindheit sein. Ich wollte nur etwas Neues, etwas, an das ich lange nicht gedacht hatte.
Ich weiß auch nicht, wie ich auf diese seltsame Übung gekommen bin – vermutlich hatte es etwas mit dem Chaos auf dem Boden zu tun, über das ich vorsichtig hinwegsteigen musste. Doch bevor mir eine Erinnerung einfallen konnte, bin ich eingeschlafen.
Als ich jetzt in mein Handtuch gewickelt im Zimmer stehe und den Blick über meine alten Sachen schweifen lasse, geht mir das Gedankenexperiment wieder durch den Kopf.

Ist es möglich, eine neue Erinnerung aus den Tiefen meines Gedächtnisses hervorzuholen?

Liz wird durchdrehen, wenn sie nach Hause kommt und ich immer noch nicht aufgeräumt habe. Die Vorstellung verschafft mir eine gewisse Genugtuung, aber selbst ich kann nicht in einem solchen Chaos leben. Auf dem Weg zum Kleiderschrank rutsche ich fast auf einem Fotoalbum aus, weshalb ich beschließe, wieder alles in die Kisten zu räumen, wenn ich angezogen bin. Vielleicht spende ich doch ein paar der Spielsachen einem Kinderheim oder so. Ich werfe Lambert einen wehmütigen Blick zu. Er liegt immer noch auf meinem Kissen, nachdem ich gestern Nacht mit ihm im Arm geschlafen habe. Ich werde in ein paar Wochen dreißig und hänge immer noch an einem Stofftier. Wie traurig ist das denn?

Wie auch immer, ich behalte Lambert, basta.

Ich schaffe es gerade, meine Schulbücher und ein paar Poster einzupacken, bis Bruce an der Haustür klingelt. Die PlayStation steht immer noch im Flur, wo Ethan sie gestern abgestellt hat. Ich hoffe, er kommt bald vorbei, um sie aufzubauen. Ich habe absolut keine Ahnung, wo ich anfangen sollte.

Gestern Abend haben wir noch bis zur letzten Runde in der Kneipe ausgeharrt. Ich habe irgendwann nicht mehr mitgezählt, wie viele Whiskys Ethan getrunken hat. Ich frage mich, wie es ihm heute geht.

Als Bruce mit einer längeren Aufgabe beschäftigt ist, beschließe ich, Ethan anzurufen.

»A«, grüßt er in den Hörer.

»Du klingst ziemlich fertig«, stelle ich fest und lasse mich mit dem Rücken an der Wand hinabgleiten, bis mein Hintern auf dem Boden im Flur zum Sitzen kommt.

»Das hörst du nur aus einem Buchstaben heraus?«

»Konnte ich zumindest mal«, erwidere ich lächelnd. »Aber jetzt hast du es gerade bestätigt. Bist du schon am Arbeiten?«

»Ich schließe den Laden gerade auf«, erklärt er.

»Wenn ich so viel getrunken hätte wie du gestern Abend, würde es mir jetzt beim Anblick von Alkohol sofort hochkommen.«
»Sehr hilfreich, Amber.«
Trotz seines neckenden Tonfalls spüre ich ein Kribbeln im Bauch, als er meinen Namen sagt.
»Hast du Lust am Wochenende ins Kino zu gehen oder so?«, frage ich.
»Klar, gern«, erwidert er.
Ich verpasse mir mental eine Ohrfeige, um wieder auf den Boden zu kommen, als wir uns verabschieden und ich auflege.
Aus heiterem Himmel muss ich an die Filmabende denken, die früher in der Stadthalle in Ethans Gemeinde abgehalten wurden. Es liefen immer drei Filme hintereinander, alles alte Streifen, und wir saßen auf unbequemen Klappstühlen, auf denen uns regelmäßig der Hintern eingeschlafen ist. In den Pausen haben wir uns Gummibärchen, Popcorn und Cola gekauft, aber den dritten Film haben wir so gut wie nie geschafft. Meistens sind wir stattdessen zu dem großen Wasserturm auf der anderen Stadtseite gelaufen. Dort kletterten wir den Warnschildern zum Trotz die Leiter hoch und setzten uns aufs Dach, von wo aus man einen wunderbaren Blick auf den Sonnenuntergang hatte. Wenn alle restlichen Süßigkeiten verputzt waren, kletterten wir wieder runter und rannten atemlos zurück zur Stadthalle, damit Ethans Eltern unser Verschwinden nicht bemerkten, wenn sie uns nach dem Ende der Vorstellung mit dem Auto abholten.
Ich hatte die Erinnerung nicht vergessen, doch ich frage mich, ob es irgendein kleines Detail gibt, an das ich seitdem nicht mehr gedacht habe. Ich schließe die Augen und konzentriere mich.
Das Knarren der alten Holzdielen ...
Der immer leicht modrige Geruch des großen Saals ...
Der schwere, rote Samtvorhang, der für die Auftritte der örtlichen Tanzgruppe benutzt wurde ...
Der dunkle Korridor, der zu den stinkenden Toiletten führte ...

Die kaputte Glühbirne im Korridor ... Und dieser Erinnerungsfetzen stößt plötzlich eine andere Erinnerung an: Ethan, der mit einem Grinsen auf dem Gesicht in den Saal geschlendert kam. Ich plauderte gerade mit seinem damaligen Schwarm, Ellie Pennell, und bewunderte ihre perfekt lackierten Nägel und ihren Sommerteint, mit dem ich nie konkurrieren konnte, als Ethan uns zurief: »Wie viele Blondinen braucht man, um eine Glühbirne zu wechseln?«

Wir sahen ihn nur ratlos an, also fuhr er fort: »Fünf. Eine hält die Birne, die anderen vier drehen die Leiter.«

Ich reiße die Augen auf und pruste laut los, genau wie Ellie und ich es damals getan hatten. Ich habe es geschafft. Ich habe eine neue Erinnerung ausgegraben, etwas, an das ich seit Jahren nicht mehr gedacht habe. Seltsamerweise freue ich mich wie ein Schneekönig.

Kapitel 11

Mitte der darauffolgenden Woche öffne ich einer betreten dreinschauenden Nell die Tür. Oh, oh, den Blick kenne ich ...
»Was ist los?«, frage ich besorgt und trete zögerlich zu ihr nach draußen.
»Julian hat mir gerade abgesagt«, erklärt sie und bestätigt damit meine Befürchtung.
Wir haben vor, zum Abendessen zu Ethans Eltern in die Berge zu fahren. Ich bin aufgeregt und nervös, Ruth und Tony nach so vielen Jahren wiederzusehen – das letzte Mal war noch vor meinem Europatrip gewesen, als Ethan mich zu einem Abschiedsessen zu sich eingeladen hatte. Als Ned und ich unsere Hochzeit feierten, waren sie gerade im Urlaub.
Ich erinnere mich noch gut, wie Sadie damals während des Essens aufgetaucht ist und behauptet hat, vergessen zu haben, dass ich an dem Abend dort sein würde. So wie es Ruths Art war, hat sie Sadie natürlich eingeladen, mit uns zu essen, doch ich konnte mich danach einfach nicht mehr entspannen. Sadie hat ihren Besitzanspruch auf Ethan immer überdeutlich zur Schau getragen.
»O nein«, sage ich zu Nell. »Warum denn das?«
»Meinte, er sei zu müde«, seufzt sie. »Er war gestern Abend mit seinen Kumpels nach der Arbeit noch was trinken, obwohl ich ihn extra noch an unser Date heute erinnert habe.«
»Ärgerlich«, stimme ich zu. »Und du konntest ihn nicht überreden?«

»Nö. Ich hätte mir denken können, dass er einen Rückzieher machen wird, als er mir erzählt hat, dass er keinen Wein mag.«
»Also *ich* mag Wein. Ich stehe gern als deine Saufkumpanin zur Verfügung«, biete ich grinsend an, um sie aufzuheitern, während ich die Haustür hinter mir zuziehe.
»Das ist ja das Schlimmste daran«, jammert sie, als wir gemeinsam durch den Vorgarten gehen. »Er hätte fahren sollen.«
Jetzt verstehe ich ihren Frust. »Verdammt!«
»Genau.« Sie verzieht das Gesicht und geht um ihr Auto herum, das am Straßenrand geparkt ist.
»Warte mal.« Ich strecke ihr die Handfläche entgegen, um sie davon abzuhalten, auf der Fahrerseite einzusteigen, während ich fieberhaft nach einer Lösung für unsere missliche Lage suche. Ich hab's! »Ich fahre«, sage ich bestimmt.
Sie zieht die Augenbrauen hoch. »Wie ist das denn bitte besser?«
»Ich fahre, wir lassen mein Auto dort stehen, nehmen ein Taxi nach Hause, ich kann morgen mit Liz zum Krankenhaus fahren, du kannst ein Taxi oder den Bus hierher nehmen, um dein Auto abzuholen, und ich bin sicher, Ethan wird mir meins in den nächsten Tagen irgendwann vorbeibringen können. Wenn nicht, nehme ich den Bus oder ein Taxi zu ihnen raus und hole es selbst ab.«
»Oder ich fahre dich hin«, schlägt sie begeistert vor. Irgendwie hat sie es geschafft, meinem verschwurbelten Plan zu folgen.
»Abgemacht!« Wir grinsen uns an, und ich laufe schnell noch mal ins Haus, um den Autoschlüssel zu holen. Dabei lache ich in mich hinein, weil wir beide offenbar so dringend die heutige Weinprobe mitnehmen wollen, dass wir bereit sind, den nicht gerade unerheblichen Aufwand in Kauf zu nehmen.
Es ist ein lauer Abend, doch Ethan hat angekündigt, dass wir draußen essen, also trage ich eine schicke Jeans und eine langärmelige, schwarze Bluse, von der ich hoffe, dass sie die Mücken abhalten wird. Ich habe auch eine leichte Jacke dabei, für den Fall, dass es später kühl wird.

Nells kastanienbraune Locken fallen ihr locker über den Rücken. Sie trägt ein Sommerkleid mit Blumenprint und dazu Cowboystiefel. Sie angelt sich noch eine Jacke und ihre Handtasche vom Rücksitz ihres Autos, ehe sie bei mir auf dem Beifahrersitz einsteigt.
Ich habe die Fahrt in die Berge um Adelaide immer gemocht. Die Spätnachmittagssonne brennt immer noch unbarmherzig vom wolkenlosen Himmel herab, und der Eukalyptusduft weht durch die offenen Fenster zu uns ins Auto. Wir drehen die Musik auf und grölen zu *Boom Clap* von Charli XCX mit, woraufhin wir nur noch albern kichern können, bis Nell auf einem anderen Sender *Total Eclipse Of The Heart* entdeckt.
Das ist zu viel für uns. Wir kommen aus dem Lachen gar nicht mehr raus, und bis wir bei Ethans Elternhaus ankommen, ist von Nells Ärger über ihren Freund nichts mehr zu spüren.
Unsere Ausgelassenheit hat mich von meiner Nervosität abgelenkt, doch sie kehrt mit voller Macht zurück, als ich durch das geöffnete, weißgestrichene Hoftor auf die baumgesäumte Einfahrt einbiege. Der Kies knirscht unter den Reifen, während das Haus der Lockwoods vor uns auftaucht.
Das alte Haus im Kolonialstil raubt mir immer noch den Atem. Ich weiß nicht, wie es hieß, als Ruth und Tony es vor über vierzig Jahren kauften, doch als sie das alte Weingut restauriert und wieder in Betrieb genommen hatten, nannten sie es Lockwood House. Unter diesem Namen verkaufen sie auch ihren Wein.
Das Dach ist aus gebogenem Wellblech, das so weit nach unten reicht, dass es den großen Balkon im ersten Stock überspannt. Die Wände sind aus cremefarbenen Steinen gemauert, die alten Holzfenster sind in Weiß gestrichen, genau wie die verschnörkelten Eisenverzierungen unter der Regenrinne. Das Anwesen liegt an den Hügel geschmiegt, so dass es nach hinten raus nur eingeschossig ist, mit einer breiten Veranda, die in eine weitläufige Wiese mit frischgemähtem Gras übergeht. Nach vorn befindet sich im Erdgeschoss die *Kellertür*, wo Ethan den Wein der Familie verkauft.

Rechts vom Haus liegen weitere cremefarbene Nebengebäude und die Weinberge der Lockwoods. Reihe um Reihe erstrecken sich die Reben über die sanften Hügel bis zum Waldrand in der Ferne. Auf der linken Seite befinden sich noch mehr Weinberge, die zum Bach hin abfallen. Im Frühling, wenn das Wasser hoch genug stand, um unseren Fall zu dämpfen, haben Ethan und ich uns immer an einem geknoteten Seil über den Bach geschwungen. Seine Mutter schimpfte uns jedes Mal aus, wenn wir patschnass und lachend ins Haus zurückkehrten.
»Hallo«, begrüßt uns eine tiefe Stimme, als wir aus dem Auto steigen. Ethan steht lächelnd auf der Veranda, die Hände hat er lässig in die Hosentaschen gesteckt. Er trägt ein locker sitzendes, weißes Hemd, dessen Ärmel er bis zu den Ellenbogen hochgerollt hat.
»Hi«, erwidere ich und fühle mich seltsam schüchtern.
Er zieht eine Augenbraue hoch. »Du bist gefahren?«
»Wir haben einen Plan«, erkläre ich verschwörerisch zwinkernd.
»Julian hat abgesagt«, schaltet sich Nell ein. »Aber vergesst den Penner. Zeigt mir lieber den Weg zum Alkohol.«
Ethan lacht und umarmt Nell zur Begrüßung. Er gibt ihr einen Kuss auf den Kopf, ehe er den anderen Arm nach mir ausstreckt. Mit Ethan in der Mitte gehen wir zu dritt Arm in Arm zum Haus. Ich schätze, ich bin die Einzige, die dabei Herzklopfen bekommt.
»Sind wir die Ersten?«, frage ich und ärgere mich sofort, weil meine Stimme unmerklich zittert.
»Yep. Josh und Teens haben angekündigt, dass es etwas später wird, aber die anderen Gäste müssten jeden Moment eintrudeln.«
Ruth organisiert diese Dinnerpartys regelmäßig und immer für zwölf Gäste. Dieses Mal sollten wir die Hälfte der Gesellschaft ausmachen, allerdings wird jetzt ein Stuhl frei bleiben. Die restlichen Gäste kenne ich nicht.
Ethan öffnet die Verandatür und führt uns in die Küche, wo überall Platten randvoll mit Essen stehen.

»Amber!«, ruft Ruth, als sie mit ausgebreiteten Armen aus dem Nachbarzimmer kommt. Sie zieht mich in eine herzliche Umarmung. Als sie mich nach ausgiebigem Drücken wieder loslässt, strahlt sie mich an. »Es ist so lange her! Wie geht es dir?«
»Mir geht es gut«, erwidere ich, während sie sich an mir vorbeilehnt und Nells Hand nimmt.
»Hi Nelly. Dich habe ich auch schon ewig nicht mehr gesehen.«
Nell grinst sie verlegen an. Wenn Ruth ihre Scheinwerfer auf einen richtet, kann einem davon schon ein bisschen schwindelig werden.
Sie ist älter geworden, seit ich sie das letzte Mal gesehen habe, doch sie ist immer noch sehr hübsch. Ihre schulterlangen dunklen Haare, die jetzt mit Grau durchzogen sind, trägt sie elegant nach hinten gesteckt. Sie ist groß und schlank, mit der Figur einer viel jüngeren Frau, doch um die grünen Augen, die eine Spur heller sind als die ihres Sohnes, entdecke ich ein paar tiefere Falten.
Ihre Miene verfinstert sich, als sie sich wieder mir zuwendet. »Ethan hat uns von Len erzählt. Es tut mir so leid. Wie geht es ihm?«
»Er macht Fortschritte«, antworte ich. »Er kommt am Freitag nach Hause, worauf er sich schon sehr freut.«
»Bitte richte ihm liebe Grüße von uns aus«, sagt sie.
Ich nicke. »Klar, mache ich gern.«
»Also, ich bin hier drinnen fast fertig –«
»Kann ich bei irgendetwas helfen?«, unterbreche ich sie.
»Oh, du bist immer noch so ein süßes Mädchen.« Sie legt mir lächelnd die Hand auf den Arm. »Ich komme gut allein zurecht«, verspricht sie. »Ethan, warum bringst du die Mädchen nicht schon mal raus und bietest ihnen ein Glas Sekt an, während wir auf die anderen Gäste warten?«
Im Garten ist ein langer Tapeziertisch im Halbschatten eines großen alten Walnussbaums aufgestellt. Die Holzstühle sind bunt zusammengewürfelt und in angesagtem Shabby-Chic-Look gestri-

chen. Die Szene wirkt wie ein Foto aus einem Lifestyle-Magazin. Das weiße Tischtuch flattert im lauen Wind, und der Tisch ist jetzt schon mit Platten voller Antipasti beladen, die mit Frischhaltefolie abgedeckt sind: Geräucherter Schinken, Obst, Käse, Chutney und frisch gebackenes Brot, das himmlisch duftet und sogar noch warm ist, wie ich feststelle, als ich mir eine kleine Scheibe stibitze. Pinke Blumen sind in drei weißen Vasen über den Tisch verteilt und an jedem Teller stehen drei Weingläser bereit.
Ethan lächelt über unsere verblüfften Gesichter. Er geht zu der alten Holzbar, die auf der einen Seite des Tisches aufgebaut ist, und zieht einen Eimer unter dem Tresen hervor, den er mit Eis aus einer kleinen Kühltruhe füllt. Offenbar gibt es hier draußen Strom, denn über den tieferen Ästen des Baumes hängt eine weiße Lichterkette. Das wird später ganz zauberhaft aussehen.
Ethan öffnet eine Flasche Sekt und schenkt ihn in zwei langstielige Gläser ein.
»Trinkst du nicht mit?«, frage ich, als ich mich mit Nell zu ihm an die Behelfsbar stelle.
»Noch nicht«, erwidert er kopfschüttelnd. »Ich arbeite ja quasi.«
Ich bin enttäuscht, weil ich gehofft habe, dass er mit uns am Tisch sitzen würde.
»Aber nur quasi«, fügt er hinzu und reicht uns die Gläser. Dann stützt er sich mit den Ellenbogen auf dem Tresen ab. »Ich esse mit euch, aber bis Joanne kommt, helfe ich mit den Getränken aus.«
»Wer ist Joanne?« Zähneknirschend muss ich feststellen, dass ich tatsächlich eifersüchtig bin.
»Eine unserer Kellnerinnen. Sie hat heute Abend ein Problem mit ihrer Babysitterin, deshalb kann sie erst später kommen.«
Ich atme erleichtert auf. Sie ist Mutter, und ich bin bescheuert.
»Ist aber nicht schlimm«, meint Ethan achselzuckend. »Mir macht es nichts aus.«
»Machst dich jedenfalls gut als Barkeeper«, kommentiert Nell mit einem Grinsen. »Du siehst aus wie einer dieser sexy Cocktailmixer,

der die jungen Mädchen dazu bringt, in die Bars zu strömen, wie die Motten zum –«
»Iiih!«, schneide ich ihr das Wort ab, ehe sie den Satz beenden kann. »Das ist ja ekelhaft!«
Ethan lacht und verdreht die Augen. »Da siehst du, für wie sexy Amber mich hält.«
»Das wollte ich damit nicht … Ach, was soll's«, winke ich ab, als ich merke, dass er mich nur aufzieht.
Das schelmische Funkeln in seinen grünen Augen weckt die Schmetterlinge in meinem Bauch. Er unterbricht den Blickkontakt und sieht über mich hinweg.
»Da kommen sie«, verkündet er die Ankunft der anderen sechs Gäste.
Wie sich herausstellt, handelt es sich um eine Gruppe Arbeitskollegen, vier Männer und zwei Frauen, die zwischen Mitte zwanzig und Anfang vierzig sind.
Als Tina und Josh eintrudeln, lassen wir uns am Tisch nieder. Ethan nimmt am Kopfende Platz, Nell und ich rechts von ihm, Tina und Josh uns gegenüber. Neben Nell sitzt ein jüngerer Anwalt namens George, der zu einem schrägen Sinn für Humor auch noch ein einnehmendes breites Lächeln besitzt. Sie verstehen sich auf Anhieb, und ich habe das Gefühl, Julians Absage ist endgültig vergessen.
Das Essen ist absolut köstlich. Geräuchertes Hühnerfilet, mit Honig glasierter Schinken, feine Blattsalate mit Schmorgemüse und Granatapfel, Platten mit frischen, saftigen Feigen mit Mozzarellakugeln, beträufelt mit Olivenöl und Crema di Balsamico. Zum Nachtisch gibt es warme Aprikosentörtchen, die auf mehrstöckigen Kuchen-Etageren serviert werden und mit einem dicken Klacks Schlagsahne verziert sind.
Tony und Ruth haben sich nach dem Dessert zu uns gesellt, im Moment sitzen sie am anderen Ende des Tisches und plaudern mit den Gästen. Tony ist Mitte sechzig und hat kurze, graumelierte Haare und eine beneidenswerte Ganzjahresbräune. Er ist offen

und charmant, genau wie sein Sohn. Ich habe ihn schon immer gemocht.

Joanne ist dazu gekommen, als wir gerade beim Hauptgang waren, und jetzt hilft sie beim Abräumen und Servieren des Nachtischs. Ethan hat uns trotzdem weiter die verschiedenen Weine präsentiert und eingegossen, ohne uns mit endlosen Details zu langweilen. Außer natürlich, jemand hakt interessiert nach, was die attraktive Blondine am anderen Ende des Tisches gerade tut.

»Komm, wir tauschen Plätze«, bietet Ruth an, und steht von ihrem Platz neben der Blondine auf. Als sie zu mir kommt und sich neben mich setzt, strahlt sie mich so fröhlich an, dass ich meine Enttäuschung über Ethans Fehlen an meiner Seite schnell vergesse.

»Es ist so schön, dich zu sehen!«, sagt sie und drückt meine Hand. »Erzähl mal, was du so gemacht hast in den letzten … Oje, wie viele Jahre ist es jetzt her?«

»Über ein Jahrzehnt«, stelle ich fest.

»Nein! Du siehst aber nicht zehn Jahre älter aus!«, ruft sie aus.

»Du auch nicht«, erwidere ich aufrichtig.

»Oh, das ist lieb von dir. Wie gefällt dir denn das Eheleben? Ned heißt dein Mann, oder?«

»Ja, genau«, antworte ich nickend und erzähle ihr von seiner Beförderung.

»Wie aufregend«, sagt sie. »Und du? Arbeitest du noch als Lehrerin?«

»Leider nicht.«

»Ach, herrje! Was ist passiert?«

»Ich habe vergangenen Sommer gekündigt. Ich wollte versuchen, mit einem besserbezahlten Job etwas mehr zu verdienen, damit wir uns etwas Eigenes kaufen können.« Das ist die kurze Erklärung. Den Rest erspare ich ihr wohlweislich. »Mit dem neuen Job hat es leider auch nicht funktioniert«, fahre ich fort. »Ich fürchte, im Moment ist mein Leben ein ziemliches Chaos.«

»Das kann ich mir nicht vorstellen.« Ruth schüttelt vehement den

Kopf. »Du bist jedenfalls zur rechten Zeit zurückgekommen«, sagt sie mit gesenkter Stimme. »Natürlich war es nicht deine Entscheidung und kein schöner Anlass«, fügt sie schnell hinzu. »Aber ich bin froh, dass du hier bist, Amber. Du hast Ethan mehr abgelenkt, als du dir vorstellen kannst.«
Sie nickt unmerklich in Richtung ihres Sohnes am anderen Ende der langen Tafel. Ich schiele kurz zu ihm rüber, wie er lächelt und zustimmend nickt, als die Blondine etwas sagt. Mein Magen zieht sich unfreiwillig zusammen.
»Er war ziemlich einsam«, fährt Ruth fort. »So ein furchtbares Jahr. Für eine Weile war es ziemlich hart, wenn wir ehrlich sind.«
»Wie ist es, ihn wieder zu Hause zu haben?«, frage ich.
»Ach, ganz schön eigentlich.« Sie lehnt sich zurück. »Mehr Wäsche, mehr Kochen, Putzen und Bügeln, aber was soll man machen?«
»Ihn selbst waschen und bügeln lassen!«, schlage ich mit gespielter Empörung vor.
»Warte nur, bis *du* einen Sohn hast, und sage mir dann, dass du ihn nicht bei jeder Gelegenheit verhätschelst.«
Ich lächele sie an.
»Sind bei euch denn schon Kinder geplant?«, fragt sie hoffnungsvoll.
Ich schüttele hastig den Kopf. »Nein, noch nicht.«
»Na ja, wartet lieber nicht zu lange«, meint sie und schielt wieder zu Ethan rüber. »Manchmal frage ich mich, wenn Sadie nicht schwanger geworden wäre ...« Sie bricht gedankenverloren ab.
»Was?«, hake ich neugierig nach.
»Ach, ignorier mich einfach. Ich habe zu viel getrunken.«
»Dafür habe ich zu viel gegessen.« Wehmütig schaue ich das extrem leckere Törtchen auf meinem Teller an, das ich kaum angerührt habe. »Ich bin total voll.«
»Du könntest einen kleinen Spaziergang machen, ehe Joanne den Käse serviert«, schlägt sie vor.
»Käse?« Ich reiße entsetzt die Augen auf, doch ihre Aufmerksam-

keit ist auf das andere Ende des Tisches gerichtet. Ich folge ihrem Blick zu Ethan, der fragend die Augenbrauen hochzieht, als sich sein Blick mit dem seiner Mutter trifft. Ich schaue wieder Ruth an, die schuldbewusst die Achseln zuckt. Im nächsten Moment springt Ethan auf und kommt zu uns rüber.

»Mum«, sagt er mit fragendem Unterton.

»Amber meinte gerade, wie satt sie ist. Warum machst du nicht einen kleinen Spaziergang mit ihr vor dem nächsten Gang?«

»Klar«, sagt er und hilft mir, meinen Stuhl nach hinten zu rücken.

»Alles gut bei dir?«, frage ich schnell bei Nell nach, ehe ich aufstehe.

»Ja, ja ...« Sie winkt ab und wendet sich wieder George zu. Tina und ich wechseln einen amüsierten Blick. Als ich Ethan folge, ist er schon fast zehn Meter entfernt, die Hände tief in den Hosentaschen vergraben, die breiten Schultern hochgezogen.

»Hast du es eilig?«, raune ich ihm zu, als ich atemlos zu ihm aufschließe.

»Ein bisschen«, erwidert er mit gerunzelter Stirn.

»Warum?«, frage ich in normaler Lautstärke, sobald wir außer Hörweite sind.

»Mum. Hält sich für Amor«, knurrt er kurz angebunden.

Für einen kurzen Moment denke ich tatsächlich, er spricht von mir, doch dann dämmert mir, dass er die Blondine am anderen Tischende meint.

»Nicht dein Typ?«, frage ich, als er mich durch ein Tor in die Weinberge führt.

»Ich habe keinen Typ«, entgegnet er.

»Natürlich nicht«, erwidere ich trocken.

»Was?«, fragt er mit Unschuldsmiene.

»Du warst so lang mit Sadie zusammen, dass ich fast vergessen habe, mit wie vielen Mädchen du davor ausgegangen bist.«

»So schlimm war ich auch nicht.«

Ich schweige vielsagend.
»Oder doch?« Er wirkt ernsthaft überrascht.
Ich zucke nur mit den Schultern.
»Na ja, ich kann mich auch nicht erinnern, dass du mal für eine längere Zeit Single gewesen bist«, stellt er fest.
Ich wechsele das Thema. »Mir ist ziemlich schwindelig. Ich dachte, bei Weinproben wird man nicht betrunken.«
Er starrt mich ungläubig an. »Das gilt doch nur, wenn du den Wein ausspuckst, anstatt ihn zu trinken.«
»Oh. Ups.«
Er lacht. »Du wusstest genau, was du tust.«
»Den Vorwurf höre ich nur selten.«
Er grinst mich schief an, was mein Schwindelgefühl nur verstärkt.
Wir bleiben an einem Aussichtspunkt stehen, von wo aus man den gesamten Weinberg überschauen kann, wie er zum Bach hin abfällt. Ich hole tief Luft und lächele.
»Gibt es das Seil noch?«, frage ich.
»Nee, das ist schon vor Jahren verrottet.«
»Zu schade. Ich hätte gern mal wieder einen Sprung über den Bach gewagt.«
Auch ohne ihn anzusehen, weiß ich, dass er grinst, während wir unseren Weg fortsetzen.
Der blaue Himmel ist inzwischen ausgeblichen und blass, doch die Weinberge leuchten noch in sattem Grün, besonders dort, wo die letzten Sonnenstrahlen durch die Blätter fallen. In den Abständen zwischen den einzelnen Reihen aus Rebstöcken wächst trockenes, gelbes Gras und ab und zu ein sogenannter Wegerich-Natternkopf, der mit seinen hübschen lilafarbenen Blüten etwas Farbe ins Bild bringt. Da es sich um ein Unkraut handelt, bückt sich Ethan während unseres Spaziergangs immer wieder und rupft eine Pflanze aus.
»Was ist mit der Sprinkleranlage passiert?«, frage ich in Erinnerung an unsere Kindheit.

»Die gibt es nicht mehr. Wir benutzen nur noch Tropfbewässerung. Das spart Wasser.«
»Dann erzähl mal von dem Land, das ihr zukaufen wollt. Ihr vergrößert euch also?«
»Das würde ich gern, ja«, antwortet er eifrig. »Ich möchte Riesling anpflanzen. Wir haben im Moment gar keine weißen Weine, doch der Riesling wäre früher reif als unsere roten Sorten, weshalb wir ihn ernten und verarbeiten könnten, bevor wir mit den Rotweinen anfangen.« Die Idee begeistert ihn offensichtlich sehr. »Das Land, für das ich mich interessiere, befindet sich in Eden Valley in einer absoluten Traumlage. Es ist ein bisschen felsig, was bedeutet, dass wir den Boden an manchen Stellen erst noch für die Reben aufbereiten müssten, aber ich hoffe, dass ich die Steine, die wir dabei ausgraben würden, benutzen könnten, um ein Haus dort zu bauen.«
»Das klingt absolut idyllisch.« Ich muss gestehen, ich bin ein kleines bisschen neidisch.
»Mmm.« Er lächelt. »Ich muss allerdings erst noch abwarten, bis die Scheidung durch ist«, fügt er seufzend hinzu.
»Fährst du mal am Wochenende mit mir dorthin?«, frage ich. Unter der Woche wird es schwierig, sobald Dad zu Hause ist.
»Klar! Wir können eine kleine Ausfahrt mit dem Jaguar machen«, stimmt er begeistert zu. »Wie wäre es gleich diesen Sonntag? Wenn die Ernte erst mal anfängt, werde ich alle Hände voll zu tun haben.«
»Das lässt sich einrichten«, erwidere ich, schon jetzt aufgeregt bei der Vorstellung.
»Oder, warte, nein, ich kann doch nicht.« Er schlägt sich mit der Handfläche vor die Stirn. »Sadie will, dass ich die Kinder nehme. Wahrscheinlich hat sie ein Date mit David«, fügt er finster hinzu.
»Nächsten Sonntag?«
»Ich trage es gleich in meinen überfüllten Terminkalender ein«, scherze ich.

Wir gehen schweigend weiter. Als es gerade anfängt, unangenehm zu werden, fragt er: »Was hat Mum denn zu dir gesagt?«
»Sie meint, du seist einsam«, antworte ich wahrheitsgemäß.
Darauf erwidert er nichts.
»Und sie sagt, sie müsste immer deine Wäsche machen«, fahre ich fort.
Er lacht, doch es klingt halbherzig.
»Und sie findet, ich sei zur rechten Zeit nach Hause gekommen«, füge ich vorsichtig hinzu. »Weil ich dich ein bisschen ablenken kann.«
Es vergeht ein Moment, in dem er nicht reagiert, dann dreht er sich zu mir um und nimmt meine Hand. »Ja, das stimmt.« Er drückt meine Hand, was mich erschaudern lässt.
Ich hebe den Blick und sehe, wie er mich liebevoll anlächelt. *Platonische* Liebe. *Brüderliche* Liebe.
Ich lächele leise zurück und löse meine Hand aus seiner, um mit den Fingern über eine knorrige, alte Rebe zu fahren, deren morsche Rinde sich teilweise löst. Ich bücke mich und pflücke ein paar lila Unkrautblumen, die ich mir an die Nase halte. Der Duft ruft mir eine lange vergessene Erinnerung wieder ins Gedächtnis.
»Wir haben mal in einem Feld aus diesen lila Blüten gepicknickt«, sage ich, während ich das Bild immer klarer vor Augen sehe.
Violette Felder, knallblauer Himmel, gleißende Sonne, verschwitzte Haare, schwarze Ameisen ...
Mein Lächeln wird breiter. »Du bist von einer Ameise gebissen worden.«
»Stimmt«, erwidert er langsam. »Und du hast einen Sonnenbrand bekommen.«
In dem Moment, als er es sagt, fällt es mir auch wieder ein.
»Wir sind zu spät zu eurem Haus zurückgekehrt, und Dad hat schon dort auf mich gewartet«, erinnere ich mich weiter. »Er war so wütend auf mich, dass er gedroht hat, meine nächste Verabre-

dung mit dir zum Spielen abzusagen, aber ich habe so lange geweint, bis er es sich anders überlegt hat.«
Er grinst. »Jetzt fällt es mir auch wieder ein.« Gedankenverloren lässt er den Blick zum Bach und dann zurück zum Haus schweifen.
»Wir sollten wieder zurückgehen, oder?«, frage ich widerwillig.
Er zieht die Augenbrauen zusammen. »Ich fürchte schon.«
»Na, dann los.«
Er lächelt und klopft mir kumpelhaft auf den Rücken, bevor wir umkehren.

Kapitel 12

Als die Sonne untergeht, wird die Lichterkette angeschaltet, was sofort die Mücken anlockt. Die Temperatur ist zwar noch angenehm draußen, doch nach einer Weile geben wir auf und ziehen in das elegante Esszimmer um – auch wenn wir uns inzwischen alles andere als elegant verhalten, bei den Mengen an Wein, die wir intus haben. Meine Freunde stehen plaudernd mit Leuten aus der anderen Gruppe beisammen, und Ethan hat noch ein paar besondere Weine herausgesucht, die er uns am Tisch Verbliebenen zur Verköstigung anbietet. Außer mir sind da noch die Blondine, die, wie ich rausgefunden habe, Trudy heißt, und zwei ihrer Kollegen, eine unscheinbare Frau namens Nerys und ein älterer Mann namens Martin.

Wir sind beim zweiten Wein angekommen. Der erste – ein junger Shiraz – »explodierte« vor Frucht auf Martins Zunge, und hatte offenbar einen »sanften, süßen und holzigen Abgang«. Mir hat er geschmeckt.

Ethan gießt jedem von uns einen Schluck Wein in die vier zierlichen Probiergläser. »Das ist unser Premium-Shiraz«, erklärt er.

Martin schwenkt die dunkelrote Flüssigkeit ausgiebig im Glas. Ich schätze ihn auf Anfang vierzig und vermute, er könnte der Chef sein, der für diesen kleinen, feuchtfröhlichen Betriebsausflug aufkommt. Er trinkt schon den ganzen Abend Wein, als wäre es Wasser. »Gute Schlierenbildung«, merkt er an, ehe er die Nase tief ins Glas steckt und konzentriert schnuppert. »Das Bouquet ist nicht so aufdringlich wie beim vorherigen Wein. Mehr Gewürze, Nelken, Lebkuchen …«

»Die Farbe ist wunderschön«, kommentiert Trudy.

»Satte Farbe«, stimmt Martin zu.

Wie schafft Ethan es nur, ernst zu bleiben?

»Was denkst du, A?«, fragt er mich augenzwinkernd.

»Lecker«, erwidere ich und kippe den Inhalt des Gläschens mit einem Schwung runter.

Er holt vier frische Gläser. Als Nächstes ist ein junger Cabernet Sauvignon an der Reihe, der laut Martin »nach Eukalyptus stinkt«.

Er schmeckt tatsächlich ein wenig minzig, stelle ich fest. Doch auch diese Sorte schmeckt mir hervorragend.

Der nächste Wein, ein Premium Cabernet ist »blickdicht« wie der Shiraz und besitzt ein »intensives Cassis-Aroma«, wie Nerys fachmännisch feststellt.

Martin erklärt den Abgang als »ausgesprochen angenehm«. Ich kann ihm da nur zustimmen.

Schließlich holt Ethan einen Lockwood House Creek Shiraz, der von den fünfundsiebzig Jahre alten Reben unten am Bach stammt. Bei diesem Wein bin ich mir nicht sicher, ob ich ihn mag. Er schmeckt irgendwie scharf und muffig und seltsamerweise ein bisschen salzig.

»Hmm«, macht Martin und schnuppert konzentriert mit seiner knolligen Nase im Weinglas.

»Wow«, ruft Trudy aus und schmatzt anerkennend.

»Ich kann nicht sagen, ob ich ihn mag«, gebe ich zögerlich zu.

»Geht mir genauso«, sagt Ethan zu meiner Überraschung. »In jenem Jahr war es so trocken, dass die tiefen Wurzeln der Reben etwas Salz vom Bach aufgenommen haben.«

»Interessant«, erwidere ich.

»Ich habe noch gedacht, dass er ein wenig salzig schmeckt!«, ruft Trudy.

Doch Ethan lächelt immer noch mich an.

»Die hättest du haben können«, necke ich ihn später, als die andere Gruppe gegangen ist und nur noch Josh, Tina, Nell und ich übrig sind.
»Nein, danke«, erwidert er grimmig.
»War sie dir zu verzweifelt?«
»So in der Art.«
Ich schürze mitleidig die Lippen.
Ruth und Tony sind in die Küche verschwunden, und wir haben es uns im Wohnzimmer gemütlich gemacht. Nell hat sich in einem großen Ledersessel zusammengerollt. Sie sieht müde aus, und einen Moment lang erinnert sie mich an das kleine Mädchen, das ich in der Grundschule kennengelernt habe.
»Alles okay, Nell?«, rufe ich ihr zu.
»Mmm«, macht sie verschlafen.
»Hattest du Spaß heute Abend?«
»Ja.« Sie lächelt mir zu. »George war echt nett.«
»Netter als Julian?«, fragt Tina in der für sie typischen, direkten Art.
»Ach, sei doch still«, erwidert Nell und gähnt.
»Hast du dir wenigstens seine Nummer geben lassen, nur für alle Fälle?«, fährt Tina unbeeindruckt fort.
»Nein, habe ich nicht«, erwidert Nell gereizt, ehe ein zweites Gähnen sie zum Schweigen bringt.
»Soll ich uns ein Taxi rufen?«, biete ich an.
»Egal«, murmelt sie.
»Unseres sollte bald hier sein«, sagt Tina zu Josh und tätschelt ihm das Bein. Er nickt. Sie sitzen auf einem abgewetzten Ledersofa, Ethan und ich auf einem zweiten.
Ethan legt den Arm um meine Schulter, und ich kuschele mich automatisch an seine Brust, die Hand auf seinem warmen Bauch. Irgendwo in meinem Hinterkopf formt sich der nagende Gedanke, dass Ned es furchtbar fände, mich so mit einem anderen Mann zu sehen.

»Seid ihr beide ernsthaft nie miteinander ausgegangen?« Joshs unvermittelte Frage lässt mich zusammenzucken. Ich hebe den Kopf. Er mustert uns.
Ich schüttele entschieden den Kopf und setze mich auf. »Nein.«
»Nö.« Ethans Antwort klingt wesentlich lockerer, er nimmt auch nicht den Arm von meiner Schulter.
»So waren die in der Schule auch schon«, bestätigt Tina und wendet sich dann an Ethan und mich. »Habt ihr euch echt noch nicht mal geküsst?«, fragt sie mit gesenkter Stimme.
Ich starre sie entsetzt an. »Nein!«
Ethan grinst. Er wirkt, als würden ihm diese Fragen rein gar nichts ausmachen.
Tina ist immer noch am Kichern, als Ruth den Kopf zur Tür reinstreckt. »Euer Taxi ist da«, teilt sie Tina und Josh mit. Dann fällt ihr Blick auf Nell im Sessel. »Geht es Nell gut?«, fragt sie besorgt.
Wir drehen alle die Köpfe, um festzustellen, dass Nell tief und fest eingeschlafen ist und leise schnarcht.
»Süß«, meine ich liebevoll.
»Ihr könnt auch gern in einem unserer Gästezimmer übernachten«, bietet Ruth an, als wir alle aufstehen – bis auf Nell, natürlich.
So gern ich mich jetzt einfach in ein gemütliches Bett kuscheln würde, Nell muss am nächsten Morgen zur Arbeit, also lehne ich dankend ab.
Wir bringen Tina und Josh zur Tür.
»Bis bald, Süße«, sagt Tina und umarmt mich.
»Kommt gut heim.«
»Oh! Jetzt hätte ich es fast vergessen«, ruft sie aus. »Meine Mutter hat bei irgendeinem Supermarktpreisausschreiben vier Tickets für den Auftritt eines Comedians am Dienstag beim Fringe Festival gewonnen. Mir ist sein Name gerade entfallen, aber er spielt offenbar im Royalty Theatre, und es ist schon lange ausverkauft. Wollt ihr zwei vielleicht mitkommen?«
»Klingt gut.« Ethan nickt.

»Sehr gern«, stimme ich zu. Liz wird zweifellos begeistert sein, das Haus – und Dad – für sich zu haben. Seit dem letzten Streit haben sich die Wogen zwischen uns immer noch nicht richtig geglättet.
»Bist du sicher, dass es dir nichts ausmacht, Dads Auto morgen früh zu uns zu bringen?«, frage ich Ethan ein weiteres Mal, während sich das Taxi mit Tina und Josh darin in Bewegung setzt.
»Ganz sicher. Wie gesagt, Mum will morgen sowieso in die Stadt fahren, dann fahre ich einfach mit ihr zurück.«
»Danke dir. Das ist echt lieb.«
»Kein Problem.«
»Gute Nacht, meine Lieben, ich gehe mal ins Bett«, sagt Ruth, als wir durch die Küche gehen.
»Da schließe ich mich an.« Tony stemmt sich vom Küchentisch hoch, an dem er offenbar noch einen Absacker getrunken hat.
Ich schaue Ethan an. »Ich sollte wohl mal ein Taxi rufen.«
»Das mache ich«, sagt er.
Ein paar Minuten später stehen wir im Türrahmen zum Wohnzimmer. »Sollen wir sie wecken?«, flüstert Ethan mir zu. Nell schlummert immer noch wie ein Baby.
»Nein, lass sie ruhig noch ein bisschen schlafen«, antworte ich. Es wird noch eine halbe Stunde dauern, bis das Taxi hier ist.
Wir kehren zum Sofa zurück, setzen uns dieses Mal aber nicht so dicht nebeneinander. Ich streife die Stiefel ab und ziehe die Beine unter mich. Ethan legt den linken Arm auf die Sofalehne, seine Hand ist meinem Gesicht so nah, dass er mit den Fingerspitzen fast meine Wange berühren könnte.
»Es war wirklich ein schöner Abend«, sage ich leise, um Nell nicht zu wecken.
»Du schienst von der Weinprobe nicht allzu viel zu halten«, meint er mit hochgezogener Augenbraue.
»Ich weiß, was ich mag, und was ich nicht mag, und ich mochte eigentlich alle Weine. Nur das mit den Beschreibungen ist nicht so mein Ding. Das überlasse ich sonst immer Ned.«

»Hast du eigentlich seinen Nachnamen angenommen, als ihr geheiratet habt?«, fragt er.
»Nein, ich bin immer noch eine Church.« Ich betrachte meine Fingernägel. »Ich weiß auch nicht, warum.« Lag es daran, dass ich Matthews als Nachnamen nicht wirklich mochte, oder daran, dass ich Church so mochte? Lag es daran, dass ich das Gefühl hatte, dass mein Name ein Teil meiner Identität war, den ich nicht aufgeben wollte? Ich spreche meine Gedanken nicht aus, weil ich die Antwort selbst nicht kenne. Vielleicht war ich auch einfach noch nicht bereit zu heiraten. »Hat Sadie deinen angenommen?«, frage ich zurück.
»Ja.«
Natürlich hat sie das …
»Was soll denn der Blick?«, fragt er amüsiert.
Ich habe mir offenbar nicht genug Mühe gegeben, meine Abneigung für die Frau zu verbergen.
»Ach, nichts.«
»Los, sag schon«, drängt er mich.
»Ich sollte lieber die Klappe halten, für den Fall, dass ihr wieder –«
»Wir kommen nicht wieder zusammen«, stellt er bestimmt fest. »Was wolltest du sagen?«
»Okay.« Ich hole tief Luft. »Ich habe mich in ihrer Gegenwart nie wirklich wohl gefühlt.«
»Das liegt daran, dass sie eifersüchtig auf dich war«, erklärt er und legt den Kopf schief.
Ich runzele erstaunt die Stirn. »Echt? Warum *das* denn?«
»Keine Ahnung.« Ethan hebt nachdenklich den Blick zur Decke. »Sie war immer ziemlich unsicher«, sagt er schließlich. »Das war manchmal ganz schön anstrengend, um ehrlich zu sein. Aber bei dir war es immer ganz besonders schlimm.« Er schüttelt den Kopf. »Sie wollte nicht mal, dass ich zu deiner Hochzeit gehe.«
Ich stutze. »Aber du warst da.«

»Ich wollte dich nicht wieder enttäuschen.«
Ich brauche einen Moment, um zu verarbeiten, was er gerade gesagt hat. »Also hatte sie gar keine Magen-Darm-Grippe?«
»Es ging ihr nicht gut. Aber sie hätte schon mitgehen können, wenn sie gewollt hätte. Nein, das waren nur ihre alten Unsicherheiten, die wieder an die Oberfläche gekommen sind.«
»Du hast ›wieder‹ gesagt? Du wolltest mich nicht wieder enttäuschen?«
»Du weißt schon, was ich meine. Die vielen Male, die ich dir abgesagt habe?« Er zögert kurz und rückt dann näher zu mir, um mir mit den Fingerknöcheln über die Wange zu streichen. »Es tut mir leid, dass ich nicht zu deinem siebzehnten Geburtstag gekommen bin.«
Sein Blick ist aufrichtig. »Sie hat sich durch dich bedroht gefühlt«, gibt er offen zu. »Sie hasste es, dass wir so gute Freunde waren. Sie hat mir immer vorgeworfen, dass ich insgeheim auf dich stehe, was natürlich lächerlich war«, fährt er fort, »weil zwischen mir und dir nie mehr gewesen ist als Freundschaft.«
Es dauert einen Moment, bis er bemerkt, dass ich nicht entsprechend reagiere und ihm zustimme. Er runzelt die Stirn, und dann sage ich es – keine Ahnung, warum, denn immerhin habe ich die letzten zwanzig Jahre damit verbracht, es nicht zu sagen. Doch irgendwie kann ich es auf einmal nicht mehr für mich behalten.
»Das stimmt nicht ganz.«
Er starrt mich verständnislos an.
»Ich bin in dich verliebt, seit ich acht war.«
Selbst in meinem betrunkenen Zustand bin ich mir nur zu deutlich bewusst, dass ich das Gesagte nie wieder rückgängig machen kann.
Ich beobachte, wie seine Miene erstarrt. Wie in Zeitlupe zieht er seine Hand von meiner Wange weg.
»Wie meinst du das?«, fragt er verunsichert.
Und auch wenn ich den Ernst der Lage irgendwie begreife, purzeln

die Worte weiter aus mir heraus, als hätten sie ihren eigenen Willen entwickelt und keine Lust mehr, länger unterdrückt zu werden.
»Ich habe dich immer geliebt, Ethan.« Ich schaue ihn hilflos an. »Es tut mir leid.«
Der Ausdruck in seinem Gesicht ... Er sieht erschüttert aus, verwirrt, unfähig, eine Antwort zu formulieren. Alles, was er je über uns gedacht hat – unsere Freundschaft, unsere gemeinsame Geschichte, die Welt, wie er sie gekannt hat –, alles ist aus den Fugen geraten, und er weiß nicht, wie er es wieder richten kann.
»Bitte, mach dir jetzt keinen Kopf«, flehe ich ihn leise an. »Das ändert doch nichts.«
»Aber ... *Ned*«, bringt er fassungslos hervor, die Augenbrauen zusammengezogen.
»Ihn liebe ich auch«, antworte ich. »Du warst verheiratet und hattest zwei Kinder, und ...« Ich lache über mich selbst und schüttle den Kopf. »Und du warst nicht in mich verliebt«, beende ich meinen Satz.
Er seufzt schwer und fährt sich mit der Hand über den Mund.
»Hey«, sage ich mit gespieltem Tadel in der Stimme. »So eine große Sache ist es nun auch nicht.«
»Es ist *wohl* eine große Sache«, bricht es aus ihm heraus, und er schaut schnell zu Nell rüber, die zum Glück immer noch tief und fest schläft. Das wäre jetzt peinlich gewesen. »Warum hast du mir nie etwas gesagt?«, fragt er wieder leiser.
»Weil du nicht das Gleiche für mich empfunden hast«, erwidere ich.
Scheinwerferlicht fällt durch die Fenster, und ich höre das Geräusch von Autoreifen auf der Kiesauffahrt.
»Das Taxi ist hier«, stelle ich fest und stelle seufzend mein Glas auf dem Beistelltisch ab, um meine Stiefel anziehen zu können. Ethan bleibt reglos sitzen, offenbar immer noch unter Schock. Ich fühle mich seltsam ruhig, doch vielleicht liegt das auch nur am Alkohol, und ich werde morgen früh mit Herzrasen aufwachen.

Ich versuche, Nell wach zu rütteln. »Nell«, sage ich sanft. »Nelly Belly, das Taxi ist hier.«
»Nenn mich nicht Nelly Belly«, grummelt sie verschlafen.
»Dann eben Bella Nella. Ist das besser?« Ich helfe ihr, sich aufzusetzen. Sie war früher mal in einen hübschen Italiener verliebt, der sie immer so genannt hat, deshalb weiß ich, dass sie den Spitznamen mag.
Sie grinst und taumelt beim ersten Schritt, woraufhin ich sie mir unterhake, um sie zu stützen. Ich bin mir nur zu bewusst über jede kleine Bewegung von Ethan, als er aufsteht und uns zum Ausgang begleitet. Sein Schweigen ist nervenaufreibend.
»Danke für die Einladung«, sagt Nell mit einem verschlafenen Lächeln, als wir vor die Tür treten.
»Immer wieder gern«, entgegnet er und umarmt sie etwas steif, ehe sie ins Taxi klettert.
Er hakt die Daumen in die Hosentaschen und dreht sich mit starrem Blick zu mir um.
»Wenn du zulässt, dass jetzt alles anders wird zwischen uns, werde ich dir das verdammt nochmal nie verzeihen«, meine ich nur mit einem Hauch von Ironie.
Er reißt die Augen auf. »O Mann, A«, ruft er, während sich endlich ein Grinsen auf sein Gesicht stiehlt – Grübchen inklusive.
»Du bist mein ältester Freund«, sage ich mit fester Stimme. »Sei jetzt kein Idiot.«
Er wirkt erstaunt.
»Bringst du mir morgen trotzdem noch Dads Auto vorbei?«, frage ich, nur um sicherzugehen.
»Natürlich.« Er zuckt mit den Schultern. »Habe ich doch gesagt.«
Ich bin erleichtert, seine übliche Lockerheit durchblitzen zu sehen.
»Würde es dir etwas ausmachen, dann gleich die PlayStation einzurichten? Liz sitzt mir deshalb schon die ganze Zeit im Nacken.«
»Klar, kann ich machen.«

»Danke. Okay. Dann bis morgen.« Ich stelle mich auf die Zehenspitzen, um ihm einen Kuss auf die Wange zu geben. Dann eile ich zum Taxi und steige ein. Als ich die Tür hinter mir geschlossen habe, werfe ich noch einen Blick aus dem Fenster. Ethan hebt zögerlich die Hand, um uns zum Abschied zu winken, als das Auto davonfährt. Ich drehe mich schnell nach vorne um.
Ich habe ihn völlig vor den Kopf gestoßen. Shit.

Kapitel 13

Am nächsten Morgen erwache ich mit pochenden Kopfschmerzen. Mein Körper fühlt sich bleischwer an, meine Augen brennen, und meine Kehle ist rau wie Sandpapier. Das meiste davon könnte mit ein bisschen mehr Schlaf kuriert werden, doch meine Chancen darauf stehen schlecht.
Die Gedanken beginnen sich in meinem Kopf zu drehen, wie Kleidungsstücke auf einer Wäschespinne, und für einen kurzen Moment fühlt sich alles chaotisch und unmöglich zu ordnen an. Dann fallen mir die einzelnen Teile meines Gesprächs mit Ethan eines nach dem anderen wieder ein – zack, zack, zack –, und je klarer das Gesamtbild wird, desto mehr wächst meine Panik. Ich schlage mir die Hände vors Gesicht und spüre, wie mir das Blut in den Kopf schießt. Ich könnte vor Scham im Boden versinken.
Was zum Teufel hat mich geritten, ihm nach so vielen Jahren der Zurückhaltung doch noch mein Herz auszuschütten? O Mann, der Ausdruck auf Ethans Gesicht, als er begriffen hat, was ich ihm gesagt habe …
Ich stöhne laut auf und rolle mich zu einem engen Ball zusammen, wobei ich mich Nase an Nase mit Lambert wiederfinde.
Er starrt mich aus schwarzen Glasaugen an, und aus heiterem Himmel sehe ich das Bild einer Frau mit rotbraunen Haaren vor mir, die mich fröhlich anlächelt.
Hallo, Mum.
Ich habe nicht viele Erinnerungen an sie, und manche davon sind mit einem Gefühl schlimmer Vorahnungen verknüpft. Doch diese

Erinnerung fühlt sich rein und schön an, deshalb halte ich die Luft an und versuche, mich, von ihrem Bild ausgehend, an noch mehr zu erinnern.
Wo sind wir?
Wir sind in meinem Schlafzimmer, und sie lässt Lambert vor meinem Gesicht auf und ab tanzen. Sie drückt ihn mir sanft auf den Bauch und lässt ihn wieder nach oben hüpfen, was mich so amüsiert, dass ich vor Vergnügen quietsche. Dann nimmt sie mich in den Arm und hält mich fest an sich gedrückt. Lamberts weiches Plüschfell spüre ich in meinem Nacken.
»Gute Nacht, Kleines …«
Die Erinnerung verblasst und lässt mich atemlos und aufgewühlt zurück. Ich drücke mir Lambert an die Brust und kneife die Augen zusammen.

Gestern Abend habe ich es geschafft, mich mit einer gewissen Portion Stolz in der Stimme von Ethan zu verabschieden. Heute habe ich keine Ahnung mehr, wo ich den Stolz hergenommen habe, geschweige denn, wie ich ihn wiederfinden kann. Ziemlich bedrückt starte ich in den vor mir liegenden Tag.
Bis Liz aus dem Badezimmer kommt, bin ich schon längst am Putzen und Aufräumen. Die Teppiche sind alle zusammengerollt und stehen in der Küche bereit, in den Schuppen geräumt zu werden. Jetzt bin ich gerade dabei, den Flur zu saugen, den ich dann noch nass durchwischen will.
»Oh, danke, Amber«, sagt Liz steif. »Soll ich dir helfen, die Teppiche nach draußen zu bringen?«
»Nein, das bekomme ich schon hin«, erwidere ich.
Sie verschwindet in ihrem Zimmer und tritt kurz darauf angezogen und bereit für die Arbeit wieder heraus.
»Übrigens habe ich Dads Auto bei Ethans Eltern stehen lassen«, teile ich ihr mit, falls sie sich fragen sollte, wo das Auto ist, wenn sie das Haus verlässt. »Er bringt es nachher vorbei.«

»Oh, okay. Soll ich dich dann jetzt gleich zum Krankenhaus mitnehmen?«
»Nein, danke, ich gehe heute Nachmittag während der Besuchszeit zu ihm.« Dad hat heute Morgen sowieso Therapie, also verpasse ich nichts.
Liz hält nachdenklich inne und sieht mich an. »Es wird seltsam sein, ihn zu Hause zu haben.«
»Wir kommen bestimmt zurecht«, sage ich, um eine positive Einstellung bemüht.
Sie lächelt ein wenig gezwungen und geht zur Tür. »Dann bis später.«
»Tschüss.«
Ich widme mich wieder dem Boden.
Um kurz vor elf erhalte ich eine Textnachricht von Ethan, in der er mir knapp mitteilt, dass er jetzt unterwegs ist. Auf einen Schlag bin ich furchtbar nervös.
Obwohl ich ihn erwarte, erschrecke ich mich fast zu Tode, als es eine halbe Stunde später an der Tür klingelt.
Er steht unsicher auf der Türschwelle und hält mir den Autoschlüssel hin. Unsere Blicke treffen sich nur den Bruchteil einer Sekunde lang, ehe ich ihm den Schlüssel aus der Hand nehme.
»Danke«, sage ich. »Hast du noch Zeit, die PlayStation einzurichten?«
»Klar. Es ist auch nicht sehr kompliziert.«
Ich lasse ihn eintreten und spüre, wie mein Herz zu rasen beginnt, als ich die Tür hinter ihm schließe. Er geht ins Wohnzimmer voran und kniet sich vor dem Fernseher hin, wo ich die PlayStation bereits auf den DVD-Player gestellt habe. »Hast du die Fernbedienung?«, fragt er über seine Schulter.
Ich nehme sie aus der Schachtel und reiche sie ihm. Dann lasse ich mich auf dem Sofa nieder.
Keiner von uns spricht den gestrigen Abend an, während er Kabel einsteckt und die Kanäle einstellt, bis das Startmenü von *Medal of*

Honour auf dem Bildschirm erscheint. Von unserem normalerweise so lockeren Umgang miteinander ist keine Spur mehr zu erkennen, und es ist offensichtlich, dass ihm die Situation genauso unangenehm ist wie mir.

»So, fertig«, sagt er schließlich und wirft mir einen kurzen Blick zu, ehe er sich wieder auf den Fernsehbildschirm konzentriert.

»Zeigst du mir noch, wie man es spielt?«, traue ich mich zu fragen.

Er sieht mich aus dem Augenwinkel an. »Ich dachte, du magst keine Ballerspiele?«

»Tue ich auch nicht, aber ich muss doch einen Weg finden, Dad zu unterhalten, wenn er morgen nach Hause kommt.«

Sofort tritt Mitgefühl in seinen Blick. »Okay.« Er reicht mir den zweiten Controller und stellt ein Spiel für zwei Mitspieler ein. Dann setzt er sich neben mich aufs Sofa und erklärt mir, welche Knöpfe ich zu drücken habe. Ich stelle hin und wieder eine Frage, und ich bin mir sicher, von außen betrachtet wirkt unsere Unterhaltung völlig normal, doch ich kann seine Anspannung fühlen. Als das Spiel beginnt, bleibt er vorn auf der Sofakante hocken, anstatt sich richtig neben mich zu setzen.

Ich konzentriere mich auf den Bildschirm, wo eine Gruppe Soldaten von einem Kriegsschiff an einen Sandstrand gespuckt wird. Die Schlacht fängt sofort an.

Wenn ich dachte, ich wäre vorher angespannt gewesen, dann war das nichts im Vergleich zu jetzt. Von allen Seiten wird auf mich geschossen, und ich schreie auf, während meine Spielfigur sich umdreht, um auf einen Nazisoldaten zu schießen.

»Du schießt auf *unsere* Leute!«, ruft Ethan empört.

»Was? Wer ...?«

»Da!« Er zeigt auf ein paar Männer auf einem Hügel. Meiner Meinung nach regt er sich ein bisschen zu sehr auf.

»Aaaaah!« Ich renne auf sie zu, das Gewehr im Anschlag. Es ist fürchterlich! Plötzlich prustet er laut los vor Lachen.

»Was ist denn so lustig?«, will ich wissen.
Er verstummt, doch er grinst immer noch. »Du bist tot«, stellt er fest und wirft mir einen kurzen Seitenblick zu, ehe er weiterspielt. Trotz allem, was in den letzten zwölf Stunden passiert ist, macht mein Herz einen Sprung, als sich unsere Blicke treffen.
»Na, da bin ich ja froh, dass dich der Gedanke so amüsiert.« Ich tue so, als sei ich eingeschnappt, während er weiter wie ein Wilder auf Nazis feuert. Seine Daumen bewegen sich im Rekordtempo, und ich sehe, wie er die Rückenmuskeln anspannt. Nach einer Weile stöhnt er frustriert auf und lässt sich ins Sofa zurückfallen. Den Controller schleudert er genervt von sich.
»Mistkerle«, bricht es aus ihm heraus. »Ich bin aus der Übung.«
Ich grinse ihn an. »Du kannst gern noch mal spielen. Möchtest du vielleicht eine Tasse Tee dazu?«
Er zögert kurz. »Klar.«
Als ich wiederkomme, schreibt er jemandem eine Nachricht. »Mum«, erklärt er und steckt das Handy wieder in die Tasche.
»Wann kommt sie vorbei?«
»In zwanzig Minuten. Ich war mir nicht sicher, ob sie mich von hier oder von der Einkaufsstraße abholen sollte.«
Ich schaue ihn fragend an.
»Ich wusste nicht, ob du hier sein würdest, oder …« Er bricht ab.
Jetzt sind wir doch bei dem Thema gelandet.
Mit einem tiefen Seufzer setze ich mich neben ihn und reiche ihm seinen Tee. »Das mit gestern Abend tut mir leid.«
Er versteift sich sichtlich.
»Ich weiß nicht, was in mich gefahren ist. Ich war betrunken. Es war nur eine alberne Teenagerschwärmerei. Ich bin nicht mehr in dich verliebt.« Ich verziehe das Gesicht, als wolle ich »offensichtlich« sagen. »Ich liebe meinen Mann«, versichere ich ihm. »Können wir nicht einfach vergessen, dass die Unterhaltung jemals stattgefunden hat?«
Glücklicherweise ist er großmütig genug, mich mein betrunkenes

Geständnis unter den Teppich kehren zu lassen – zumindest metaphorisch, denn die echten Teppiche befinden sich alle im Schuppen im Garten, wo sie geduldig darauf warten, dass mein Dad wieder fit genug ist, um über ihre Ränder hinwegzusteigen. Falls dieser Moment jemals kommen wird.

Am nächsten Morgen kommt Dad nach Hause. Liz hat sich den Tag freigenommen, so dass wir mit dem bevorstehenden Wochenende nun drei Tage lang zu zweit sind, um ihm zu helfen, wieder zu Hause anzukommen und sich einzurichten. Nicht zum ersten Mal ertappe ich mich beim Gedanken, dass ich dankbar bin, Liz in unserem Leben zu haben. Zugegeben, es ist noch ein sehr ungewohntes Gefühl.
Der Weg vom Auto zur Haustür dauert schmerzhaft lange. Dad benutzt seinen Gehstock, doch seine rechte Körperhälfte ist immer noch geschwächt. Der Drang, ihm zu helfen, ist groß, doch wir müssen ihm widerstehen, weil Dad versucht, möglichst unabhängig zu sein. Wir müssen lernen, geduldig zu sein.
Ich öffne die Haustür, als Liz ruft: »Guten Morgen, Jenny.«
»Schönen guten Morgen!«, kommt die überschwängliche Antwort. Ich schaue nach rechts, wo die Nachbarin von Dad und Liz regungslos auf ihrer Türschwelle steht.
Dad zittert, weil es ihn so anstrengt, den Kopf in ihre Richtung zu drehen. Er bringt ein kaum verständliches »Hallo« hervor.
»Wie schön, dass du wieder zu Hause bist, Len«, sagt sie mit unsicherem Lächeln.
»Danke. Geht's gut?«, fragt Dad, doch Jennys ratlosem Blick zufolge haben nur Liz und ich ihn verstanden.
»Wir sehen uns bald, Jenny«, sagt Liz bestimmt und nickt mir zu, aus dem Weg zu gehen.
Ich öffne schnell die Tür und gehe nach drinnen. Dad schlurft langsam hinter mir her. Sein Blick ist kaum zu ertragen. Er sieht so gedemütigt aus.

Liz schließt die Haustür hinter uns. »Willkommen zu Hause, Liebling«, sagt sie mit mehr Zärtlichkeit und Mitgefühl, als ich von ihr erwartet hätte. Sie streichelt ihm über den Arm.
Dad knurrt. Dieses Mal kann er sich auch ohne Worte ausdrücken.
Später, als wir Dad im Wohnzimmer auf der Couch platziert haben, mit genügend Kissen, um seine schwache Seite zu unterstützen, genau wie es uns sein Physiotherapeut gezeigt hat, hole ich ein altes Fotoalbum aus meiner Teenagerzeit hervor. Lesen – selbst mir beim Lesen zuzuhören – strengt ihn immer noch sehr an, weil es ein bestimmtes Maß an Konzentration erfordert. Ich weiß, dass es Dad frustriert – er liebt seine Bücher –, aber er ist trotzdem schon wieder in der Lage, Musik und Kunst zu genießen. Ich hoffe, dass ihn diese Fotos auch ein bisschen zum Lächeln bringen.
Den ersten Fehler mache ich schon nach zwei Minuten, als ich für ihn die Seite umblättere, obwohl er es mit seiner schwachen rechten Hand gerade versuchen wollte.
»Lass mich«, beschwert er sich.
»Sorry, Dad«, entschuldige ich mich eilig.
Pausen sind generell nicht einfach zu ertragen. Wenn irgendwo eine Lücke entsteht, neigen wir dazu, sie füllen zu wollen. Bei Unterhaltungen ist es genauso. Es gibt nur eine Sache, die frustrierender ist, als darauf zu warten, dass jemand sehr langsam seinen Satz beendet, obwohl man schon weiß, was derjenige sagen möchte, und zwar, wenn der Zuhörer den eigenen Satz vollendet, weil er zu ungeduldig ist.
Dad fragt, was meine Freunde so treiben, also erzähle ich ihm von ihnen. Ich zeige auf die PlayStation, die Ethan gestern vorbeigebracht hat, und er stimmt zu, das Computerspiel einmal auszuprobieren.
»Aber nicht heute. Zu müde«, erklärt er.
»Willst du dich ein bisschen hinlegen?«, frage ich.
»Später«, antwortet er und schließt das Fotoalbum. »Noch eins an-

schauen.« Er zeigt auf das nächste Album im Regal, also stehe ich auf, um es zu holen, und lege es ihm auf den Schoß.

Auf der ersten Seite ist ein Foto von Mum, die mich als Baby im Arm hält. Ich muss etwa sechs Monate alt sein.

»Katy«, murmelt er und lässt die Hände eine Minute lang auf der Plastikfolie über ihrem Gesicht liegen.

»Hat sie eigentlich noch jemand anderes Katy genannt, oder warst das nur du?«, frage ich vorsichtig. Ich wünschte, ich könnte mir die Frage selbst beantworten. Ich meine, mich erinnern zu können, dass andere in den Jahren nach dem Unfall von ihr als »Kate« gesprochen haben.

»Nur ich«, bestätigt er, den Blick immer noch auf seine verstorbene Frau gerichtet. »Habe dieses Jahr ihren Geburtstag verpasst«, bringt er mühsam hervor. »Muss bald zu ihrem Grab gehen.«

Ich bekomme schlagartig ein schlechtes Gewissen. »Ich wusste gar nicht, dass du das immer noch tust«, murmele ich. Mir ist nicht einmal in den Sinn gekommen, zum Friedhof zu fahren, seit ich wieder in Australien bin.

Dad seufzt tief und blättert die Seite um.

Als Dad gerade mal eine Woche in der Reha war, hat seine Ergotherapeutin ihm aufgetragen, sich eine Tasse Tee zu machen. Es ging ihr gar nicht so sehr darum, seine physischen Fähigkeiten zu testen, als vielmehr die Reihenfolge, die er für die einzelnen Schritte wählt. Dad hat zuerst das Wasser aufgesetzt, dann aber vergessen, einen Teebeutel in die Tasse zu tun, bevor er sich kochendes Wasser eingoss. Sein Gehirn musste erst wieder beigebracht bekommen, wie man gewisse Dinge richtig erledigt.

Dads Ergotherapeutin hat es mir mit Hilfe einer Metapher erklärt. Ich sollte mir vorstellen, jemand fährt jeden Tag mit dem Auto zur Arbeit, doch eines Tages ist die übliche Strecke wegen eines Unfalls gesperrt, so dass die Person sich eine neue Route durchs Wohngebiet suchen muss. Das Ziel bleibt gleich, man muss nur einen neuen Weg finden, um dorthinzugelangen.

Wenn jemand einen Schlaganfall hat, bedeutet das, dass die toten oder geschädigten Gehirnzellen die normalen Verbindungen im Gehirn der Person unterbrechen können. Doch das Gehirn ist in der Lage, neue Wege zu finden. Das nennt man Neuroplastizität. Deshalb ist es durchaus möglich, manche oder auch alle Dinge wieder tun zu können, die man vorher gemacht hat – manche Leute sehen zunächst nur kleine Fortschritte, während andere eine völlige Genesung erleben. Der Schlüssel ist Wiederholung. Irgendwann wird die neue Verbindung für das Gehirn normal. Es kann Jahre dauern, bis man alles richtig hinbekommt, natürlich abhängig von der einzelnen Person und ihrer Charakterstärke.

Als meine Mutter gestorben ist, habe ich meinen Vater für schwach gehalten. Er war damals völlig verloren. Er war so unfähig, sich um mich zu kümmern, dass es mich im Nachhinein nicht gewundert hätte, wenn das Jugendamt eingeschritten wäre. Ich bin mir sicher, er litt unter Depressionen, und ich finde es immer noch schockierend, dass er sich nicht früher hat helfen lassen.

Der Mann, den ich heute sehe, ist ein ganz anderer Mensch. Dad ist Rechtshänder, und er ist auf jener Seite noch sehr schwach. Es wäre wesentlich einfacher für ihn, alles mit der linken Hand zu machen, doch egal, wie viel Energie es ihn kostet, er versucht es weiter mit rechts. Eine Welle der Bewunderung überkommt mich, als er das Album nach der letzten Seite zuklappt.

Ich nehme es ihm wieder ab und stelle es zu den anderen. Als ich mich wieder zu ihm umdrehe, hat er die Augen geschlossen.

Ich berühre ihn sanft an der Schulter, doch er bewegt sich nicht.

»Ich lasse dich mal ein bisschen schlafen«, flüstere ich, und gehe leise in die Küche.

Liz sitzt am Küchentisch und schreibt in ein Notizbuch. Sie ist so vertieft, dass sie mich im ersten Moment gar nicht bemerkt. Ich dagegen habe freien Blick auf die Seiten vor ihr und Worte wie »schockierend«, »nicht derselbe Mann« und »einfach furchtbar« springen mir ungewollt ins Auge.

»Liz?«, sage ich vorsichtig.
Sie zuckt zusammen und schlägt das Buch zu.
»Dad ist auf dem Sofa eingenickt«, erkläre ich.
»Oh, okay.«
»Was tust du da?«, frage ich möglichst beiläufig, während ich mir etwas zu trinken aus dem Kühlschrank nehme.
»Ach, nur ein bisschen Tagebuchschreiben.« Es ist ihr sichtlich unangenehm.
»Ich wusste gar nicht, dass du eines führst.« Ich weiß, dass Dad es versucht hat. Einer seiner Ärzte hat es vorgeschlagen, aber ich befürchte, seine Handschrift kann nicht einmal er selbst entziffern.
»Ich habe erst vor kurzem damit angefangen«, sagt Liz. »Dr. Mellan hielt es für eine gute Idee.«
Ich nicke nachdenklich.
»Macht es dir etwas aus, wenn ich nächsten Donnerstagabend zu einem Treffen gehe?« Sie rutscht nervös auf dem Stuhl herum.
»Was denn für ein Treffen?« Es ist ausgemacht, dass ich mich tagsüber um Dad kümmere, während sie bei der Arbeit ist. Sie übernimmt dafür abends.
»Eine Selbsthilfegruppe für pflegende Angehörige«, antwortet sie, ohne mich anzusehen. »Ich dachte, das könnte mir vielleicht helfen.«
Ich zucke mit den Schultern. »Klar.« Doch insgeheim mache ich mir Sorgen, dass es alles zu viel für sie werden könnte.

An diesem Abend telefoniere ich mit Ned. Er hat mir morgens geschrieben, dass er wieder gut zu Hause angekommen ist, doch da war ich gerade im Krankenhaus, um Dad abzuholen, und danach war Ned bereits im Bett, weshalb unser Gespräch warten musste.
»Wie war New York?«, frage ich. Es fühlt sich an, als wäre er länger als eine Woche weg gewesen.

»Gut«, antwortet er. »Wie geht es deinem Dad?«
»Er ist froh, wieder zu Hause zu sein, auch wenn er noch sehr erschöpft ist. Heute hat er sehr viel geschlafen.«
»Klar, kann ich mir vorstellen.«
»Erzähl mir von deiner Woche.«
»Was willst du denn wissen?«, fragt er.
»Wie war es?«, erwidere ich und spüre, wie ich schon wieder ungeduldig werde.
Wir haben kaum miteinander gesprochen, während er auf Dienstreise war. Der Zeitunterschied hat es erschwert, und davon abgesehen waren wir noch nie gut darin, telefonisch Kontakt zu halten. Jetzt, wo wir uns in verschiedenen Zeitzonen befinden, ist es noch schlimmer.
»Wie ist das Büro dort? Sind die Leute nett?«, helfe ich nach.
»Ja, ja, alle waren echt nett. Ich habe die kreativen Teams kennengelernt, ein paar Kunden getroffen, wurde zum Mittagessen eingeladen. Ich habe viel vom Soho House gesehen. Während ich dort war, wurde irgendein Wirtschaftspreis verliehen, das war ein krasser Abend.«
»Klingt, als hättest du viel Spaß gehabt«, sage ich, besänftigt von seinem Versuch mitzuarbeiten, auch wenn ich nicht begeistert bin von der Vorstellung, dass er mit Zara ausgegangen ist und sich höchstwahrscheinlich betrunken hat.
»Hatte ich auch. New York ist großartig. Da müssen wir unbedingt mal zusammen hin.«
»Das fände ich cool.« Ich merke, wie ich wieder ruhiger werde. Dann stelle ich die Frage, die er mir von sich aus nicht beantworten würde.
»Wie war es mit Zara?«
»Okay«, erwidert er. »Ganz gut.«
»Habt ihr euch oft gesehen?«
»Ziemlich oft. Wir haben mit denselben Leuten zu tun gehabt. Sie ist in Ordnung, Amber«, sagt er mit vorwurfsvollem Unterton.

»Sie hat sich nicht an mich rangemacht, wenn es das ist, was dir Sorgen bereitet.«

»Der Gedanke ist mir gar nicht gekommen«, lüge ich. Da ich selbst in letzter Zeit so viel Mist gebaut habe, hatte ich eigentlich nicht vorgehabt, ihn darauf anzusprechen.

Kapitel 14

Am Dienstagabend spüre ich, wie ich allmählich einen Lagerkoller bekomme. Dad hat seit Freitag nicht mehr das Haus verlassen, und ich genauso wenig. Heute habe ich ihm vorgeschlagen, ein bisschen durch die Innenstadt zu schlendern, vielleicht zum Mittagessen irgendwo hinzugehen, doch er hat vehement abgelehnt. Er ist so unsicher wegen seines Aussehens und seiner Art, sich zu bewegen und zu sprechen, dass er sich lieber im Haus verkriecht. Ich habe schon fieberhaft überlegt, wie ich ihm dabei helfen kann, diese negativen Gedanken zu überwinden. Er kann sich schlecht die nächsten Monate lang einschließen.
Als er noch im Krankenhaus war, hat er dutzende Karten mit Genesungswünschen von Freunden und Kollegen geschickt bekommen, doch jeder Versuch, ihn zu besuchen, wurde gnadenlos von ihm abgewiegelt.
»Zu müde für Besuch«, hat er Liz und mir jedes Mal erklärt, wenn wir ihm von jemandem erzählt haben, der den Wunsch geäußert hat, ihn zu sehen.
Wir wussten beide, dass er sich insgeheim schämte, in seinem Zustand von anderen gesehen zu werden. Aber als vorhin der Schulleiter seiner Schule angerufen hat, habe ich einfach zugestimmt, dass er und eine Kollegin meines Dads ihn morgen Mittag besuchen dürfen.
Ich weiß, es ist ein Risiko, und ich habe beschlossen, Dad erst morgen Vormittag davon zu erzählen, damit er nicht zu viel Zeit hat, sich darüber aufzuregen.

Von Ethan habe ich nichts mehr gehört, habe ihn selbst aber auch nicht kontaktiert.

Er hat mir meine Lüge vom Donnerstag bestimmt nicht abgekauft, und auch wenn wir uns noch so sehr bemühen werden, meine Beichte von letzter Woche wird zweifellos einen Keil zwischen uns treiben. Eine gute Nachricht für meine Ehe – das würde jeder sagen, der bei Verstand ist. Doch ich bin ganz offensichtlich gerade nicht bei Verstand.

Wenn der liebevolle, entspannte Umgang, den ich mit Ethan gehabt habe, für immer verloren sein sollte, wäre ich am Boden zerstört.

Vielleicht ist es nicht verkehrt, dass wir heute Abend zu einer Comedy-Vorstellung gehen. Ich kann etwas Aufheiterung gut gebrauchen.

Als ich am Royalty Theatre ankomme, sind es nur noch fünfzehn Minuten, bis die Show anfängt.

»Da bist du ja!«, ruft Tina, als sie mich erblickt. »Ich dachte schon, ich müsste dein Ticket auch am Eingang hinterlegen. Wir wollten gerade reingehen. Willst du dir noch etwas zu trinken kaufen?«

»Wo ist Ethan?« Ich schaue mich suchend um. Hat er etwa abgesagt?

»Er kommt ein bisschen später«, antwortet Tina.

Meine Erleichterung darüber, dass er noch kommt, verwandelt sich schnell in Nervosität – mit derselben Ursache.

Ich begebe mich zur Bar und kehre mit einem Wodka Lemon zurück.

»Wie läuft es bei dir?«, fragt Tina, während wir den Saal betreten.

»Ganz okay.« Ich lächele schwach und schaue mich um. Könnte er vielleicht doch schon hier sein? Wenn er noch rechtzeitig zu Beginn hier sein will, wird es jedenfalls knapp. »Und bei dir?«, erwidere ich die Frage.

»Josh und ich hatten vorhin einen üblen Streit«, flüstert sie, und

mir fällt viel zu spät auf, dass die beiden tatsächlich etwas gestresst gewirkt haben. »Ein bisschen Aufheiterung wäre jetzt nicht schlecht«, fügt sie hinzu.
»Na, dann sind wir hier doch richtig.«
»Hoffen wir es.« Sie reicht mir mein Ticket, und wir warten, bis uns die Theaterangestellte den Weg zu unseren Plätzen weist. Bei der richtigen Reihe angekommen, gehe ich zuerst rein, gefolgt von Tina und Josh.
»Worüber habt ihr euch gestritten?«, frage ich Tina leise. Das Theater füllt sich mit Menschen, der Geräuschpegel steigt stetig.
»Ach, es ging um seine Bindungsprobleme«, flüstert Tina. »Erzähl ich dir später. Hey, weißt du, was mir vorhin aufgefallen ist?«
»Was?«, frage ich, überrascht durch den plötzlichen Wechsel in ihrem Tonfall.
»Nächsten Freitag ist dein dreißigster Geburtstag!«, ruft sie fröhlich.
»Oh.« Ich lache halbherzig.
»Was hast du vor?«
»Keine Ahnung.« Ich zucke mit den Achseln. »Ich habe im Moment nicht wirklich die Energie, irgendetwas zu planen.«
»Sollen wir einfach ausgehen und uns volllaufen lassen?«, fragt sie begeistert. »In einen Club gehen, die Nacht durchtanzen, so tun, als wären wir wieder Teenager?«
»Klingt nach einem Plan«, erwidere ich grinsend. »Wenigstens müssen wir uns heutzutage keine Sorgen machen, dass wir unsere Ausweise vorzeigen müssen.«
»Und wenn doch, freuen wir uns darüber«, kichert sie, als die Lichter gedimmt werden und die Zuschauer allmählich verstummen.
Meine Stimmung sackt augenblicklich in den Keller. Ethan ist nicht hier. Er kommt nicht. Er geht mir aus dem Weg.
»Sorry, dass ich zu spät bin!«, höre ich ihn in diesem Moment raunen, und mein Herz macht einen Sprung, als er sich auf dem freien Sitz neben Josh niederlässt. Ich spüre, wie Adrenalin durch

meine Adern schießt. Er lehnt sich nach vorn, um Tina und mir zuzuwinken. »Hi!«

»Hi!« Ich winke zurück und gebe mir Mühe, möglichst unbekümmert zu klingen, doch mein Gesichtsausdruck ist mit Sicherheit genauso verräterisch wie seiner.

Ich bin erleichtert, als sich der Vorhang hebt, und wir unsere Aufmerksamkeit auf die Bühne richten können.

Die Frau, die als Warm-up-Comedian auftritt, ist ziemlich gut, doch nach einer Weile fällt mir etwas auf: Ethan lacht gar nicht. Als ich mich nach vorn beuge, um mein leeres Glas abzustellen, schiele ich in der Dunkelheit zu ihm rüber. Er starrt ausdruckslos vor sich hin, als wäre er in seinen eigenen Gedanken versunken. Offenbar hat er die Bewegung in meiner Richtung wahrgenommen, denn er schaut zu mir, wendet den Blick aber sofort wieder ab, als hätte ich ihm einen elektrischen Schock verpasst. Einen Moment später höre ich ihn lachen.

Er ist so ein mieser Schauspieler.

Der Comedian danach ist sogar noch lustiger als die Frau, doch dummerweise hat ein Mann mit einem sehr großen Kopf mit seiner Freundin den Platz getauscht, so dass ich nicht mehr wirklich gut sehen kann. Schließlich lehne ich mich nach vorn und stütze die Ellenbogen auf meinen Knien ab. Nach einer Weile bemerke ich im Augenwinkel, dass Ethan sich bewegt. Er sitzt nun genauso da wie ich, die Augen starr auf die Bühne gerichtet. Es fällt mir schwer, mich zu konzentrieren, jetzt, da er sich in meinem peripheren Blickfeld befindet. Josh und Tina lachen laut, und ich lächele sie an, doch als ich an ihnen vorbeischaue, stelle ich fest, dass Ethan mich ansieht. Ich habe sofort Schmetterlinge im Bauch, als sich unsere Blicke in der Dunkelheit treffen. Dann kommen wir beide gleichzeitig zur Vernunft und unterbrechen den Blickkontakt. Ethan lehnt sich zurück, so dass ich ihn nicht mehr aus dem Augenwinkel sehen muss.

»Gehen wir noch was trinken?«, schlägt Tina vor, als wir nach der Vorstellung auf den belebten Bürgersteig hinaustreten.
»Ich muss noch fahren«, antwortet Ethan, ehe ich den Mund aufmachen kann. »Die Mädchen übernachten heute bei mir, ich muss sie morgen früh in die Schule fahren.«
»Passen deine Eltern gerade auf sie auf?«, frage ich in möglichst lässigem Plauderton. Komm schon, Ethan, hilf mir mal.
»Ja.« Sein Blick huscht über mein Gesicht, ohne irgendwo länger zu verweilen. »Praktisch, die Babysitter immer im Haus zu haben«, sagt er mit seltsamem Lächeln, das an niemanden direkt gerichtet ist.
Mit einem Mal werde ich wütend über sein Verhalten. Wir sind seit fast zwanzig Jahren befreundet – soll es ab jetzt nur noch so sein?
»Amber?«, fragt Tina, doch in diesem Moment klingelt ihr Handy.
»Ich sollte wohl auch besser nach Hause gehen. Ich muss morgen früh aufstehen.«
»Ah, okay«, sagt sie, während sie in ihrer Handtasche nach ihrem Handy sucht. »Wenigstens kann Ethan dich dann ein Stück mitnehmen.«
Ethan und ich versteifen uns gleichzeitig. Daran hat keiner von uns gedacht.
»Vielleicht komme ich noch auf einen Drink mit«, sage ich schnell.
Tina reckt zustimmend den Daumen nach oben, doch kurz darauf ist sie abgelenkt von ihrem Telefongespräch.
»*Was* hat er?«, höre ich sie ungläubig fragen.
»Komm schon, Mann.« Josh gibt Ethan einen Stups mit dem Ellenbogen. »Ich muss doch auch fahren. Auf ein Bier. Du kannst mich doch nicht mit den Mädels allein lassen.«
Ethan verdreht die Augen und schielt zu mir rüber.
Ich ziehe nur die Augenbrauen hoch. Na los, ich fordere dich heraus.

»Das war Nell«, sagt Tina mit ernster Miene, als sie aufgelegt hat. »Julian hat mit ihr Schluss gemacht.«
»O nein!«, rufe ich entsetzt aus.
»Ich habe ihr gesagt, sie soll sich aufraffen und mit uns was trinken gehen. Hab ihr versprochen, dass wir sie aufmuntern.«
»Na, super«, meint Josh wenig begeistert, was ihm einen finsteren Blick seiner Freundin einbringt.
»Los, Ethan, komm mit«, drängt ihn Tina.
Er zögert, nickt dann aber doch. »Okay. Aber nur auf ein Bier.«
Berühmte letzte Worte.

Wir gehen zu einer Bar in der East Terrace, der Straße, die direkt an die Parks in Adelaide angrenzt. Wir schaffen es gerade noch so, draußen einen schönen Tisch mit Bank zu ergattern. Nell kommt kurz nach uns an, und mir fällt gleich auf, dass sie eine wild entschlossene Miene aufgesetzt hat.
»Ich hätte es wissen sollen, als er letzte Woche das Abendessen abgesagt hat, aber er hat immerhin das Wochenende mit mir verbracht.« Sie leert ihr Glas mit einem großen Schluck. »Schätze, er wollte den Sex noch mitnehmen«, fügt sie bitter hinzu.
»Müssen wir uns das anhören?«, unterbricht Josh und wirft Ethan einen gequälten Blick zu, der ihm gegenüber sitzt.
Tina verpasst ihm einen Stoß in die Rippen und wendet sich wieder Nell zu. Ich sitze links von Tina, so weit entfernt von Ethan wie möglich.
»Tut mir leid, Süße. Ich weiß, du hattest dir viel davon erhofft«, tröstet Tina ihre Freundin.
Nell zuckt die Achseln. »Ich habe es einfach so satt, Single zu sein. Ich will mich endlich irgendwo niederlassen, einen netten Kerl finden, heiraten und Kinder bekommen.«
Das ist alles, was sie sich immer gewünscht hat, denke ich traurig, schon seit der Highschool. Sie ist so eine tolle Frau, ich verstehe nicht, warum es bis jetzt noch nicht geklappt hat.

»O Mann«, sagt Ethan mitfühlend und drückt sie an sich.
Ihn mit Nell im Arm zu sehen, weckt meine Eifersucht, und ich ärgere mich sofort über mich selbst. Ich will meinen Freunden den entspannten Umgang mit Ethan nicht missgönnen, nur weil ich ihn nicht mehr haben kann.
»Verheiratet zu sein ist auch nicht immer toll«, fügt er hinzu.
»Das ist nicht fair«, widerspreche ich. »Nur weil es bei dir nicht funktioniert hat, bedeutet das nicht, dass es bei jedem so sein muss.«
Er sieht mich irritiert an.
»Tja, ich würde auch gern heiraten«, meint Tina und starrt in ihr Getränk, ehe sie es mit einem Zug leert.
»Jetzt fängt das wieder an«, stöhnt Nell, und mir fällt wieder ein, dass Tina vorhin einen Streit mit Josh bezüglich »Bindungsprobleme« erwähnt hat.
»Wozu die Eile?«, fragt Josh gereizt. »Wir wohnen doch zusammen, oder nicht?«
»Na, super«, erwidert Tina sarkastisch. »Wir sind also wie ein altes Ehepaar, nur ohne den Ring am Finger. Was bin ich doch für ein Glückspilz!«
»Sieh nur, was du angerichtet hast«, werfe ich Ethan vor.
»Hey!« Er hält abwehrend die Hände hoch.
»Du liebst dein Auto mehr als mich«, zetert Tina weiter.
»Wenn ich gewusst hätte, dass ich den Dritten Weltkrieg anzetteln würde, wäre ich zu Hause geblieben. Ich dachte, ihr wolltet mich aufmuntern, Leute«, beschwert sich Nell.
»Ich geh mal Nachschub holen«, verkünde ich und stehe auf, um an die Bar zu gehen.
Zu meiner Überraschung leistet Ethan mir Gesellschaft.
»Hör auf, dich so komisch zu verhalten«, raunt er mir zu.
»Das sagt der Richtige«, zische ich. »Ich wollte einen Pitcher Margarita holen. Willst du lieber Wein?«
»Nein, ich bleibe bei Bier.«

»Ich dachte schon, du wolltest aufpassen, dass ich nichts Falsches bestelle«, sage ich spitz.
»Hey, jetzt ist aber mal gut«, warnt er bestimmt.
Ich beiße mir auf die Unterlippe, und weiche seinem Blick aus, während ich versuche, einen der Barkeeper herbeizuwinken. Ethan hebt nur kurz die Hand und erntet sofort ein Nicken von einer sehr attraktiven jungen Barfrau.
»Bin gleich bei dir«, sagt sie lächelnd.
Ich verdrehe mit unverhohlener Abscheu die Augen.
»Dann bestellst du eben. Ich muss eh aufs Klo.« Ich klatsche ein paar Geldscheine auf den Tresen und lasse ihn stehen.

Als wir im *Bank Street Social* ankommen, einer coolen Bar am anderen Ende der Stadt, ist Nell schon völlig betrunken.
»Julian hatte immer so ein rotes Gesicht«, stellt sie fest.
»Ich fand auch, dass er immer ziemlich verschwitzt war«, stimmt Tina zu.
»Stimmt, er war oft verschwitzt!«, ereifert sich Nell. »Als ich ihn das erste Mal getroffen habe, dachte ich, er hätte einen Sonnenbrand, aber das war seine normale Gesichtsfarbe. Wenn ich es recht bedenke, sah er nicht mal besonders gut aus, oder?«
»Nicht so gutaussehend wie der Typ da drüben«, meine ich und ducke mich dann schnell hinter Nells Kopf. »Ups, jetzt hat er mich beim Starren erwischt.«
Nell kichert und schaut sich um.
»Nicht hingucken!«, raune ich ihr zu.
»Mmm, ja, der ist sexy«, stimmt sie zu. »Bisschen jung vielleicht. Aber für Trost-Sex sicherlich geeignet.«
Tina und ich prusten laut los.
Ich weiß nicht, wo Ethan und Josh stecken – wahrscheinlich an der Bar. Im Moment ist es mir auch völlig egal.
Der gutaussehende Typ kommt zu uns rüber. »Hallo«, sagt er mit frechem Grinsen.

»Hallo«, entgegnet Tina im Flirtmodus. »Und wer bist du?«
»Jared«, antwortet er und schüttelt ihr die Hand.
»Das ist Amber. Und das hier ist unsere Freundin, Nell«, preist Tina Nell an, als wäre sie ein Produkt im Sonderangebot. »Sie und ihr Freund haben sich gerade getrennt, sie kann also ein bisschen Spaß gut gebrauchen.«
»Ah.« Jareds Augen leuchten auf, und er nickt zwei Typen zu, die ein paar Meter entfernt stehen. Mehr Aufforderung, sich zu uns zu gesellen, ist anscheinend nicht nötig.
»Seid ihr mit jemandem hier?«, fragt Si, einer der Typen, kurz nachdem wir uns gegenseitig vorgestellt haben.
»Nicht wirklich.« Tina winkt ab.
»Ich bin verheiratet«, gestehe ich pflichtbewusst. Wenn Tina vorhat, Josh eifersüchtig zu machen, kann sie das gern tun, aber ich halte mich da raus.
Die Jungs nehmen mein Geständnis kaum wahr. Abgeschreckt wirken sie jedenfalls nicht.
»Sieht aus, als würdest du auf dem Trockenen sitzen«, stellt Mark, der dritte Typ, mit einem Blick auf Nells Glas fest. »Was trinkst du? Ich gehe zur Bar.«
»Oh, ein Cosmopolitan wäre super«, sagt Nell.
Mark schaut Tina und mich an. »Die Damen?«
»So einen nehme ich auch«, stimmt Tina ein.
»Bin dabei«, antworte ich lächelnd. »Danke.«
Si begleitet ihn zur Bar und lässt den jungen, attraktiven Jared allein bei uns zurück.
»Wie alt bist du?«, fragt Nell vorsichtig.
»Zweiundzwanzig«, antwortet er grinsend.
»Studierst du hier?«, frage ich.
»Ja, im letzten Semester.« Er schaut mich aus knallblauen Augen an. »Und du?«
»Ich bin aus London hier«, antworte ich.
»Hast du deinen Mann zu Hause gelassen?«

»Das habe ich tatsächlich.«

Das bringt mir ein schelmisches Grinsen ein. Ich werfe schnell einen Blick an ihm vorbei, und entdecke Ethan am anderen Ende der Bar. Unsere Blicke treffen sich. Seine Miene verfinstert sich. Ich ziehe fragend eine Augenbraue hoch. Was ist sein Problem?

Mark und Si kehren zurück und lenken mich damit ab, dass sie unsere Getränke vor uns abstellen.

»Prost!« Wir heben gemeinsam die Gläser.

Plötzlich ist Josh bei uns. »Was zur Hölle tust du da?«, fragt er Tina, während er mit düsterer Miene über ihr aufragt.

»Immer mit der Ruhe, Kumpel«, schaltet Si sich ein.

»Du kannst dich gleich verpissen«, sagt Josh wütend.

»Josh!«, ruft Tina entsetzt und legt ihm beruhigend die Hand auf den Unterarm. In dem Moment kommt Ethan dazu.

»Wir haben ihnen einfach nur etwas zu trinken spendiert«, erklärt Mark.

»Seit wann nimmst du von irgendwelchen dahergelaufenen Typen Drinks an?«, will Josh von seiner Freundin wissen. »Sie hätten euch da alles Mögliche reintun können.«

»Ja, klar!« Das will Jared offenbar nicht auf sich sitzenlassen.

Josh ist größer und breiter als die anderen drei, doch in diesem Moment wirkt er geradezu riesig.

Er baut sich vor Jared auf und starrt ihn finster an. »Zieh. Leine.«

Ethan geht dazwischen. »Hey, Kumpel«, sagt er mit ruhiger Stimme und legt Josh eine Hand auf die Brust. »Ich glaube, ihr geht jetzt besser, Jungs«, fordert er dann Jared und seine Freunde auf.

Mit offensichtlichem Widerwillen verlassen sie unseren Tisch.

»Ich kann nicht fassen, dass du das gerade getan hast!«, ruft Tina entrüstet. Josh starrt sie an und nimmt ihr das Glas aus der Hand, dessen Inhalt er in ein halbleeres Bierglas auf dem Tresen gießt.

»Du – ich – du –«, stammelt Tina mit ungläubiger Miene.

»Wir gehen nach Hause«, sagt er und packt sie am Ellenbogen.

»Ich gehe nirgendwo mit dir hin!«, schreit sie und reißt sich los.
»Würdet ihr zwei euch mal entspannen?«, schaltet sich Nell ein.
»Ich wünschte, ich wäre nie mit euch weggegangen!«
Irgendwie schaffen es ihre Worte, zu den beiden durchzudringen, denn einen Moment später schauen sie ziemlich betreten aus der Wäsche.
»Na, komm«, sagt Josh leise. »Es tut mir leid.« Er küsst Tina auf die Stirn, und sie sieht auch schon wieder viel friedlicher aus. »Aber wir sollten wirklich gehen«, fügt er hinzu. »Wir babysitten morgen Elizabeth.«
»Wer ist Elizabeth?«, frage ich, während Tina einlenkend nickt.
»Joshs Patenkind«, erklärt sie und umarmt mich und Nell zum Abschied.
»Sorry, Nelly«, entschuldigt sie sich. »Ich mache es nächstes Mal wieder gut, ja?«
»Okay.« Nell nickt, wirkt aber wenig begeistert.
Josh wirft Nell und mir noch einen beschämten Blick zu, ehe er mit Tina die Bar verlässt.
»Mannomann«, murmelt Nell.
»Kann man wohl sagen.« Ich nehme einen Schluck von meinem Cosmopolitan.
»Das ist nicht dein Ernst, oder?« Ethan sieht mich entgeistert an.
Ich habe keine Ahnung, was er meint. »Wie bitte?«
»Du wirst das nicht trinken. Du auch nicht, Nell«, fügt er hinzu, als Nell ihr Glas gerade zu den Lippen führen will.
»Mann, was ist aus der Welt geworden, wenn man sich nicht mal mehr von ein paar netten Typen ein Getränk spendieren lassen kann«, sage ich genervt und stelle mein Glas etwas zu schwungvoll auf dem Tisch ab.
»Das waren keine netten Typen«, entgegnet Ethan.
»Darüber lässt sich streiten«, erwidere ich, auch wenn ich gar keine Lust habe, mich mit ihm zu streiten. »Los, kommt, lasst uns woanders hingehen.«

»Gern!«, ruft Nell erleichtert. »Ich will tanzen!«
»Wenn ihr jetzt nach Hause geht, kann ich euch noch heimfahren«, bietet Ethan an.
»Ich will aber jetzt noch nicht heim«, entgegne ich trotzig. »Du etwa, Nell?«
»Mit dieser miesen Stimmung hier am Ende? Nein, danke.«
»Dann bis demnächst?« Ich sehe Ethan an.
Er nickt mit zusammengepressten Lippen, woraufhin ich auf dem Absatz kehrtmache und mit Nell im Schlepptau aus der Kneipe rausche.

Eine halbe Stunde später finden Nell und ich uns in einer zugegebenermaßen ziemlich schäbigen Kneipe in der Hindley Street wieder.
Ich glaube nicht, dass wir uns als Teenager in eine solche Bar getraut hätten, und ich fühle mich auch jetzt ein bisschen unwohl, weil uns eine Gruppe Biker an der Bar etwas zu viel Aufmerksamkeit schenkt.
Einer von ihnen hat den gesamten Arm bis hoch zur rechten Wange tätowiert. Sein Name ist Dennis, und wie sich herausstellt, arbeitet er in einem Tattoostudio in der Nähe.
»Ich wollte schon immer ein Tattoo«, sage ich im Versuch, nicht zu verklemmt zu erscheinen.
»Ich kann es dir gleich besorgen, wenn du willst«, erwidert er, ohne eine Miene zu verziehen. Einer seiner Kumpels kichert hämisch. Ich bin nicht so betrunken, die Doppeldeutigkeit in seinem Angebot zu überhören.
»Haha, sehr lustig. Ich bin verheiratet, falls es dir entgangen sein sollte.« Ich halte die Hand hoch und wackele mit dem Ringfinger.
Dennis wendet sich Nell zu. »Willst du dann, dass ich es dir besorge?«
Nell versteift sich. »Ich glaube, Alkohol und Tattoos vertragen sich nicht.«

»Sollen wir lieber weiterziehen?«, flüstere ich ihr ins Ohr.
Sie nickt. Wir gleiten gleichzeitig von unseren Barhockern.
»Ihr wollt doch noch nicht gehen, oder?«, fragt Dennis enttäuscht.
»Kommt schon, ich wollte euch gerade einen ausgeben.«
»Nein, danke«, erwidert Nell.
»Trotzdem danke«, füge ich höflich hinzu, ehe ich mich zum Gehen wende und erstarre.
Ethan sitzt am anderen Ende der Theke und plaudert mit einer jungen Barfrau. Als er mich erblickt, unterbricht er das Gespräch offenbar mitten im Satz. Ich stapfe auf ihn zu, Nell im Schlepptau.
»Was tust du hier?«
»Euch vor potentiellen Vergewaltigern beschützen«, erwidert er ungerührt.
»Wie brüderlich von dir«, entgegne ich viel sarkastischer, als ich es geplant hatte.
Er ignoriert mich und sieht Nell an.
»Ach, Ethan«, sagt sie lächelnd und schlingt die Arme um seinen Hals. »Ich dachte, du wärst gegangen.« Sie wankt bedenklich.
»Seid ihr jetzt bereit, nach Hause zu gehen?«, fragt er und löst sich vorsichtig aus ihrer Umarmung.
Sie nickt betrunken, und er schaut mich fragend an. »Okay?« Ohne zu lächeln, stellt er seine Bierflasche auf dem Tresen ab.
»Kannst du denn noch fahren?«, frage ich stirnrunzelnd.
»Ich habe nur noch alkoholfreies Bier getrunken«, entgegnet er finster und führt Nell nach draußen.
Im Auto schläft sie sofort ein – nichts Neues –, und ich muss sie kurz darauf wecken und in ihre Wohnung bringen. Danach fährt Ethan mich schweigend zum Haus von Dad und Liz. Er hält am Straßenrand und lässt den Motor laufen.
»Danke«, sage ich, ohne zu wissen, was ich sonst sagen soll.
»Schon okay.« Er weicht meinem Blick aus.
Seufzend steige ich aus dem Auto.

»Bis bald mal wieder«, sage ich durch die geöffnete Beifahrertür.
»Yep«, ist alles, was ich als Antwort erhalte.
Ich schließe die Tür, und er ist weg, ehe ich den Vorgarten betreten habe.

Kapitel 15

»Amber! Wach auf!«
Liz steht mal wieder in meinem Schlafzimmer.
»Wie spät ist es?«, stöhne ich.
»Halb neun«, erwidert sie gereizt.
Ich rappele mich mühsam auf. Sie steht mit verschränkten Armen im Türrahmen. »Len schläft noch. Er hatte keine gute Nacht, könnte aber jeden Moment aufwachen. Du wirst ihm beim Anziehen helfen müssen. Ich komme sonst noch zu spät zur Arbeit.«
»Okay«, murmele ich und reibe mir die Augen.
»Und nächstes Mal, wenn du um zwei Uhr morgens nach Hause kommst, könntest du vielleicht ein bisschen rücksichtsvoller sein«, wirft sie mir über die Schulter zu. »Du hast uns *beide* geweckt!«
Verdammt. Kein guter Start in den Tag.
Ich schaffe es, schnell zu duschen und mich anzuziehen, ehe ich Geräusche aus Dads Schlafzimmer höre.
»Alles okay da drinnen?«, frage ich, kurz nachdem ich leise angeklopft habe.
»Komm rein«, ruft er.
Als ich vorsichtig die Tür öffne, sehe ich ihn auf der Bettkante sitzen, wie er gerade versucht, seine Hose anzuziehen.
»Brauchst du Hilfe?«, frage ich.
»Nein, geht schon«, wehrt er ab.
»Ich mache schon mal Frühstück.« Ich lasse ihn allein.

Fünf Minuten später ruft er nach mir. Ich eile in sein Zimmer zurück, wo er sich mit extrem frustrierter Miene mit seinem Hosenknopf abmüht.
»Lass mich dir helfen«, sage ich schnell und trete zu ihm. Als ich den Knopf geschlossen habe, schaue ich ihn an, und er wendet schnell den Blick ab, doch nicht schnell genug, als dass ich den gedemütigten Ausdruck in seinen Augen nicht bemerkt hätte. »Ich mache uns Schinken und Eier«, sage ich möglichst unbeschwert. Er folgt mir wortlos in die Küche.
Ich fürchte mich davor, ihm die Nachricht zu überbringen, dass sein Chef und eine seiner Kolleginnen ihn heute Mittag besuchen kommen. Vor lauter Eifer, gestern Abend auszugehen, habe ich ganz vergessen, Liz davon zu erzählen, als sie von der Arbeit nach Hause gekommen ist. Ich habe keine Ahnung, ob sie die Idee gut oder schlecht fände, also ist es nun allein meine Verantwortung, falls es nach hinten losgeht.
Ich hoffe, ihn mit einem ordentlichen Frühstück milde stimmen zu können.
»Also, Dad«, sage ich nervös, obwohl ich mir alle Mühe gebe, locker zu klingen. »Daniel Fletchley hat gestern angerufen und gesagt, dass er dich heute gern mit Melanie Simons besuchen kommen würde. Sie wollten so um die Mittagszeit hier sein.«
»Nein!«, poltert er.
»Dad«, flehe ich, »bitte!«
»Will nicht, dass sie mich so sehen!« Er lässt wütend die Gabel auf den Teller fallen.
»Aber du kannst dich nicht ewig einigeln. Irgendwann musst du –«
»Nein!«, brüllt er.
»Dad, *bitte*.« Und dann kann ich nicht mehr anders: Ich breche in Tränen aus.
Ein Moment vergeht, ehe er sich genug beruhigt hat, um meinen Namen zu knurren und nach meiner Hand zu greifen.

»Ich verstehe schon«, sage ich schniefend. »Tue ich wirklich. Aber du hast Glück, am Leben zu sein! Du solltest froh sein –«
»Froh?«, unterbricht er mich entrüstet.
»Na ja, nicht froh, aber … Du hättest *sterben* können.« Und dann lege ich noch eine Schippe drauf, in der Hoffnung, ihn damit aus der Reserve zu locken. »Ich will nicht noch ein Elternteil verlieren.«
Sofort tritt Schuldbewusstsein in seinen Blick.
»Die Leute wollen dich doch sehen«, argumentiere ich. »Je eher du dich ihnen stellst, umso besser. Trübsalblasen hilft dir auch nicht weiter.«
Irgendwie schaffe ich es, ihn dazu zu bekommen, zuzustimmen.
Aber ich bin mir immer noch nicht sicher, ob ich das Richtige tue.

Das Treffen wird am Ende für uns alle ziemlich unangenehm und erniedrigend. Sowohl der Schuldirektor Mr Fletchley als auch die Geschichtslehrerin Mrs Simons geben sich alle Mühe, nicht zu geschockt zu wirken, als Dad ihnen die Tür öffnet, doch sie können ihr Mitleid nicht verhelen, als sie seinen Gehstock erblicken. Mir rutscht das Herz in die Hose, als ich die Tür hinter ihnen schließe und beobachte, wie Dad sie in seinem langsamen Schlurftempo ins Wohnzimmer führt.
Dad braucht immer noch Hilfe, wenn er sich auf die Couch setzen möchte, doch ich habe seine Abscheu gegenüber meiner Hilfe noch nie so deutlich gespürt wie in diesem Moment, als ich ihn vor seinen Kollegen auf dem Sofa platziere.
Das Gespräch ist unerträglich zäh und gestelzt. Weder Mr Fletchley noch Mrs Simons scheint in der Lage zu sein, Dad seine Sätze in seinem eigenen Tempo beenden zu lassen. Sie fallen ihm ständig ins Wort und versuchen zu raten, was er als Nächstes sagen will. Auch wenn ihre Absichten gut sein mögen, machen sie damit alles nur noch schlimmer.

Irgendwann ertrage ich es nicht mehr länger und bitte sie, etwas geduldiger zu sein, doch das steigert nur die Peinlichkeit für alle Beteiligten – vor allem für Dad. Als er nach nur einer halben Stunde behauptet, müde zu sein, fühle ich mich schrecklich. Ich habe ihn furchtbar enttäuscht. Ich bin eine nutzlose Pflegerin. Eine nutzlose Tochter.
»Es tut mir leid«, sage ich kleinlaut, als er die Gäste zur Tür gebracht hat.
Unsere Blicke treffen sich, und in seinem entdecke ich Verständnis. »Nicht deine Schuld«, beruhigt er mich. »Ich bin wirklich müde.«
Damit geht er in sein Zimmer und schließt die Tür.

Ich hatte Angst davor, Liz davon zu erzählen, was passiert ist, doch sie nimmt die Neuigkeiten überraschend gut auf.
»Er muss wirklich mal wieder unter Leute. Das Letzte, was wir erreichen wollen, ist, dass er zum Einsiedler wird.« Sie tätschelt mir den Arm. »Mach dich nicht so fertig deswegen.«
»Danke«, murmele ich dankbar.
Später komme ich aus meinem Zimmer und höre, wie sie leise mit ihm im Wohnzimmer spricht. Ich bleibe im Flur stehen, um zu lauschen.
»Kannst du es jetzt sehen?«, fragt sie. »Wie sehen die Bäume in der Ferne aus, welche Form und welche Farbe haben sie? Wie sehen die Wolken aus?«
Ich runzele verwirrt die Stirn.
»Was riechst du?«, höre ich sie weiter in langsamem Tonfall fragen. »Ist die Luft salzig? Ist es windig? Hörst du Möwen schreien? Meeresrauschen? Streiche mit der Hand durch den Sand und lass die Körner durch die Finger rinnen. Wie fühlt sich das an?«
Während sie mit beruhigender Stimme fortfährt, luge ich durch die geöffnete Tür ins Zimmer. Dad liegt mit geschlossenen Augen auf dem Sofa und atmet tief ein und aus. Liz sitzt im Sessel und

liest von einer Karte vor. Mir wird bewusst, dass sie eine Meditationsübung mit ihm macht. Einer der Ärzte hat uns ein paar Entspannungsmethoden empfohlen, um gegen seine Ängste anzugehen, und ich schätze nach heute Mittag hat Dad es bitter nötig gehabt.
Ich beobachte, wie sich seine Brust langsam hebt und senkt.
Liz ist mir bisher nie wie eine besonders geduldige Person vorgekommen, doch ich beginne allmählich auch andere Seiten an ihr zu sehen, von denen ich nicht wusste, dass sie existieren. Leise stehle ich mich davon und kehre in mein Zimmer zurück.

Am Donnerstagnachmittag fragt Nell mich, ob ich abends mit ihr ins Kino gehen möchte. Ich würde nur zu gern, doch ich muss ablehnen. Liz hat an diesem Abend ihre Selbsthilfegruppe, und ich kann ihr das jetzt unmöglich verwehren, wenn sie glaubt, es zu brauchen. Die Worte, die ich in ihrem Tagebuch gelesen habe – »schockierend«, »nicht derselbe Mann« und »einfach furchtbar« –, verfolgen mich immer noch.
Stattdessen versuche ich abends, Ned zu erreichen, ehe er zur Arbeit fährt, doch auf dem Festnetz meldet sich niemand. Als ich es auf dem Handy probiere, geht sofort die Mailbox dran. Ich nehme an, er ist schon in der U-Bahn. Ich hasse es, mit ihm zu telefonieren, wenn er schon bei der Arbeit ist, aber ich bin verzweifelt, also gebe ich ihm noch eine Stunde für die Fahrt, ehe ich noch mal auf dem Handy anrufe.
Eine Frau geht dran.
»Neds Telefon«, meldet sie sich, und mir wird schlagartig schlecht.
»Ist Ned da?«, bringe ich hervor.
»Wer spricht denn da, bitte?«
Ich bin fassungslos. *Ich* will wissen, wer da spricht!
»Seine Frau«, zische ich. »Und wer ist da?«
»Hallo, Amber«, sagt sie und lässt mich noch einen Moment

länger auf eine Antwort warten. »Hier ist Zara. Ist alles in Ordnung?«
Nein, ehrlich gesagt nicht. Warum zum Teufel geht Zara an Neds Handy? »Warte mal, hier kommt schon Ned«, fährt sie fort, ehe ich etwas erwidern kann.
»Bist du jetzt meine Sekretärin, oder was?«, höre ich Ned sie necken.
»Es ist Amber«, höre ich sie laut flüstern.
»Hey!«, ruft er viel zu fröhlich für meinen Geschmack.
»Weshalb, bitte, geht sie an dein Handy?« Mir ist bewusst, wie vorwurfsvoll ich klinge, aber genauso fühle ich mich eben.
»Warte kurz«, sagt er mit unverändertem Tonfall. Einen Moment später verstummen die Hintergrundgeräusche, als sich eine Tür schließt. Er hat sich offenbar irgendwohin zurückgezogen.
»Sie hat in meinem Büro auf mich gewartet«, erklärt er mit ernster Stimme. »Ich bin heute früher zur Arbeit, weil wir gleich ein wichtiges Kundengespräch haben. Ich war in der Küche, um Kaffee zu holen. Okay?«
»Nein! Nichts ist okay!«
»Amber«, seufzt er ungeduldig. »Das kann nicht so weitergehen. Ich habe dir doch gesagt, dass du dir keine Sorgen machen musst. Ich werde mich nicht weiter verteidigen, und ich habe es satt, sie zu verteidigen. Zara ist meine Vorgesetzte, wir arbeiten zusammen, das ist alles.« Er hält kurz inne. »O Mann, jetzt denkt sie bestimmt, dass wir uns gestritten haben.«
»Na, dann geh mal lieber schnell zu ihr zurück«, erwidere ich patzig und lege einfach auf.
Ich weiß, dass mein Verhalten kindisch ist, aber es war eben genau der Tropfen zu viel, der das Fass zum Überlaufen gebracht hat. Meine Augen füllen sich mit Tränen der Wut, und ich muss mich erst ein paar Minuten lang sammeln, ehe ich wieder zu Dad ins Wohnzimmer gehen kann.

Es ist Freitag, und Dad ist jetzt seit einer Woche wieder zu Hause. Erst eine Woche, und ich fühle mich schon wie ein eingesperrtes Wildtier.
Schwer vorstellbar, wie es für Leute sein muss, die allein für einen kranken Angehörigen sorgen. Können die jemals eine Pause machen? Wie kommen sie damit klar?
Liz hat wenigstens ihre Arbeit. Unter der Woche hat sie tagsüber ihre Freiheit. Ich kann es kaum erwarten, dass morgen Samstag ist. Dad weigert sich immer noch, das Haus zu verlassen. Ich weiß nicht, was ich noch tun kann, um ihn dazu zu ermutigen.
Ned hat heute Morgen angerufen, aber es war verschwendete Liebesmühe.
»Ich weiß, dass du es gerade nicht einfach hast, Amber«, sagt er und klingt dabei irgendwie von oben herab.
»Du hast keine Ahnung«, erwidere ich gereizt. »Du bist am anderen Ende der verdammten Welt. Du weißt gar nichts.«
Das Gespräch endete nicht gerade in bester Stimmung.
Die Wahrheit ist, dass ich mich wahrscheinlich noch nie einsamer gefühlt habe. Ich denke sogar daran, mit Liz zu dieser Selbsthilfegruppe zu gehen … Doch ich verwerfe die Idee sofort wieder. Eine von uns muss hier bei Dad bleiben.
Ich bin in der Küche und sehe Dad dabei zu, wie er sich abmüht, Tee zu kochen, als sein Handy summend eine neue Textnachricht meldet. Da wir uns immer noch sein Telefon teilen, könnte es für ihn oder für mich sein, also zwinge ich mich, geduldig abzuwarten, während er nachsieht.
»Es ist von Ethan«, sagt er schließlich, und ich richte mich unwillkürlich auf. »Er will wissen, ob du Zeit für einen Kaffee hast.«
Mein Herz macht einen Sprung. Die Vorstellung, diesem Gefängnis zu entkommen, ist verdammt verlockend.
»Oh.« Ich nehme Dad das Telefon aus der Hand.
»Geh ruhig«, drängt er mich. »Ich komme schon zurecht.«

Ich schüttele den Kopf. Vielleicht könnte Ethan zu uns kommen? Nein, das wäre Dad bestimmt nicht recht.
»Los, geh«, wiederholt er bestimmter. »Ich kann eine Stunde lang fernsehen. Oder, weißt du was, du kannst mir auch dieses Computerspiel anmachen.«
Ich zögere immer noch, auch wenn der Gedanke, Ethan abzusagen, fast unerträglich ist.
»Bist du dir sicher?«, frage ich, obwohl er mich eigentlich längst überredet hat.
Ethan und ich verabreden uns in einem Café an der Norwood Parade. Mit federndem Schritt trete ich aus dem Haus in den warmen Sonnenschein. Der Himmel ist blau, die Vögel singen, und ich bin endlich raus aus Alcatraz! Ich fühle mich wie der König der Welt.
Ich bin etwas zu früh und bestelle mir schon mal einen Latte Macchiato, nachdem ich einen schönen Tisch am Fenster ausgewählt habe. Es ist wunderbar, das rege Treiben zu beobachten. Ein paar Minuten später geht Ethan mit gesenktem Kopf am Fenster vorbei. Er öffnet die Tür und sucht den Raum mit den Augen nach mir ab. Ich winke lächelnd, als er mich erblickt. Er lächelt zurück, allerdings weniger herzlich, als ich es von ihm gewöhnt bin, was mich schmerzhaft daran erinnert, dass zwischen uns nichts mehr so ist, wie es mal war.
»Ich hole mir nur schnell einen Kaffee«, ruft er mir zu.
Ich nicke und wende meine Aufmerksamkeit wieder den vor dem Fenster vorbeiziehenden Menschen zu.
»Hey«, sagt er, als er kurz darauf neben mir auftaucht und mir einen Kuss auf die Wange gibt. Es ist nur ein flüchtiger Begrüßungskuss, aber ich empfinde es trotzdem als einen kleinen Schritt in die richtige Richtung. Er zieht sich einen Stuhl heran. »Schön, dass du es einrichten konntest.«
»Dad wollte ein bisschen *Medal of Honour* spielen, solang ich weg bin«, erkläre ich.

»Die Zeit wird wie im Flug vergehen«, verspricht er. »Ich war in der Stadt und dachte, ich versuche es einfach mal.«
Er strahlt eine nervöse Energie aus, was mir zeigt, dass er nicht entspannt ist.
»Was hast du denn in der Stadt gemacht?«, frage ich und nippe möglichst unbekümmert an meinem Kaffee.
»Ich hatte ein Kundentreffen. Wir haben die ganze Woche Wein abgefüllt, davon habe ich ein paar Flaschen zur Verkostung vorbeigebracht. Für dich habe ich übrigens auch noch eine im Auto. Ich dachte, dein Dad würde ihn vielleicht gern probieren.«
»Das ist aber nett von dir«, sage ich höflich.
»Was hast du so gemacht diese Woche?«, fragt er, wobei er den Blick von meinen Lippen über meinen Hals und mein Schlüsselbein wandern lässt.
»Ach, habe mich hauptsächlich um Dad gekümmert«, erwidere ich. Das »hauptsächlich« hätte ich auch streichen können.
Unsere Blicke treffen sich. »Hast du was von Tina gehört?«
»Ich habe ihr am Mittwoch mal geschrieben, um zu fragen, wie es ihr geht. Ich glaube, es ist alles okay«, meine ich achselzuckend.
»Warum? Hast du mit Josh gesprochen?«
»Gesprochen nicht, aber wir haben vor ein paar Tagen kurz geschrieben.« Er seufzt. »Ich weiß auch nicht.«
»Sie will gern heiraten.« Ich schaue aus dem Fenster. »Josh sollte besser zusehen, dass er in die Puschen kommt, sonst verliert er sie.«
»Glaubst du, sie könnte ihn verlassen?«, fragt er.
»Ich kenne sie nicht mehr so gut wie früher, aber es würde mich nicht überraschen.« Ich werfe ihm einen Seitenblick zu, aber er schaut weg. Auch wenn er sich in meiner Gegenwart sichtlich unwohl fühlt, bin ich froh, mit ihm hier zu sein.

»Was hast du dieses Wochenende vor?«, fragt er, als er mich zu Fuß nach Hause bringt.

»Nell und ich gehen morgen Abend ins Kino, und Tina treffe ich vielleicht zum Mittagessen. Steht unsere Verabredung noch, am Sonntag zu dem Grundstück rauszufahren, dass ihr kaufen wollt?« Ich war mir nicht mehr sicher, angesichts unserer aktuellen Situation.
»Von mir aus gern, wenn du Zeit hast.« Er mustert mich von der Seite.
»Ich habe auf jeden Fall Zeit«, erwidere ich erleichtert. »Ehrlich gesagt, habe ich mich die ganze Woche ziemlich eingesperrt gefühlt.« Ich bekomme sofort ein schlechtes Gewissen, das vor ihm zuzugeben, fast so, als würde ich Dad damit verraten.
»Das ist verständlich«, sagt er, und für den Bruchteil einer Sekunde rechne ich damit, dass er nach meiner Hand greift. Doch er tut es nicht.
»Ich würde dich gern hereinbitten, aber er ist noch ein bisschen eigen, wenn es um Besucher geht«, erkläre ich, als wir vor Dads Haus angekommen sind.
»Schon okay. Ich sollte sowieso besser zurückfahren. Ich hole dich dann am Sonntag gegen elf ab, okay? Wir können uns ja auf dem Weg irgendwo was zu Essen kaufen.«
»Klingt super.« Ich drehe mich um, und werfe ihm noch ein Lächeln zu, als ich auf die Haustür zugehe. »Bis dann!«

Kapitel 16

Am Sonntag wache ich auf und stelle fest, dass der Himmel mit schweren, dunklen Wolken behangen ist. Im Laufe des Vormittags wird die Luft immer heißer und feuchter und ein böiger Nordwind kommt auf. Es ist das denkbar ungünstigste Wetter.

»Kein guter Tag, um in den Busch raus zu fahren«, stellt Liz unnötigerweise fest.

Ihre Warnung stößt bei mir jedoch auf taube Ohren, denn ich werde auf keinen Fall absagen.

Ethan hat mir morgens schon geschrieben, dass ich Stiefel anziehen sollte, weil im Gras Schlangen lauern könnten.

»Nimm dir auch einen Regenmantel mit«, sagt Liz, als ich in einem dunkelgrünen Sommerkleid und passenden Cowboystiefeln aus meinem Zimmer komme.

Jeans wären viel zu warm, doch im knielangen Rock fühle ich mich auch nicht ganz wohl. »Es sind Gewitter angesagt«, fügt sie hinzu.

»Pass auf dich auf«, sagt Dad, und ich werfe Liz einen finsteren Blick zu, weil sie ihm Angst gemacht hat.

»Mach dir keine Sorgen, Dad«, beruhige ich ihn und werfe einen Blick aus dem Fenster.

Ein paar Minuten später hält Ethans grüner Jaguar am Straßenrand. Ich umarme Dad zum Abschied und hüpfe regelrecht aus der Tür.

»Howdy«, grüße ich Ethan grinsend, als ich zu ihm ins Cabrio steige und mich anschnalle. Ich atme tief durch und spüre, wie mich Erleichterung durchrieselt.

»Alles okay?«, fragt er, die gebräunte Hand auf dem Schalthebel.
»Jetzt schon.«
Er grinst und fährt los.
Ich trage die Haare offen, doch in dem Moment, als wir auf den Highway fahren, wird mir mein Fehler bewusst. Ethan lacht, als ich aufschreie und verzweifelt versuche, meine Haare mit den Händen zurückzuhalten.
»Später werde ich weinen, wenn ich mich mit der Bürste durch dieses Chaos kämpfen muss«, beschwere ich mich scherzhaft, wobei ich die Stimme heben muss, um das laute Brummen des Jaguars zu übertönen.
»Deshalb trage ich meine Haare so kurz«, erklärt er.
Ich grinse ihn schief an und fahre ihm, ohne nachzudenken, mit der Hand über den Hinterkopf. Dann beschließe ich, es aufzugeben. Ich werde mir jetzt nicht auch noch über meine Haare Gedanken machen.
Kurz darauf wechseln wir vom Highway auf eine kurvige Landstraße. Der Fahrtwind fühlt sich an, als würden wir von einem riesigen Haartrockner angepustet, wobei sich der allgegenwärtige Duft des Eukalyptus mit den Gerüchen nach Leder und Öl von den Autositzen und dem Motor des Oldtimers vermischen. Die Seitenstreifen sind mit cremefarbenen Kieselsteinen ausgelegt, und als ich einen Blick über die Schulter werfe, sehe ich, dass wir eine Staubwolke hinter uns herziehen. Selbst die Blätter der Bäume sehen aus, als wären sie von einer feinen Staubschicht überzogen. Es hat schon viel zu lange nicht mehr geregnet.
Wir halten an einem Gasthof, wo wir uns drinnen einen Platz suchen, um der Hitze für einen Moment zu entkommen. Ein paar Männer aus dem Ort sitzen an der Bar und schauen ein Cricketspiel im Fernsehen an.
Ethan trägt ein ausgewaschenes blaues T-Shirt, graue Shorts und klobige braune Stiefel. Wir bestellen beide Backfisch mit Pommes.

»Kannst du bei dem Auto eigentlich auch das Dach hochfahren?«, frage ich, während ich eine Gabel mit Pommes in den Ketchup tunke.
»Ja. Ich denke, das werde ich auch machen, wenn wir es abstellen, nur für den Fall, dass es anfängt zu regnen, während wir unterwegs sind.«
»Ist das Gelände sehr groß?«
»Fünfzig Morgen.«
»Fünfzig Morgen?« Ich reiße überrascht die Augen auf.
»Wir wollen zu Anfang nur vier bepflanzen«, sagt er.
Ich fahre mir mit den Fingern durch die Haare, im sinnlosen Versuch, sie zu entwirren. »Ich muss aussehen, als hätte man mich rückwärts durch den Busch geschleift.«
»Es steht dir aber«, erwidert er grinsend. »So wild und vom Winde verweht.«
Ich schaue ihn an, und ein Schauer läuft mir über den Rücken, als sein Blick zu meinen Lippen wandert und dort einen Moment verharrt, ehe er die dunkelgrünen Augen auf meine Hand senkt. Meine linke Hand, um genau zu sein. Die, an dem ich den Ehering trage.
Ich fühle mich seltsam zittrig, als ich mich wieder meinem Mittagessen zuwende.
Irgendwas hat sich zwischen uns verschoben. Es ist nur eine unmerkliche Veränderung, aber unverkennbar.
Das seltsame Gefühl bleibt auch, als wir weiterfahren. Wir sprechen nicht viel, doch die Atmosphäre ist irgendwie aufgeladen, als ich aus dem Fenster auf die weite, offene Landschaft schaue und alte, ausgehöhlte Baumstümpfe vorbeihuschen sehe. Ab und zu entdecke ich ein Paar Känguru-Ohren im langen, trockenen Gras.
Irgendwann biegt Ethan auf einen Feldweg ein und hält an einem Zaun mit einem alten Tor, das er erst öffnen muss, damit wir passieren können.
»Wir können nur noch ein Stück mit dem Auto fahren, weil der

Boden zu felsig ist«, erklärt er und klingt dabei zu meiner Überraschung völlig normal.
Vielleicht bilde ich mir das mit der veränderten Atmosphäre auch nur ein. Vielleicht liegt es nur daran, dass die Luft um uns herum durch das bevorstehende Gewitter tatsächlich elektrisch aufgeladen ist.
Wir fahren an einem großen Aluminiumschuppen vorbei, gefolgt von einem kleinen Wasserbecken, das nur halb mit Wasser gefüllt ist. Das trockene Grasland zu unserer Linken steigt sanft an. Die Hügel sind von großen, grauen Felsen und uralten Gummibäumen gekrönt. Zwischen den Felsen entdecke ich eine Herde schmutzig aussehender Schafe, und ein paar verräterische dunkle Dreiecke über dem langen Gras. Einen Moment später verwandeln sich die Dreiecke in ausgewachsene Kängurus, und ich muss lächeln, als eine kleine Gruppe sich träge in Bewegung setzt und davonhüpft.
Ethan hält an und schaltet den Motor aus.
»Von hier aus gehen wir zu Fuß weiter«, sagt er. »Spring raus, dann klappe ich das Verdeck zu.«
Die dunklen Gewitterwolken verbreiten ein seltsames gelbes Licht. Ich stehe staunend da und lasse die Landschaft auf mich wirken. Sie ist atemberaubend: wild und unberührt. Als wären wir in der Zeit zurückgereist.
»Komm, wir gehen los«, fordert er mich lächelnd auf, während er sich einen Rucksack über die Schulter wirft.
Wir gehen einen steinigen Pfad entlang, der sich schon bald aufwärts windet. Nach kurzer Zeit beginnen meine Beine zu schmerzen. Ich bin durch das viele Herumsitzen total schlapp geworden, und die schwüle Luft verschlimmert meine Atemlosigkeit noch zusätzlich. Wir erreichen eine felsige Anhöhe, wo wir kurz rasten und die Aussicht genießen. Unter uns schlängelt sich ein Bach durch die Landschaft, dessen Bett von vereinzelten Eukalyptusbäumen gesäumt ist. Erfreut sehe ich, wie ein Schwarm pinkgrauer Kaka-

dus sich aus den Ästen eines Baumes erhebt und mit lautem Kreischen in den dunklen Himmel aufsteigt. Ich schüttele fasziniert den Kopf.
»Das ist wunderschön«, stelle ich fest.
»Wir haben vor, das Gelände dort unten zu roden.« Ethan zeigt auf eine große Fläche am Fuß des Hügels.
»Habt ihr schon ein Angebot auf das Land abgegeben?«, frage ich.
»Der Kauf ist bereits abgeschlossen.«
»Wirklich? Das ging aber schnell.«
»Ich verschwende eben ungern Zeit«, meint er achselzuckend.
»Mann, ist das heiß«, stöhne ich und wische mir über die Stirn. »Können wir uns vielleicht kurz hinsetzen?«
»Klar.« Er sieht sich nach einem geeigneten Platz um. »Ich hoffe, das Wetter bleibt nicht so. Es ist ein ungünstiger Zeitpunkt für eine Hitzewelle.«
»Wie meinst du das?« Ich folge ihm über ein paar scharfkantige Felsen.
»Die Blätter der Rebstöcke könnten verbrennen, und der Reifeprozess könnte gestoppt werden«, erklärt er. Wir gelangen an einen großen, abgerundeten Felsen, auf dem wir uns nebeneinander niederlassen. Er packt zwei Flaschen Wasser für uns aus.
»Planst du immer noch, hier ein Haus zu bauen?« Ich nehme ihm dankbar eine der Flaschen ab.
»Da drüben«, sagt er und legt mir locker die Hand an den Rücken, während er sich zu mir lehnt, um mit der anderen Hand in die Ferne zu zeigen. Ich folge mit dem Blick der Richtung, in die sein Zeigefinger zeigt, und sehe eine ebene Grasfläche auf der anderen Seite des Baches, die nur von einem enormen braungrauen Gummibaum bewachsen ist.
Sofort habe ich eine Vision vor Augen von Ethan und seiner zukünftigen Ehefrau, umgeben von einer Schar glücklich herumtollender Kinder. Ich kann ihn mir nur zu gut vorstellen, wie er hier

lebt, das Land bepflanzt, und jeden Tag mit einem Lächeln auf dem Gesicht aufwacht.

Etwas in mir verkrampft sich. Wenn wir die Wahl hätten, in einem Paralleluniversum zu leben, würde ich mit ihm dort leben wollen.

Er dreht sich zu mir um und seine Hand löst sich von meinem Rücken, während er mein Gesicht aus grünen Augen mustert. Plötzlich ist da eine Stimme in meinem Kopf, die mich anschreit, aufzuspringen und wegzulaufen.

Doch in dem Moment lässt uns ein ohrenbetäubendes Krachen zusammenfahren, und kurz darauf teilt ein greller Blitz den Himmel.

»Meine Güte!« Ich presse mir erschrocken die Hand an die Brust und lache vor Erleichterung laut auf. Ethan lacht ebenfalls, der Bann zwischen uns ist gebrochen.

»Wie läuft es denn mit Sadie?«, frage ich um Normalität bemüht.

»Gut«, erwidert er. »Wie läuft es mit Ned?«

»Gut«, antworte ich genauso beiläufig wie er. »Weißt du inzwischen, was mit diesem Typen läuft? David?«

»Nein. Sie sagt mir nichts, und ich hab keine Ahnung. Machst du dir immer noch Sorgen wegen Zara?«

»Nee.« Ich winke ab. »Na ja, vielleicht ein bisschen«, gebe ich dann doch zu. »Aber egal.«

Sein Blick richtet sich auf etwas hinter mir und sein Gesicht erstarrt.

»Was?« Ich fahre herum, um zu sehen, was ihn so alarmiert hat.

Ein Feld in der Ferne steht in Flammen, und ich beobachte mit wachsendem Grauen, wie das Feuer nur eine Sekunde später auf das angrenzende Feld überspringt. Eine Böe heißer Luft trifft uns im Gesicht, und wir springen auf, während das Feuer auf den Bach zurast. Der große, alte Gummibaum neben Ethans zukünftigem Haus brennt bereits lichterloh.

»Sollen wir zu deinem Auto laufen?«, frage ich panisch.

»Nein.« Er schüttelt den Kopf. Auch ihm steht der Schock ins Gesicht geschrieben. Als ich mich wieder umsehe, hat das Feuer bereits den Bach übersprungen und breitet sich rasend schnell in der Ebene unter uns aus.

»Schnell!«, ruft Ethan und reißt mich fast vom Felsen, als die nächste heiße Böe in unsere Richtung fegt. Das Feuer bewegt sich auf den Hügel zu.

Wir klettern so schnell wir können über die Felsen und Ethan sieht sich hektisch um.

»Zu dem Wasserspeicher?«, rufe ich.

»Das ist zu weit.« Er schüttelt den Kopf. Plötzlich ertönt eine laute Explosion aus der Richtung seines Autos. Er reißt entsetzt die Augen auf. »Fuck, Fuck, Fuck«, murmelt er mit zusammengebissenen Kiefern und fährt sich durch die Haare.

»Was machen wir denn jetzt?«, rufe ich hysterisch.

»Psst, ist schon okay«, sagt er und drückt mich an einen der großen Felsen, die in unserem Rücken aufragen. »Der Wind wird das Feuer hoffentlich in der Ebene halten, und sollte es doch hier nach oben geweht werden, springt es vielleicht über die Felsen hinweg. Wir müssen uns einfach vom Gras fernhalten.« Ethans Stimme hat einen autoritären Tonfall, doch ich merke ihm seine Angst trotzdem an.

Eine Herde Kängurus springt im Eiltempo quer über den Hang vor uns, die Trägheit von zuvor ist verflogen. Da erblicke ich eine große, gefährlich aussehende schwarze Schlange, die sich auf uns zuschlängelt. Sie schlüpft in eine Felsspalte zu meinen Füßen. Ich vergrabe das Gesicht an Ethans Brust und schreie einfach los.

»Ist okay, ist okay«, murmelt er, und dann nimmt er mein Gesicht in die Hände und drückt seine Lippen auf meine. Er gibt mir zwei unschuldige Küsse, ehe er meinen Kopf an seine Brust gedrückt hält.

Ich bin sprachlos vor Schock. Ich bin mir bewusst darüber, dass er es nur getan hat, um mich zu beruhigen, aber – *er hat mich gerade auf die Lippen geküsst!*

Ich löse mich von ihm und starre ihn fassungslos an. Mein Herzschlag beschleunigt sich, und der Himmel öffnet sich, doch mir fallen die dicken Regentropfen kaum auf. Sein Blick ist intensiv und aufrichtig. Ich streiche ihm mit dem Daumen über die Wange. Meine Lippen öffnen sich, und da senkt er seinen Mund auf meinen.

Wir küssen uns, als wäre es unser letzter Kuss, Hitze verbrennt unsere Kehlen, während unter uns das Feuer weiter in der Ebene wütet. Ich schmecke Asche, als ich sein Gesicht in meinen Händen halte, und er seinen Körper an meinen presst, den ich an den harten Felsen gelehnt habe. Ich denke an Ned, doch nur für eine Sekunde. Es fühlt sich an, als wäre er in irgendeinem verstaubten Schubfach in den Tiefen meines Gehirns verstaut. Wenn ich schon sterben muss, dann werde ich sterben, während ich Ethan Lockwood küsse.

Das Blut rauscht mir in den Adern, als sich unsere Zungen treffen und ein Gefühl tausender kleiner Stromstöße in mir auslösen. Doch es ist nicht genug. Ich will mehr.

Er löst seinen Mund und presst seine Stirn so fest an meine, dass es schon fast weh tut. Sein heißer Atem geht schnell an meinen Lippen.

»Hör nicht auf«, flehe ich ihn an.

Zu meiner Erleichterung finden seine Lippen wieder meine. Ich lasse die Hände unter sein T-Shirt gleiten und spüre seine festen Muskeln. Ich will ihm noch näher sein, doch wir können nirgendwo anders hingehen. Meine Finger berühren den Bund seiner Boxershorts.

»Amber«, haucht er atemlos und drückt sich an mich, die Finger in meinen Haaren.

»Ich will dich«, flüstere ich mit heiserer Stimme, während der heiße Wind mir übers Gesicht bläst und das Feuer hoffentlich in der Ebene hält.

Innerhalb einer Millisekunde verändert sich sein Tempo. Er lässt die Hände so langsam über die Kurven meines Körpers gleiten, dass es schon fast nicht mehr auszuhalten ist. Seine Finger streichen über meine Oberschenkel, wo sie ein elektrisches Kribbeln auf meiner Haut erzeugen, als sie den Saum meines Kleides erreichen. Ohne den Mund von meinem zu nehmen, schiebt er den Rock nach oben, während er mit der anderen Hand seine Hose aufknöpft. Dann löst er unseren Kuss und sieht mir so tief in die Augen, dass ich das Gefühl habe, mein Brustkorb müsse zerspringen, weil mein Herz so wild klopft.

Mit einer schnellen Bewegung zieht er mir den Slip runter und hält dann kurz inne, als wollte er mir Zeit geben, damit ich es mir anders überlegen kann.

Keine Chance. Von diesem Moment phantasiere ich seit Jahren. Es fühlt sich so richtig an – als wäre es genau so vorherbestimmt.

Ich packe ihn an der Hüfte und ziehe ihn in mich hinein.

Es ist schnell, heiß und dringlich. Wir küssen uns die ganze Zeit, und als es vorbei ist, vibriert sein Schrei durch meinen Körper. Wir verharren noch eine ganze Weile eng umschlungen, unser Atem geht schwer, die rauchige Luft brennt in der Lunge.

Schließlich zieht er sich aus mir zurück und gibt mir einen zärtlichen Kuss auf den Mund, ehe er seine Kleider richtet. Ich bücke mich und ziehe mir den Slip hoch. Keiner von uns sagt ein Wort. Er streicht mein Kleid glatt, seine Hände liegen an meiner Hüfte, als er mir einen Kuss auf die Stirn gibt.

Mir fällt erst jetzt auf, dass es noch regnet.

»Los, komm.« Er nimmt mich an der Hand und führt mich zögerlich aus unserer felsigen Zuflucht heraus.

Ich schnappe entsetzt nach Luft, als ich die Lage in der Ebene erfasse. Auf den ersten Blick scheint der Regen wenig ausgerichtet zu haben. Dutzende von Bäumen stehen noch in Flammen, die wie lodernde Fackeln aus dem schwarzen Boden aufragen. Rauchschwaden steigen von der ehemals graswachsenen Fläche auf, die an eine Höllenlandschaft erinnert.

Es fühlt sich passend an.
Ich lasse den Blick schweifen und verharre bei etwas, das ich zunächst für einen umgekippten Baum halte. Doch es ist Ethans Jaguar, der lichterloh in Flammen steht. Das Auto, mit dem ich so viele glückliche Kindheitserinnerungen verbinde, ist fast nicht mehr zu erkennen. Ich lege Ethan die Hand an den flachen Bauch.
»Tut mir so leid«, sage ich leise.
Er schüttelt mit gequältem Blick den Kopf, ohne etwas zu sagen.
Der Boden ist feucht genug, dass wir den Abstieg wagen können, auch wenn wir einen weiten Bogen um die brennenden Bäume schlagen müssen. Ich schaue ganz genau hin, wo ich gehe, um nicht auf eine giftige Schlange zu treten. Beim Anblick von verbrannten Schafen, die nicht schnell genug flüchten konnten, bekomme ich einen Kloß im Hals.
Ich frage mich, wie irgendjemand schnell genug hätte davonlaufen können. Ich habe noch nie etwas Furchteinflößenderes gesehen als die Geschwindigkeit dieser Feuersbrunst. Hätte der Wind sie den Hügel empor getrieben, hätten wir bestimmt keine Überlebenschance gehabt.
Irgendwann schaffen wir es zur Straße, völlig durchnässt und schmutzig von Regen und Asche.
Ethan lässt meine Hand los, um ein Auto anzuhalten. Ein amerikanisches Paar mittleren Alters, das gerade ein Weingut in der Nähe besucht hat, wirkt ziemlich geschockt bei unserem Anblick. Der Mann besteht darauf, uns nach Hause zu fahren. Die Hilfsbereitschaft dieser Fremden ist zu viel für mich, und ich breche nun doch in Tränen aus. Ethan und ich sitzen zusammen auf der Rückbank, unsere Beine ineinander verschlungen. Ich habe das Gesicht an seinen Hals gepresst, während er versucht, höfliche Konversation zu betreiben. Ich habe keine Ahnung, wie er das in unserer Situation schafft.
Je näher wir meinem Zuhause kommen, desto mehr zieht er sich zurück. Körperlich ist es nur minimal, doch emotional habe ich

das Gefühl, ein Abgrund würde sich zwischen uns auftun. Als unser netter Chauffeur in die Straße meines Vaters einbiegt, nimmt Ethan ein letztes Mal mein Gesicht in die Hände und gibt mir einen kurzen Kuss. Es fühlt sich an wie ein Abschiedskuss.
»Kommst du zurecht?«, frage ich ihn.
Er nickt düster. Er wird zur Feuerwache gehen, um einen Augenzeugenbericht abzugeben – er ist sich sicher, dass der Blitz das Feuer verursacht hat. Seine Eltern wollen ihn dort treffen.
»Es ist das Haus dort auf der linken Seite«, weist er den Amerikaner an, und rutscht von mir weg, als das Auto am Straßenrand hält. Er drückt meine Hand ein letztes Mal, und seine Berührung hallt in mir nach. »Ich rufe dich an«, verspricht er.
Ich bringe gerade so ein Dankeschön an das Ehepaar heraus und steige aus. Dann stehe ich wie ein begossener Pudel auf dem Bürgersteig und schaue dem Auto hinterher.

In der Zwischenzeit

Doris griff nach einem Taschentuch und tupfte sich damit über die Augen, während sie den Brief in ihren Händen betrachtete. Sie hoffte, sie hatte das Richtige geschrieben. Sie wollte das arme Mädchen nicht erschrecken, doch sie hielt es für das Beste, wenn sie sich persönlich trafen.

Und sie wollte Amber unbedingt wiedersehen. Sie fragte sich, was für eine Frau aus ihr geworden war. Doris hatte die Hoffnung, dass ihr Vorhaben für sie beide eine therapeutische Wirkung haben würde. Sie wünschte es sich von Herzen.

Ihre Augen flogen über die Worte auf dem Papier. Hatte sie den richtigen Tonfall getroffen? Es war so schwierig, in Worte zu fassen, was passiert war, und Doris hatte nicht einmal die Hälfte wiedergegeben.

Einen Moment lang tauchten Bilder des Unfalls vor ihrem inneren Auge auf – die Glasscherben, das verbeulte Metall, das Blut, oh, das Blut ... Das Gesicht der Frau war leichenblass gewesen, ihre Lippen und Hände hatten gezittert, während Doris sie angefleht hatte, ihre Kräfte zu schonen.

Doch sie wollte nicht still sein.

Doris zuckte bei der Erinnerung zusammen. Sie faltete den Brief zusammen und steckte ihn in einen Briefumschlag. Wenn sich Barry nur beeilte, die Adresse herauszufinden ...

Kapitel 17

Am Montagmorgen schrecke ich auf, mein Puls rast und mein Herz schlägt schnell.
Ich setze mich im Bett auf. Meine Kehle fühlt sich wund an, mein Atem geht stoßweise. Ich balle die Hände zu Fäusten und versuche, mich zu beruhigen.
Flashbacks vom Tag zuvor kommen mir in den Sinn: Ethan und ich, wie wir uns küssen, Ethan und ich, wie wir Sex haben ...
Mir wird auf einmal heiß, und mein Gesicht brennt, als ich mir die Details ins Gedächtnis rufe.
O Gott, o Gott, o Gott ...
Ich war Ned untreu.
Das ganze furchtbare Ausmaß dieses Gedankens ist noch nicht in mein Bewusstsein eingesunken. Was gestern passiert ist, fühlt sich surreal und verrückt an. Ich verspüre den Hauch eines schlechten Gewissens, doch es ist nicht annähernd so stark, wie es sein sollte.
Ich stehe auf, schnappe mir mein Duschzeug und mache mich auf zum Badezimmer.
Ich habe zwar gestern Abend schon geduscht, doch ich kann das Feuer immer noch auf meiner Haut riechen. Und nicht nur das Feuer, sondern auch Ethan, auch wenn das unwahrscheinlich klingt. Ich muss sauber werden.
Als ich unter dem harten Wasserstrahl stehe, ist mein Kopf voller Bilder von ihm – von uns. Sein Gesicht, sein Körper, seine Küsse, die heiße Dringlichkeit, mit der er meinen Körper in Besitz genommen hat ...

Ich sollte besser zum Arzt gehen und mir die Pille danach verschreiben lassen. Wir haben nicht verhütet, und die Antibabypille habe ich gleich nach der Hochzeit abgesetzt, als Ned und ich der Meinung waren, Kinder wären der nächste logische Schritt.
Ich rubbele mir über Haut und Haare, bis es weh tut.
Dad und Liz waren gestern Abend völlig baff, als ich mit meinen dreckigen Klamotten und rußverschmierter Haut nach Hause gekommen bin. Ich glaube, ich stand noch unter Schock. Alles hat sich seltsam und albtraumhaft angefühlt. Ich erinnere mich, dass Liz mir einen süßen Tee gemacht hat, ehe sie mich in die Dusche gescheucht hat. Sie hat mir saubere Kleidung ins Bad gebracht und Abendessen gekocht. Ich habe ihnen von dem Blitz und dem Buschfeuer erzählt, worauf Dad besorgt und Liz schon fast mütterlich reagierte.
Als ich angezogen und bereit für den Tag bin, denke ich das erste Mal daran, auf die Uhr zu schauen. Zu meiner Überraschung stelle ich fest, dass es erst sieben Uhr ist. Liz kommt auf dem Weg zur Dusche den Flur entlang und sieht noch ziemlich verschlafen aus. Sie bleibt abrupt stehen, als sie mich kaffeetrinkend am Küchentisch erblickt.
»Du bist aber früh wach.«
»Ja. Möchtest du auch einen Kaffee?« Ich fühle mich seltsam losgelöst von meiner Umgebung.
»Ich hätte nicht damit gerechnet, dass du heute überhaupt aufstehst«, gesteht sie leicht verwirrt. »Ich wollte mir eigentlich freinehmen.«
»Mir geht es gut. Wirklich«, sage ich. »Du musst nicht zu Hause bleiben.«
»Bist du dir sicher? Ich finde, du könntest ein wenig Ruhe gebrauchen.«
»Ehrlich, Liz. Das ist lieb gemeint, aber es ist alles okay.«
Sie mustert mich skeptisch und nickt widerwillig. »Okay. Na, dann spute ich mich mal lieber.«

Wieder allein, starre ich eine Weile Dads Handy an, das auf dem Tisch liegt. Schließlich greife ich danach und scrolle die letzten Nachrichten von Ethan durch. Mit zugeschnürter Kehle lösche ich eine nach der anderen.

Das Handy vibriert in meiner Hand, und ich lasse es erschrocken fallen. Mit klopfendem Herzen hebe ich es auf, muss jedoch enttäuscht feststellen, dass es nur eine Nachricht von Dads Schuldirektor ist. Er fragt, ob er ihn mittags besuchen darf.

Hatte ich wirklich damit gerechnet, dass sich Ethan heute bei mir meldet, so, wie er mich gestern beim Abschied angesehen hat?

Nein.

Was wir getan haben, war schlimm. Wir haben einen furchtbaren Fehler gemacht.

Aber warum fühlt es sich dann nicht so an?

Ich warte immer noch darauf, dass sich mein schlechtes Gewissen regt.

Seufzend antworte ich Mr Fletchley, dass ich Dad fragen werde. Ich schreibe ihm nicht, dass ich nach dem letzten Besuch wenig Hoffnung habe.

Er schreibt sofort zurück, dass er allein kommen würde und verspricht, Dads Sätze nicht zu unterbrechen. Es ist, als hätte er meine Gedanken gelesen. Es tut mir so leid für ihn, dass ich doch wieder zusage. Ich hoffe, ich mache nicht erneut einen Fehler.

Ich gehe zum Kühlschrank. Wir haben nicht viel Essbares da. Liz tritt in einer Dampfwolke aus dem Badezimmer, und ich gestehe ihr widerwillig, dass ich Daniel Fletchley erlaubt habe, Dad zu besuchen. Ich rechne mit einer Standpauke.

»Okay«, sagt sie mit einem Kopfnicken. »Du hättest Len vermutlich vorher fragen sollen, aber, nun ja, Daniel scheint es nur gut zu meinen.«

»Das war auch mein Gefühl. Habe ich noch Zeit, schnell zum Bäcker zu gehen? Ich dachte, ich hole uns eine Quiche fürs Mittagessen und stocke ein paar Vorräte auf.«

»Klar.«

Als ich vom Einkaufen zurückkomme, ist Dad bereits wach und angezogen, und Liz ist auf dem Sprung zur Arbeit.

»Ned hat angerufen«, teilt sie mir mit, und ich versteife mich augenblicklich. »Er geht bald ins Bett, aber er meinte, er würde noch mal anrufen, wenn du ihn nicht vorher anrufst. Ich dachte, du hättest ihm schon von dem Feuer erzählt?«

»Nein.« Ich schüttele den Kopf. »Bin noch nicht dazu gekommen.«

Sie runzelt die Stirn, offenbar verwundert, dass ich meinen Ehemann nicht sofort angerufen habe, nachdem ich fast in einem Buschfeuer verbrannt bin, was eine durchaus berechtigte Annahme von ihr ist. »Nun, er hat sich jedenfalls ziemliche Sorgen gemacht, also solltest du ihn lieber bald anrufen.«

Es ist das Letzte, was ich jetzt gern tun würde. Was soll ich ihm denn sagen? Mir schwirrt der Kopf. Wenn ich Ned die Wahrheit sage, ist es vorbei.

Ich gehe in die Küche und stelle die Einkaufstüten auf dem Tresen ab. Ich werfe Dad ein gezwungenes Lächeln zu. In dem Moment klingelt das Festnetztelefon, und ich fahre nervös zusammen. Ich nehme den Hörer ab.

»Amber!« Es ist Ned, und er klingt ziemlich aufgeregt. »Liz hat mir erzählt, was passiert ist!«

»Hi«, grüße ich leise.

»Sie hat gesagt, du warst irgendwo auf dem Land mit Ethan?«

Es ist kaum verwunderlich, dass er nicht nur besorgt, sondern auch etwas gereizt klingt. Außer meiner kurzen Erwähnung der Dinnerparty auf dem Weingut von Ethans Eltern, ist sein Name in unseren Gesprächen so gut wie nie gefallen.

»Ja. Wir wollten uns ein Grundstück anschauen, dass er und seine Eltern zum Weingut dazukaufen wollen.« Ausnahmsweise bin ich mal froh, dass wir uns nur am Telefon unterhalten und nicht persönlich. »Ich musste mal wieder aus dem Haus«, füge ich hinzu

und schiele zu Dad rüber, ehe ich in mein Schlafzimmer gehe, damit wir uns in Ruhe unterhalten können.
»Verdammt, Amber!«, ruft Ned aus. »Du hättest sterben können.«
»Ich weiß.« Ich setze mich benommen aufs Bett.
»Liz sagte, Ethans Auto sei explodiert?«
»Ja.« Ich schließe die Augen. Plötzlich bin ich total erschöpft.
»Bist du verletzt worden?«, fragt er.
»Mein Hals ist ein bisschen kratzig vom Rauch, aber das ist alles.«
»Ich hätte dich verlieren können.« Er klingt, als würde er mit den Tränen kämpfen, und eine verspätete Welle an Liebe für ihn überkommt mich.
»Ich liebe dich.« Meine Stimme ist brüchig.
»Ich liebe dich auch. Ich wünschte, ich könnte dich jetzt halten.«
Mir kommt die Galle hoch, wenn ich daran denke, ihm beichten zu müssen, was ich getan habe. Es fühlt sich an, als könnte ich daran ersticken.
Er fährt fort. »Es tut mir so leid, dass ich an deinem Geburtstag nicht bei dir sein kann. Ich habe letzte Woche ein Päckchen für dich aufgegeben, ich hoffe, es kommt rechtzeitig an.«
»Danke«, flüstere ich. Heiße Tränen brennen in meinen Augen.
»Hast du immer noch vor, Ende nächster Woche nach Hause zu kommen?«, fragt er mit hoffnungsvoller Stimme.
»Ich glaube nicht«, gebe ich zu. »Es scheint mir noch zu früh zu sein. Ich hoffe aber, dass ich nicht mehr allzu lang weg sein werde.«
»Vielleicht sollte ich an Ostern nach Australien fliegen ...«
O Mann, jetzt ist mein schlechtes Gewissen in voller Größe da.
»Meinst du das ernst? Könntest du dir denn freinehmen?«
»Für eine Woche oder so sollte das schon gehen. Ich werde mal mit Zara sprechen.«

»Nein, warte.« Der Gedanke verursacht mir Panik. »Lass uns darüber reden, wenn wir mehr wissen, okay? Ich verspreche, dass es mir gutgeht. Es ist alles okay.«
»Na gut.« Er seufzt. »Ich liebe dich.«
»Ich liebe dich auch.« Und ich hasse mich.
Wir beenden das Gespräch, und ich setze mich im Schneidersitz hin. Ich versuche, die Erinnerung an Ethan auszulöschen: das *Gefühl* von ihm. Ich will mich nicht mehr so schmutzig fühlen, so erschöpft und beschämt. Einen Moment später klopft es an meiner Tür.
»Herein«, rufe ich zaghaft.
Dad öffnet langsam die Tür und steht dann im Türrahmen, die linke Hand auf den Gehstock gestützt, die schwache rechte Hand um sein Handy gekrallt.
»Es ist Ethan«, sagt er.
Mir weicht jegliches Blut aus dem Gesicht.
»Danke«, sage ich schnell und nehme ihm mit mulmigem Gefühl das Telefon ab. Ich lächle Dad schwach an, und er schlurft wieder von dannen, während ich die Tür schließe.
»Hallo?«, sage ich ins Handy.
»Hey«, antwortet Ethan leise.
Sofort bekomme ich weiche Knie.
»Geht es dir gut?«, fragt er.
Ich versuche, den Kloß in meinem Hals runterzuschlucken, und nicke, ehe mir auffällt, dass er mich gar nicht sehen kann.
»Ich habe das Gefühl, alles nur geträumt zu haben«, gebe ich dann zu.
»Geht mir auch so.«
Wir schweigen einen Moment lang, doch ich fühle mich dennoch auf eine seltsame Weise mit ihm verbunden.
»Hat dein Dad gesagt, dass du mit Ned telefoniert hast?«, fragt Ethan, weil er offenbar nicht alles verstanden hat, was mein Vater genuschelt hat.

»Ja. Er hat mich eben angerufen.«

»Hast du es ihm erzählt?«, fragt er vorsichtig.

»Nein«, antworte ich.

Ethan seufzt. »Mach dich nicht fertig deswegen, Amber. Es ist unter außergewöhnlichen Umständen passiert. Wir dachten beide, wir müssten sterben. Ansonsten wäre das nie passiert.« Er scheint darüber nachgedacht zu haben. »Nur … nur … sei nicht zu hart zu dir selbst«, fügt er hinzu.

»Ich weiß nicht, was ich tun soll«, erwidere ich leise.

»Sag es ihm nicht«, meint Ethan bestimmt. »Was würde das bringen? Es war eine einmalige Sache.«

»Okay«, zwinge ich mich zu sagen, während ich zu meiner Schande gestehen muss, dass mir seine Worte nicht wirklich gefallen.

»Es tut mir leid«, sagt er.

»Bitte. Du musst dich nicht entschuldigen.«

»Hör zu.« Er zögert. »Ich werde die nächsten Wochen sehr beschäftigt sein mit der Arbeit. Der Küfer kommt vorbei, um die Holzfässer zu reparieren, und nächste Woche beginnen wir mit der Ernte …« Mit jedem seiner Worte wird mir schwerer ums Herz. »Ich hoffe, es geht dir gut«, fährt er fort. »Ich bin für dich da, wenn du mich brauchst, aber bitte denk nicht mehr über das nach, was passiert ist. Lass dich nicht von deinem schlechten Gewissen auffressen. Das bringt dich auch nicht weiter.«

In gewisser Weise wünschte ich mir, mein schlechtes Gewissen würde mich tatsächlich auffressen. Ich empfinde nicht annähernd so viel Reue, wie ich sollte. Das ist nicht richtig.

Dad wirkt betrübt, als ich mich zu ihm in die Küche setze.

»Hat Liz dir von Mr Fletchley erzählt?«, frage ich, da ich davon ausgehe, dass ihm das die Stimmung verhagelt hat.

»Nein, warum?«

»Oh.« Mist. »Er hat gefragt, ob er heute Mittag kurz vorbeikommen darf.«

»Nein«, sagt Dad bestimmt.
»Es ist zu spät«, entgegne ich. »Ich habe ihm schon zugesagt.«
»Amb–«
Ich unterbreche ihn. »Er fühlt sich schlecht wegen des letzten Besuchs. Gib ihm noch eine Chance, Dad. Weiß Gott, jeder hat eine zweite Chance verdient.«
Er wirkt alles andere als begeistert, sagt aber nichts mehr dazu.
Mr Fletchleys zweiter Besuch verläuft viel besser als der erste. Als es klingelt, steht er mit einer Flasche Champagner in der einen und Dads Lieblingsschokoladenlikör in der anderen Hand vor der Tür und lächelt.
»Es tut mir leid, dass ich letztes Mal ein bisschen komisch reagiert habe, Len«, sagt er aufrichtig und wirft mir ein entschuldigendes Lächeln zu, als er meinem Vater in die Küche folgt. Hier kann er wenigstens ohne Hilfe sitzen – das macht ihm die Situation vielleicht etwas angenehmer.
»Mach dich nicht lächerlich«, winkt Dad ab. »Bitte, nimm Platz.«
»Kann ich Ihnen etwas zu trinken anbieten?«, frage ich.
»Das mache ich schon«, sagt Dad. »Kannst dich ein wenig ausruhen.«
Ich versuche, mir meine Überraschung nicht anmerken zu lassen.
»Okay, dann schiebe ich aber noch schnell die Quiche in den Ofen.«
Ich bin froh, dass er das nicht auch übernehmen will. So sehr es mich freut, dass er seine Selbständigkeit wiedererlangen will, bin ich mir doch nicht sicher, ob ich ihm schon zutrauen würde, den Ofen zu bedienen.
Als Daniel Fletchley wieder geht, beschließt Dad, ein Nickerchen zu machen, aber ich merke, dass es ihm wesentlich bessergeht als nach dem letzten Besuch.
»Alles okay?«, frage ich, nur um sicherzugehen.
»Ja«, erwidert er und mustert mich mit prüfendem Blick. »Und bei dir?«

»Mir geht es gut«, antworte ich möglichst fröhlich. »Du hast da was übersehen«, sage ich grinsend und fahre mit dem Finger über eine stoppelige Stelle an seinem Kinn.
»Oh«, sagt er und hebt die Hand, um selbst zu fühlen.
»Ich mache doch nur Spaß, Dad. Man sieht es kaum. Ich finde es unglaublich, wie schnell du es geschafft hast, dich wieder selbst zu rasieren.«
»Ich bin froh, dass du hier bist, Amber«, sagt er.
Ich lege den Arm um seine besorgniserregend knochige Schulter.
»Ich bin auch froh, dass ich hier bin, Dad.« Ich schließe einen Moment lang die Augen und lasse ihn dann wieder los.
»Wann fliegst du wieder zurück?«
Mit dieser Frage hatte ich nicht gerechnet. »Nach Ostern, wenn hier alles in Ordnung ist.«
Er nickt. »Klingt gut.«
Ich habe vor, am Nachmittag nach Rückflügen zu schauen. »Aber können wir diese Woche mal versuchen, ein bisschen aus dem Haus zu kommen?« Wenn ich betteln muss, werde ich betteln.
»Lass uns zum Friedhof fahren«, erwidert er und setzt sich in Richtung seines Schlafzimmers in Bewegung.
»Okay, die nächsten Tage«, stimme ich zu. »Am Freitag ist mein Geburtstag. Vielleicht können wir da mittags was Essen gehen?«
Er knurrt in sich hinein. »Schauen wir mal.«
Ich lächele, als er seine Tür vor meiner Nase schließt.

Zwei Tage später ruft Tina an. »Warum hast du dich nach dem Feuer nicht bei mir gemeldet?«, fragt sie mit unüberhörbarem Vorwurf in der Stimme.
»Weißt du es von Ethan?« Es fällt mir schwer, seinen Namen auszusprechen.
»Von Josh. Ethan hat es ihm erzählt. Mann, Amber, er hat gesagt, es war richtig schlimm!«
»War es auch«, gestehe ich.

»Klingt, als hättet ihr Glück gehabt, es lebendig da raus geschafft zu haben.«
»Hatten wir auch.«
»O Gott!«, ruft sie.
»Ich weiß.«
»Wie kannst du so ruhig bleiben?«
»Ich weiß auch nicht. Ich schätze, ich habe andere Sachen im Kopf.« Wenn das mal nicht der Wahrheit entspricht.
»Na ja, am Freitag will ich jedenfalls alles genau von dir hören.«
»Steht unsere Verabredung zum Ausgehen noch?« Ich muss sagen, dass ich die Vorstellung im Moment nicht unattraktiv finde.
»Klar, steht die! Und stell dir vor: Nell will George mitbringen!«, ruft sie überschwänglich.
»George?«, frage ich überrascht. »Woher hatte sie denn seine Nummer?«
»Offenbar hat er Ethans Mutter angerufen und sie gebeten, seine Kontaktdaten an Nell weiterzugeben!« Tina quietscht aufgeregt.
»Oh. Wow.«
»Ja, oder? Wie süß ist das denn?«
»Sehr süß«, antworte ich lächelnd. Ich freue mich für meine Freundin, auch wenn das bedeutet, dass ich meinen Geburtstag mit zwei Pärchen verbringen werde. Ich kann mir nicht vorstellen, dass Ethan auch kommen wird.
»Jedenfalls habe ich einen Tisch in der *Belgium Bar* hinter der Rundle Street reserviert, wenn das okay ist. Wir können ja dann von dort aus eine Kneipentour starten oder in einen Club weiterziehen.«
»Super. Danke, dass du das alles organisiert hast.«
»Nichts zu danken«, antwortet sie und ihr Grinsen ist schon fast hörbar. Noch eine lange Ausgehnacht … Wir werden noch alle Alkoholiker, wenn wir so weitermachen. Das würde mir recht geschehen.

»Hör zu, ich muss auflegen«, sage ich. »Dad und ich wollen gleich zu Mums Grab fahren.«
»Oh.« Sie schweigt betreten.
»Ist denn sonst alles okay bei dir?«, frage ich. »Wie läuft es mit Josh?«
»Uns geht es gut«, entgegnet sie. »Alles wieder in Ordnung. Wie geht es deinem Dad?«
»Er macht langsam Fortschritte«, antworte ich.
»Dann lasse ich dich mal gehen.«
»Alles klar. Bis Freitag dann.«
Ich seufze tief, als wir aufgelegt haben, und versuche, mich mental auf meinen Ausflug mit Dad vorzubereiten.

Mum ist auf einem Friedhof in den Hügeln oberhalb von Adelaide begraben. Ich war so lange nicht mehr hier, dass ich mich nicht mehr erinnern kann, in welche Richtung ich gehen soll, doch Dads Gedächtnis ist noch gut.
»Da geradeaus«, weist er mich an. »Bei dem großen Baum links.«
Wir gehen ganz langsam, und ich halte die Augen auf nach losen Pflastersteinen oder irgendetwas anderem, das Dad zum Stolpern bringen könnte. In der linken Hand trage ich einen Eimer mit Blumensetzlingen und eine kleine Gartenschaufel, in der rechten einen Klappstuhl. Dad hat um die Blumen gebeten, sich jedoch über den Stuhl beschwert. Er hat sich schon zweimal entschuldigt, weil er mir nicht beim Tragen helfen kann.
Wir erreichen den Baum und biegen links ab, und dort, über den entfernten Baumwipfeln, erstrecken sich die Stadt und der weite, blaue Ozean. Es ist heute bewölkt und etwas kühler, doch die Aussicht ist trotzdem atemberaubend.
»Da ist sie ja«, sagt Dad zärtlich, und auch wenn er langsam und undeutlich spricht, höre ich seiner Stimme an, wie nah es ihm geht.
Ich denke nicht oft an meine Mutter. Ich erinnere mich kaum an

sie. Manchmal, wenn ihr Gesicht irgendwo in meinen Erinnerungen aufblitzt, können sich meine Gedanken auch mal trüben, doch diese Momente sind selten. Wie mir jetzt bewusst wird, ist das bei meinem Dad anders. Er scheint immer noch viel an sie zu denken.

Der Grabstein ist aus einfachem grauem Stein, die Inschrift lautet:

Hier liegt Kate Church
Geliebte Ehefrau und Mutter
1959–1988

Als ich die Zahlen anstarre, rechne ich unwillkürlich. War meine Mutter erst neunundzwanzig, als sie gestorben ist? Ich glaube nicht, dass mir das je bewusst gewesen ist. Die Erkenntnis hallt in mir nach, besonders jetzt, da ich selbst dreißig werde.

Dad taumelt, und ich reagiere geistesgegenwärtig und fange ihn auf. Der Klappstuhl und der Eimer mit den Pflanzen fallen klappernd zu Boden.

»Verdammt!«, flucht er.

»Ist schon okay«, sage ich hastig und halte ihn noch einen Moment fest, bis er wieder stabil steht, ehe ich ihn loslasse, um den Klappstuhl aufzubauen. »Setz dich hin.«

Er tut wie geheißen, seine Bewegungen sind jedoch noch zittrig, und ich helfe ihm vorsichtshalber.

»So ein Mist«, schimpft er.

»Reg dich nicht auf, Dad, bitte. Ich bin doch hier, um dir zu helfen.« Ich hebe eilig die Blumen auf und schaufele die Erde mit den Händen zurück in die Töpfchen.

»Ich wollte es eigentlich allein schaffen.« Er klingt tief betrübt.

»Das kannst du nächstes Jahr machen«, sage ich. »Und das Jahr darauf. Und das Jahr darauf. Solange ich hier bin, solltest du meine Hilfe auch annehmen.«

Er grummelt etwas Unverständliches in sich hinein, doch ich kann

sehen, dass er sich beruhigt hat. Ich knie mich vor das Grab und fange an, Unkraut herauszuziehen, während er zusieht und ab und zu eine Anweisung gibt.
»Du bist ein gutes Mädchen, Amber«, sagt er nach ein paar Minuten.
»Ich habe dich auch lieb, Dad.«

Kapitel 18

Am Morgen meines dreißigsten Geburtstags bleibe ich nach dem Aufwachen noch einen Moment liegen und horche in mich hinein, ob ich mich irgendwie anders fühle.
Vor genau einem Jahr hat mir Ned das Frühstück ans Bett gebracht und mich mit einem Dutzend Küssen auf den Bauch geweckt. Ich bin kichernd aufgewacht.
Seufzend klettere ich aus dem Bett, und mein Blick fällt auf den großen Spiegel an der Schranktür.
Ich sehe nicht anders aus. Ich sehe auch nicht aus wie eine Frau, die ihren Mann betrogen hat. Oder vielleicht doch. Vielleicht wird es mir Ned sofort ansehen, wenn ich nach Hause komme. Bei dem Gedanken läuft mir ein kalter Schauder über den Rücken, und ich wende mich schnell ab. Ungebetene Flashbacks an Ethan und mich drängen sich in meinen Kopf, und ich setze mich wieder aufs Bett, weil meine Knie weich werden. Das ist mir in den letzten Tagen schon ein paarmal passiert. Die Erinnerung an unseren Sex sollte mir Übelkeit verursachen, doch die beschämende Wahrheit ist, dass sie es nicht tut. Ich ekele mich vor mir selbst.
»Bist du schon wach?«, ruft Liz durch die geschlossene Tür.
»Ja«, antworte ich wenig begeistert.
Die Tür fliegt auf, und ich zucke vor Schreck zusammen. Dad und Liz stehen dümmlich grinsend im Flur.
»Happy Birthday!«, rufen sie nicht ganz gleichzeitig.
Ich lache, als Liz ins Zimmer marschiert. Dad folgt ihr in seinem eigenen Tempo. »Danke, ihr zwei.«

»Los, geh wieder ins Bett«, befiehlt Liz. »Was für ein Durcheinander«, murmelt sie, als sie sich umsieht.
Das würde mich normalerweise nerven, doch sie trägt ein Tablett mit Tee und Toast. Sie hat mir tatsächlich Frühstück ans Bett gebracht.
»Hach!« Ich bin ehrlich gerührt.
»Räum mal das Zeug beiseite, ja?«, sagt sie ungeduldig und nickt in Richtung meines Nachttisches. Ich strecke die Hand aus und wische einfach alles auf den Boden. Sie verdreht die Augen, und ich grinse. Dad geht mit vorsichtigen Schritten über den Teppich, bis er bei meinem Bett angekommen ist. Mit seiner zitternden rechten Hand überreicht er mir einen wattierten Briefumschlag.
»Der ist für dich gekommen.«
»Danke, Dad.« Lächelnd nehme ich ihm den Umschlag ab. Sein Griff wird immer kräftiger.
Liz setzt sich ans Fußende meines Bettes, während ich meine Post öffne. Ich zwinge mich, nicht auf das Zollformular zu schauen, um mir die Überraschung nicht zu verderben. Es ist von Ned – ich habe seine Handschrift erkannt.
Ich kippe den Umschlag, und ein kleines Päckchen rutscht auf meine Handfläche. Es ist in hellrosa Seidenpapier eingeschlagen und mit einer pinken Schleife umwickelt. Als ich es öffne, kommt ein wunderschönes, edles Armband aus dutzenden goldener, silberner und bronzener Metallbänder zum Vorschein.
»Das ist aber hübsch«, kommentiert Liz.
»Ja, das ist es«, erwidere ich mit gezwungenem Lächeln.
»Soll ich dir helfen, es anzulegen?«, bietet sie an.
»Danke, vielleicht nachdem ich geduscht habe.«
Liz reicht Dad eine Karte, die er unter sichtlicher Anstrengung an mich weitergibt.
Sechs Fünfzigdollarscheine flattern heraus, als ich die Karte öffne. Ich schaue erstaunt auf.
»Das ist von Dad und mir«, sagt Liz mit zufriedener Miene. »Wir

dachten, du könntest heute ein bisschen shoppen gehen und heute Abend für deine Freunde ein paar Runden springen lassen.«
»Vielen Dank euch beiden!«, erwidere ich mit aufrichtiger Dankbarkeit, obwohl ich mich frage, wie sie es sich vorstellt, dass ich für einen längeren Zeitraum das Haus verlassen soll.
»Ich komme auch mal ein paar Stunden allein klar«, sagt Dad, als könnte er meine Gedanken lesen.
Ich schiele zu Liz rüber, und sie nickt. »Es ist wahrscheinlich an der Zeit, dass wir ihm zutrauen, allein zu sein, denkst du nicht?«
Er schnaubt und verdreht die Augen. Der Anblick amüsiert mich.
»Setz mich einfach vor dieses Spiel«, sagt er.
»Du solltest deine Übungen machen, Len«, merkt Liz an.
Ich grinse Dad an, und auch wenn seine Gesichtsmuskulatur noch nicht das ist, was sie mal war, gibt er sein Bestes, meinen Gesichtsausdruck zu spiegeln.
Das Telefon klingelt, und Liz springt auf, um dranzugehen, während ich die Karte lese. Dads Nachricht ist kurz und liebevoll, seine Handschrift kaum zu entziffern: *Liebste Amber. Herzlichen Glückwunsch zum dreißigsten Geburtstag, mein süßes Mädchen. Ich habe dich lieb. Dad.* Mit Tränen in den Augen blinzele ich ihn an.
»Ach«, sagt er zärtlich, als er meine feuchten Augen sieht.
Ich wende meine Aufmerksamkeit wieder der Karte zu. Liz hat auch etwas geschrieben: *Happy Birthday, Amber. Feier schön, du hast es verdient. Liz.*
Es ist kurz und knapp, aber ich weiß, dass es von Herzen kommt. Sie ist schon eine lustige, alte Schachtel.
»Ja, sie ist hier«, höre ich Liz sagen, als sie mit dem Telefon am Ohr das Zimmer betritt. »Wir haben ihr gerade das Frühstück ans Bett gebracht.« Sie lacht. »Warte mal kurz.«
Sie reicht mir das Telefon, und für einen kurzen Moment hoffe ich, dass es Ethan ist.
»Hallo?«
»Hey«, sagt Ned liebevoll. »Herzlichen Glückwunsch.«

»Danke«, erwidere ich lächelnd, irritiert davon, dass ich eine gewisse Enttäuschung verspüre. »Das Armband ist wundervoll.«
Ich bemerke, dass Dad sich unsicher umschaut. Ich schüttele den Kopf, um ihm mitzuteilen, dass er nicht das Zimmer verlassen muss.
»Wirklich?«, fragt er hoffnungsvoll.
»Wirklich«, versichere ich ihm.
»Ich habe diese Woche viel an dich gedacht«, sagt er.
»Hast du?«
»Ich muss einfach immer daran denken, dass ich dich hätte verlieren können.«
»Ned«, sage ich leise und senke den Blick auf die Bettdecke. Ich bemerke im Augenwinkel eine Bewegung am Fußende des Bettes, doch obwohl ich erneut den Kopf schüttele, steht Dad auf.
»Ich vermisse dich so sehr«, sagt Ned mit emotionaler Stimme. Ich sehe zu, wie Dad aus dem Zimmer schlurft. »Es ist nicht dasselbe ohne dich«, fügt er hinzu. Die Tür schließt sich hinter meinem Vater.
»Du weißt, dass ich hier sein muss.«
»Natürlich weiß ich das«, erwidert er schnell. »Ich bin so stolz auf dich.«
Sei lieber nicht stolz auf mich. Ich habe es nicht verdient.
»Ich habe alles so gemeint, was ich in der Karte geschrieben habe«, fährt er fort.
Karte? Welche Karte? Ich greife nach dem wattierten Umschlag und linse hinein. Eine Karte klemmt an der einen Seite fest. Ich ziehe sie heraus.
»Ich vermisse dich auch.« Genau in dem Moment werde ich von einem lebhaften Flashback heimgesucht, wie Ethan in mich eindringt, während er mich an den Felsen drückt. Allerdings fällt die Reaktion auf ein solches Bild deutlich anders aus, wenn ich meinen Ehemann am Telefon habe, wie ich feststellen muss. Anstatt Schmetterlinge im Bauch und weiche Knie zu bekommen, weiten

sich meine Augen vor Schock und eine akute Panik befällt mich. Ich habe Ned betrogen!
»Hey, Liebling, ich muss mal auflegen«, sage ich mit bebender Stimme.
Heilige Scheiße! Ich hatte Sex mit einem anderen Mann!
»Okay. Was hast du heute Abend geplant?«
»Nur ein bisschen ausgehen mit den anderen. Abendessen, Kneipe, vielleicht tanzen.«
»Ich wünschte, ich könnte dabei sein.« Er scheint es nicht eilig zu haben, das Gespräch zu beenden. Normalerweise ist er nicht so mitteilsam am Telefon. Entweder gibt er sich gerade viel Mühe, oder er vermisst mich tatsächlich sehr.
»Das würde ich mir auch wünschen.« Ich hole tief Luft. »Was ist mit dir? Irgendwelche Pläne am Wochenende?«
»Morgen Abend gehe ich vielleicht noch was trinken nach der Arbeit.«
»Na, dann viel Spaß.«
»Musst du wirklich schon auflegen?« Seine Stimme klingt ein bisschen rau, und mir fällt ein, dass es bei ihm gerade Nacht ist. Wahrscheinlich liegt er schon im Bett.
»Ich habe hier eine Tasse Tee und Toast neben mir stehen, und beides wird gerade kalt.« Ich versuche, möglichst locker zu klingen.
Er seufzt. »Na gut«, lenkt er ein. »Aber ich werde an dich denken«, fügt er vielsagend hinzu.
Ich lache und verdrehe die Augen. »Tu das.«
»Ich liebe dich. Bye«, sagt er eilig, und ich sehe genau vor mir, wie er grinst.
»Bye.« Ich lege lächelnd auf und öffne dann Neds Karte:

An meine wunderschöne Ehefrau zu ihrem dreißigsten Geburtstag …
Sieben Jahre, nachdem wir uns kennengelernt haben, will ich dir sagen, wie sehr ich dich liebe, und wie stolz ich bin, nicht nur auf

das, was du erreicht hast, sondern auch auf das, was du noch erreichen wirst, und vor allem auf das, was du gerade leistest. Du bist eine wundervolle Tochter und eine phantastische Ehefrau. Ich bin so glücklich, dass ich den Rest meines Lebens mit dir verbringen darf. Auf die nächsten sieben Jahre!
Dein Ned

Mir ist so übel, dass ich kotzen könnte.

Kapitel 19

»O Amber, was für ein tolles Kleid!«, ruft Liz, als ich abends in dem enganliegenden, knielangen Kleid aus meinem Zimmer komme, das ich mir nachmittags neu gekauft habe. Es ist knallrot – passend zu meinem Lieblingslippenstift, auch wenn ich mein Make-up heute Abend extra dezent gehalten habe. Ich habe es sogar noch zum örtlichen Friseur geschafft, wo ich mir die Haare habe stylen lassen. Ich wollte nicht zu weit weg gehen, falls ich schnell nach Hause gemusst hätte. Dad hatte versprochen, das Telefon neben sich liegen zu lassen.
»Danke«, erwidere ich lächelnd. Sie ist normalerweise nicht so freigebig mit Komplimenten.
»Du siehst wunderschön aus«, sagt Dad. Ich gehe zu ihm und umarme ihn.
»Vielen Dank für das Geburtstagsgeld.« Ich gebe ihm einen Kuss auf die Wange. »Das war wirklich lieb von euch beiden«, betone ich mit Blick auf Liz.
»Trägst du dein neues Armkettchen gar nicht?«, fragt sie.
»Ups, das hätte ich fast vergessen«, lüge ich.
Mein schlechtes Gewissen meldet sich jedes Mal, wenn ich das Armband anschaue, aber das kann ich Liz schlecht erklären, also hole ich es widerwillig aus meinem Zimmer und lasse zu, dass sie es mir ums Handgelenk legt.
Ein Auto hupt vor dem Haus.
»Das wird mein Taxi sein«, sage ich schnell und gebe Dad noch einen Kuss zum Abschied.

»Pass auf dich auf«, ruft er mir hinterher.
»Mache ich!«, rufe ich über meine Schulter, während ich die Haustür öffne.
Sobald ich auf dem Rücksitz des Autos sitze, nehme ich das Armband wieder ab und lasse es in meiner Handtasche verschwinden. Ich fühle mich, als würde ich Ned aufs Neue betrügen. Doch ich nehme lieber die akuten Schuldgefühle in Kauf, als dass ich den ganzen Abend an mein schlechtes Gewissen erinnert werde.

Als ich in der *Belgium Bar* ankomme, fällt mein Blick gleich auf drei knallbunte Luftballons im Restaurantbereich. Sie schweben über einem Tisch, an dem bisher nur Tina sitzt.
Sie springt auf, als sie mich erblickt. »Happy Birthday!«, kreischt sie, schlingt die Arme um mich und hüpft freudig auf und ab.
Ich kann nicht anders, als über ihre Begeisterung zu lachen.
»Du siehst phantastisch aus!«, ruft sie.
»Danke. Du auch.«
Sie trägt ein schwarzes Kleid, und ihre blonden Haare sehen noch seidiger und glänzender aus als sonst. Ich löse mich aus ihrer Umarmung und sehe einen Kellner auf uns zukommen.
»Bist du das Geburtstagskind?«, fragt er in leicht tuntigem Tonfall.
Ich nicke verlegen.
»Happy Birthday!«, ruft er. »Ist es ein runder Geburtstag?«
»Dreißig«, antworte ich, während Tina auf die Nummer zeigt, die unübersehbar auf den Ballons prangt.
»Aaah, ja, verstehe. Was darf ich dem Geburtstagskind denn bringen?«
»Was trinkst du, Tina?«, frage ich.
»Radler.«
»Na, dann nehme ich auch eins.«
»Dein Wunsch ist mir Befehl«, flötet der Kellner mit strahlendweißem Lächeln und tänzelt davon.

»Wo ist Josh?«, frage ich, als ich mich an den Tisch setze.
»Er und Ethan sind vorher noch in eine andere Bar auf ein Feierabendbier gegangen.«
»Ethan kommt auch?«
»Natürlich kommt er.« Sie sieht mich verwirrt an. »Sie haben sich vorhin von Joshs Chef mit in die Stadt nehmen lassen. Als ob Ethan deinen Geburtstag verpassen würde.«
Ich bin sprachlos. In einer Million Jahren hätte ich nicht gedacht, dass er heute Abend auftauchen würde. Ich war nicht mal überrascht, dass er es versäumt hat, mir zum Geburtstag zu gratulieren – keine Karte, kein Anruf, nicht mal eine SMS.
Ich war nicht überrascht, was nicht bedeutet, dass ich nicht verletzt war.
Wo bleibt nur der Kellner mit meinem Getränk? Ich muss mich dringend betrinken. So schnell wie möglich. Ich habe keine Ahnung, wie ich es sonst schaffen soll, die Fassade vor unseren Freunden aufrechtzuerhalten.
Ich lasse mich von Tina ablenken, die mir den aktuellen Klatsch von ihren Kolleginnen erzählt. Doch in dem Moment, als ich Ethans und Joshs dunkelhaarige Köpfe im Eingangsbereich entdecke, wird mir schlagartig schlecht, und ich fühle mich so unwohl in meiner Haut, dass ich am liebsten davonlaufen würde.
»Hey!«, ruft Josh fröhlich, als er auf den Tisch zugeht. Er gibt mir einen dicken Kuss auf die Wange.
»Mann, wie viel hast du denn schon getrunken?«, will Tina vorwurfsvoll wissen.
Ich höre seine Antwort nicht, weil sich Ethans und mein Blick getroffen haben.
»Herzlichen Glückwunsch«, sagt er und streicht mir flüchtig mit dem Daumen über die Wange. Ich bin froh, dass er mich nicht küsst, doch schon diese kleine Berührung lässt mein Herz rasen.
»Danke«, antworte ich und laufe rot an. Schnell nehme ich einen

tiefen Schluck aus meinem Glas, in der Hoffnung, dass es niemandem auffällt, während Ethan und Josh sich uns gegenüber niederlassen.
Tina hat recht. Sie sehen beide aus, als hätten sie nicht nur ein Feierabendbier gehabt.
Ethan stellt eine weiße Papiertüte auf den Tisch und schiebt sie in meine Richtung.
»Was ist das?«, frage ich.
»Für dich«, erwidert er mit erstaunlich festem Blick.
Ich weiß einfach nicht, wie ich das machen soll. Wie kann ich so tun, als wäre nichts passiert?
Ich schaue in die Tüte und ziehe eine Flasche Rotwein heraus. Sie ist ein wenig größer und eleganter geformt als eine normale Weinflasche. Außerdem ist sie überraschend schwer, und anstatt eines Etiketts ist das dicke Glas mit einer wunderschönen Zeichnung von Weinreben, die neben einem gewundenen Bach wachsen, verziert.
»Ist das einer deiner Premium-Rotweine?«, fragt Josh und lehnt sich interessiert über den Tisch.
»Was ist das?«, fragt Tina.
»So eine Flasche ist locker hundert Mäuse wert, oder, Kumpel?«, kommt Josh Ethan zuvor.
Ethan zuckt mit den Schultern. »Wir hatten ein sehr gutes Jahr.«
»Ich weiß nicht, ob ich das verdient habe«, sage ich beschämt und schaue ihn an. Er zieht fragend die Augenbrauen hoch. »Ich habe das Gefühl, ich sollte einen richtigen Weinkeller haben, in dem ich die Flasche lagern kann.«
»Ach was.« Er winkt ab. »Trinke ihn mit deinem Dad ... oder mit jemand anderem.«
Mit jemand anderem? Meinem Ehemann vielleicht?
»Wow, danke«, sage ich aufrichtig und schaue unauffällig nach, ob sich noch eine Karte in der Tüte befindet. Doch da ist keine Karte, was eine Erleichterung und eine Enttäuschung zugleich ist. Ich

lasse die Flasche wieder in die Tüte gleiten und stelle diese dann vor meine Füße.

»Wenn wir schon bei Geschenken sind, bekommst du jetzt auch unseres!« Tina greift in ihre Tasche und überreicht mir ein hellblaues Päckchen, das mit einer gelben Schleife verschnürt ist. Es enthält einen wunderschönen, senffarbenen Kaschmirschal.

»Ich dachte, der passt gut zu deiner Haarfarbe«, erklärt sie.

»Der ist superschön, danke.« Ich gebe ihr einen Kuss auf die Wange. Einen Moment später tauchen Nell und George auf, womit unsere Runde komplett ist.

Das Abendessen ist sehr angenehm, alle sind bester Laune, aber trotzdem kann ich mich nicht richtig entspannen. Ich mache mir ständig Sorgen, aus Versehen Ethans Fuß unter dem Tisch zu berühren. Doch anscheinend gibt er sich genauso viel Mühe wie ich, die Füße unter dem Stuhl verstaut zu halten.

Unser Kellner bringt den Kuchen, den Tina organisiert hat, und ich bin mir sicher, dass mein Gesicht genauso rot ist wie mein Kleid, als das ganze Restaurant in das Geburtstagsständchen einstimmt.

Schließlich stolpern wir aus der Bar auf die Straße, ich zerre drei heliumgefüllte Luftballons hinter mir her. Aber ich bin zu betrunken, um mich dafür zu schämen, was ich als gutes Zeichen werte.

»Wo sollen wir jetzt hingehen?«, fragt Nell.

»Wie wäre es mit *Clever Little Tailor* in der Peel Street?«, schlägt Josh vor.

»Zu weit!«, meckert Tina.

»Wir machen einfach unterwegs einen Boxenstopp«, meine ich.

Der Vorschlag stößt auf allgemeine Zustimmung.

Ethan bietet an, die Tasche mit meinen Geschenken zu tragen, und Tina und Nell haken sich links und rechts bei mir unter. So torkeln wir fröhlich beschwipst durch die Straßen Adelaides, als wären wir noch die Teenager von damals.

Irgendwann drehe ich mich zu Ethan um, und unsere Blicke tref-

fen sich. Er erwidert mein Lächeln, ohne das angeregte Gespräch mit George zu unterbrechen. Vielleicht können wir doch verdrängen, was am Wochenende passiert ist. Vielleicht können wir wieder dazu übergehen, nur Freunde zu sein. Er hat mich selbst dazu gedrängt, es zu vergessen, und meine Schuldgefühle nicht die Beziehung zu Ned gefährden zu lassen. Na ja, vielleicht ist es auch möglich zu verhindern, dass es unsere Freundschaft zerstört.
Zum ersten Mal seit Sonntag bin ich hoffnungsvoll, dass wir die Sache hinter uns lassen können.
Etwa eine Stunde später schweife ich in philosophische Grübeleien ab, während ich mit Nell und Tina an der Bar sitze, deren Gespräch ich aber schon seit einer Weile nicht mehr verfolge. Ethan steht ein paar Meter weiter mit dem Rücken zu uns und plaudert mit Josh und George. Ich ertappe mich dabei, wie mein Blick über seine breiten Schultern schweift und in seinem Nacken hängen bleibt.
Könnte es sogar gut gewesen sein, dass wir Sex hatten? War es vielleicht genau das, was ich gebraucht habe, um endlich über ihn hinwegzukommen?
»Amber?« Nell reißt mich aus meinen Gedanken.
»Ja?«
»Hörst du mir zu?«
Ups. »Sorry, nein.« Ich schüttele den Kopf. »Ich war gerade ganz woanders. Was hast du gesagt?«
»Ich habe gefragt, ob du Lust hast, in einen Club weiterzuziehen? Ich muss morgen arbeiten, weshalb ich leider nicht so viel länger bleiben kann.«
»Komm schon«, drängt mich Tina. »Ich habe Lust zu tanzen. Du nicht auch?«
»Ja.« Ich springe entschlossen von meinem Barhocker auf. »Ich auch.«
Ich gehe zu Ethan und tippe ihm auf die Schulter. Er fährt herum, und sieht mich mit diesen unverschämt grünen Augen fragend an.

»Wir ziehen in einen Club weiter. Kommst du mit?«
Er nickt. »Ich trinke nur noch mein Bier aus.« Er legt den Kopf in den Nacken, und ich starre in seltsamer Faszination seinen Adamsapfel an, der beim Trinken auf und ab hüpft. Seine Mundwinkel heben sich unmerklich, und mir wird plötzlich bewusst, dass er mich beim Anstarren ertappt hat.
»Okay?«, fragt er und lehnt sich an mir vorbei, um die leere Flasche auf dem Tresen abzustellen. Ich zucke zusammen, als seine linke Hand auf meiner Hüfte zum Liegen kommt.
»J-ja«, stottere ich. Gerade als ich dachte, ich hätte alles sortiert …

Der Club ist überfüllt und stickig, doch wir sind betrunken genug, dass es uns nicht kümmert. Tina und Nell ziehen mich direkt auf die Tanzfläche, während Josh, Ethan und George auf die Bar zusteuern.
Ein paar Tänze später haben wir es satt, uns ständig die aufdringlichen Typen vom Hals zu halten, und machen uns auf, die Männer zu suchen.
»Bitte schön.« Ethan drückt mir ein Glas Wodka Cranberry in die Hand.
»Prost!« Ich stoße mit ihm an und wende mich dann den anderen zu, um auch mit ihnen das Glas zu erheben. »Danke für den tollen Abend!«, rufe ich in die Runde.
»Er ist ja noch nicht vorbei!«, ruft Tina zurück. »O mein Gott, ich liebe diesen Song!«
»Nein!«, widerspreche ich bestimmt. »Ich muss mich erst etwas abkühlen.«
»Nell?«, bettelt sie. »Nelly Bell –«
»Wage es ja nicht!«, unterbricht Nell sie. »Aber das ist der letzte Tanz. Ich muss wirklich nach Hause.« Sie lächelt George zu, und er nickt.
Ich drehe mich zu Ethan um und nehme einen Schluck meines Getränks durch den Strohhalm.

»Hast du Spaß?«, fragt er lächelnd. Josh und George sind ins Gespräch vertieft.
»Ja.« Ich lächele zurück.
Ich fühle mich immer noch zu ihm hingezogen. Ich wünschte, ich könnte sagen, dass es nicht so wäre. Ich werde wohl lernen müssen, meine Gefühle besser zu kontrollieren.
»Danke, dass du gekommen bist«, sage ich.
Ich habe offenbar nicht laut genug gesprochen, denn er legt den Kopf schief und beugt sich zu mir runter. »Was hast du gesagt?«
Ich lehne mich zu ihm. »Ich habe gesagt: Danke, dass du gekommen bist.«
Er nickt.
»Ich war mir ziemlich sicher, dass du nicht kommen würdest«, gestehe ich.
Seine Lippen streifen leicht mein Ohr, als er spricht. »Du hast eine zu hohe Meinung von mir.«
Ich schaue ihn verdutzt an. »Wie meinst du das?«
Sein Atem lässt mich erschaudern. »Wenn ich mehr Größe besäße, wäre ich deiner Feier ferngeblieben.« Er sieht mich vielsagend an.
Blut rauscht in meinen Ohren. Sein Blick ist intensiv und dunkel. Meine Augen wandern zu seinen Lippen.
»Nicht hier«, sagt er mit heiserer Stimme, eine Millisekunde, bevor sich unsere Münder treffen. Er nimmt meine Hand und zieht mich durch die Menge hinter sich her, so dass ich alle Mühe habe, nicht zu stolpern. Als wir die dunkelste, hinterste Ecke des Clubs erreicht haben, dreht er sich zu mir um und zieht mich an sich.
Wir fallen sofort übereinander her.
»Ich kann nicht aufhören, an dich zu denken«, raunt er an meinen Lippen.
»Ich auch nicht.«
»Das ist schlecht«, murmelt er. »So schlecht.«
Aber es fühlt sich so gut an …

Ich kralle mich in sein T-Shirt und will ihn näher an mich ziehen, doch er geht noch einen Schritt weiter und schiebt mich an die Wand, seine Lippen heiß auf meinem Hals.
Meine Augen wandern über die Menge. Beobachtet uns jemand? Wie weit können wir wohl gehen?
»Ich will dich«, sagt er und küsst mich wieder auf den Mund. »Lass uns hier verschwinden.«
»Wo sollen wir denn hin?«, frage ich.
»Hotel?«, schlägt er vor.
Ich schüttele den Kopf. März ist Hochsaison in Adelaide, weil sowohl das Fringe Festival als auch das Clipsal Autorennen stattfinden. »Die sind bestimmt alle ausgebucht.«
»Wo können wir dann hingehen?«, fragt er.
»Komm mit zu mir«, überrasche ich mich selbst.
»Was?« Er sieht mich geschockt an.
»Wir sind einfach leise.«
Sein Blick ist so lodernd, dass mein ganzer Körper zu kribbeln beginnt. Er nimmt meine Hand und marschiert los in Richtung Ausgang, doch eine Tatsache sickert durch mein vernebeltes Gehirn: Nell wollte gerade gehen …
Ich bleibe abrupt stehen.
»Wir müssen uns von den anderen verabschieden.«
Er nickt und lässt meine Hand los, doch sein Gesichtsausdruck ist so voller roher Begierde, dass es mir den Atem verschlägt.
»Geh du da lang«, sage ich schnell, als mir klarwird, dass wir nicht zusammen bei den anderen aufkreuzen dürfen. Wir trennen uns, und ich kehre zur Gruppe zurück.
»Da bist du ja!«, ruft Nell, als sie mich erblickt. »Wir wollten gerade gehen.«
»War nur auf dem Klo«, lüge ich.
»Hier, bitte schön«, sagt George und reicht mir die Tüte mit meinen Geschenken.
Ich reiße die Augen auf. »Danke!« Ich habe die Tüte unbeaufsich-

tigt stehen lassen, weil ich so eilig mit Ethan verschwunden bin. Die Luftballons hatten wir schon beim letzten Stopp unserer Tour verloren.
»Nichts zu danken«, erwidert er grinsend.
»Es war wirklich schön, dich wiederzusehen«, sage ich zu George und weiche Ethans Blick aus, als er sich ebenfalls wieder zur Gruppe gesellt.
»Gleichfalls«, antwortet George.
»Tschüss, Nell.« Ich umarme sie zum Abschied. »Danke für die coolen Badeartikel. Ich hoffe, du hast morgen früh keine Kopfschmerzen.«
»Wird schon okay sein.« Sie gibt mir einen Kuss. »Ich ruf dich an, ja?«
Ich schaue ihnen nach und drehe mich dann zu Tina und Josh um. Josh hat von hinten die Arme um Tinas Taille gelegt. Ich traue mich nicht, Ethan anzusehen, weil ich befürchte, dass mich Tina dann sofort durchschauen wird.
»Ich glaube nicht, dass ich noch lange durchhalte«, sage ich.
Sie ist sichtlich enttäuscht. »Wir sind doch gerade erst angekommen!«
»Ihr könnt ja noch bleiben. Ich bin ziemlich fertig. War eine harte Woche.«
Tina schaut mich mitfühlend an, was mein Gefühl, sie zu betrügen, noch verstärkt.
Sie wirft Josh über ihre Schulter einen Blick zu. »Tanzt du mit mir?«
Er sträubt sich ein paar Sekunden, ehe er nachgibt und nickt. Sie nimmt seine Hand und will ihn wegführen, doch ich halte sie auf.
»Falls ich schon weg bin, wenn ihr vom Tanzen zurückkommt, sage ich schon mal danke für heute Abend.«
»Gehst du jetzt schon?«
»Vielleicht«, gebe ich widerwillig zu. Es wäre so viel leichter gewesen, sich still und heimlich zu verdrücken.

»Wir können uns ein Taxi teilen«, sagt Ethan, und mir wird ganz anders.
Tun wir das wirklich?
»Na gut, Süße«, seufzt Tina. Wir umarmen uns zum Abschied, und ich schaue ihnen wie in Trance hinterher, als sie sich durch die Menge zur Tanzfläche kämpfen. Ethans Hand berührt meine Hüfte, und ich drehe mich zu ihm um.
Ja, das tun wir.
Es dauert ewig, bis wir draußen sind, und die kühle, frische Luft tut unglaublich gut. Ethan winkt ein Taxi herbei.
Wir können schon im Auto unsere Hände nicht voneinander lassen. An einem Punkt unterbricht uns der Fahrer, um uns zu fragen, ob wir auch angeschnallt sind. Wäre ich eine normale Person mit intaktem Schamgefühl, wäre mir die Situation furchtbar peinlich. Aber offensichtlich bin ich nichts dergleichen.
Wir bringen ihn dazu, uns am Ende der Straße abzusetzen, damit wir uns möglichst leise ins Haus schleichen können. Als ich meine Handtasche öffne, um den Schlüssel herauszuholen, fällt mein Blick auf das Armband von Ned. Ich zögere, allerdings nur für den Bruchteil einer Sekunde, ehe ich meine Handtasche wieder schließe und den Schlüssel ins Schloss stecke.
Mein Schlafzimmer ist vom Mondlicht erleuchtet, da die Jalousien nicht heruntergelassen sind, doch Ethans Augen leuchten auch im Dämmerlicht. Wir brechen kaum den Blickkontakt ab, während ich sein Hemd und seine Jeans aufknöpfe und er den Reißverschluss meines Kleides öffnet. Dann entledigen wir uns schnell unserer restlichen Kleidung und klettern ins Bett.
Es ist, als würde ein elektrischer Funke zwischen uns überspringen, als sein nackter Körper sich auf meinen senkt. Seine Küsse werden leidenschaftlicher und ungezügelter.
»Warte!«, flüstere ich und lege ihm die Hände an die Brust, um ihn aufzuhalten.
Er sieht mich erstaunt an. »Was ist?«

»Kondom.«

Er runzelt die Stirn. »Nimmst du nicht die Pille?«

»Nein.« Ich schüttele vehement den Kopf.

Eine Sekunde vergeht, dann steigt er von mir runter und zieht seinen Geldbeutel aus der Hosentasche. Als er zum Bett zurückkehrt, ist er bereit für mich.

Er gibt mir einen langen Kuss, während er in mich hineinstößt, und ich schnappe laut nach Luft.

»Psst«, flüstert er in mein Ohr und drückt mir die Finger auf die Lippen.

Ich öffne den Mund und knabbere daran. Er lächelt und küsst mich wieder.

Es dauert ziemlich lange, da wir beide so betrunken sind, und als es vorbei ist, bricht er schwitzend auf mir zusammen. Wir sind beide völlig außer Puste. Irgendwann rollt er sich von mir runter.

Ich bleibe eine Weile so liegen und lausche seinem Atem, der allmählich ruhiger wird. Ich schließe die Augen und kuschele mich an ihn. Eine Sekunde später setze ich mich ruckartig auf und rüttele ihn wach.

»Was ist?«, fragt er verwirrt.

»Du kannst nicht hier bleiben!«, rufe ich. »Steh auf! Du musst gehen!«

Er taumelt aus dem Bett. Seinem Gesichtsausdruck zufolge hat er genauso Angst davor wie ich, dass Dad und Liz ihn am Morgen in meinem Bett finden.

»Psst!«, warne ich, und unterdrücke ein Kichern, als er panisch nach seinen Klamotten sucht.

Ich stehe auf und helfe ihm, nachdem ich mir das weite Trägertop übergestreift habe, in dem ich schlafe. Im Flur stolpert er fast über meine Geschenketüte, was mich daran erinnert, dass ich sie dringend in mein Zimmer stellen muss, damit Dad nicht das Gleiche passiert.

»Ich rufe dich an«, verspricht er.

»Keine SMS«, flüstere ich. »Denk dran, Dad und ich teilen uns ein Handy.«

Er nickt und gibt mir einen Kuss auf den Mund. Ich lege ihm die Handfläche auf die Brust, und einen Moment später reißt er sich von mir los.

»Bye«, sagt er und schaut mir noch einmal tief in die Augen, ehe er sich zum Gehen wendet.

Ich schließe möglichst leise die Haustür und gehe zurück ins Bett.

Kapitel 20

Zweimal. ZWEIMAL!
Stöhnend presse ich mir die Handflächen an die Schläfen. Ich fühle mich absolut beschissen. Was zur Hölle ist nur los mit mir? Einmal war schon schlimm genug, doch vor Gericht hätte eine Jury meine Tat unter den speziellen Umständen vielleicht gerade noch verzeihlich gefunden. Menschen tun seltsame Dinge, wenn sie dem Tod ins Auge schauen.
Doch für letzte Nacht gibt es keinerlei Ausrede.
Ich bin eine Schlampe. Eine Nutte. Eine Schande. Ich ekele mich vor mir selbst.
Mir wird schlecht, und ich fühle mich, als müsste ich mich übergeben. Nein, ich muss mich *wirklich* übergeben.
Ich springe aus dem Bett und laufe ins Badezimmer, wo ich den Kopf gerade noch rechtzeitig über die Kloschüssel hänge. Igitt. Warum kann ich nicht aufhören, wenn ich leicht angetrunken bin? Warum muss ich mich immer so hoffnungslos volllaufen lassen?
Weil ich eine bescheuerte Kuh bin, deshalb.
O Gott, was habe ich nur getan? Ich habe es wieder getan! *Schon wieder!*
Ich sacke vor der Toilette in mich zusammen, allerdings ist mir nur eine kurze Verschnaufpause vergönnt, ehe mich die nächste Welle an Übelkeit überkommt.
»Gut gefeiert, was?«
Ich bin absolut nicht in der Laune, mich jetzt mit Liz auseinanderzusetzen.

»Mach die Tür zu«, fahre ich sie an. In meiner Eile habe ich die Badezimmertür offen gelassen.

»Oje«, seufzt sie missbilligend. Sie tritt hinter mich und streicht mir die Haare aus dem Gesicht.

»Alles okay. Lass mich in Ruhe«, bettele ich.

Sie tut es nicht, stattdessen hält sie meine Haare zurück, während ich mich erneut übergebe.

»Bist du fertig?«, fragt sie nach einer Weile.

Ich nicke jämmerlich.

Sie dreht die Dusche auf. »Spring da rein, und ich bringe dir was Frisches zum Anziehen.«

Ich murmele ein Dankeschön, und sie lässt mich allein.

Ich bin so fertig. Was ist nur los mit mir? Warum musste ich noch einmal mit ihm schlafen?

Ich liebe Ned! Ich liebe meinen Mann! Gott, ich bin *böse*! Ich gehöre zu der schlimmsten Sorte Frau.

Wenn Ned mit mir nach Australien gekommen wäre, wäre nichts davon passiert.

Nein! Das ist allein *deine* Schuld, mahnt mich eine innere Stimme. Schiebe es jetzt nicht auf ihn!

Ich muss zugeben, dass meine innere Stimme recht hat.

»Wann bist du denn gestern Nacht nach Hause gekommen?«, fragt Liz, als ich immer noch ziemlich groggy aus dem Bad geschlurft komme. Beim Anblick von Schinken und Rührei, das sie in der Pfanne brät, dreht sich mir der Magen um.

»Ich weiß es nicht genau. Es war spät«, antworte ich.

»Ich dachte, ich hätte dich kommen gehört«, sagt sie, und mir wird heiß und kalt.

»Tut mir leid, wenn ich dich geweckt habe«, erwidere ich vorsichtig.

»War ja dein Geburtstag«, meint sie achselzuckend.

»Wo ist Dad?«

»Noch im Bett. Ich bringe ihm gleich sein Frühstück.«

»Das ist nett.«
»Willst du auch etwas?«, bietet sie an.
»Nein, danke. Ich esse vielleicht später ein bisschen Müsli, wenn ich mich danach fühle.«
»Trink mal ein großes Glas Wasser«, schlägt sie vor. »Du siehst furchtbar aus.«
»Danke vielmals«, sage ich trocken, füge dann aber hinzu: »Mache ich.«
Ich weiß, dass ich jedes bisschen Schmerz mehr als verdient habe.
Ich schließe meine Zimmertür und zucke beim Anblick meines knallroten Kleides zusammen, das als Häufchen auf dem Boden liegt. Ich bücke mich schnell und hebe es auf, wobei ich beim Gedanken daran, wie Ethan es mir gestern Nacht ausgezogen hat, unwillkürlich erschaudere – oder zittere. Ehrlich gesagt, weiß ich selbst nicht, was davon es ist. Ein nervöses, schon fast schreckhaftes Flattern hat sich zu der Übelkeit in meinem Bauch gesellt. Ich finde meine Clutch, öffne sie und hole das Armband heraus.
Es zu sehen versetzt mir den nächsten Schub an Schuldgefühlen. Ich kann nicht glauben, was ich getan habe. Und es ist mir so leichtgefallen, ich habe kaum einen Gedanken an die Konsequenzen verschwendet. Sicher würde es das Ende meiner Ehe bedeuten, wenn Ned es je herausfände. Aber wie soll er es herausfinden, wenn ich es ihm nicht erzähle?
Mit einem schweren Seufzen lasse ich mich aufs Bett sinken.
Ich sollte ihn anrufen, auch wenn er jetzt ungefähr der Letzte ist, mit dem ich gern sprechen würde.
Ich nehme mein Handy und wähle seine Nummer. Er klingt heiter, als er abnimmt.
»Hallo?«
»Hi, ich bin's.«
»Hey!«, ruft er. »Ich habe gerade an dich gedacht! Wie war es gestern Abend?«

»Ganz lustig. Allerdings fühle ich mich heute ziemlich lädiert.«
Das ist maßlos untertrieben. Oh, Ned, es tut mir so leid ...
»Was habt ihr so gemacht?«, fragt er interessiert.
Ich gebe mein Bestes, möglichst fröhlich zu klingen, als ich die Ereignisse des Abends wiedergebe – die meisten zumindest. Ich spüre, dass er gute Laune hat, da er sich am Telefon wohler fühlt als sonst.
»Ich wollte es dir gestern schon erzählen«, sagt er, als ich mit meiner Erzählung fertig bin. »Du hast ein paar Postkarten von Freunden und von meiner Familie bekommen. Ich werde sie dir am Montag weiterschicken.«
»Ich habe auch kein Problem damit zu warten, bis ich nach Hause komme. Klingt ein bisschen umständlich, sie extra nach Australien zu schicken.«
»Ach was. Ich dachte, es heitert dich vielleicht auf zu wissen, dass auch hier Menschen an dich denken.«
»Das ist echt lieb, danke«, erwidere ich kleinlaut.
»Oh, und Gretchen hat angerufen.«
Gretchen ist eine ehemalige Kollegin, und der Gedanke an sie macht mich noch trübsinniger.
»Sie meinte, sie hätte versucht, dir eine SMS zu schreiben«, fährt Ned fort. »Hast du dein englisches Handy ausgeschaltet?«
»Ja, hab es ewig nicht mehr eingeschaltet. Ich mache es gleich.«
»Cool.« Er hält kurz inne. »Also, hör mal, da ist noch etwas, über das ich gern mit dir reden wollte.« Ehe er weiterspricht, holt er tief Luft, und der ruhige, rationale Tonfall, in dem er dann weiterspricht, macht mich sofort nervös. »Du weißt, dass KDW von dieser Werbeagentur in New York aufgekauft wurde?«
»Ja ...«, sage ich langsam. Natürlich weiß ich das.
»Max, Nick und Paul haben ordentliche Summen als Ausgleich kassiert.«
»Ich weiß.« So, wie es ihnen auch zusteht als Gründer der Firma. Ich will, dass er endlich zum Punkt kommt.

»Na ja, Zara –« »Jetzt kommt's ... »– war in letzter Zeit nicht sehr glücklich. Sie steckt so viel Arbeit in die Firma und macht so viele Überstunden, und diese Typen streichen das ganze Geld ein und sind für die nächsten fünf Jahre in goldene Handschellen gelegt, damit sie nirgendwo anders hingehen können. Bist du noch da?«
»Ja, ich bin hier«, antworte ich.
»Du musst nicht gleich so besorgt klingen.«
»Sag mir einfach, was du mir sagen willst.« Ich weiß, ich habe absolut kein Recht, so gereizt zu reagieren, aber ich kann es nicht ändern.
Er fährt fort. »Also, Zara denkt darüber nach, die Firma zu verlassen und etwas Eigenes zu gründen und –«
»Sie hat dich gefragt, ob du mitgehen möchtest«, ergänze ich und merke, wie mir noch schlechter wird, was erstaunlich ist, angesichts meines ohnehin miserablen Zustands.
»Es wäre ein Neuanfang. Ich wäre Geschäftsführer und Creative Director meiner eigenen Firma. Ich könnte meine eigenen Entscheidungen treffen ...« Neds Stimme verliert sich.
Ich gebe mir wirklich alle Mühe, vernünftig zu klingen. »Aber du wurdest doch gerade erst befördert. Du hast einen sicheren Job und durch die Gehaltserhöhung jeden Monat mehr Geld auf dem Konto als vorher. Warum solltest du das jetzt alles wegwerfen?«
»Ich wusste, dass du das sagen würdest«, fährt er mich an.
»Kannst du es mir verübeln?« Ich hebe unwillkürlich die Stimme.
»Das ist so typisch. Endlich laufen die Dinge gut für mich und –«
»Genau!«, rufe ich dazwischen. »Es läuft super, also warum solltest du alles aufgeben, um ausgerechnet mit *Zara* noch enger zusammenzuarbeiten?« Es klingt schmutzig, wenn ich ihren Namen sage. Und mir ist durchaus bewusst, dass ich eine verdammte Heuchlerin bin. »Tut mir leid«, sage ich zerknirscht, ehe er etwas erwidern kann. »Ich habe einfach gerade viel um die Ohren. Können wir nicht in Ruhe darüber sprechen, wenn ich wieder zu Hause bin?«

»Und wann wird das sein?«, fragt er tonlos.
»Ich habe mir einen Rückflug für die Woche nach Ostern gebucht.«
Das ist in ungefähr drei Wochen.
Er seufzt. »Ja, ich schätze schon.« Er klingt nicht wirklich glücklich.
»Ich meine, sie kann doch bestimmt bis dahin warten.«
»Kein Grund, sarkastisch zu werden, Amber«, erwidert er finster.
»Sorry, Ned«, entschuldige ich mich wieder. »Ich bin stolz auf dich, weißt du doch.«
Stille. »Ich weiß. Hör zu, ich muss auflegen.«
»Gehst du heute Abend weg?«
»Denke nicht«, antwortet er verstimmt.
»Hattest du denn Pläne?«, frage ich misstrauisch.
»Zara hat vorgeschlagen, dass wir uns noch auf ein Bier treffen, um weiter darüber zu reden, aber ist auch egal. Scheint ja jetzt nicht mehr notwendig zu sein.«
Die Nervosität und die Übelkeit in meinem Bauch verstärken sich. Ungeachtet dessen, was ich getan habe, hasse ich den Gedanken, dass er mit ihr zusammen ist. Wenn ich so darüber nachdenke, sollte er gerade deshalb weggehen. Ich habe das Bedürfnis, mich selbst bestrafen zu müssen.
»Geh ruhig«, ermuntere ich ihn. »Es kann doch nicht schaden, es mal durchzusprechen.«
Wieder schweigt er viel zu lange, während sich mein Magen unangenehm zusammenzieht. »Ja, vielleicht«, seufzt er schließlich.
»Lass uns in ein paar Tagen noch mal telefonieren.« Ich merke selbst, wie kleinlaut ich klinge.
»Okay. Hab dich lieb«, sagt er.
»Ich dich auch«, erwidere ich, doch keiner von uns sagt es so, als würde er es auch meinen.
Ich fühle mich, als wären wir zwei Züge, die auf eine Gabelung im

Schienenverlauf zurasen. Wir scheinen dazu bestimmt, uns voneinander trennen zu müssen, und ich habe keine Ahnung, ob wir je wieder zusammenfinden werden.

Nachdem wir das Gespräch beendet haben, grabe ich mein eigenes Handy aus und hänge es ans Ladegerät, da der Akku schon lange leer ist. Als ich es anschalte, finde ich zwei Nachrichten von Gretchen und ein paar weitere von meinen Freundinnen Alicia und Josie. Alicia war eine Kommilitonin auf der Uni und Josie meine Mitbewohnerin. Beide haben mir zum Geburtstag geschrieben und noch einmal vorher, um zu fragen, wie es mir geht.

Ich verspüre einen Anflug von Zuneigung für meine Freundinnen, weil sie an mich gedacht haben. Ich habe mich schon viel zu lange nicht mehr bei ihnen gemeldet – vermutlich seit Weihnachten nicht mehr, was Monate her ist. Ich habe ihnen gesagt, dass ich nach Australien fliege, aber das Leben hat uns schon seit einer Weile in verschiedene Richtungen geführt. Das scheint mir im Moment häufiger zu passieren.

Ein paar Sekunden lang stelle ich mir vor, wie ich neben Alicia oder Josie auf dem Sofa sitze, eine dampfende Tasse Tee in den Händen, oder mit Gretchen in dem Pub in Camden, in dem wir jeden Freitag waren, als wir noch an derselben Schule unterrichtet haben. Diese drei Freundinnen haben mich besser verstanden als jede andere – sogar besser als Tina und Nell, die mich eigentlich nur als Teenager gekannt haben, wenn ich ehrlich bin. Damit will ich nicht sagen, dass ich nicht eine tolle Zeit mit meinen zwei alten besten Freundinnen hier habe, aber jetzt gerade sehne ich mich nach den tiefgründigen Gesprächen, wie ich sie mit Alicia, Josie und Gretchen führen kann.

Warum wir uns nicht mehr so nahestehen wie früher, hat verschiedene Gründe, doch selbst, wenn ich in der Lage wäre, das zu ändern, könnte ich ihnen niemals anvertrauen, was ich getan habe. Weder ihnen noch sonst jemandem. Wenn ich beschließe, meine Untreue vor Ned geheim zu halten, werde ich es mit Sicherheit keiner Menschenseele je verraten. Irgendwie ist die Vorstellung einsam, aber ich bin trotzdem überzeugt, dass die Einzigen, die je wissen werden, was zwischen Ethan und mir passiert ist, Ethan und ich sein werden.

Plötzlich überkommt mich das Verlangen, mit ihm zu reden. Er ist heute bei der Arbeit – sein letzter Tag in der *Kellertür*, ehe sie den Laden über die Erntezeit schließen. Beim Gedanken daran, seine Stimme am Telefon zu hören, hebt sich sofort meine Stimmung.

Ich gebe mir eine geistige Ohrfeige. Ich kann ihn nicht anrufen. Ich sollte ihn am besten nie wieder sehen oder sprechen. Was ich getan habe, ist unverzeihlich, und selbst wenn Ned weiterhin so unwissend bleiben sollte, was meine Taten angeht, muss ich doch auf irgendeine Art Buße tun.

Was ich tun sollte, ist, Ethan aus meinem Leben zu streichen.

Allein der Gedanke daran tut unfassbar weh. Ich schlage die Decke zurück und verkrieche mich ins Bett, wo ich mich meinem Selbstmitleid ergebe.

Ich bin mir nicht sicher, ob ich ihn gehen lassen kann. Ich weiß nicht, ob ich stark genug bin.

Doch, das bist du. Ruf ihn nicht an … Schlag ihn dir aus dem Kopf …

Doch je mehr ich versuche, es mir auszureden, desto mehr will ich ihn. Das Bedürfnis wird immer stärker und dringender, als würde es mich jucken und ich dürfte nicht kratzen. Wie eine Sucht, die ich nicht befriedigen kann.

Tränen der Frustration brennen in meinen Augen, und ich drücke mir die Handballen in die Augenhöhlen. Ich drehe mich zur Wand und ziehe die Knie an, wobei ich unter der Decke an etwas Weiches stoße. Ich ziehe Lambert hervor.

Ich war so böse, Lambert, denke ich niedergeschlagen. Ich war ein sehr, sehr –

»*Ungezogenes Mädchen!*«

Die plötzliche Erinnerung lässt mich zusammenfahren. Jemand

schreit mich mit vor Wut gerötetem Gesicht über den Rückspiegel des Autos an. Mum ...
Ich schleudere Lambert von mir, aber es ist zu spät. Ein tieftrauriges Gefühl erfasst mich. Es ist erdrückend.
Ich bin ein böses Mädchen. Das weiß ich jetzt wieder. Ich bin von Grund auf schlecht. Das war ich schon immer.
Ich greife nach dem Handy und rufe Ethan an.

Kapitel 21

»Ich bin's.« Ich gebe mir alle Mühe, meiner Stimme die Anspannung nicht anhören zu lassen. Mein Herz schlägt inzwischen wie wild.
»Hey«, erwidert er. »Ich habe gerade Kundschaft –«
»Dann warte ich«, sage ich schnell.
»Äh, okay.« Er klingt unsicher. »Oder ich rufe dich zurück?«
»Nein, ich warte.«
Ich höre, wie er freundlich mit einem Kunden plaudert, ohne dass ich dem Gespräch wirklich folgen könnte. Ich weiß nur, dass der Kunde irgendwann zahlt und geht, doch ich zucke trotzdem zusammen, als Ethan wieder am Telefon ist.
»A?«
»Bin noch dran.«
Ich fühle mich sofort ruhiger, auch wenn erst mal keiner von uns etwas sagt.
»Wie geht es dir?«, fragt er schließlich.
»Nicht so gut«, gebe ich zu. »Können wir reden? Kann ich dich sehen? Ich bräuchte gerade wirklich einen Freund.«
»Die Kinder sind heute Abend bei mir«, erklärt er entschuldigend. »Morgen habe ich sie auch den ganzen Tag.«
Meine Enttäuschung ist so groß, dass ich nicht in der Lage bin, eine Erwiderung zu formulieren.
»Wir könnten uns treffen, nachdem ich sie morgen Abend zurückgebracht habe«, schlägt er vor.
»Okay«, stimme ich zu, als ich meine Stimme wiedergefunden habe.

»Soll ich dich abholen?«, fragt er.
»Das wäre schön.« Ich muss ziemlich wortkarg rüberkommen, aber ich kann es nicht ändern.
»Dann sehen wir uns gegen sieben. Vielleicht können wir eine Kleinigkeit essen gehen.«
Ich habe einen Kloß im Hals und schließe erleichtert die Augen. Wenigstens haben wir jetzt einen Plan. »Super. Bis dann.«
Ich lege schnell auf, ehe ich die Beherrschung verliere.
Nein, die habe ich schon längst verloren.

Wenn ich die Wahl hätte, würde ich vieles darum geben, diesen Samstag zu vergessen. Der Sonntag ist besser, allerdings auch nur ein bisschen. Liz erpresst mich, mit ihr und Dad morgens in die Kirche zu gehen, indem sie darauf besteht, dass Dad meine moralische Unterstützung braucht, wenn er sich das erste Mal nach dem Schlaganfall in die Öffentlichkeit wagt. Es ist die Kirche, in der Ned und ich geheiratet haben, was mir Bauchschmerzen bereitet. Aber mit Dad hier zu sein, lenkt mich schnell von meinen eigenen Sorgen ab. So viele Leute starren ihn an, und ich muss mich zusammenreißen, meinen Instinkt zu unterdrücken und etwas zu sagen. Ich tröste mich damit, dass es beim nächsten Mal schon einfacher sein wird. Jeden Tag macht er kleine Fortschritte, die am Ende hoffentlich zu einer vollständigen Genesung führen werden.
An diesem Nachmittag bereitet Dad zum ersten Mal wieder ein Abendessen für uns zu, seit er den Schlaganfall hatte. Ich habe zwar eigentlich vorgehabt, mit Ethan essen zu gehen, doch Liz' missbilligender Blick, als ich meine Pläne erwähne, bringt mich dazu, aus Respekt vor Dads Bemühungen wenigstens eine kleine Portion zu essen.
Er hat schon immer gern gekocht – es geht ihm wesentlich leichter von der Hand als Liz oder mir –, und auch wenn seine Spaghetti Bolognese vielleicht ein paar zu grob geschnittene Stücke Zwiebel enthalten, sind wir beide extrem stolz auf ihn.

Als es an der Tür klingelt, werfe ich fast den Tisch um, weil ich hastig aufspringe. Ich bin so nervös, dass ich innerlich vibriere.

»Viel Spaß«, meint Liz in ihrer üblichen, trockenen Art.

»Sag Ethan, er soll kurz reinkommen und hallo sagen«, schlägt Dad vor, was mir das Herz in die Hose rutschen lässt.

»Ach, Dad, wir sind ein bisschen in Eile.«

»Ein oder zwei Minuten für deinen Vater werden ja wohl drin sein«, zischt Liz.

Ich starre sie an, verkneife mir jedoch, wütend aus dem Zimmer zu rauschen. Stattdessen hole ich tief Luft und gehe zur Haustür, die ich mit klopfendem Herzen öffne.

»Hey«, grüßt Ethan mit einem Lächeln.

»Hi.« Ich versuche, möglichst unbekümmert zu klingen, bin mir aber nicht sicher, ob es mir gelingt. »Dad will dir gern hallo sagen. Hast du eine Minute Zeit?«

Er sieht nicht begeistert aus, nickt aber. Ich führe ihn mit einem flauen Gefühl im Magen in die Küche.

»Ethan«, nuschelt Dad mit schwerer Zunge und steht umständlich von seinem Stuhl auf.

Ich werfe Ethan einen kurzen Blick zu und sehe gerade noch den Anflug von Panik auf seinem Gesicht, ehe es ihm gelingt, seine Gefühle zu verbergen.

»Hey, Len«, erwidert er. Er klingt angespannt, aber ich weiß nicht, ob es an Dads Zustand oder an der Affäre mit mir liegt. Vielleicht an beidem.

»Ich hatte Spaß mit deinem Spi–«, sagt Dad langsam, doch Ethan unterbricht ihn.

»Oh, mit dem Spiel!«

»Das du mir geliehen hast«, fährt Dad fort. Ich stöhne innerlich auf. Ich habe keine Chance gehabt, Ethan davor zu warnen, meinen Vater zu unterbrechen und seine Sätze zu ergänzen.

»Super«, sagt Ethan. »Es hat von mir schon einige Kilometer auf dem Buckel, das ist sicher.«

»Danke, dass –«, fängt Dad an.
»Gern geschehen«, unterbricht Ethan ihn wieder.
»Du es vorgeschlagen hast«, beendet Dad unbeirrt seinen Satz.
Das ist kaum auszuhalten. Ich kann es nicht mitansehen.
»Danke fürs Kochen.« Ich gebe Dad einen Kuss und versuche, Liz' abschätzigen Blick zu ignorieren.
»Pass auf dich auf«, sagt Dad.
Ich verdrehe lächelnd die Augen. »Das mache ich doch immer.«
»Ich hoffe, wir sehen uns bald mal wieder«, meint Ethan. »Vielleicht grabe ich noch ein paar Computerspiele aus und bringe sie dir vorbei.«
Zu meiner Schande muss ich gestehen, dass ich in diesem Moment für Dad antworte. »Das wäre schön, nicht wahr, Dad?«
»Ja«, stimmt er zu.
Mein Gesicht glüht. »Okay, dann bis später.«
Ich werfe Ethan einen entschuldigenden Blick zu, als wir das Haus verlassen.
Sobald ich im Auto sitze, seufze ich erleichtert auf.
»Alles okay?« Er klingt selbst ziemlich angespannt.
Ich nicke steif.
»Wo willst du gern hingehen?«, fragt er.
»Irgendwohin. Bitte, fahr einfach los«, erwidere ich gequält.
Die Sonne geht gerade unter, als wir den Gipfel von Mount Lofty in den Adelaide Hills erreichen. Wir steigen aus dem Auto und gehen zum Aussichtspunkt. Ethan hat mich vorher gefragt, ob ich lieber im Auto reden möchte, doch ich habe den Kopf geschüttelt.
»Ich brauche nur eine Minute«, habe ich behauptet, doch am Ende brauche ich zwanzig. Ich bin froh, dass er mich hierhergebracht hat.
Adelaide erstreckt sich vor uns, und in der Ferne verschmilzt der blassblaue Himmel mit dem Meer. Die Wolken über unseren Köpfen sind dunkel und dramatisch, über der Skyline der Stadt färbt die untergehende Sonne sie leuchtend orange. Selbst der Obelisk,

die große, weiße Säule, die nach dem Entdecker Matthew Flinders benannt ist, glüht hellorange.

Es ist ein atemberaubender Ausblick.

Ich atme die bereits kühler werdende Herbstluft ein und schaudere. Als ich kurz darauf Ethan anschaue, muss ich feststellen, dass er mich beobachtet.

»Willst du dich setzen?« Er deutet mit dem Kopf auf eine freie Bank in der Nähe.

Ich nicke. Wir nehmen nebeneinander auf der Bank Platz und schauen auf die Stadt hinunter. Er lehnt sich nach vorn und stützt die Ellenbogen auf den Knien ab. Mit gefalteten Händen wartet er darauf, dass ich anfange zu reden.

Ich schweige noch ein paar Minuten, aber als ich dann den Mund aufmache, kommt ein Satz heraus, von dem ich nie erwartet hätte, dass ich ihn einmal laut ausspreche.

»Ich glaube, ich habe den Autounfall verursacht, bei dem meine Mutter ums Leben gekommen ist.«

Er zieht scharf die Luft ein. Ich spüre seinen geschockten, fragenden Blick auf mir, kann mich aber nicht dazu bringen, ihn anzusehen.

»Sie hat mich angeschrien, dass ich ungezogen war. Ich weiß nicht, was ich getan habe, aber ich glaube, ich habe sie abgelenkt –«

»Warte, warte«, unterbricht er mich kopfschüttelnd. »Meine Kinder sind im Auto die ganze Zeit ungezogen. Du hättest sehen sollen, wie sie sich vorhin auf dem Heimweg gezankt und angeschrien haben. Penny hat Rachel an den Haaren gezogen, weil die Kleine sie so provoziert hat, und sie ist acht und sollte es besser wissen. Rachel ist erst fünf. Du kannst diesen Unfall gar nicht verursacht haben, A.«

Tränen steigen in mir auf, und meine Unterlippe fängt an zu zittern.

»Hast du deinen Dad mal darauf angesprochen?«, fragt er.

»Nein.« Ich schüttele vehement den Kopf. »Das könnte ich nicht.«

»Warum denn nicht?«
»Ich will nicht, dass er daran denken muss.«
»A.« Er legt mir den Arm um die Schultern. »Es kann alle möglichen Gründe für diesen Unfall gegeben haben. War denn noch ein anderes Fahrzeug daran beteiligt?«
Ich schüttele den Kopf. »Ich weiß es nicht. Warum weiß ich das eigentlich nicht?«
»Du musst ihn fragen. Aber deine Schuld war es garantiert nicht.«
»Ich fürchte schon«, flüstere ich. »Sie hat gesagt, ich sei ein ungezogenes Mädchen. Ich habe mich wieder daran erinnert.«
»Meine Mädchen sind auch ungezogen!«, ruft er. »Nicht immer, aber manchmal schon! Jedes Kind ist mal ungezogen. Das heißt doch nicht, dass du sie getötet hast, um Himmels willen. Es liegt in der Verantwortung der Eltern, sicher zu fahren! Es war pures Glück, dass du nicht auch dabei umgekommen bist.«
Mein lautes Schluchzen überrascht uns beide.
»Hey.« Er zieht mich an sich. Ich drücke mein Gesicht an seinen Hals und versuche, mich unter Kontrolle zu bringen, während ich von stummen Schluchzern geschüttelt werde. Er streichelt mir den Rücken und raunt mir beruhigende Worte ins Ohr. Ich gebe mir alle Mühe, nicht zu viel Aufmerksamkeit auf mich zu ziehen. Ich will auf keinen Fall eine Szene machen. Wir sind hier nicht allein. Schließlich schaffe ich es, ein paarmal tief einzuatmen und mich zu beruhigen.
»Es wird alles wieder gut«, sagt er leise und gibt mir einen Kuss auf die Stirn, ehe er mich loslässt.
Ich angele ein Taschentuch aus meiner Tasche und putze mir die Nase. Die Lichter der Stadt leuchten inzwischen noch heller, die Sonne ist längst hinter dem Horizont verschwunden.
»Danke.« Meine Stimme klingt gepresst.
»War es das, was dich seit gestern so belastet hat?«, fragt er.
Ich muss lachen. »Nicht *nur* das, natürlich.«

Er hat so viel Anstand, beschämt zu wirken. »Hmm«, macht er und senkt den Blick. »Ja, wir haben uns ein wenig mitreißen lassen, oder?«

»Findest du?«

Er sieht mich an, und ein kleines Lächeln spielt um seine Lippen. Seine grünen Augen wirken fast schwarz im Dämmerlicht. Unsere Blicke treffen sich, und sofort melden sich die Schmetterlinge in meinem Bauch.

Das ist so falsch ... Ich sollte nicht mal hier sein, geschweige denn daran denken, ihn zu küssen ...

Doch plötzlich ist Ned wieder in seiner Kiste in der verstaubten Ecke meines Gehirns.

Die einfache Wahrheit ist, dass ich Ethan liebe. Ich will ihn. Ich brauche ihn. Und er ist *hier*.

Ich lehne mich zu ihm und drücke meine Lippen auf seinen Mund.

Kapitel 22

Es ist offiziell, ich habe eine Affäre.
Am Sonntagabend sind Ethan und ich so lange durch die Gegend gefahren, bis wir eine verlassene, dunkle Straße gefunden haben, wo wir es dann auf dem Rücksitz seines Autos getrieben haben wie Teenager. Es war heiß und sexy, und jedes Mal, wenn ich daran denke, was ungefähr alle paar Minuten der Fall ist, kribbelt es aufs Neue in meinem Bauch. Trotz allem, was er sagt – ich bin kein guter Mensch. Ich bezweifle, dass ich es je gewesen bin.
Jetzt ist es Donnerstagnachmittag, und ich bin unterwegs in die Berge, um ihn zu überraschen. Er hat die ganze Woche Überstunden gemacht wegen der Ernte, doch gestern Abend am Telefon hat er mir von seinen schmutzigen Phantasien erzählt, die mit mir in seinem Weinkeller zu tun haben. Ich plane herauszufinden, ob er ein Mann der Tat oder nur der Worte ist. Ich fühle mich wie eine Flasche Sekt, die man zu sehr geschüttelt hat – wenn ich ihn nicht bald sehen kann, werde ich explodieren.
Liz wird in ein paar Stunden von der Arbeit nach Hause kommen, und Dad sagt, er kommt bis dahin alleine klar. Ab nächster Woche sind Osterferien an der Universität, wo Liz unterrichtet, was bedeutet, dass dann zwei Pflegerinnen im Haus sind. Insgeheim frage ich mich, ob es wirklich nötig ist, dass ich noch hier bin.
Ich sollte eigentlich morgen nach Hause fliegen. Ich bin unglaublich froh, dass ich es nicht tue.
Ned hat beschlossen, seinen Job zu kündigen – er hat mich heute Morgen angerufen, um mir mitzuteilen, dass er nicht warten will,

bis wir persönlich darüber gesprochen haben. Ich war fast erleichtert über den Stich, den mir die Neuigkeit versetzt hat, und über seine trotzige Einstellung. Je unabhängiger er sich verhält, umso weniger fühle ich mich mit ihm verheiratet. Wenn er mich mit Zara betrügt, bin ich aus dem Schneider.
Ich versuche, diese Gedanken möglichst an der Oberfläche zu halten, weil es ein Fehler sein könnte, sie genauer zu betrachten.
Ich habe ein wenig das Gefühl, verrückt zu werden.

Das letzte Mal, als ich zur Erntezeit beim Weingut Lockwood House war, wimmelte es in den Weinbergen nur so vor Menschen. Die Trauben werden von Hand geerntet, dann entrappt und in einer großen zylinderförmigen Kelter aus Edelstahl ausgepresst. Ich erinnere mich, dass ich damals mit Ethan zusammen dem Vorgang beigewohnt habe und es ziemlich beeindruckend fand, bis wir von Ruth abgelenkt wurden, die uns mit irgendwelchen leckeren Snacks in die Küche lockte. Ich frage mich, ob sie es seltsam findet, wenn ich jetzt wieder hier bin. Vielleicht sollte ich es vermeiden, ihr über den Weg zu laufen.
Mit dem Gedanken im Hinterkopf parke ich Dads Auto vor dem Eingang zur *Kellertür* und gehe von dort zu den Nebengebäuden rechts vom Haupthaus. Als Erstes stoße ich auf den Schuppen, in dem die Holzfässer gelagert werden, und bekomme weiche Knie, als ich an Ethans tiefe Stimme am Telefon gestern Abend denken muss. Hinter den Backsteinwänden des nächsten Gebäudes höre ich das Brummen einer Maschine – ein sicheres Zeichen, dass ich die Kellerei erreicht habe. Ich gehe zum Eingang und bleibe abrupt stehen, als ich Ethan vor einem großen Edelstahlbottich stehen sehe, die Armmuskeln angespannt, während er den Inhalt mit den Händen bearbeitet. Mir fällt ein, dass er mir vor kurzem eine Tour durchs Weingut angeboten hat, doch das wäre im Moment das Letzte, was mir in den Sinn kommen würde. Sein Dad und ein junger Mann – wahrscheinlich ein Weinbaustudent – sind an

einem anderen Bottich beschäftigt, aber meine Aufmerksamkeit gilt allein Ethan. Er schaut auf, und als er mich erblickt, weiten sich seine Augen vor Überraschung.
Ich ziehe eine Augenbraue hoch.
»Amber!«, ruft Tony plötzlich.
Ich lächele Ethans Dad zu, als er auf mich zukommt, auch wenn ich aus dem Augenwinkel jede Bewegung seines Sohnes verfolge.
»Hallo! Ich war in der Gegend unterwegs und dachte, ich schaue kurz vorbei.«
»Na klar, na klar! Schön, dich zu sehen.« Tony beugt sich zu mir und gibt mir einen Begrüßungskuss auf die Wange. Ethan hat sich ein Handtuch geschnappt und wischt sich die Arme ab, die bis zum Ellenbogen lila gefärbt sind.
»Ist es in Ordnung, wenn ich kurz Pause mache?«, fragt er seinen Dad.
»Natürlich«, antwortet Tony. »Lass dir Zeit.«
Ich wage es, Ethan in die Augen zu sehen, als wir auf dem Trampelpfad zum nächsten Gebäude gehen, erröte jedoch sofort, als ich die Intensität in seinem Blick sehe. Er sieht sich gründlich um, ob die Luft rein ist, ehe er mich nach drinnen führt. Einen Moment später finde ich mich in einem Raum voller Eichenfässer wieder, und mein Atem geht schnell, während er mir immer näher kommt. Er ist von Kopf bis Fuß mit Traubensaft besprenkelt. Ich will ihn am liebsten ablecken, doch seine Zunge nimmt meine innerhalb von Sekunden in Beschlag. Er schmeckt fruchtig. O Gott, wie sehr ich ihn begehre. Ich greife nach seiner Gürtelschnalle, ohne den Kuss zu unterbrechen, doch zu meiner Überraschung hält er mich auf.
»Das geht nicht. Nicht hier.«
»Warum nicht?«, hauche ich an seinem Mund, die Finger noch an der warmen Haut seines festen Bauches.
»Es könnte jemand hereinkommen.«
Das Risiko wäre es mir wert.

»Und ich habe keine Kondome dabei«, fügt er hinzu.
Oh. Das Risiko ist es *nicht* wert. Ich habe nicht vor, mein Glück ein weiteres Mal herauszufordern. Widerwillig reiße ich mich von ihm los.
»Wir könnten in mein Schlafzimmer gehen«, schlägt er vor, packt mich an der Hüfte und knabbert an meinem Hals.
»Was ist mit deiner Mutter?«
»Wir schleichen uns einfach hinten rein«, erwidert er augenzwinkernd.
O Mann, er ist umwerfend. »Okay.«
Wir schaffen es, sein altes Kinderzimmer unbemerkt zu erreichen, wo Ethan hastig die Schubladen durchwühlt, auf der Suche nach einem Kondom. Wir seufzen beide erleichtert auf, als er fündig wird, und im nächsten Augenblick liege ich auf dem Bett. Er schiebt mir das Kleid bis zur Taille hoch, woraufhin ich ihm das fleckige T-Shirt über den Kopf ziehe.
Plötzlich erstarrt er in der Bewegung und spitzt die Ohren. War das seine Mum, die im Flur vorbeigegangen ist? Hat er ein Schloss an der Tür? Zu meiner Beunruhigung sehe ich, dass die Tür nicht abschließbar ist. Einen Moment später lacht er in sich hinein. »Ich komme mir vor wie ein Teenager.«
Wie viele Mädchen er wohl in dieses Bett geschmuggelt hat? Ich erwarte seine Antwort mit einer Mischung aus Eifersucht und Neugier, als ich ihm die Frage stelle.
»Vier oder fünf«, erwidert er achselzuckend und zieht eine Spur aus Küssen über meinen Bauch, während er mir den Slip auszieht.
Vier oder fünf? Als er ein Teenager war? Das muss dann vor seiner Zeit mit Sadie gewesen sein, die er mit siebzehn kennengelernt hat ...
Er schaut plötzlich auf. »Du bist aber nicht eifersüchtig, oder?« Er grinst und zieht sich die Jeans aus.
Ich schüttele schnell den Kopf, bin mir aber sicher, dass er mich längst durchschaut hat. »Wie viele Kerle hattest du denn damals in

deinem Bett?« Er beugt sich wieder über mich und spreizt mit den Knien meine Beine.

»Kein Kommentar«, sage ich knapp.

Zwei, bis ich als Achtzehnjährige von zu Hause ausgezogen bin. Und das eigentlich auch nur, um mich von Ethan abzulenken und um Liz zu ärgern. Sie hat mich leider nur einmal erwischt.

»Ich wünschte, ich hätte damals um deine Gefühle gewusst«, sagt er und senkt die Lippen auf meine Brustwarze.

Ich schnappe nach Luft und drücke den Rücken durch. »Hätte das denn etwas verändert?«

»Wahrscheinlich schon.« Er schaut mir tief in die Augen, während er in mich eindringt.

»O Gott«, stöhne ich.

Ich liebe ihn so sehr. Ich will mit ihm zusammen sein. Nicht nur jetzt, sondern immer.

Ich öffne den Mund, um etwas zu sagen. »Ich liebe –«

Doch das letzte Wort meines Liebesgeständnisses wird von seinem Kuss verschluckt.

Ich wiederhole es nicht.

Auf der Heimfahrt bemerke ich, dass mein Handy in der Handtasche vibriert. Ich kann gerade nicht drangehen, riskiere jedoch einen kurzen Blick aufs Display. Ich habe vier verpasste Anrufe von zu Hause. Sobald es mir möglich ist, fahre ich links ran und rufe zurück. Liz geht ans Telefon.

»Wo steckst du?«, fährt sie mich grußlos an.

»Ist mit Dad alles okay?«, frage ich in einem Anflug von Panik. »Ich bin gerade auf dem Heimweg.«

»Das wird auch Zeit. Und nein, es ist nicht alles okay. Er ist gefallen und hat sich den Kopf angeschlagen.« Sie pausiert gerade lang genug, damit mir schlecht werden kann vor Sorge, ehe sie mich erlöst. »Er ist ziemlich fertig.«

»Mir geht's *gut*«, höre ich Dad im Hintergrund murmeln.

»Verdammt, Liz!«, rufe ich aus. »Du hast mich zu Tode erschreckt!«

»Ich wollte heute Abend zu meinem wöchentlichen Treffen gehen«, erwidert sie eingeschnappt.

»Oh.« Ich hatte völlig vergessen, dass donnerstags immer ihre Selbsthilfegruppe stattfindet.

»Diese Treffen sind mir sehr wichtig, Amber! Ich weiß, dass dir meine Gefühle noch nie etwas bedeutet haben, aber ich bitte dich doch nur um diesen einen Abend, damit ich mal etwas für mich tun kann!«

»Bitte«, höre ich Dad flehen. »Schrei sie doch nicht an.«

Mein Gesicht glüht vor Scham.

»Wir sprechen gleich darüber, wenn du zu Hause bist«, beschließt Liz einfach und legt auf.

Ich starre entgeistert das Handy an und schleudere es dann wütend auf den Beifahrersitz. Den Rest des Weges fahre ich in deutlich getrübter Stimmung.

Als ich nach Hause komme, finde ich Dad allein vor dem Fernseher.

»Hey«, sage ich lächelnd. »Wie geht es dir?«

»Gut«, grummelt er, als ich mich zu ihm aufs Sofa setze. »So ein Drama.«

»Hast du dich verletzt?« Ich hebe die Hand, um sein immer noch leicht schiefes Gesicht nach Verletzungen abzusuchen. »O Dad, es tut mir so leid.« Er zuckt unter meiner Berührung zusammen, als meine Finger über eine dicke Beule an seiner Stirn fahren.

»Nur eine kleine Beule, nichts Schlimmes«, versichert er mir.

»Wie ist das passiert?«, frage ich.

»Dumm von mir. Wollte die Schnürsenkel binden.«

Ich schaue auf seine Füße, doch sie stecken in seinen üblichen Slippern.

»Das kommt schon noch«, sage ich zärtlich. »Lass dir Zeit.«

»Nase voll vom Warten.«

Seine Aussprache ist undeutlicher als sonst. Die Anstrengung, jedes Wort richtig zu formulieren, ist enorm. Bei anderen Leuten und den paar Freunden und Kollegen, die ihn in letzter Zeit besucht haben, gibt er sich mehr Mühe, doch abends, wenn wir unter uns sind, ist er oft zu müde, um noch viel Energie auf seine Aussprache zu verwenden.
»Soll ich dir helfen, dich bettfertig zu machen?«, biete ich an. Ich nehme an, Liz ist ausgegangen.
Er schüttelt den Kopf. »Ich warte auf Liz.«
»Wo ist sie denn?«
»Draußen.«
Ich runzle überrascht die Stirn. Sie ist im Garten? »Ich gehe mal zu ihr.«
»Aber nicht streiten«, fleht er und packt mit der guten, linken Hand meinen Unterarm.
»Okay, Dad.« Ich lächele ihn an, während sich mein schlechtes Gewissen meldet.
Ich rieche ihre Zigarette, sobald ich die Küchentür öffne, und kann mich einfach nicht beherrschen.
»Um Himmels willen!«, rufe ich empört.
»Lass es sein, Amber«, warnt sie tonlos und nimmt einen tiefen Zug, ehe sie die Asche in die Dahlien schnippt.
»Liz, das ist lächerlich –«
»Ich sagte, lass es sein!« Sie funkelt mich böse an.
»Psst!« Ich nicke in Richtung des Hauses. »Er will nicht, dass wir uns streiten.«
»Nein, davon hatte er für ein ganzes Leben genug«, meint sie bitter. Als sie den nächsten Zug nimmt, bemerke ich, dass ihre Hände zittern. »Es ist alles zu viel«, murmelt sie mit bebender Stimme, während sie sich mit der freien Hand durch die kurzen, grauen Haare fährt.
»Wie meinst du das?«, frage ich besorgt.
»Ich kann jetzt nicht auch noch mit dem Rauchen aufhören«, sagt

sie und zieht die Augenbrauen hoch, als sie meinen Blick sieht.
»Du dachtest, ich meine den Schlaganfall, stimmt's? Dass das, was Len passiert ist, zu viel für mich ist?«
Ich trete verlegen von einem Fuß auf den anderen. »Na ja, ich –«
»Tut mir leid, wenn ich dich enttäuschen muss, aber ich gehe nirgendwohin«, sagt sie trocken.
Ich bin nicht enttäuscht, sondern erleichtert.
»Ich will nicht, dass du ihn verlässt«, entgegne ich. »Nicht mehr.«
Sie lacht spöttisch.
»Das liegt nicht nur daran, weil ich Angst hätte, ihn allein pflegen zu müssen«, erkläre ich schnell, »auch wenn das natürlich auch eine Rolle spielt«, füge ich ehrlich hinzu, als ich ihren ungläubigen Blick bemerke. »Aber ihr zwei passt besser zueinander, als ich es mir je eingestehen wollte.«
Sie starrt mich aus ihren stahlblauen Augen lange an, ehe sie die Zigarette auf den Boden wirft und austritt. »Für diese Erkenntnis hast du nur siebzehn Jahre gebraucht. Wurde aber auch Zeit.«
Ich seufze und starre sie resigniert an.
»Warst du bei Ethan?«
Mit dieser Frage hatte ich nicht gerechnet. »Ich, äh, ja. Ich bin kurz bei ihm vorbeigefahren, um ihn zu besuchen.« Ich schaue sie irritiert an. Woher weiß sie das?
»Du hast Traubensaftflecken auf dem Kleid«, erklärt sie.
Entsetzt stelle ich fest, dass ich tatsächlich überall auf meinem gelben Kleid rote Traubenflecken habe. »O nein, so ein Mist«, murmele ich. »Die Weinernte läuft«, sage ich dann in möglichst beiläufigem Tonfall und zucke die Achseln.
Sie mustert mich misstrauisch. »Verstehe.«
»Bist du hier draußen fertig?« Ich wende mich zum Gehen.
»Nein, ich denke, ich rauche noch eine«, entgegnet sie trotzig und zieht eine weitere Zigarette aus dem Päckchen.
Ich schnaube genervt. »Hast du eigentlich je aufgehört?«, will ich wissen.

»Mehr oder weniger.«

»Und Dad?«

»Ja.« Sie zündet die Zigarette an, und ihr Gesicht ist für einen kurzen Moment in Rauch gehüllt.

»Wenn du weiterhin in seiner Gegenwart rauchst, fängt er wahrscheinlich auch wieder an. Du weißt doch, dass Rauchen das Risiko verdoppelt, wieder –«

»Einen Schlaganfall zu bekommen, ich weiß«, beendet sie meinen Satz. »Ach, Amber. Du tust so, als wäre ich der böse Wolf, der ihn in Versuchung führt. Er ist ein erwachsener Mann, weißt du?«

»Kein Grund, so herablassend zu sein«, erwidere ich patzig.

»Es stimmt aber. Er ist durchaus in der Lage, seine eigenen Entscheidungen zu treffen.« Sie verengt die Augen zu Schlitzen. »Warum hasst du es eigentlich so sehr?«

Ich starre sie fassungslos an. »Du erinnerst dich sicher noch daran, dass Nells Großvater an Lungenkrebs gestorben ist, oder?«

Sie runzelt die Stirn. »Das ist aber sicher nicht der einzige Grund, oder?«

»Ist dir der Grund nicht gut genug?« Ich weiß, dass ich selbst jetzt auf dem hohen Ross sitze.

»Nein. Du bist schon fast fanatisch, was das Rauchen angeht. Da muss noch etwas anderes dahinterstecken.«

»Na schön.« Ich hole tief Luft. »Du willst wissen, was dahintersteckt? Das ist ganz einfach. Ich verstehe nicht, warum ein vernünftiger Mensch so egoistisch sein kann zu riskieren, sein Leben freiwillig zu verkürzen, besonders, wenn er Menschen zurücklässt, die ihn lieben.«

Liz stutzt. »Geht es um deine Mutter?«, fragt sie.

Ich zucke unmerklich zusammen.

»Verstehe.« Sie nickt. »Du hast immer gedacht, dass ich dir deinen Dad wegnehmen will. Du denkst, ich hätte ihn dazu gebracht, mit dem Rauchen anzufangen. Das habe ich übrigens nicht«, fügt sie hinzu. »Er hat bereits geraucht. Ich verstehe, warum du mich gern

für etwas verantwortlich machen würdest, was ansonsten ein rein egoistischer Akt wäre, doch die Wahrheit ist, Amber, dass es keine tiefere Bedeutung dahinter gibt. Wir haben einfach gern ab und zu eine zusammen geraucht. Na, und? Mach da nicht mehr daraus, als es ist. Es ging nicht um dich. Es hatte nie etwas mit dir zu tun.«
Wir verfallen beide in Schweigen. Irgendwann wirft sie den Zigarettenstummel auf den Boden und vergräbt ihn mit der Schuhspitze im Blumenbeet.
»Ich halte es trotzdem für eine schreckliche Angewohnheit«, murmele ich trotzig.
»Das stimmt ja auch.« Sie schielt zu mir hoch. »Ich will aufhören, das weißt du. Und das werde ich auch. Aber für den Moment halte ich mich einfach so weit ich kann zurück und gehe ab und zu nach draußen. Wir brauchen gerade wohl alle etwas, um uns abzulenken.«
Sie wirft mir einen weiteren Blick zu, der mir das Gefühl gibt, dass sie geradewegs durch mich hindurchschauen kann. Ich finde es höchst beunruhigend.
Fast rechne ich schon damit, dass sie mich rundheraus fragt, ob ich mit Ethan schlafe, doch glücklicherweise tut sie es nicht. Irgendwie habe ich das Gefühl, ich könnte es ihr auch noch gestehen, falls sie fragen sollte, was natürlich eine Horrorvorstellung wäre.
Wir gehen gemeinsam zurück ins Haus.

Kapitel 23

»Wer bist du?«
Ich bücke mich runter und schaue in die misstrauischen grünen Augen der kleinen Person, die mir die Frage gestellt hat.
»Ich habe dir meinen Namen schon gesagt. Ich heiße Amber«, erwidere ich möglichst heiter.
»Bist du Dads neue Freundin?«
Mein Lachen klingt gezwungen, auch wenn es unbefangen klingen sollte. »Nein, nein, nein, wir sind nur befreundet.«
»Ich erinnere mich an dich«, sagt das ältere Mädchen, Penelope. »Wir waren auf deiner Hochzeit.«
»Das stimmt, das wart ihr!«, rufe ich und sehe mich nach Ethan um. Warum zum Teufel braucht er so lange, um das verdammte Eis zu holen?
»Hast du keinen Ehemann mehr? Bist du deshalb mit Dad zusammen?«
Grrr! »Nein!«, rufe ich aus. »Wir sind nur befreundet!«
Ich weiß nicht, wie das passieren konnte. Ich weiß nicht, wie meine geheime Affäre dazu führen konnte, dass ich den Tag mit meinem Liebhaber und seinen Kindern verbringe. Doch genau so ist es.
Es ist Sonntag – Ethans einziger freier Tag während der Weinernte –, und weil es die einzige Zeit ist, die er tagsüber mit seinen Töchtern verbringen kann, hat er mich eingeladen, sie zu begleiten.
Die Einladung anzunehmen war vermutlich ein Fehler.
»Hier kommt das Eis«, ruft Ethan, und ich seufze erleichtert auf,

als ich ihn über den Spielplatz auf uns zukommen sehe. Es ist ein ziemlich milder Tag, aber ich denke, er war mit seiner Kleiderwahl bestehend aus Shorts und T-Shirt doch ein wenig optimistisch. Nicht, dass ich mich beschweren würde, mehr von seinem göttlichen Körper sehen zu dürfen.
Rachel, seine jüngere, fünfjährige Tochter, rennt ihm freudig entgegen.
»Langsam, langsam«, warnt er, als sie auf und ab springt, um ihm eine Waffel aus der Hand zu nehmen. »Wenn es auf den Boden fällt, bekommst du nicht noch – Ach, verflu- verflixt!«, ruft er, als eine der Eiskugeln auf den Asphalt klatscht. Rachel bricht in Tränen aus.
»Du bekommst nicht noch eins«, erklärt Penelope unbarmherzig. »Hat Dad gesagt.«
»Penny!«, schimpft Ethan, und Rachels Geheule wird noch lauter. Oje, meine Ohren ...
»Sie kann meins haben«, biete ich schnell an. »Ich brauche kein Eis. Hier.« Ich nehme es Ethan vorsichtig aus der Hand, und Rachel hört augenblicklich auf zu weinen.
»Danke«, sagt Ethan seufzend. »Du bekommst meins.«
»Nein, echt, ist schon okay«, lehne ich ab.
Er nickt in Richtung einer Parkbank, auf der wir uns niederlassen, während Penny und Rachel sich einen Spaß daraus machen, die Holzspäne unter dem Klettergerüst in die Luft zu kicken. Ihre glänzenden Lackschuhe und weißen Söckchen sind innerhalb kürzester Zeit mit braunem Staub bedeckt.
»Rachel hat mich gefragt, ob ich deine neue Freundin bin«, flüstere ich Ethan zu.
»O Mann, echt?« Er wirft mir einen besorgten Blick zu. »Sorry.«
»Nicht so schlimm. Penelope hat sich daran erinnert, dass ihr auf meiner Hochzeit wart. Sie wollte wissen, ob ich noch einen Ehemann habe.«
»Verdammt«, murmelt er. »Kannst du das mal halten?« Er springt

auf, und ich starre das viel zu schnell schmelzende Eis in meiner Hand an. »Ihr zwei, könnt ihr bitte damit aufhören? Eure Mum bringt mich um, wenn ihr schon wieder eure Schuhe einsaut.« Mit zusammengezogenen Augenbrauen kramt er in der Tasche, die Sadie ihm mitgegeben hat. Mit einem Päckchen Feuchttücher bewaffnet macht er sich zu seinen Töchtern auf.
Ich habe Ethan noch nichts von Neds Entscheidung erzählt, seinen Job zu kündigen, oder von meinem bizarren Wunsch, dass er mich mit Zara betrügen soll. Ich würde, ehrlich gesagt, gern mit ihm darüber reden, kann mir aber nicht vorstellen, dass er es begrüßen würde. Er scheint einen mentalen Zaun um das Thema Ned errichtet zu haben, und er tut so, als ob jeder Versuch, darüber zu klettern, darin enden müsste, dass er auf einem spitzen Pfahl aufgespießt wird.
Doch sein plötzliches Verlangen nach Verdrängung kann nicht ewig anhalten.
Schließlich kehrt er zur Bank zurück.
»Du hast mein Eis gegessen«, stellt er fest und starrt meinen Mund an.
»Es ist geschmolzen«, entgegne ich mit Unschuldsmiene.
Er wirft einen Blick über die Schulter zu seinen Mädchen, dreht sich dann wieder zu mir um und leckt mir schnell über die Lippen, was mir sofort ein Kribbeln im Bauch verursacht.
»Was denn, bin ich kein Feuchttuch wert?«, frage ich neckend, als er sich wieder aufrichtet.
Er grinst mich an, und ich schaue an ihm vorbei zu Rachel, die uns anstarrt. Seine Miene erstarrt, als er meinem Blick folgt, und er setzt sich schnell neben mich. Rachel kommt auf uns zugerannt.
»Dad, kannst du mich auf der Schaukel anschubsen?«, ruft sie.
»Klar.« Er steht seufzend auf.
Ich schaue unauffällig auf meine Armbanduhr. Wie lange es wohl noch dauert, bis wir sie zu Hause abliefern können?

Ich warte im Auto, das vor Ethans ehemaligem Familiendomizil geparkt ist, während er Penny und Rachel zu ihrer Mutter zurückbringt. Er klingelt an der Haustür, die kurz darauf von einer kräftigen, vollbusigen Blondine geöffnet wird. Muss eine Freundin von Sadie sein, überlege ich, doch irgendetwas an ihrem Gesicht kommt mir bekannt vor ...
Heilige Scheiße, es ist Sadie! Sie sieht aus, als hätte sie einige Kilos zugelegt, seit ich sie das letzte Mal gesehen habe. Ich bin so geschockt, dass ich gar nicht auf den Austausch zwischen ihr und Ethan achte, bis sie plötzlich das Auto anstarrt, eine tiefe Sorgenfalte auf der Stirn. Ich rutsche tiefer in meinen Sitz. Die Innenbeleuchtung des Autos ist nicht angeschaltet, weshalb ich nicht glaube, dass sie mich sehen kann, aber Rachel hüpft neben ihr auf und ab, und dann schauen sie und Penny beide in meine Richtung, und Penny zeigt auf das Auto. Was sie wohl sagen?
Sadie schiebt die Mädchen nach drinnen und sagt etwas zu Ethan, was ihrem Blick zufolge nichts Nettes ist, ehe sie die Tür vor seiner Nase zuwirft. Er dreht sich um und kehrt zum Auto zurück, wobei er sich verwirrt das dunkle Haar rauft. Er reißt die Fahrertür auf und steigt ein.
»Was hat sie gesagt?«, will ich wissen.
»Nur den üblichen Mist«, erwidert er finster.
»Haben die Mädchen von mir erzählt?«
»Ja.« Er legt einen Gang ein und schaut über seine Schulter, ehe er für meinen Geschmack ein bisschen zu schnell aus der Einfahrt rauscht.
»Hast du Sadie nicht erzählt, dass ich heute mit dir zusammen sein würde?«
»Was? Nein, Amber, habe ich nicht.« Er klingt genervt. »Jetzt weiß sie es. Kein Ding.«
»Sie hasst mich wirklich, oder?«
»Sie hasst dich nicht«, schnaubt er. »Können wir bitte über etwas anderes reden?«

Ich würde ihn gern fragen, wann sie so viel zugenommen hat, und ob er sie noch attraktiv findet, aber das wäre wahrscheinlich nicht sehr klug im Moment. Außerdem lässt es mich wie eine hämische Kuh dastehen, auch wenn ich meine Schadenfreude nicht verhehlen kann. Zum ersten Mal habe ich das Gefühl, ihr etwas voraus zu haben. Doch ich beschließe, diese gehässige, kleine Erkenntnis für mich zu behalten.

Es ist schon fast elf Uhr, als ich nach Hause komme, und ich hatte nicht damit gerechnet, dass noch jemand wach sein würde. Ich will nur schnell duschen, ehe ich ins Bett gehe, doch Liz erschreckt mich, als sie plötzlich aus dem Wohnzimmer kommt.
»Warum bist du denn noch auf?«, frage ich schon fast vorwurfsvoll.
»Ich habe noch ferngesehen. Len schläft schon.«
»Oh.«
»Ned hat angerufen.« Sie mustert mich von Kopf bis Fuß. Ist meine Kleidung verknittert? Kann sie mir ansehen, was ich auf Ethans Rücksitz getan habe? Ich hoffe inständig, dass es nicht so ist.
»Oh, hat er? Wann denn?«, frage ich möglichst unbefangen.
»Vor ein paar Stunden.«
»Was hast du gesagt?«
»Ich habe ihm gesagt, dass du den Tag mit Ethan verbringst natürlich.«
Sie wirft mir einen Blick zu, als wollte sie sagen: »Warum sollte ich es ihm nicht sagen?« Also spiele ich mit.
»Super. Ich rufe ihn gleich zurück.«
»Dann gute Nacht.« Sie geht in ihr Zimmer.
»Gute Nacht«, rufe ich ihr hinterher.
Mit merklich erhöhtem Puls nehme ich das Telefon mit ins Wohnzimmer und schließe die Tür hinter mir, ehe ich unsere Festnetznummer in London wähle.
»Hallo?« Ned ist gleich dran.

»Ich bin's.« Trotz allem, was ich getan habe, bin ich immer noch wütend über seine Entscheidung, seinen Job aufzugeben und mit Zara zu arbeiten.
»Hey.« Er klingt seltsam kleinlaut. »Ich dachte, du wärst schon ins Bett gegangen.«
»Nein. Was ist los?«
Er seufzt schwer. »Ich weiß nicht, wo ich anfangen soll.«
Ich setze mich kerzengerade hin. »Was ist los?«, frage ich unsicher. Etwas an seinem Tonfall macht mich nervös.
»Amber«, setzt er mit offensichtlichem Widerwillen an. »Zara hat sich heute Abend an mich rangeschmissen.«
Meine scheinbar erleichternden Phantasien, dass er mich für Zara verlassen könnte, waren offensichtlich nur das: Phantasien. In der Realität wird mir augenblicklich schlecht.
»Ich habe den Kuss nicht erwidert«, erklärt er schnell. »Nein, das ist gelogen«, korrigiert er sich selbst. Ich ziehe die Knie an die Brust. »Ich habe ihn erwidert, aber nur für ein oder zwei Sekunden, dann habe ich mich losgerissen. Es tut mir so leid.«
Er klingt ziemlich gequält, und ich stelle benommen fest, dass er mir aus freien Stücken gesteht, was passiert ist. Es ist genau das, was ich die ganze Zeit schon von Zara erwartet habe, und es ihm immer und immer wieder vorgehalten habe. Jetzt hat sie es wirklich getan. Und Ned erzählt es mir? Warum? Er hätte es mir locker verheimlichen können!
»Sag doch etwas«, bettelt er.
Ich bin geneigt, ihm zu erzählen, dass er mit einer Schlampen-Nutten-Hure verheiratet ist.
»Ich weiß nicht, was ich sagen soll«, zwinge ich mich stattdessen zu sagen.
»Ich werde natürlich keine Firma mit ihr gründen«, fährt er fort. »Ich habe meine Kündigung zum Glück noch nicht eingereicht und werde es auch nicht tun. Ich habe ihr gesagt, dass ich sie nicht mehr sehen kann und nicht mehr sehen will. Mann, Amber, es tut mir

so unglaublich leid. Du hattest die ganze Zeit recht. Ich schwöre, ich wusste nicht, dass sie auf mich steht. Ich habe es einfach nicht gesehen. Ich dachte, sie mag mich nur als Freund.«

Noch vor ein paar Wochen hätte ich jetzt meiner Selbstgerechtigkeit gefrönt und es völlig gerechtfertigt gefunden, ihm die Hölle heißzumachen, weil er zugelassen hat, dass es mit dieser Ehemann stehlenden Schlampe überhaupt so weit kommen konnte. Doch jetzt … Jetzt kann ich nicht einmal genug Energie aufbringen, so zu tun, als sei ich wütend und außer mir vor Empörung, wie es eine unschuldige Ehefrau an meiner Stelle wäre.

»Ich will, dass du nach Hause kommst«, sagt er flehentlich. »Warum musst du denn noch zwei Wochen bleiben? Liz hat gesagt, dass sie in den Osterferien zu Hause ist. Sie meinte, sie kommen ohne dich zurecht. Du bist jetzt schon seit sechs Wochen dort.«

»Ich will nicht nach Hause kommen«, erwidere ich tonlos. »Ich will hier noch nicht weg. Ich will auch in zwei Wochen nicht nach Hause.« Ich weiß nicht, warum ich gerade jetzt ausspreche, was ich schon eine Weile gedacht habe. »Ich habe keinen Grund, mich mit der Rückkehr zu beeilen. Ich habe keinen Job –«

»Du hast mich!«, ruft er aus. »Es ist nicht gut für uns, so lange getrennt zu sein!«

Ich schnaube verächtlich. »Du warst mehr als froh, mich vor sechs Wochen allein loszuschicken.«

»Das ist nicht fair«, beschwert er sich. »Ich konnte nicht weg.«

»Ned, du hast noch drei Wochen Urlaub, die du vom letzten Jahr ins neue mitgenommen hast. Die hättest du locker nehmen können.«

»Ich musste nach New York.«

»Du wolltest nach New York«, korrigiere ich.

»Und wenn schon? Kannst du es mir verübeln?«, entgegnet er gereizt.

Ich seufze tief. Ich weiß, dass es nicht richtig ist, ihm vorzuwerfen, dass ihm seine Karriere wichtiger war, als mit mir nach Australien

zu meinem kranken Dad zu fliegen. Die Wahrheit ist, New York war ein Spaß, und ich war eifersüchtig, weil er mit Zara dort war und nicht mit mir. Ich wusste, dass mir eine emotional belastende Zeit allein in Australien bevorstand, während er im Big Apple herumspazierte, sich betrank und bestens amüsierte. Natürlich entschuldigt nichts davon meine Taten bis zu diesem Punkt.
Aber ich bin nicht die Einzige, die hier eine Schuld trifft.
»Nein, ich verstehe, warum du gern nach New York fliegen wolltest«, lenke ich ein. »Und du hast recht. Es ist nicht gut für uns, so lange voneinander getrennt zu sein. Aber es ist zu spät. Die Wahrheit ist, dass wir uns voneinander entfernt haben, Ned. Ich habe kaum noch das Gefühl, mit dir verheiratet zu sein.«
Er ist so still, dass ich nicht mehr sicher bin, ob er noch am Telefon ist. Ich will gerade nachfragen, als er doch noch etwas sagt.
»Es war ein schwieriges Jahr.« Auf das Mitgefühl in seiner Stimme hätte ich gut verzichten können. Ich weiß, worauf er hinauswill, aber ich habe keine Lust, traurig zu werden. Ich will es mir nicht ins Gedächtnis rufen. »Es war auch für mich nicht einfach, Amber. Du meinst wahrscheinlich, dass ich nicht mehr daran denke, dass ich mich einfach freue, dass mein Job gut läuft, aber da liegst du falsch. Ich denke oft daran, wie es hätte sein können. Wir müssen es einfach weiter versuchen.«
»Nein«, widerspreche ich mit deutlicher Schärfe in der Stimme.
»Es wird auch bei uns klappen. Wir schaffen das –«
»Nein«, wiederhole ich. »Ich habe meine Meinung geändert. Ich bin doch noch nicht bereit dazu.«
»Warum denn nicht? Du warst doch vorher bereit?«
»Tja, und jetzt bin ich es eben nicht mehr«, fahre ich ihn an. Ich habe einen Kloß im Hals.
Ich versuche, meine Wut zu kanalisieren, doch es fällt mir schwer, mich zu konzentrieren. Ich bin kurz davor zusammenzubrechen, doch das ist das Letzte, was ich will. Die nächsten Worte sprudeln nur so aus mir heraus, ohne dass ich darüber nachdenke: »Ich fasse

es nicht, dass du überhaupt mit mir darüber redest, wo du gestern Abend erst Zara geküsst hast! Als ob wir ernsthaft darüber diskutieren könnten, ein Baby zu haben, wenn du so etwas getan hast!«
Mein Gewissen ist entsetzt. Immerhin bin ich diejenige, die eine Affäre hat. Trotzdem, wenn es einen noch unpassenderen Zeitpunkt gäbe, um über die Familiengründung zu sprechen, nur her damit.
Er seufzt tief. »Es war ein Fehler. Es tut mir leid.«
»Das sollte es auch!« O Mann, bin ich eine Schlampe. Ich bin böse … Ich bin ein –
»*Ungezogenes Mädchen!*« Ich zucke zusammen, als die Erinnerung an meine Mutter, die mich im Auto anschreit, wieder hochkommt.
Du hast recht, Mum.
»Ich glaube, ich will die Scheidung«, sage ich, ehe ich mich versehe.
Darauf sagt er nichts mehr.

Kapitel 24

An dem Tag, als ich Ned kennenlernte, gab es irgendein Problem mit der U-Bahn, und es schien, als hätte sich jeder einzelne Londoner in einen der überfüllten Ersatzbusse gequetscht ...

Ich könnte mir selbst in den Arsch treten. Ich hätte die Arbeit rechtzeitig verlassen sollen, um nicht in die Rushhour zu geraten, doch ich wollte unbedingt noch die Mathearbeiten fertigkontrollieren. Normalerweise würde ich die Arbeit mit nach Hause nehmen, aber Josie hat gestern Abend in ihrem Zimmer so laut Musik gehört, dass ich mich nicht konzentrieren konnte. Ich hatte nicht das Gefühl, dass ich sie bitten könnte, die Anlage leiser zu drehen, wo sie doch gerade erst eingezogen ist. Ich will nicht eine dieser Mitbewohnerinnen sein, die ständig nörgeln.

Als ich sehe, was an der Haltestelle in der Camden High Street los ist, bereue ich meine Entscheidung, in der Schule geblieben und zu Ende korrigiert zu haben, allerdings zutiefst. Ich bin kurz davor umzukehren, doch in dem Moment kommen zwei Busse der Linie C2 auf die Haltestelle zugefahren. Ich gehe schnell nach hinten, um in den zweiten Bus einsteigen zu können, in der Hoffnung, dass er weniger überfüllt ist.

Es steigen jede Menge Leute aus, und zu meiner Überraschung wird direkt vor mir ein Platz frei. Ich lasse mich erschöpft und lächelnd nieder und denke, dass es das Schicksal vielleicht doch nicht so schlecht mit mir meint, weil es mein Geburtstag ist. Nicht, dass ich vorhätte, heute Abend zu feiern. Der Bus füllt sich weiter,

und ich versuche, das aufkommende Gefühl von Beklemmung zu unterdrücken, als der Bus losfährt und die dicht gepackt stehenden Fahrgäste ohne Sitzplatz bedenklich ins Schwanken geraten. In dem Moment fällt mir eine hochschwangere Frau auf, die ein paar Armlängen von mir entfernt steht.
Mein Blick huscht umher. Direkt vor mir sitzt ein junger Typ mit kurzen, hellbraunen Haaren auf einem Platz, der speziell für Menschen mit Behinderung, Senioren und Schwangere ausgewiesen ist. Er hat die Nase in einem Buch vergraben. Sehr praktisch, denke ich genervt. Wahrscheinlich tut er nur so, als würde er nichts mitbekommen, obwohl ihm sehr wohl bewusst ist, dass er aufstehen sollte. Von den älteren Fahrgästen auf den anderen Plätzen mit dieser Kennzeichnung kann man es schlecht erwarten.
Sieht er den runden Babybauch wirklich nicht? Was für ein Idiot.
Ich stehe seufzend auf. »Entschuldigung«, sage ich zu der Schwangeren. »Würden Sie sich gern setzen?« Ich starre den jungen Mann vorwurfsvoll an.
»Oh, vielen Dank!«, ruft sie erleichtert und drückt dem Bücherwurm regelrecht ihren Bauch ins Gesicht, als sie versucht, zu meinem Platz zu gelangen.
Nach einigem unangenehmen Geschiebe haben wir die Plätze getauscht. Viel zu spät schaut der Typ auf und bemerkt, was um ihn herum passiert.
»Shit, sorry!«, ruft er und dreht sich hektisch um. »Setzen Sie sich doch hierher«, sagt er zu der werdenden Mutter und klappt sein Buch zu. Doch sie hat es sich schon auf meinem Platz gemütlich gemacht.
»Schon okay«, erwidert sie lächelnd. »Trotzdem danke.«
Er nickt und erwidert ihr Lächeln. Dann dreht er sich wieder um, und unsere Blicke treffen sich. Er reißt den Mund auf, als er den Vorwurf in meinem sieht. »Sorry, ich hätte –« Er springt auf.
»Vergiss es«, zische ich eingeschnappt. »Ich kann stehen.«

Er setzt sich vorsichtig wieder hin, doch mir fällt auf, dass er sein Buch eine ganze Weile lang nicht mehr aufschlägt. Ich glaube, ich habe ihm ein schlechtes Gewissen gemacht. Gut so. Er kann nicht mit allem davonkommen, auch wenn er mehr als nur ein bisschen gutaussehend ist.

Ein paar Haltestellen später, als wir gerade durch Kentish Town fahren, macht sich die ältere Frau neben ihm bereit zum Aussteigen. Er lächelt mich entschuldigend an, als er sich in den Gang schiebt, um die Frau vorbeizulassen. Dann macht er mir Platz, damit ich mich auf den freien Sitz setzen kann.

»Tut mir leid wegen eben«, murmelt er, als er sich wieder neben mich gesetzt hat. »Ich dachte, du musst gleich aussteigen.«

Ich muss zugeben, dass er wirklich ein schlechtes Gewissen zu haben scheint.

»Vergiss es«, erwidere ich und schiele auf das Buch in seinen Händen. Es ist schwarz, und auf dem Cover erkenne ich ein rotes Band. »Muss ja ein gutes Buch sein.«

»Was?« Er schaut mich verwirrt an. Er hat hübsche Augen, wie ich feststellen muss. Hellbraun. Ich schätze, man könnte sie als haselnussfarben bezeichnen.

Ich nicke mit dem Kopf in Richtung seiner Hände. »Was auch immer du liest, muss ziemlich packend sein, wenn du so einen riesigen Babybauch übersehen kannst.«

»Ah, ja.« Er zuckt mit den Schultern, doch seine Hand verdeckt das Cover nur noch mehr.

»Was ist es denn?«, frage ich allmählich wirklich neugierig.

Er wirkt immer noch verunsichert, zieht die Hand aber weg. »Äh, es ist der dritte Band der *Twilight*-Saga«, gibt er halbherzig zu.

»Kenne ich nicht. Worum geht es?«

»Ähm, es geht um …« Achselzuckend reicht er mir das Buch, anstatt es mir selbst zu erklären. Ich überfliege den Klappentext.

»Entschuldige, aber wie alt bist du?«, frage ich mit amüsiertem Grinsen.

»Vierundzwanzig«, antwortet er mit leicht beleidigtem Unterton.
»Ich stehe irgendwie auf YA Literatur.«
Ich ziehe ratlos die Augenbrauen hoch. »YA?«
»Young Adult«, erklärt er und nimmt mir das Buch wieder aus der Hand. »Diese Reihe ist echt gut, solltest du mal lesen.«
»Ich bin kein wirklicher Fantasy-Fan.«
»Es geht auch mehr um die Liebesgeschichte als um die Vampire und Werwölfe«, erklärt er, ehe er stutzt. »O Mann, ich muss wie ein Vollidiot klingen.«
Ich lache, und er grinst mich von der Seite an. Plötzlich meldet sich ein Kribbeln in meinem Bauch. »Ich wette, dir würde *Twilight* gefallen«, sagt er jetzt selbstbewusster.
»Wenn du das sagst.«
Er schürzt die Lippen. »Jetzt will ich es dir beweisen. Wo wohnst du?«, fragt er, als der Bus in Richtung Highgate abbiegt. Die Endhaltestelle ist unterhalb von Highgate West Hill, doch ich muss beim vorletzten Stopp aussteigen, dem wir uns gerade nähern.
»Bei *Bull & Last* die Straße rauf.« Ich deute auf den Knopf, um dem Fahrer zu signalisieren, dass ich aussteigen möchte, doch ehe ich mich über ihn lehnen kann, drückt er ihn selbst.
»Ich auch.« Er grinst mich an und steht auf, wobei er das Buch in seinen Rucksack stopft. »Hast du es eilig, nach Hause zu kommen? Kann ich dir das Buch leihen?«
Ich lache überrascht auf. »Willst du mir wirklich so dringend beweisen, dass ich falschliege?«
Er neigt den Kopf zur Seite, und ich folge ihm aus dem Bus. Auf dem Bürgersteig dreht er sich zu mir um und zieht fragend eine Augenbraue hoch, während er sich den Rucksack über die Schulter wirft.
»Okay«, beschließe ich spontan. »Warum nicht? Ich habe nichts Besseres vor.« Ich lache. »Obwohl ich heute Geburtstag habe ...«
Ich dachte, es könnte nicht schaden, es kurz zu erwähnen.
»Ist das so?«, fragt er. »Wie alt bist du denn geworden, wenn ich

fragen darf? Ich wohne gleich da drüben«, fügt er hinzu und nickt in die entsprechende Richtung.
»Dreiundzwanzig«, antworte ich.
»Herzlichen Glückwunsch.« Er lächelt.
»Danke.«
»Feierst du denn gar nicht?«
»Nee.« Ich schüttele den Kopf. »Ich gehe am Samstag mit ein paar Freunden aus, und morgen muss ich arbeiten.«
»Müssen wir das nicht alle.« Er verdreht die Augen. »Was machst du beruflich?«
»Ich bin Lehrerin. Und du?«
»Marketing.« Er lächelt auf eine süße, schüchterne Art, und erneut melden sich Schmetterlinge in meinem Bauch.
Schließlich fällt mir auf, dass ich ihn noch gar nicht gefragt habe, wie er heißt.
»Ned«, sagt er, als ich es tue. Er streckt mir die Hand hin.
»Amber«, erwidere ich und schüttele ihm die Hand. Sein Händedruck ist fest und warm.
Das ist so seltsam. So etwas passiert mir nie. Ich wurde gerade von einem gutaussehenden Typ im Bus angebaggert! Moment mal, hat er mich angebaggert? Oder ist er nur nett?
»Ich wohne hier.« Er zeigt auf ein weißgetünchtes Altbaureihenhaus.
»Schön.«
»Von außen sieht es besser aus als von innen.«
Als ich ihm die breiten Stufen hinauffolge, die zur Eingangstür führen, zögere ich plötzlich. Bin ich wirklich kurz davor, mit einem völlig Fremden in seine Wohnung zu gehen?
»Ich warte hier«, sage ich schnell. Ich gehe nicht davon aus, dass er ein Serienvergewaltiger ist oder so, aber andererseits, was weiß ich schon?
»Oh! Ja, klar«, stimmt er zu. »Bin gleich wieder da.«
Ich trete verlegen von einem Fuß auf den anderen, während ich auf

seine Rückkehr warte. Allmählich komme ich mir wirklich blöd vor. Ich hätte mit ihm reingehen sollen. Wahrscheinlich habe ich ihn jetzt vergrault.

In dem Moment reißt er die Tür auf und hüpft die Treppen zu mir runter. Er überreicht mir ein dickes schwarzes Buch. Das Bild auf dem Cover zeigt einen roten Apfel, der von zwei Händen gehalten wird.

»Danke.« Ich lächele ihn an.

Er ist schlank und etwa eins achtzig groß, würde ich schätzen. Er trägt einen legeren dunkelgrauen Kapuzenpulli, dazu hellgraue Cordhosen und dunkelblaue Chucks.

»Ich bringe es dir dann einfach wieder, wenn ich durch bin, oder?«, schlage ich vor.

»Ähm, na ja, ich wohne nur übergangsweise hier«, antwortet er und steckt die Hände in die Tasche seines Pullis.

»Ich habe dich auch noch nie im Bus gesehen«, sage ich.

»Dann hast du wohl nicht richtig hingeschaut.« Er grinst. »Denn ich habe dich sehr wohl gesehen.«

»Ach ja?« Ich ziehe überrascht die Augenbrauen hoch.

»Ich bin kein Stalker, ich schwöre es«, beeilt er sich zu sagen, zieht die rechte Hand aus der Tasche und berührt fast meinen Arm. »Es ist nur schwer, dich zu übersehen.« Er seufzt und schaut weg, doch ich grinse eh schon über beide Ohren. »Verdammt, ich klinge schon wieder wie ein Vollidiot«, murmelt er.

»Hast du Lust, noch schnell auf einen Feierabenddrink in den Pub zu gehen?« Die Frage ist aus meinem Mund, noch ehe ich Zeit habe, darüber nachzudenken.

Er strahlt mich an. »Klar.«

»Also, wie kommt es, dass du nur vorübergehend hier wohnst?«, frage ich, als wir zu dem Pub an der Straßenecke schlendern.

»Ich bin gerade erst nach London gekommen und schlafe erst mal auf der Couch eines Kumpels, bis ich eine Wohnung gefunden habe.«

»Wo kommst du her?«

»Ursprünglich aus Brighton, aber ich bin in Manchester zur Uni gegangen.«

»Cool.«

»Und was ist mit dir? Bist du Australierin?«

»Klug ist er auch noch«, necke ich ihn.

Er grinst. »Wie lang bist du schon hier?«

»Etwa fünf Jahre. Ich habe einen britischen Pass, ich muss also nicht so schnell wieder verschwinden.«

Goldenes Licht fällt durch die großen Glasfenster der Kneipe. Ned öffnet die schwere Holztür für mich und schiebt mich ins warme Innere.

»Schnell, schnapp dir den Tisch da vorn«, sagt er. »Was möchtest du trinken?«, ruft er mir auf dem Weg zur Bar über die Schulter zu.

Er kehrt mit einem Glas Wein für mich und einem Bier für sich zurück.

»Prost. Happy Birthday.«

Wir stoßen an und trinken einen Schluck. Ned lächelt mich an, als er die Bierflasche auf dem Tisch zwischen uns abstellt.

»Also, Amber«, setzt er an, und mir fällt auf, wie gern ich es mag, wenn er meinen Namen sagt. »Was und wen unterrichtest du denn?«

»Mathe für die Oberstufe«, erwidere ich.

Er zieht die Augenbrauen hoch und nickt, offenbar beeindruckt.

»Und du? Für was machst du Werbung und für wen?«

»Oje, das ist schwer zu beantworten. Alles und jeden. Ich habe diesen Job gerade erst angefangen, und im Moment soll ich Ideen für eine Kosmetikfirma entwickeln.«

»Bekommst du dann auch Werbegeschenke?«, frage ich grinsend.

»Ich denke, ich könnte welche haben, wenn ich es wollte«, erwidert er. »Bisher war da niemand, dem ich sie hätte weitergeben können.«

»Keine Freundin?« Ich ziehe eine Augenbraue hoch.
Er sieht ein bisschen beleidigt aus. »Glaubst du, ich wäre jetzt mit dir hier, wenn ich eine hätte?«
Ich zucke mit den Achseln. Ein wohliges Gefühl breitet sich in meinem Bauch aus.
Er runzelt die Stirn. »Du hast aber keinen Freund, oder?«, fragt er leicht verunsichert.
Ich schüttele schnell den Kopf. »Nein.«
Er seufzt erleichtert auf. »Puh.«
Wir gehen von den Getränken zum Abendessen über, und ehe ich mich versehe, ist im Pub schon Sperrstunde. Ned bringt mich zu Fuß zu meiner Wohnung, die Schultern hochgezogen gegen die kühle Märzluft. Er trägt nur seinen Kapuzenpulli, und der Wind hat aufgefrischt. Selbst ich fröstele, obwohl ich Mantel, Schal und Handschuhe trage.
»Sorry, du hättest besser direkt nach Hause gehen sollen. Jetzt musst du doppelt so weit laufen«, meine ich.
»Ich dachte, der Alkohol würde mich wärmen«, murmelt er mit klappernden Zähnen.
»Ehrlich, von hier kann ich auch allein gehen.«
»Klappe.« Er stupst mich grinsend mit dem Ellenbogen an.
Ich hake mich kurzerhand bei ihm unter und reibe ihm mit der anderen Hand den Oberarm, um ihn zu wärmen. Ned kichert und lehnt sich im Gehen an mich. Ich verspüre das plötzliche Bedürfnis, mich auf die Zehenspitzen zu stellen und ihn auf den nackten Hals zu küssen. Er schaut zu mir runter und unsere Blicke bleiben ein paar Sekunden lang aneinander hängen.
Als wir meine Wohnung erreichen, bin ich extrem kribbelig. Ich würde ihn gern auf einen Kaffee hereinbitten, doch ich will nicht, dass er einen falschen Eindruck bekommt, außerdem muss ich am nächsten Morgen früh aufstehen, und ich habe eigentlich auch viel zu viel getrunken …
»Hier wären wir«, sage ich und bleibe vor dem roten Backstein-

wohnhaus aus den Siebzigern stehen. Als ich ihn ansehe, bemerke ich, dass er die Lippen fest aufeinander gepresst hat, und ich könnte schwören, sie haben eine bläuliche Farbe.
»Kann ich dir eine Jacke leihen?«, frage ich besorgt.
Er schüttelt schnell den Kopf. »Geht schon.«
»Komm doch wenigstens kurz mit in den Hausflur, um dich aufzuwärmen«, dränge ich ihn.
Er nickt und folgt mir zur Haustür. Ich bin mir inzwischen ziemlich sicher, dass er kein Serienvergewaltiger ist.
Die Tür fällt hinter uns ins Schloss, und ich drehe mich zu ihm um. Er verschränkt die Arme vor der Brust.
»O Mann.« Fasziniert starre ich seinen Mund an. »Deine Lippen sind echt blau. Ich würde es mir nie verzeihen, wenn du an Unterkühlung sterben würdest, bevor wir uns wiedersehen können.«
Er grinst, doch seine Zähne klappern immer noch. »Gut zu wissen.«
Ich ziehe die Handschuhe aus und fühle mit dem Handrücken seine Wange. »Verdammt, bist du kalt.«
Seine braunen Augen ruhen auf mir, was mein Herz zum Flattern bringt.
»Was machst du morgen Abend?«, fragt er unvermittelt.
»Nichts.« Ich schüttele den Kopf.
»Hättest du Lust, mit mir ins Kino zu gehen oder so?«
»Sehr gern«, erwidere ich erfreut. Ich versuche erst gar nicht, einen auf cool zu machen.
»Dann lass uns Nummern tauschen«, schlägt er vor.
Wir machen aus, uns nach der Arbeit in Camden zu treffen, dann wickele ich mir meinen roten Schal ab und lege ihn Ned um den Hals. »Damit du nicht erfrierst«, erkläre ich grinsend.
Ich zucke zusammen, als er seine Hände an meine Hüfte legt und mich an sich zieht.
»Ich werde nicht erfrieren«, verspricht er feierlich, und dann lächelt er, als ich mein Gesicht seinem entgegenneige.

Seine Lippen sind kalt, aber sein Mund ist warm, und es ist zweifellos der schönste erste Kuss, den ich je gehabt habe. Mir stockt der Atem, als er sich wieder von mir löst, und ich bin nah – *so nah* – dran, ihn hereinzubitten, doch irgendwie schaffe ich es, dem Drang zu widerstehen. Ich mag ihn zu sehr, als dass ich die Sache für einen One-Night-Stand aufs Spiel setzen würde.
»Dann bis morgen«, sagt er lächelnd und rückt sich den Schal zurecht.
Ich schaue ihm verträumt hinterher, als er durch die Tür geht und fröstelnd die Schultern hochzieht.

Kapitel 25

»Wie kommt denn Ned ohne dich zu Hause klar?«
Tina hat keine Ahnung, dass sie mit der Frage in ein Wespennest sticht.
Ich nehme einen Schluck Cola und starre in die sprudelnde, dunkle Flüssigkeit, weil ich keine Ahnung habe, was ich antworten soll. Wir sitzen in einem Pub in der Nähe ihrer Arbeit, draußen regnet es in Strömen.
»Es ist gerade etwas schwierig zwischen uns«, erwidere ich und stelle das Glas vorsichtig zurück auf den Tisch.
Sie runzelt besorgt die Stirn. »Oh. Das tut mir leid. Was ist denn los? Liegt es daran, dass du so lang weg warst?«
»Na ja, hilfreich ist es jedenfalls nicht.« Ich seufze, als ich an unser furchtbares Gespräch am Sonntagabend denke. Das ist jetzt zwei Tage her, und auch wenn Ned mich überzeugt hat, dass wir uns erst persönlich unterhalten sollten, ehe ich wieder das Wort »Scheidung« in den Mund nehme, bin ich immer noch selbst geschockt, dass ich überhaupt daran gedacht habe. Ich habe das Gefühl, als würde mir alles entgleiten.
»Wir hatten ein schwieriges Jahr«, gestehe ich.
»Inwiefern?«
Ich schlucke. »Ich hatte letztes Jahr eine Fehlgeburt.«
Sie reißt entsetzt die Augen auf. »O Amber, das tut mir so leid. Ich hatte keine Ahnung!«
»Es weiß fast niemand. Wir haben es beim Ultraschall in der zwölften Woche erfahren.« Ich lehne mich zurück und streiche mir die

Haare zurück. Mir ist plötzlich viel zu warm. »Er hatte sich so darauf gefreut, eine Familie zu gründen. Er hat drei Brüder, und sie sind schon alle verheiratet und haben Kinder. Er liebt es, Onkel Ned für die Kleinen zu sein.« Ich starre finster ins Leere. »Ich weiß auch nicht ...«
»Was?«
»Er sagt, er gibt mir nicht die Schuld, aber ...«
»Warum sollte er dir denn die Schuld geben?«, fragt Tina verwirrt.

In meinem letzten Jahr als Lehrerin, ehe ich die Kündigung eingereicht habe, unterrichtete ich eine besonders aufmüpfige Klasse, die hauptsächlich aus fünfzehn- und sechzehnjährigen Jungs bestand. Einer von ihnen – Danny – verliebte sich in mich.
Anfangs war es nicht schlimm – er war nur ein bisschen frecher und machte mir Komplimente zu meiner Frisur oder meinen Klamotten. Ich hielt es nicht für eine große Sache, und da ich normalerweise auch keine Mimose bin, war ich zuversichtlich, damit umgehen zu können.
Doch nach den Weihnachtsferien veränderte sich seine Einstellung. In seinem Blick lag plötzlich so etwas wie Verachtung, Dominanz und sogar Aggression. Ich fühlte mich zunehmend unwohl.
Als die Wochen vergingen, fiel mir auf, wie die Schüler flüsterten und kicherten, wenn ich das Klassenzimmer betrat oder in der Pause an ihm und seinen Freunden vorbeiging. Die gedehnte Art und Weise, wie er meinen Namen aussprach – *Miss* –, implizierte, dass er bestimmte Ansprüche auf mich hatte. Ich vermutete, dass er Gerüchte über eine Affäre mit mir verbreitete.
Zu der Zeit war ich bereits ein paar Wochen schwanger, und als ich Ned gegenüber meinen Verdacht äußerte, war er außer sich vor Wut. Er wäre am liebsten in die Schule gefahren und hätte Danny persönlich die Leviten gelesen, doch stattdessen drängte er mich dann, damit zum Rektor zu gehen.

Mr Bunton war ein großer, grimmiger Mann, der eine extrem hohe Meinung von sich selbst zu haben schien. Er war erst vor kurzem Rektor geworden, und ich konnte ihn auf Anhieb nicht leiden, weshalb ich mich mit meinem Problem auf keinen Fall an ihn wenden wollte.

Ned bestand darauf, dass ich es wenigstens Gretchen erzählte, meiner rothaarigen Freundin, die alles andere als auf den Mund gefallen ist. Außerdem war sie damals die Konrektorin.

Doch es war nichts Ernsthaftes vorgefallen mit Danny – ich tat es als Kleinigkeit ab und war mir sicher, dass es von allein wieder vorbeigehen würde. Ehrlich gesagt, schämte ich mich viel zu sehr und wollte unbedingt vermeiden, die Sache an die große Glocke zu hängen.

Dann fand ich eine anonyme Nachricht auf meinem Schreibtisch, in der ich aufgefordert wurde, *allen* männlichen Schülern orale Belohnungen für gute Leistungen zukommen zu lassen, nicht nur Danny.

Es war ekelhaft. Ich hatte das Gefühl, diese Schüler waren in der Lage, hinter meine ordentliche Fassade zu blicken und dort die verdorbene Person zu entdecken, die ich in Wahrheit war. Ich hätte alles getan, um zu verhindern, dass alle anderen das herausfanden.

Ned hat sich furchtbar aufgeregt, als ich es ihm schließlich erzählt habe. Er war stinksauer auf mich, weil ich mich und meine Karriere in Gefahr gebracht hatte, anstatt früher zu versuchen, die Situation zu klären. Vielleicht lag seiner Wut auch Liebe zugrunde, aber ich war trotzdem sauer auf ihn, weil er mich emotional nicht genug unterstützte. Ich hätte vor Scham im Boden versinken können, als er Gretchen dann einfach selbst anrief.

Sie brachte mich in ihr Büro, und ich flehte sie an, die Sache nicht an die große Glocke zu hängen. Doch zu meinem Verdruss erklärte sie mir, dass sie eine Sorgfaltspflicht gegenüber Lehrern und Schülern hätte, und bestand darauf, Mr Bunton ins Spiel zu bringen.

Die ganze Angelegenheit war zutiefst erniedrigend und aufreibend. Dannys Eltern wurden kontaktiert, und er gestand die Lügen, weshalb es keinen Grund gab, den Sozialdienst einzuschalten. Er wurde gezwungen, sich zu entschuldigen, und dann in eine andere Klasse versetzt, was er nicht sehr gut aufnahm. Ich bin mir sicher, dass sich seine Mitschüler deshalb über ihn lustig machten.
Danach versuchte ich, ihm so gut wie möglich aus dem Weg zu gehen. Doch wenn wir uns doch mal im Gang oder auf dem Hof begegneten, spürte ich die Feindseligkeit, die von ihm ausging.
Ich hatte nicht nur Angst, ich fühlte mich auch gemobbt und belästigt und wie ein Schatten meiner selbst. Ned wollte, dass ich mich wieder an die Schulleitung wandte und auf einer zufriedenstellenden Lösung bestand, doch ich sah keinen Sinn darin. Ich hätte nicht gewusst, was sonst noch getan werden konnte, und darüber hinaus war es mir auch viel zu peinlich, es noch einmal anzusprechen. Also versteckte ich mich immer öfter im Lehrerzimmer.
Eines Tages, als mir die Morgenübelkeit besonders zu schaffen machte, verließ ich in der Pause doch mal wieder das Gebäude, um frische Luft zu schnappen.
Danny und seine Freunde spielten Fußball auf dem Hof, also machte ich einen Bogen um sie. Doch als die Glocke läutete, fiel mein Blick auf eine meiner Schülerinnen, die weinend am Rand des Schulhofs stand. Sie hatte gerade mit ihrem Freund Schluss gemacht, und ich war so damit beschäftigt, sie zu trösten, dass ich Danny nicht kommen sah.
Angeblich hat niemand gesehen, wer den Fußball gekickt hat, doch ich bin mir sicher, dass es Danny war. Der Ball traf mich am Rücken, und ich taumelte nach vorn, wobei ich über eine Stufe stolperte und der Länge nach zu Boden fiel.
Was genau die Fehlgeburt verursacht hat – ob es der Sturz war oder nicht, werde ich wohl nie erfahren. Aber ich bin mir sicher, dass Ned es glaubt. Und ich habe keine Möglichkeit, ihm das Gegenteil zu beweisen.

Beim nächsten Ultraschall zwei Tage später, musste uns der Arzt mitteilen, dass er bei unserem Baby keinen Herzschlag mehr feststellen konnte. Ned war am Boden zerstört. Als er mich endlich wieder anschauen konnte, hätte ich schwören können, dass in seinem Blick ein Vorwurf lag. Ich wusste, dass er glaubte, ich hätte mehr tun können, um zu verhindern, dass die Situation mit Danny außer Kontrolle gerät.

»Solche Tragödien können einen auch näher zusammenbringen«, sage ich leise zu Tina. Sie hat mich während meiner Erzählung die ganze Zeit besorgt angesehen. »Aber in diesem Fall war das nicht so. Es hat uns auseinandergetrieben. Wir konnten uns danach kaum noch in die Augen schauen, geschweige denn uns gegenseitig trösten, was furchtbar war, denn es ging uns beiden wirklich schlecht.«
»Das tut mir so leid«, murmelt Tina. »Habt ihr es seitdem wieder probiert?«
»Nicht wirklich.« Ich seufze. »Wir haben Sex, ja, und wir passen auch nicht auf, aber mein Zyklus war erst mal völlig durcheinander, und dann habe ich mich in den neuen Job gestürzt ... Lass es mich so sagen: Richtig drauf angelegt haben wir es nicht.«

Die Fehlgeburt und das, was mit Danny passiert war, zogen mich so runter, dass Mr Bunton mich erst mal für eine Weile freistellte. Ich konnte mir nicht vorstellen, wieder an dieselbe Schule zurückzukehren, und als ich kurz darauf zufällig einen ehemaligen Kommilitonen traf, der gerade in ein junges Start-up-Unternehmen eingestiegen war, beschloss ich, dass mir ein Richtungswechsel guttun würde.
Das zusätzliche Gehalt kam uns auch nicht ungelegen. Ned und ich hatten schon seit Jahren versucht, genug Geld zu sparen, um einen Kredit für eine eigene Wohnung beantragen zu können.
Leider konnte Ned meine Begeisterung für die Idee nicht teilen.

Er meinte, er sähe mich nicht in einem solchen Job, und fand, ich sollte bei dem bleiben, was ich kannte und liebte – nämlich das Unterrichten.
Aber ich liebte es nicht mehr.
Er meinte, ich bräuchte einfach eine längere Pause.
Aber ich wollte keine längere Pause.
Als ich meine Kündigung einreichte, tat ich es ohne seine Zustimmung.
Am Ende sollte Ned mit allem recht behalten. Ich fühlte mich nie richtig wohl als Maklerin, ich fand den Job und meine Kollegen einschüchternd, und ich brauchte Ewigkeiten, um mich an alles zu gewöhnen. Doch ich war stur und weigerte mich, es mir und ihm einzugestehen.
Also setzte ich eine Maske auf und tat jeden Tag so, als mochte ich meinen Job und liebte das Geld. Und je erfolgreicher meine Scharade war, desto weiter entfernte ich mich von Ned. Ich begann, ihn zu verachten, weil es sich so anfühlte, als hätte er mich aufgegeben – ja, auch wenn ich mir alles selbst eingebrockt hatte.
In der Zwischenzeit ging es mit seiner Karriere in der Agentur steil bergauf.
Ich verspüre einen plötzlichen Anflug von Wut, dass Ned sich selbst erlaubt hat, Zara so nahezukommen, dass sie meinte, sich an ihn ranmachen zu können. Doch meine Wut wird sofort von meinen eigenen Schuldgefühlen erstickt.
Ich fürchte, es wird erst alles schlechter werden, ehe es besser werden kann. Der Gedanke ist deprimierend.

Tina wirkt entsetzt. »Ich fasse es nicht, dass bei dir so viel los war und ich keine Ahnung davon hatte.«
»Wir haben so weit weg voneinander gewohnt. Und jetzt, wo ich hier bin, wollte ich die Stimmung nicht gleich vermiesen. Ich fand es schöner, mit euch auszugehen und Spaß zu haben.«
»Ja, aber das ist nicht richtig.« Sie hat die Stirn in Sorgenfalten ge-

legt. »Ich bin immer noch eine deiner besten Freundinnen – ich sollte wissen, was du durchmachst.«
Mir wird bewusst, dass ich so darauf erpicht war, meine Sorgen zu vergessen, wenn ich mit Tina und Nell ausgegangen bin, dass unsere Freundschaft schon fast oberflächlich geworden ist.
»Es tut mir leid«, sage ich kleinlaut. »Ich wollte es wahrscheinlich selbst lieber verdrängen, aber ich hätte es dir trotzdem erzählen sollen.«
»Schon okay.« Sie lächelt traurig. »Ich habe dir auch nicht wirklich viel von mir anvertraut.«
»Was denn zum Beispiel nicht?«, frage ich stirnrunzelnd.
»Ach, du weißt schon, hauptsächlich die Probleme mit Josh – seine Bindungsängste. Ich überlege seit Monaten hin und her, ob ich ihn verlassen und jemanden finden sollte, der bereit ist, sich ein gemeinsames Leben aufzubauen, aber ich liebe ihn und bin immer noch verrückt nach ihm, was die Sache nicht einfach macht.«
Ich strecke den Arm aus und drücke ihre Hand. Sie reibt sich mit der anderen Hand über die Nase und lacht verlegen, ehe sie meinen Händedruck erwidert. »Okay, jetzt bin ich mal ganz scheinheilig, aber wollen wir das Thema wechseln?«
Ich lächele sie an und zermartere mir das Gehirn, um auf ein seichteres Gesprächsthema zu kommen. Ein paar Sekunden später fällt es mir ein. »Ich weiß wieder, was ich dich noch fragen wollte. Hast du Sadie in letzter Zeit mal gesehen?«
»Letzte Woche erst«, antwortet sie. »Sie ist endlich mal wieder in den Salon gekommen, um sich die Haare schneiden zu lassen. Warum?«
Ich kann nicht anders, es platzt einfach so aus mir heraus: »Ich habe sie am Wochenende kurz gesehen und konnte nicht glauben, wie anders sie jetzt aussieht. Es ist etwa zwölf Jahre her, dass ich sie gesehen habe. Sie hat ja so zugenommen!«
ZickeZickeZickeZicke.
»Sie hat eigentlich schon wieder ein bisschen abgenommen.« Tina

wirkt verdutzt. »Sie ist in den letzten Monaten regelmäßig zu den Weight Watchers gegangen. Sie hat bestimmt schon fünf Kilo verloren.«
»Aber sie ist *dick*!«
»Sie war vorher fülliger«, verrät sie, ohne gehässig zu klingen. »Sie ist immer noch total hübsch, finde ich. Manche Leute können ein bisschen mehr Gewicht vertragen.«
»Ja. Ich meine, ja.« Ich will ihr nicht widersprechen, aber ich bin nun mal noch nie ein großer Fan von Sadie gewesen.
Tina schüttelt seufzend den Kopf, und ihre nächsten Worte lassen mich aufhorchen. »Ethan hat ihr deswegen immer ganz schön zugesetzt.« Sie senkt die Stimme und schaut sich schnell um, ob auch niemand mithört. »Sag ihm nicht, dass ich es weiß, aber offenbar hat er sie eine fette Kuh genannt und ihr gesagt, dass er sie abstoßend findet.«
Was? »Das ist furchtbar!«, rufe ich entsetzt.
»Ja«, stimmt sie zu. »Ich hätte ihn schlagen können, nachdem Josh es mir erzählt hat, aber er hat es ihm im Vertrauen erzählt, weshalb ich es für mich behalten musste. Unabhängig von seiner Untreue, nach diesem Kommentar hätte sie ihn verlassen sollen.«
Mir wird schwindelig. »Wie meinst du das, ›Untreue‹?«
»Seine Affären?« Sie wirft mir einen Blick zu, als wäre es völlig offensichtlich, wovon sie redet.
»Welche Affären?«
Sie stutzt verblüfft. »Ich dachte, er hätte es dir längst erzählt; ihr zwei habt so viel Zeit miteinander verbracht. Du weißt gar nicht, warum sie sich getrennt haben?«
Ich schüttele den Kopf. Mir wird immer unwohler.
»Sadie hat ihn erwischt, wie er im Weingut eine der Studentinnen geküsst hat, die dort ein Praktikum gemacht hat.«
Mir fällt die Kinnlade runter. Ich fasse es nicht.
»Aber das war nicht das erste Mal. Nach Penelopes Geburt hat ihn mit einer Kommilitonin im Bett erwischt. Und das, obwohl

Sadie extra wieder angefangen hatte zu arbeiten, um ihm zu helfen, die Studiengebühren zu bezahlen.«

Ich bin sprachlos. Ich kann es einfach nicht glauben. Es fühlt sich an, als würde sie über jemand anderen reden.

»Ich meine, ich mag Ethan total gerne«, fährt sie fort, und ich zucke innerlich zusammen, als sie mich daran erinnert, dass wir wirklich über den Mann reden, in den ich verliebt bin. »Aber er ist echt ein Vollidiot, wenn es um Frauen geht. Sadie ist ohne ihn besser dran.«

Offenbar hatte ich recht, dass erst alles schlechter werden muss, ehe es besser wird ...

Kapitel 26

Während des restlichen Treffens mit Tina bin ich nicht mehr richtig bei der Sache, und sobald ich wieder in Dads Auto sitze, versuche ich, Ethan anzurufen. Es überrascht mich nicht, dass er nicht drangeht, also mache ich mich auf den Weg zu seinem Haus. Ich bin sowieso in der Nähe, und ich will ihm lieber ins Gesicht sehen, wenn ich mit ihm spreche.
Ich betrete das Weingut durch den Haupteingang. Heute plane ich nicht, mich mit ihm für einen Quickie davonzustehlen.
»Amber!«, ruft Ruth, als sie aus der Küche kommt.
»Hallo«, erwidere ich und wünschte, ich könnte meine anhaltende Übelkeit endlich loswerden. »Wie geht es dir?«
»Sehr gut, danke. Schwer beschäftigt.«
»Ich weiß! Ich kann es kaum glauben, wie viel ihr alle arbeitet. Ich verspreche, ich werde nicht lange –«
»Ach, das ist doch kein Problem!«, unterbricht sie mich. »Kann ich dir eine Tasse Tee anbieten?«
»Oh, nein danke. Das ist lieb, aber ich muss zurück zu Dad.«
»Wie geht es ihm?«, fragt sie mitfühlend, und ich muss wohl oder übel kurz von meinem Ziel abschweifen und sie auf den aktuellen Stand bringen. Schließlich komme ich doch zum Grund meines Besuchs.
»Ist es okay, wenn ich schnell bei Ethan vorbeischaue?«
»Natürlich ist das okay. Er ist im Weinkeller mit Justin, unserem Praktikanten.«
»Danke.«

Ein paar Minuten später beobachte ich stumm, wie Ethan und der Weinbaustudent rote Flüssigkeit aus einem der großen Edelstahlfässer ablassen. Ich warte geduldig, bis sie fertig sind, während ich im Geist immer wieder Ethan sehe, wie er mit einer der weiblichen Vorgängerinnen von Justin rummacht.
Schließlich entdeckt Ethan mich.
»Hey!«, ruft er und richtet sich auf.
»Hi«, erwidere ich mit gezwungenem Lächeln. »Hast du mal ein paar Minuten Zeit?«
»Ähm ...« Er sieht Justin an. »Hol dir mal einen Kaffee. Dad wird gleich zurück sein, wenn ich bis dahin nicht schon fertig bin.«
»Okay«, antwortet Justin, während Ethan sich ein Handtuch schnappt, um sich abzutrocknen. Er kommt auf mich zu und zieht vielsagend eine Augenbraue hoch, als er sich zu mir runterbeugt, um mir einen Kuss auf die Wange zu geben. Ich drehe das Gesicht weg, und er sieht mich verwirrt an.
»Können wir ein bisschen spazieren gehen?«, frage ich.
»Äh, klar.«
Ich mache auf dem Absatz kehrt und gehe in Richtung des Baches am Fuß des Hügels. Der Regen hat nachgelassen, doch die Luft ist noch feucht und schwer, und als ich mit dem Arm die Reben streife, ist mein Jackenärmel nass.
»Was ist denn los?«, fragt Ethan besorgt und sucht mit dem Blick den Weinberg ab, offenbar um sicherzugehen, dass keiner der Erntehelfer in der Nähe ist.
»Ich war gerade mit Tina Mittag essen.« Ich schiele zu ihm rüber.
»Und, war es schön?«
»Ja, war es, bis auf ...«
Ich breche ab, und er sieht mich erwartungsvoll an. »Was?«
Ich beschließe, ihn einfach direkt zu konfrontieren. »Hast du Sadie betrogen?«
Er wird unmerklich blasser um die Nase. »Was hat Tina gesagt?«
»Tut es was zur Sache? Ich frage dich.«

Er zupft ein Weinblatt ab, woraufhin Regenwasser von den anderen Blättern in alle Richtungen spritzt. »Ja«, antwortet er missmutig und wirft das Blatt zu Boden.
»Wie oft?«, will ich wissen.
»Wie meinst du das?«
»Wie oft und mit wie vielen Frauen?«
»Warum willst du das wissen?« Er wartet meine Antwort gar nicht erst ab. »Sadie und ich hatten Probleme. Wir haben uns nicht mehr geliebt.«
»Aber warum hast du dich dann nicht früher von ihr getrennt? Warum musstest du hinter ihrem Rücken mit anderen schlafen?«
»So einfach war das nicht.« Mir fällt auf, dass er den Vorwurf nicht abstreitet.
»Sie hat gearbeitet, um deine Studiengebühren mitzufinanzieren, und du vögelst eine deiner Kommilitoninnen?« Ich funkele ihn entrüstet an, und er hat so viel Anstand, beschämt den Blick zu senken.
»Das war nicht gerade ein glorreicher Moment von mir«, räumt er ein.
»Und das war kurz nach Penelopes Geburt?« Meine Stimme ist kaum lauter als ein Flüstern, so geschockt bin ich.
»Tina sollte das wirklich nicht so rumposaunen«, grummelt er und reißt ein weiteres Weinblatt ab.
»Du bist doch derjenige, der es getan hat!«, platzt es aus mir heraus. »Hast du nicht mehr auf Sadie gestanden, weil sie …« Ich bringe es nicht über mich, es auszusprechen.
»Weil sie zugenommen hat?«, beendet er den Satz für mich. »Willst du die Wahrheit hören?«
Ich nicke, auch wenn ich jetzt schon weiß, dass es mir nicht gefallen wird.
»Es stimmt«, antwortet er achselzuckend. »Aber es lag nicht nur daran. Sie war schon vorher sehr unsicher. Als sie dann noch so zugelegt hat, wurde sie unerträglich. Es ist unglaublich, dass wir

überhaupt zwei Kinder gezeugt haben, wenn man bedenkt, wie selten wir Sex hatten. Der wahre Grund, warum sie nicht zu deiner Hochzeit kommen wollte, war übrigens, weil sie sich vor dir zu sehr für ihre Figur geschämt hat.«
Seine Ehrlichkeit lässt mich schaudern, auch wenn ich es nicht anders gewollt habe.
Ethan nimmt meine Hand und dreht mich so, dass ich ihn anschauen muss. »Warum macht dir das so viel aus?«
»Warum es mir etwas ausmacht, dass du immer wieder deine Frau betrogen hast?« Ich starre ihn fassungslos an.
Wer einmal fremdgeht, wird es immer tun ...
Er sieht mich mit seinen waldgrünen Augen an. »Amber«, sagt er und zieht die Augenbrauen zusammen. »Denkst du nicht, dass du vielleicht nicht in der Position bist, mich zu verurteilen?«
Ich mache ein langes Gesicht. Dafür, dass ich mich eigentlich für einen klugen Menschen halte, erstaunt es mich, dass ich nicht selbst darauf gekommen bin. Gerade ich stelle mich hin und werfe ihm vor, dass er seiner Frau untreu war!
»Amber?«, hakt er nach, nachdem ich mich wortlos abwende und weiter den Hügel hinabstapfe.
»Vielleicht«, murmele ich mit gesenktem Blick.
Matsch spritzt unter meinen Sohlen auf, das mitgenommene Gras zeigt frische Traktorreifenspuren. Meine Schuhe sind schon total dreckig.
Die letzten zehn Meter gehen wir schweigend nebeneinander her. Hier unten sind die Rebstöcke älter und knorriger. Ich bleibe am Bachufer stehen und starre auf das braune, schäumende Wasser, das über Steine und Äste hinwegrauscht.
»Okay, ja«, gebe ich zu, woraufhin er mich überrascht anschaut. »Ich bin nicht in der Situation, dich zu verurteilen. Aber ich habe das nicht geplant, und ich hätte es auch mit niemand anderem getan«, betone ich. »Diese Sache – mit dir – ist anders. Ich vögele nicht einfach so herum.«

Es ist nur unmerklich, aber ich könnte schwören, dass sich seine Haltung versteift hat.

Mir kommt ein beunruhigender Gedanke. »Du etwa?« Ich ziehe die Augenbrauen hoch.

»Was?«

»Vögelst du einfach so herum?«

Seine Miene verfinstert sich, und seine Kiefermuskeln zucken, als er den Kopf schüttelt. »Natürlich nicht.«

»Bist du dir sicher?«

»Hör doch auf«, sagt er ungehalten. »Natürlich nicht«, wiederholt er.

Ich seufze erleichtert auf und lehne mich mit dem Rücken an einen Baum, was dazu führt, dass Regen von den Blättern auf uns herab rieselt. Ich schnappe überrascht nach Luft und wische mir das Wasser von den Haaren. Er tritt lächelnd zu mir und nimmt mein Gesicht in die Hände.

Mein Herz macht einen Sprung, als ich ihm in die Augen schaue. Doch er hat den Blick auf meine Lippen gerichtet, und einen Moment später senkt er den Mund auf meinen.

Ich erwidere den Kuss, doch ich gebe mich ihm nicht so hin, wie ich es sonst getan hätte. Ich fühle mich immer noch angespannt – und nicht auf eine gute Art.

Er löst den Kuss und seufzt. »Was ist los?«

Ich schüttele den Kopf und starre mit zusammengepressten Lippen über seine Schulter. »Ich weiß nicht, was ich tue.«

Er lässt die Hände fallen.

»Du bist nur noch zwei Wochen hier«, sagt er leise.

»Bin ich das?« Ich warte nicht ab, dass er den Gedanken zu Ende führen kann. »Am Sonntagabend habe ich Ned gesagt, dass ich die Scheidung will.«

Er sieht mich entsetzt an.

»Ich weiß nicht, ob ich es ernst gemeint habe«, sage ich schnell, als sein Gesichtsausdruck sich in Besorgnis verwandelt. »Ich bin total

durcheinander, aber was, wenn ich es ernst gemeint habe? Was, wenn ich mich entschlossen habe zu bleiben?«
Er schüttelt den Kopf und wendet sich dem Bach zu. »Was erwartest du jetzt von mir?«
Meine Nase beginnt zu kribbeln. »Liebst du mich, Ethan?«
Er sieht mich mit zusammengezogenen Augenbrauen an. »Natürlich tue ich das.«
»Ich meine nicht platonisch.«
Er lacht. »Na ja, ich glaube, wir sind uns einig, dass wir die platonische Ebene vor einer Weile verlassen haben.«
Ich funkele ihn finster an.
»Ach, verdammt, A«, sagt er und zieht mich von dem Baumstamm weg in seine Arme. Er vergräbt den Kopf an meiner Schulter und hält mich fest, bis ich mich tatsächlich ein wenig entspanne.
»Ich weiß doch auch nicht, was wir hier tun«, gesteht er schließlich. »Aber es ist bestimmt zu früh, lebensverändernde Entscheidungen zu treffen, oder?«
»Also willst du nicht, dass ich mich von Ned scheiden lasse?«, frage ich rundheraus.
»O Mann, ich weiß es doch auch nicht«, erwidert er frustriert. »Ich bin selbst noch nicht mal geschieden. Glaubst du nicht, wir überstürzen die Sache ein wenig?«
Ich halte kurz inne, ehe ich antworte. »Vielleicht«, lenke ich seufzend ein.
»Hör zu, ich muss wieder an die Arbeit.« Er kratzt sich am Kopf.
Ich nicke kurz. »Okay.«
Er nimmt meine Hand und zieht mich an sich. Ich schaudere unwillkürlich, als er mir den Hals küsst, doch das ungute Gefühl in meiner Magengegend bleibt. Als er mich loslässt, fühle ich mich leer.

Kapitel 27

Ned wartet bereits im Foyer auf mich, als ich zu unserem ersten offiziellen Date im Kino ankomme. Ich ertappe ihn, wie er ungeduldig auf die Uhr schaut, doch als er mich erblickt, hellt sich sein Gesicht schlagartig auf.
»Tut mir leid, dass ich zu spät bin!«, rufe ich ihm zu.
»Nicht schlimm«, erwidert er und grinst mich an, was mein Herz zum Schmelzen bringt. Er ist genauso süß, wie ich ihn in Erinnerung hatte.
»Ich war heute früher fertig mit der Arbeit und habe kurzerhand beschlossen, shoppen zu gehen, um die Zeit totzuschlagen. Aber dann war so viel los, und ich musste ewig anstehen«, erkläre ich hastig.
»Kein Problem, echt.« Er lächelt immer noch, als er sich zu mir runterbeugt, um mir einen Kuss zur Begrüßung zu geben. Ohne nachzudenken, strecke ich ihm die Wange hin, wobei ich zu spät bemerke, dass er eigentlich meine Lippen anvisiert hat. Sofort fängt mein Gesicht an zu glühen, und ich muss den Drang unterdrücken, es mit meinen kalten Handflächen abzukühlen.
»Was wollen wir uns denn anschauen?«, frage ich, in der Hoffnung, seinen Blick damit auf die Tafel mit den Filmtiteln zu lenken.
»Ähm, ehrlich gesagt, klingt das alles nicht so toll«, meint er achselzuckend, und ich muss lachen. »Tut mir leid, ich habe das nicht wirklich durchdacht. *Brügge sehen ... und sterben?* soll gut sein, aber der hat schon angefangen. Gibt es etwas, das du gern sehen möchtest?«

»Hm, keine Ahnung.« Ich überfliege die Titel. »Wir können auch gern was anderes machen.«
Er lacht verlegen. »Sorry.«
»Ach was.« Ich verpasse ihm einen kumpelhaften Stups mit dem Ellenbogen. »Sollen wir stattdessen etwas essen gehen?«

Zwanzig Minuten später haben wir einen Tisch mit Kerze im Fenster eines gemütlichen italienischen Restaurants ergattert, das wir in einer kleinen Seitenstraße in Camden entdeckt haben. Keiner von uns hat eine Ahnung, ob das Essen hier gut ist, aber wir dachten uns, dass man mit Pasta nichts falsch machen kann, und die Atmosphäre ist nett. Es ist ein regnerischer, stürmischer Abend, weshalb es umso schöner ist, es sich im Warmen bequem zu machen, am besten mit Blick auf die Straße, wo sich die Bäume im Wind wiegen.
Der Kellner gießt uns Wein ein und lässt uns allein. Wir lächeln uns über den Rand unserer Gläser an, während wir den ersten Schluck nehmen.
»Also«, sage ich dann, »ich bin froh, dass du gestern Abend nicht erfroren bist.«
»Ich auch«, stimmt er mit ernster Miene zu. »Aber dafür habe ich mir heute Sorgen um dich gemacht.«
»Ach ja?« Ich sehe ihn fragend an.
»Sehr sogar.« Er zieht seinen Rucksack unter dem Tisch hervor und öffnet den Reißverschluss, woraufhin mein roter Schal zum Vorschein kommt. »Gott sei Dank, hattest du einen Ersatzschal.« Er nickt in Richtung des blauen Wollschals, der über meiner Lehne hängt, während er mir den roten zurückgibt.
»Ah, aber der rote ist mein Lieblingsschal.« Ich nehme ihn lächelnd entgegen.
»Wirklich? Er riecht jedenfalls sehr gut nach deinem Parfüm.«
»Tut er das?« Ich ziehe eine Augenbraue hoch, und er starrt verlegen an die Decke.

»Ich wollte das eigentlich nicht zugeben«, sagt er schließlich und schüttelt über sich selbst den Kopf.
Ich kichere und lehne mich nach vorn, um das Thema zu wechseln. »Rate mal, weshalb ich heute Morgen um ein Haar meine Haltestelle verpasst hätte?«
Sein Blick hellt sich auf. »Gefällt es dir?«
Er weiß sofort, dass ich über Twilight rede, das Buch, das er mir geliehen hat.
»Ich finde es super«, antworte ich begeistert. »Ich habe gestern Nacht noch angefangen zu lesen und konnte es zwei Stunden nicht aus der Hand legen. Ich bin total übermüdet!«
Er grinst. »Verdammt, bedeutet das, dass ich dich jetzt nicht die ganze Nacht wach halten kann?«
»Du kannst mich gern die ganze Nacht wach halten, wenn du möchtest«, sage ich, ohne nachzudenken, und reiße dann die Augen auf. »Ich meine es nicht so, wie es vielleicht klingt«, schiebe ich schnell hinterher.
Er lacht und fährt sich mit der Hand durch die hellbraunen Haare, ohne den Blick von mir zu nehmen. Sein Haar ist ziemlich verwuschelt, aber mir gefällt es so.
Die Schmetterlinge in meinem Bauch werden im Verlauf des Abends nicht weniger. Er ist lustig, charmant, klug und total süß. Als wir auf die Rechnung warten, lasse ich meine Hand auf dem Tisch zwischen uns liegen. Er lehnt sich nach vorn und nimmt sie vorsichtig in seine, wobei er mit dem Daumen über meinen Zeigefinger fährt. Es ist, als würde er mir mit seiner Berührung kleine elektrische Stöße verpassen, die mein Blut in Wallungen bringen.
»Und was jetzt?«, fragt er, als wir das Restaurant verlassen, und ich meinen Mantel zuknöpfe. Ich merke den Wein schon ganz schön – keine Ahnung, wie es ihm geht.
»Wie wäre es mit einem Absacker im Pub unseres Vertrauens?«
»Guter Plan.« Er beobachtet mich, während ich mir den ro-

ten Schal um den Hals wickele. Unsere Blicke treffen sich, und ich rechne schon damit, dass er mich küsst, doch er tut es nicht.
Die Spannung zwischen uns ist fast greifbar, als wir im Bus nach Hause fahren. Trotz unseres angenehmen Gesprächs während des Essens, scheinen wir uns auf einmal nicht mehr viel zu sagen zu haben. Wir sitzen nebeneinander, und er nimmt wieder meine Hand, die er auf seinem Schoß hält. Es ist faszinierend, wie er nur mit dieser kleinen, kreisenden Bewegung seines Daumens auf meinem Handgelenk ein solches Kribbeln in mir auslösen kann. Ich fühle mich wie eine zusammengedrückte Sprungfeder, als wir schließlich in einer dunklen Ecke des Pubs einen Platz gefunden haben.
»Gefällt es dir, hier zu wohnen?« Ich frage mich, warum ich jetzt viel nervöser bin als zu Beginn des Abends.
»Ja, es gefällt mir gut«, erwidert er lächelnd und starrt meinen Mund an.
Ich muss daran denken, wie er mich gestern Abend geküsst hat, und muss mich zusammenreißen, um nicht abzuschweifen. »Wie lange kannst du denn noch auf der Couch deines Kumpels schlafen?«
Er zuckt mit den Schultern. »Keine Ahnung. Eine Woche oder zwei. Ich schaue mir morgen ein paar Wohnungen an. Craig ist ein ziemlich entspannter Typ. Er war mein Mitbewohner an der Uni.«
»Zu schade, dass er kein zweites Schlafzimmer hat.«
»Ja, das wäre natürlich ideal.«
»Versuchst du, etwas hier in der Nähe zu finden?«, frage ich nicht ohne Hintergedanken.
»Würde dir das gefallen?«
»Ja«, gestehe ich lächelnd.
Sein Blick fällt wieder auf meinen Mund, und ich schaudere.
»Ich fasse es nicht, dass ich dich nie im Bus gesehen habe«,

murmele ich, während ich mir wünsche, dass er mich einfach küsste.

Er lächelt. »Ich habe dich schon dreimal gesehen. Es liegt an deinen Haaren.« Er streckt die Hand aus, als wollte er meine rotbraunen Locken berühren, lässt die Hand jedoch kurz vorher wieder sinken. »Die fallen auf.« Er mustert mich nachdenklich. »Trägst du manchmal eine Brille?«

Ich nicke. »Aber meistens trage ich Kontaktlinsen.«

»Ich finde, die Brille steht dir. Sieht sexy aus«, fügt er hinzu und grinst, während er die Bierflasche ansetzt und einen tiefen Schluck nimmt.

Ich lache. »Zu blöd, ich lasse mir übernächste Woche die Augen lasern.«

»Wirklich?« Er weicht zurück. »Das fände ich ziemlich gruselig.«

»Ich glaube nicht, dass ich es besonders angenehm finden werde«, meine ich lächelnd.

»Soll ich mitkommen und dir die Hand halten?«, bietet er grinsend an.

Ich schüttele den Kopf. »Das würde mich zu sehr ablenken.«

Mir fällt auf, dass meine Stimme heiser klingt. Seine Augen wirken auf einmal irgendwie dunkler.

»Würde es das?«, fragt er und zieht eine Augenbraue hoch, während er wieder nach meiner Hand greift.

»Mmm-hmm.« Mein Herzschlag beschleunigt sich, als er mit der Hand über meinen Arm streicht. Einen Moment später küssen wir uns.

Die Welt scheint stillzustehen – der volle Pub, die Nachtschwärmer, die laute Musik …

»Ich konnte den ganzen Tag an nichts anderes denken«, murmelt er an meinen Lippen.

»Dafür hast du dir aber ziemlich Zeit gelassen«, entgegne ich, doch mein Grinsen wird von seinen Lippen erstickt.

Als in der Kneipe die Lichter angehen, habe ich schon längst beschlossen, ihn zu mir nach Hause einzuladen. Josie besucht dieses Wochenende ihre Eltern im Norden von England, also haben wir die Wohnung für uns allein. Ich weiß nicht, ob ich genug Willenskraft aufbringen werde, ihn aufzuhalten, sollte er weitergehen wollen, als nur auf dem Sofa rumzuknutschen, doch im Moment bin ich bereit, dieses Risiko einzugehen.

»Willst du was trinken?«, frage ich und merke, wie meine Nervosität zurückkehrt, als ich ihn in die dunkle Wohnung führe und das Licht im Flur anschalte. »Bier, Wein, Tee, Kaffee?«
»Ein Bier wäre super, wenn du eins hast.«
Ich hole ihm ein Bier und gieße mir selbst ein Glas Rotwein ein. Wir gehen ins Wohnzimmer, wo ich Musik anmache und mich dann neben ihn aufs Sofa setze.
»Ich mag deine Wohnung«, sagt er mit Blick auf die zusammengewürfelte Einrichtung.
»Danke. Ich wohne hier nur zur Miete, aber ich habe den Vermieter gefragt, ob ich streichen kann, als ich eingezogen bin. Ich wohne jetzt seit gut einem Jahr hier.«
»Mit wem wohnst du zusammen?«
»Meine Mitbewohnerin stammt aus Yorkshire und heißt Josie. Sie ist echt nett. Krankenschwester.«
Wir verstummen und starren uns eine Weile nur an, weil keiner von uns Lust auf Smalltalk hat. Er streckt den Arm aus und fährt mir mit den Fingern durch die Haare in meinem Nacken, ehe er mich zu sich zieht.
Seine Küsse lassen mich schaudern – sie scheinen jedes Mal besser zu werden, unsere Zungen tanzen langsam und sinnlich miteinander.
»Ich verschütte noch meinen Wein, wenn wir nicht aufpassen«, sage ich atemlos.
Er stellt seine Bierflasche auf dem Tisch ab und nimmt mir mein Glas ab, ehe er mich wieder in seine Arme zieht. Mein Blut rauscht

heiß durch meine Adern, als er mich auf seinen Schoß zieht. Er küsst meinen Hals, hält dann inne und holt tief Luft.
»Du bist so sexy«, raunt er und knabbert an meinem Kinn. Ich schnappe nach Luft, als seine Hände sich um meine Taille schlingen und mich fester an ihn ziehen.
Ich bin verloren. Ich kann ihm nicht widerstehen. Wenn er mich will, gehöre ich ihm.
Gut gemacht, Amber, sagt eine meckernde, leise Stimme in meinem Kopf. Gut gemacht, dass du mal wieder keine Willenskraft aufbringst, wie du es schon seit der Highschool bis zur Uni und darüber hinaus nicht gekonnt hast. Ich bin von mir selbst enttäuscht. Trotzdem kann ich nicht aufhören.
Ned zieht sich zurück und hält mein Gesicht fest, nur Zentimeter von seinem entfernt. Ich kann nichts anderes tun, als seinen Blick zu erwidern.
»Mann, ich stehe total auf dich«, sagt er atemlos.
Ich beiße mir auf die Unterlippe, doch er lehnt sich nach vorn und saugt sie zwischen meinen Zähnen hervor.
»Ich könnte dich die ganze Nacht küssen«, fährt er fort.
Ist das alles?
Ich muss plötzlich an etwas denken, das Liz einmal zu mir gesagt hat: *»Du dreckige, kleine Schlampe!«* Sie hatte mich mit sechzehn mit meinem damaligen Freund im Bett erwischt. Wir waren gerade erst seit ein paar Wochen zusammen.
»Was ist los?«, fragt er, als er meinen Gesichtsausdruck bemerkt.
Ich schüttele schnell den Kopf. »Ach, nichts.«
Wenn ich dreckig und eine Schlampe bin, dann ist es eben so. Menschen ändern sich nicht.
»Sag schon«, fordert er mich auf, »willst du lieber, dass ich nach Hause gehe?«
»Nein!«, rufe ich aus. »Ich will, dass du bleibst«, füge ich leise hinzu.
Seine Augen leuchten auf, als meine Erlaubnis zu ihm durchdringt,

und mein Herzschlag beschleunigt sich erneut. Er will es auch, das ist nur zu deutlich.
Ich mag ihn wirklich sehr ... Aber wird er am Morgen auch noch hier sein?

Kapitel 28

Liz macht wieder ihre Entspannungsübungen mit Dad. Es scheint ein Bestandteil ihrer Morgenroutine geworden zu sein, doch leider bin ich dadurch obsolet geworden. Wenn ich versuche, etwas Nützliches zu machen, wie die Küche aufzuräumen, ruft sie mir zu, dass ich nicht so einen Lärm machen soll.

Dad und ich haben uns vormittags immer auf seine Sprachtherapie konzentriert, als Liz gearbeitet hat. Ich habe ihn immer und immer wieder ermutigt, Zungenbrecher aufzusagen, bis sie mir selbst zum Hals herausgehangen haben.

Jetzt hat Liz das Ruder an sich gerissen.

Es ist nicht so, als würde ich nicht verstehen, warum sie es tut. Sie hat seit Montag Urlaub, und sie will natürlich nicht untätig herumsitzen. Aber es ist nur eine weitere Erinnerung daran, dass das Haus nicht groß genug ist für uns beide.

Gestern hat sie mich gefragt, wann ich nach Hause fliege. Ich antwortete, dass ich mir noch nicht sicher wäre, woraufhin sie missbilligend die Stirn gerunzelt hat.

»Hast du nicht schon ein Rückflugticket gebucht?«, wollte sie wissen.

Ich antwortete: »Ja, für Ende nächster Woche, aber ich habe vor, den Flug noch einmal zu verschieben.«

»Was? Warum?« Sie sah mich verdutzt an.

»Weil Dad mich vielleicht braucht, wenn du wieder arbeitest.«

Sie schüttelte den Kopf. »Ich denke, Ned braucht dich im Moment mehr als Len, nach dem zu urteilen, wie oft er versucht hat, dich zu erreichen.«

Ich war kurz davor, ihr zu sagen, dass sie sich um ihren eigenen Kram kümmern sollte.
Gestern Abend hat Ned gedroht, sich ins nächste Flugzeug nach Australien zu setzen. Ich habe ihm erklärt, dass ich noch Zeit zum Nachdenken bräuchte, ohne dass er unerwartet hier auftaucht. Außerdem habe ich ihn daran erinnert, dass die Flüge schon Monate im Voraus ausgebucht sind, vor allem jetzt, wo Ostern vor der Tür steht.
Das nahm ihm den Wind aus den Segeln. Ich hoffe inständig, dass er nichts Dummes tut, wie seinen Namen auf irgendeine Warteliste zu setzen.

»Vergiss nicht, dass ich heute Abend mein Treffen mit der Gruppe habe«, ruft Liz mir aus dem Wohnzimmer zu, als ich im Flur meine Sachen packe und die Jacke anziehe. Ich treffe mich mit Nell zum Mittagessen, da ich zu Hause sowieso nicht gebraucht werde.
»Ich bin heute Nachmittag wieder da, keine Sorge«, erwidere ich und schließe die Haustür, als Liz Dad gerade anweist, langsam und tief zu atmen.
Ich bin früh dran, deshalb schlendere ich noch ein wenig durch die Einkaufsstraße von North Adelaide, ehe ich Nell in einem Café in der Nähe der Frauen- und Kinderklinik treffe, in der sie arbeitet.
»Viel zu tun heute?«, frage ich, nachdem sie die Tür zum Café so schwungvoll aufgerissen hat, dass die Glöckchen über dem Eingang Sturm klingeln.
»Ich habe gerade Zwillinge zur Welt gebracht!«, antwortet sie mit leuchtenden Augen und gerötetem Gesicht, während sie ihre Jacke auszieht und über den freien Stuhl hängt.
»Ooooh«, mache ich.
»Eineiige Zwillingsmädchen.« Sie lässt sich mit glücklichem Seufzen auf dem Stuhl nieder. »Ich habe den besten Job der Welt.«
Ich frage mich unwillkürlich, wie mein Leben jetzt aussähe, wenn Ned und ich ein Baby hätten. Wäre ich jetzt noch hier? Hätte Ned

einen Weg gefunden, mich zu begleiten, damit die Familie nicht getrennt wird? Hätte ich meinen Job als Lehrerin trotzdem aufgegeben?
»Wollt ihr zwei, Ned und du, eigentlich Kinder?« Nell reißt mich mit ihrer unvermittelten Frage aus meinen Grübeleien. Einen Moment später scheint ihr mein Gesichtsausdruck aufzufallen. »Hätte ich das nicht sagen sollen?«
»Nein, schon okay«, beruhige ich sie.
Ich würde ihr nie etwas verheimlichen, was ich Tina bereits erzählt habe – mir war immer bewusst, wie schwierig eine Dreierfreundschaft werden kann –, also erzähle ich ihr von meiner Fehlgeburt. Sie reagiert geschockt.
Keine meiner australischen Freundinnen ist an dem Punkt in ihrem Leben, dass sie sich niederlassen und Kinder haben würden, auch wenn manch eine es sich vielleicht wünscht. Irgendwie macht es mir diese Tatsache leichter, mit ihnen darüber zu sprechen, obwohl wir seit Jahren kein wirklich intimes Gespräch mehr geführt haben.
Mit meinen Freundinnen in England ist es umgekehrt.
Alicia und ich sind fast gleichzeitig schwanger geworden. Sie hat jetzt ein kleines Mädchen namens Bree, das ich erst ein paarmal gesehen habe, wie ich zu meiner Schande gestehen muss.
Dass mein Job als Maklerin stressig war, stimmt zwar, aber ich habe es dennoch etliche Male als Ausrede verwendet, wenn sie mich mal wieder gefragt hat, ob ich mich mit ihr treffen möchte. Ich bin mir sicher, sie konnte sich denken, warum ich mich in Wahrheit rar machte, und selbst wenn sie Verständnis hatte, war sie sicher trotzdem gekränkt.
Ich kann kaum glauben, wie sehr ich mich distanziert habe, nicht nur von Alicia, sondern auch von Josie und Gretchen.
Josie, meine wunderbare ehemalige Mitbewohnerin und Freundin, ist inzwischen glücklich verheiratet mit Craig, dem Freund von Ned, auf dessen Sofa er eine Weile geschlafen hat, als er gerade

frisch nach London gekommen war. Wir haben die beiden einander vorgestellt, als wir mal alle zusammen im *Bull & Last* waren, nachdem Ned von Craigs Wohnung in eine Wohngemeinschaft in Archway gezogen war. Neds neue Wohnung war ein furchtbares Loch, aber er und ich freuten uns trotzdem wie blöd, weil wir nur fünfzehn Minuten Fußweg voneinander entfernt wohnten.
Seit unserem ersten Date hatten wir uns fast jeden Tag gesehen – er war sogar am nächsten Abend mit meinen Freunden und mir ausgegangen, um meinen Geburtstag zu feiern. Wir hatten den ganzen Tag miteinander verbracht.
Als Josie und Craig zusammenkamen, wurde ein Vierergespann aus uns. Jetzt erwarten sie bald ihr erstes gemeinsames Kind.
Was Gretchen angeht, haben wir uns kaum noch gesehen, seit ich den Schuldienst verlassen habe. Als sie damals ein paar Jahre nach mir an die Schule kam, waren wir uns auf Anhieb sympathisch, sind freitags mittags immer zusammen in den Pub gegangen und haben über alles und jeden getratscht. Zu der Zeit war ich noch Feuer und Flamme für den Lehrerberuf. Ich spürte eine echte Verbindung zu meinen Schülern, und es hat mir sehr viel Freude bereitet, ihnen zuzusehen, wie sie immer wieder neue Wege beschritten und sich verbesserten, wenn sie es selbst gar nicht erwartet hatten.
Jetzt erinnert mich der Anblick von Gretchen daran, was ich alles verloren habe. Das ist bei all meinen Freunden in London so.
Ich weiß, es ist nicht fair. Was passiert ist, war nicht ihre Schuld. Es war niemandes Schuld. Glaube ich wirklich, dass Ned mir die Schuld gibt? Oder benutze ich den Verdacht nur als Ausrede, um sauer auf ihn zu sein? Verletze ich die Person, die mir am meisten am Herzen liegt, um mich am Ende selbst zu verletzen?
Warum zum Teufel sollte ich das tun?
Ich glaube, ich sollte mal zu einem Therapeuten gehen.
Ich ringe mir ein Lächeln ab und frage Nell, wie es mit George läuft. Sie akzeptiert den Themenwechsel, woraufhin der Rest unseres Mittagessens wesentlich angenehmer verläuft.

Am nächsten Tag ist Karfreitag, und Tina hat einen weiteren Ausgehabend für uns organisiert. Ich fühle mich eigentlich nicht nach Feiern – seit meinem letzten bösen Absturz habe ich kaum einen Tropfen Alkohol angerührt –, aber mal sehen, wie lange mein Vorsatz hält, wenn ich erst einmal gemütlich mit den anderen in einer Bar sitze.

Ich habe Ethan seit Dienstag nicht mehr gesehen, aber er hat mir gestern Abend geschrieben, um zu fragen, ob ich heute mitausgehe. Ich antwortete ihm, dass ich es vorhatte, und er sagte, dass wir uns dann sehen würden, was mich noch vor einer Woche in kribbelige Vorfreude versetzt hätte. Doch Tinas Enthüllung liegt mir immer noch schwer im Magen. Allerdings ist das nicht alles.

Ich kann nicht aufhören, an Ned zu denken. Wie wir uns kennengelernt haben … Wie sich unsere Beziehung entwickelt hat … Wie er mir einen Antrag gemacht hat … Und je mehr ich mir erlaube, in Erinnerungen zu schwelgen, desto schlechter fühle ich mich, weil ich ihn betrogen habe. Manchmal habe ich das Gefühl, ich müsste mich wirklich übergeben, wenn ich daran denke, was ich getan habe.

Gestern ist ein dicker Umschlag mit einem Haufen Geburtstagskarten von Neds Familie, Alicia, Gretchen und Josie angekommen.

Heute Abend liegen die drei Karten von meinen Freundinnen noch ungeöffnet in ihren pastellfarbenen Umschlägen auf meinem Nachttisch. Wer hätte gedacht, dass ich den Anblick so bedrohlich finden könnte?

Ich weiß, ich habe einiges anzugehen, wenn ich nach Hause komme.

Falls ich nach Hause komme.

Es wäre so viel einfacher, hier zu bleiben.

Aus einem Impuls heraus greife ich nach Gretchens Karte und reiße den Umschlag auf. Ich erkenne ihre Handschrift.

Herzlichen Glückwunsch zum Geburtstag, Amber! Ich vermisse dich! Wir haben uns viel zu lange nicht mehr gesehen. Du wirst es nicht glauben, aber ich habe gerade meinen Job gekündigt! Ich habe eine Stelle in Essex angenommen, wo ich im Herbst anfangen kann. Mr Bunton ist ausgerastet, als ich es ihm gesagt habe. Seit Weihnachten haben noch zwei andere Lehrer ihre Kündigung eingereicht, aber er checkt es einfach nicht – was für ein Arschloch! Egal, du hast wahrscheinlich keine Lust, von der Schule zu hören, aber ich denke oft an dich, und ich hoffe, wir können uns bald mal wieder treffen, wenn du zurück bist.
  Alles Liebe, deine Freundin für immer, Gretchen

Wow – sie hat gekündigt! Irgendwie empfinde ich es als Erleichterung. Es war ein komisches Gefühl, zu wissen, dass sie ohne mich weiter an der Schule arbeitete, auch wenn ich nicht vorhatte, je wieder dorthin zurückzukehren. Plötzlich habe ich das Bedürfnis, mich mit ihr in einen Pub zu setzen und den neuesten Klatsch und Tratsch aus ihr herauszupressen, so wie wir es früher immer getan haben. Ich seufze und wende mich wieder meiner Aufgabe zu.
Die nächste Karte, die ich öffne, ist von Alicia. Ich zucke innerlich zusammen, als ich den verschmierten, grünen Babyhandabdruck auf der Karte erblicke.

Happy Birthday, meine Süße! Bree wollte dir auch alles Gute wünschen. Ich hoffe, du kannst bald mal wieder vorbeikommen und mit uns ein bisschen Zeit verbringen. O Mann, BITTE, komm uns bald besuchen. Ich habe das Gefühl, ich werde hier noch verrückt. Wie viel Tee und Kuchen kann sich eine Mum allein bloß reinstopfen? Ich vermisse dich! Lass uns Wein trinken – Scheiß aufs Stillen! (Scherz …)
  Alles Liebe, Leesh

Ich lache laut auf, und gleichzeitig schießen mir die Tränen in die Augen. Mann, ich vermisse sie auch. Und ich will Bree wirklich gern sehen, wie ich feststelle. Ich will Teil ihres Lebens sein. Es ist schon zu viel Zeit vergangen.
Schließlich öffne ich Josies Karte.

Liebste Amber,
herzlichen Glückwunsch zu deinem Geburtstag! Ich hoffe, du kannst dir heute ein wenig Auszeit gönnen. Ich bin unheimlich stolz auf dich, dass du dich so um deinen Dad kümmerst. Ich kann mir vorstellen, wie schwer das sein muss. Ned hat erzählt, dass dein Vater gute Fortschritte macht, ich hoffe also, dass du bald nach Hause kommen kannst. Ich habe in letzter Zeit viel an dich gedacht, und ich vermisse es, auf deinem Sofa abzuhängen. Ich schicke dir eine dicke Geburtstagsumarmung, bis ich sie dir persönlich geben kann – und die wird wirklich dick! Ich bin riesig.
    Hab dich lieb! Josie

Die Gute. Sie muss jetzt etwa im achten Monat schwanger sein, und wahrscheinlich ist sie schon im Mutterschutz. Als Krankenschwester kann sie besser als jede andere meiner Freundinnen einschätzen, was es bedeutet, sich um einen Schlaganfallpatienten zu kümmern.
Ich vermisse sie alle so sehr. Ich will nicht weg sein, wenn Josie ihr Baby bekommt. Ich will Bree aufwachsen sehen. Ich will wieder mehr Teil von Gretchens Leben sein. Wir werden zwar keine Kolleginnen mehr sein, aber Essex ist nicht weit entfernt.
Ich lege die drei Karten auf den Nachttisch zurück. Dabei fällt mir auf, dass da noch ein vierter Umschlag ist, den ich noch nicht geöffnet habe. Es scheint ein Brief zu sein, und ich stelle verwirrt fest, dass er an diese Adresse geschickt wurde: Amber Church, bei Len Church. Liz muss ihn mir heute Morgen mit den Karten von Ned zusammen gegeben haben.

Ich öffne den Umschlag, und als ich anfange zu lesen, beschleunigt sich mein Herzschlag.

Sehr geehrte Miss Church,
Sie werden sich nicht an mich erinnern, aber ich war die erste Person, die am Ort des Unfalls ankam, der Ihrer Mutter auf so tragische Weise das Leben geraubt hat.
Ich habe über die Jahre oft an Sie denken müssen, und ich wüsste gern, ob es möglich wäre, dass wir uns treffen.
Ich möchte Sie nicht unnötig aufregen, aber vor ihrem Tod hat Ihre Mutter mich gebeten, Ihnen etwas auszurichten. Sie waren damals noch so klein, und ich wusste nicht, was ich tun sollte, also gab ich die Nachricht an einen Polizisten weiter. Aber jetzt würde ich doch gern noch mit Ihnen persönlich sprechen.
Darf ich fragen, ob Sie noch in Adelaide wohnen? Mein Sohn hat die Adresse Ihres Vaters herausfinden können, aber bei Ihrer kam er nicht weiter. Ich hoffe, Sie sind nicht allzu weit weggezogen.
Ich bin inzwischen vierundneunzig Jahre alt und lebe in einem Altersheim in Clare, aber mein Sohn kann mich nach Adelaide fahren, sollten Sie in nächster Zeit einmal dort sein, um Ihren Vater zu besuchen.
Ich wäre sehr dankbar, wenn Sie meinen Sohn Barry anrufen könnten (Telefonnummer siehe unten), um ein Treffen auszumachen. Ich fürchte, meine Ohren sind nicht mehr das, was sie einmal waren, weshalb mir das Telefonieren meistens schwerfällt.
Wie gesagt, es tut mir leid, wenn dieser Brief Erinnerungen in Ihnen wachgerufen hat, die Sie lieber vergessen würden, aber ich hoffe, dass ein Treffen für uns beide eine Erleichterung darstellen würde.
  Hochachtungsvoll,
  Mrs Doris Wayburn

Ich lasse den Brief mit zitternden Händen sinken. Was sie mir wohl auszurichten hat? Wie lauteten die letzten Worte meiner Mutter? Was wird mein Dad von alledem halten? So ungern ich ihn auch damit belasten möchte, ich muss ihn fragen.
Ich lese den Brief ein weiteres Mal und nehme mir einen Moment Zeit, mich zu sammeln, ehe ich zu meinem Dad gehe. Er ist mit Liz in der Küche, wo er am Tisch steht.
»Noch einmal, Len«, verlangt Liz unnachgiebig.
Er knurrt und lässt sich erschöpft wieder auf den Stuhl sinken.
Das ist eine seiner Physiotherapie-Übungen: aufstehen und sich wieder hinsetzen. Die Übung ist todlangweilig – für ihn und für uns –, aber der Schlüssel zur Genesung ist Wiederholung, und sein Bein wird wirklich zusehends stärker.
»Gut gemacht«, lobt Liz, während sie die Geschirrspülmaschine einschaltet.
»Hi«, sage ich, als ich die Küche betrete.
Dad schenkt mir ein schwaches Lächeln. Ich setze mich neben ihn und lege zögerlich den Brief auf den Tisch.
Er ist geschockt, als ich ihm sage, von wem er stammt. Liz zieht sich einen Stuhl heran, als ich den Brief laut vorlese. Sie ist die Erste, die reagiert, als ich fertig bin.
»Grundgütiger.«
»Erinnerst du dich an die Frau?«, frage ich Dad.
Er antwortet nicht sofort, doch schließlich nickt er. »Die Polizei hat mir von ihr erzählt.«
»Hast du sie kennengelernt?«
»Nein.«
»Hat der Polizist dir denn ausgerichtet, was Mum ihr gesagt hat? Ich verstehe das nicht.«
Wieder entsteht eine längere Pause, ehe er dann meine Frage verneint.
Ich bin mir nicht sicher, ob es an der Erschöpfung liegt oder an der Aufregung oder an etwas ganz anderem, jedenfalls scheint es ihm

besonders schwerzufallen, darüber zu reden. Weiß er vielleicht etwas, das ich nicht weiß? Oder hatte Mum vielleicht ein großes Geheimnis, das sie auch vor ihm bewahrt hat? Ist Dad genauso ahnungslos wie ich?

Kapitel 29

»Fünfhundertsechsundsechzig«, sage ich selbstbewusst.
Ned reißt überrascht den Mund auf. »Wie zur Hölle hast du das gemacht?«
Ich grinse. »Stell mal auf Pause.«
Er richtet die Fernbedienung auf den Fernseher und die Sendung *Countdown* bleibt auf dem Gesicht der Moderatorin stehen, die Tafel hinter ihr ist noch unbeschrieben. Gelobt sei Josies Bruder, dass er uns ein kostenloses Probeabo von Sky Plus besorgt hat.
»Fünfundsiebzig minus drei macht zweiundsiebzig, mal acht ergibt fünfhundertsechsundsiebzig. Dann teilst du die vierzig durch vier, ziehst die zehn ab, und schon hat man fünfhundertsechsundsechzig.«
Wortlos drückt er wieder auf Play, und ich beobachte amüsiert, wie der Kandidat das falsche Ergebnis nennt, und die Moderatorin gezwungen ist, ihm den richtigen Lösungsweg zu erklären.
»Mensch, Amber, wenn du je deinen Job als Lehrerin aufgibst, sollte Vorderman sich vor dir in Acht nehmen.«
»Das war aber auch nicht schwer«, meine ich achselzuckend, doch sein Gesichtsausdruck bringt mich zum Lachen. »Ich hab dir doch gesagt, Mathe ist mein Ding.«
»Das war schon mal nicht gelogen, du sexy Superhirn. Jetzt komm her und küss mich.«
Immer noch lächelnd, setze ich mich auf dem Sofa auf seinen Schoß.
Es ist Sommer, ein paar Monate nachdem wir uns kennengelernt

haben, und wir verbringen einen faulen Sonntagnachmittag zu Hause. Josie und Craig sind nur kurz einkaufen gegangen, um etwas fürs Mittagessen zu holen, also können wir uns nicht mitreißen lassen. Außerdem habe ich noch etwas zu erledigen.
»Schau ruhig weiter fern«, schlage ich nach ein paar Minuten vor und rutsche wieder auf den Platz neben ihm. Dann angele ich mir meinen Laptop vom Beistelltisch.
»Was machst du?«, fragt er interessiert.
»Ich wollte nur schnell die Flüge nach Australien an Weihnachten checken.«
Es vergeht ein Moment, doch er sagt nichts. Ich schaue ihn an, aber er streckt nur die Beine auf dem Couchtisch aus und zappt weiter durch die Fernsehkanäle. Ist er jetzt sauer? Ich gehe meiner Aufgabe nach, ohne weiter darüber nachzudenken.
Ich war in letzter Zeit so glücklich. Der einzige Wermutstropfen ist mein Vater. Ich habe immer noch ein schlechtes Gewissen, ihn am anderen Ende der Welt zurückgelassen zu haben. Er hat angeboten, mir für den Rückflug über Weihnachten etwas dazuzugeben, und ich werde wohl oder übel darauf zurückkommen müssen, weil ich mir den Flug allein nicht werde leisten können. Aber es fühlt sich nicht richtig an. Er verdient auch nicht gerade viel, und es war immerhin nicht seine Idee, dass ich so weit weg ziehen musste.
Ned zappt weiter durch die Sender, ohne irgendwo länger als ein paar Sekunden zu verweilen. Die Geräusche beginnen mich zu nerven. Irgendwann reißt mir der Geduldsfaden.
»Was ist los?«
»Nichts«, murmelt er.
»Sag schon«, dränge ich ihn.
Er stellt das Fernsehgerät auf lautlos und schaut mich betrübt an.
»Ich werde dich vermissen, das ist alles.«
»Aber das ist doch noch Monate hin!«, erwidere ich lachend.
»Na und?«
»Nun ja, es ergibt nicht viel Sinn, sich über etwas aufzuregen, was

erst in sechs Monaten stattfinden wird«, erkläre ich. »Wer weiß, ob wir bis dahin überhaupt noch zusammen sind.«
Sein Gesichtsausdruck ... Mir vergeht das Lachen sofort.
»Hey, ich wollte damit doch nicht sagen ...«, setze ich an, doch meine Stimme bricht ab, als er einfach aufsteht und in mein Schlafzimmer stapft. Ich folge ihm und sehe, wie er sich mit dem Gesicht nach unten auf mein Bett fallen lässt.
»Oje.« Ich lege mich neben ihn und fahre ihm mit den Fingern durch die dichten, wuscheligen Haare. »Was ist denn los mit dir?«
Er dreht sich zu mir um. »Ich liebe dich mehr als du mich«, behauptet er traurig.
»Nein, tust du nicht«, widerspreche ich mit amüsiertem Stirnrunzeln und stupse ihm leicht gegen die Schulter.
»Tue ich wohl«, sagt er ernst und stützt sich auf einem Ellenbogen ab, so dass er mich mit seinen hübschen Augen anschauen kann. »Ich wollte dich eigentlich fragen, ob du Weihnachten mit mir und meiner Familie in Brighton verbringen möchtest.«
»Wirklich?« Ich bin überrascht und ein bisschen entsetzt. So weit hat er schon gedacht? »Aber ich habe meinen Dad schon fast zwei Jahre nicht mehr gesehen.«
Er wirkt verärgert. »Ich habe nicht gesagt, dass ich es nicht verstehe oder dass ich von dir verlange, dass du mich ihm vorziehst. Aber ich weiß jetzt schon, dass ich dich wie verrückt vermissen werde, und jetzt sagst du auch noch, dass wir dann vielleicht nicht mehr zusammen sein werden?« Er zieht die Augenbrauen zusammen.
Ich seufze. »Ich weiß es doch nicht, Ned. Ich hatte noch nie eine längere Beziehung.«
Er dagegen hatte schon drei ernsthafte Beziehungen, seine letzte Freundin hat sich von ihm getrennt, als sie mit der Uni fertig waren. Es hat ihm offenbar das Herz gebrochen. Ich fand es nicht angenehm, die Geschichte von ihm zu hören, aber er schwört, dass er jetzt über sie hinweg ist.

»Fühlt es sich denn nicht richtig an für dich?«, fragt er.
»Natürlich tut es das«, antworte ich schnell. Sieht er denn nicht, dass ich total verliebt in ihn und verrückt nach ihm bin? »Ich habe mich noch nie so wohl mit jemandem gefühlt.«
Hast du nicht?
Diese kleine, nervige Stimme in meinem Kopf muss sich auch immer einmischen.
Aber das, was ich für Ethan empfunden habe – dieses traurige, verzweifelte Begehren –, war etwas ganz anderes. Meine Gefühle für Ned haben nichts Trauriges oder Verzweifeltes an sich. Ned macht mich glücklicher, als es je ein anderer Mann getan hat.
Bei der Erkenntnis wird mir ganz warm ums Herz.
»Das geht mir genauso«, sagt er zärtlich, offenbar nichtsahnend, welche Gedanken mir gerade durch den Kopf gehen. Er lehnt sich nach vorn und küsst mich.
Wir liegen wer weiß wie lange auf meinem Bett und umarmen und küssen uns. In jedem einzelnen Kuss liegt so viel Liebe und Bedeutung, dass ich mich seltsam emotional fühle. Wenn Josie und Craig nicht jeden Moment nach Hause kommen könnten, würden wir sicher noch einen Schritt weiter gehen.
Doch so, wie es aussieht, werden wir uns noch ein paar Stunden gedulden müssen, was nicht schlimm ist, denn unsere Intensität hält sich bis zum Abend.
Etwas hat sich geändert – unsere Beziehung ist ein Stückchen tiefer geworden. Es ist beängstigend und aufregend und wundervoll zugleich.
Vielleicht, nur vielleicht, habe ich endlich den Einen gefunden.

Kapitel 30

»Kommst du mit an die Bar, A?«, fragt Ethan, als er aufsteht, um Getränke zu holen.
Ich nicke und folge ihm in den Pub.
Wir sind mit Tina, Josh, Nell und George unterwegs. Gerade sitzen wir auf dem Bürgersteig in der Rundle Street. Die Temperatur ist relativ kühl, aber die frische Luft ist angenehm. Im Pub ist es heiß und stickig.
»Alles okay bei dir?«, fragt Ethan, sobald wir außer Hörweite der anderen sind.
Ich nicke und lasse zu, dass er mich seitlich an die Bar zieht, so dass wir auch außerhalb des Blickfelds unserer Freunde sind.
»Dir geht das mit dem Brief näher, als du zugeben willst.« Seine grünen Augen mustern mich besorgt.
»Vielleicht«, gebe ich zu.
Alle hatten eine Meinung dazu, was die letzten Worte meiner Mutter gewesen sein könnten, und weil ich die Sache ein bisschen als spaßige Mystery-Story runtergespielt habe, kann ich es nur mir selbst zuschreiben, dass dann eine Reihe Scooby-Doo-Scherze folgten.
Tina hat überlegt, ob ich vielleicht ein unbekanntes Halbgeschwisterkind oder gar eine eineiige Zwillingsschwester habe. Von Josh kam die Idee, dass meine Mutter auf der Flucht war und ihre Familienjuwelen irgendwo vergraben hat. Und George, der Anwalt, der kürzlich auf der Arbeit eine ähnliche Geschichte gehört hat, riet mir, den Brief einfach zu ignorieren.

»Oh, stell dir vor, du findest dann raus, dass Ned in Wahrheit dein Bruder ist oder so!«, meinte Nell mit großen Augen. »Da wärst du doch besser dran, es nicht zu wissen.«
Sie ist schon ein bisschen betrunken. Das sind sie alle.
Ich sage danach nichts mehr dazu. Es wurde ohnehin zu albern.
Jetzt sind gerade noch ein paar andere Freunde von Josh und Tina dazugestoßen, aber ich bin nicht in der Stimmung für Smalltalk. Ich war von Anfang an schon nicht in Ausgehlaune, aber ich wollte auch nicht allein zu Hause bleiben. Dad ist früh zu Bett gegangen, nachdem er am Tisch schon fast eingeschlafen war. Ich bin nicht mehr dazugekommen, ihn um Rat zu fragen, ob ich den Sohn von Mrs Wayburn kontaktieren sollte oder nicht. Ich bin davon ausgegangen, dass die Frage bis zum Morgen warten kann, wenn er wieder frisch und munter ist. Heute Abend wollte ich einfach mit meinen Freunden ein wenig plaudern, doch je weiter der Abend voranschreitet, desto mehr stelle ich fest, dass die einzige Person, mit der ich wirklich reden will, Ned ist.
Ned, der am anderen Ende der Welt und vermutlich gerade unterwegs nach Brighton ist, wo er das Osterwochenende mit seiner Familie verbringen wird: seinen Eltern, drei Brüdern, deren Ehefrauen und all ihren Söhnen und Töchtern.
Egal, ich sollte mich eh besser daran gewöhnen, ohne ihn auszukommen.
»Was, wenn Dad gar nicht mein richtiger Vater ist?«, frage ich Ethan mit finsterer Miene. Vorhin wollte ich diese Überlegung nicht laut äußern, aber sie lässt mir einfach keine Ruhe.
Er schüttelt vehement den Kopf. »Du siehst ihm viel zu ähnlich.«
Meine Erleichterung hält nicht lange vor. »Okay, aber was ist, wenn meine Mum gar nicht meine richtige Mum war?«
Er runzelt die Stirn, kann aber nicht das gleiche Argument anbringen wie eben, weil er wahrscheinlich nicht mal mehr weiß, wie meine Mutter auf den alten Fotos ausgesehen hat, die ich ihm vor Jahren mal gezeigt habe.

Er gibt trotzdem sein Bestes, mich zu beruhigen. »Ich bin mir sicher, dass es nicht so ist.«
Ich hole tief Luft.
»Wirst du den Sohn der alten Frau anrufen?«, fragt er und legt die Hand an meine Hüfte. Er streicht mir mit dem Daumen über die Taille. Ich wünschte, er würde es lassen, aber er hat auch schon ordentlich getrunken, und ich weiß nur zu gut, dass Alkohol ihn scharf macht.
»Ich glaube schon. Hältst du das für verrückt? Was, wenn es doch so etwas ist, wie Nell vermutet hat?«
Er winkt amüsiert ab. »Wie hätte deine Mum damals denn wissen sollen, wen du mal heiraten würdest?«
Ich verdrehe die Augen. »Okay, Klugscheißer, du hast gewonnen.«
Er zieht mich in seine Arme und drückt sein Gesicht in meine Haare. Doch ich versteife mich nur noch mehr.
»Lass uns die Getränke holen und zurück zu den anderen gehen«, sagt er seufzend und lässt mich los, um sich an der Bar anzustellen.
»Ich werde nicht mehr lange bleiben«, teile ich ihm mit.
»Du hast den ganzen Abend kaum etwas getrunken. Das sieht dir gar nicht ähnlich.«
»Ich glaube, mir steckt unser letzter Alkoholexzess noch in den Knochen. Ist das immer so, wenn man dreißig wird?«
»Bei mir nicht«, erwidert er grinsend und versucht, einen Barkeeper herbeizuwinken. Sein dreißigster Geburtstag war kurz bevor ich nach Australien gekommen bin.
»Vielleicht werde ich auch krank.«
»Du hattest jedenfalls viel Stress in letzter Zeit«, meint er, als der Barkeeper ihn endlich bemerkt. Ethan bestellt die gewünschten Getränke für unsere Freunde. Ich denke, er hat recht. Ich sollte wirklich besser nach Hause gehen und mich ins Bett legen.
Ethan nickt mir zu. »Was willst du?«

»Nichts«, antworte ich mit knappem Lächeln in Richtung des Barkeepers. Meine Entscheidung steht fest.
Während unsere Getränke zusammengestellt werden, wirft mir Ethan einen besorgten Blick zu, ehe er sich erneut umschaut, ob auch niemand, den wir kennen, in Sichtweite ist. Ich tue es ihm gleich. Die Luft ist rein.
»Hör auf, dir Sorgen zu machen«, fordert er mich auf und nimmt mein Gesicht in die Hände.
Ich reiße mich von ihm los.
Er verengt die Augen zu Schlitzen. »Was ist denn mit dir los?«
»Ich ... Es ist nur ...« Ich schüttele den Kopf. »Lass es einfach.«
Er wirkt verletzt, dann bekommt sein Blick etwas Misstrauisches.
»Ist es immer noch wegen der Sachen, die Tina dir erzählt hat?«
Mir ist aufgefallen, dass er ihr gegenüber heute Abend verhaltener war als sonst.
»Hilfreich ist es nicht«, gebe ich zu und kaue dann auf meiner Unterlippe, wobei ich seinem Blick ausweiche. Ich will ihm nicht von Ned erzählen oder von meinem plötzlich erwachten schlechten Gewissen.
Er seufzt. »Komm schon, A.« Er fährt mir mit den Fingern durch die Haare am Nacken und zieht mich zu sich, um mich auf den Hals zu küssen.
»Ich meine es ernst«, warne ich ihn. »Lass es.«
Er lässt mich los, und in diesem Moment erscheint der Barkeeper mit den Drinks, so dass Ethan mit Bezahlen beschäftigt ist.
»Was hast du am Samstagnachmittag vor?«, fragt er, als wäre nichts gewesen, während wir zu den anderen nach draußen gehen.
»Mittags kocht Liz ein Osteressen, sonst habe ich nichts vor«, antworte ich.
»Ich habe vormittags die Kinder, aber hast du Lust danach mit mir einen Ausflug ins Eden Valley zu machen? Ich will mir ein Bild machen, wie es nach dem Feuer dort aussieht.«
Ich zögere mit der Antwort. Ich könnte ein wenig Abstand gebrau-

chen, um einen klaren Kopf zu bekommen, doch leider stehen die Chancen darauf zu Hause genauso schlecht wie mit Ethan. »Klar«, erwidere ich deshalb.
Es ist sicher gut, ein bisschen rauszukommen, und ich bin selbst neugierig, das Gelände wiederzusehen.
»Super«, sagt er.
Kurz darauf verabschiede ich mich und gehe nach Hause.

Kapitel 31

»Was ist los?«, frage ich, als ich durch das geöffnete Fenster auf der Fahrerseite schaue. Ethan sieht ziemlich wütend aus.
»Ich könnte *kotzen.*« Das letzte Wort formt er lautlos. »Sadie hat Magen-Darm-Grippe, weshalb ich die Mädchen länger behalten muss.« Er macht mit dem Kopf eine Bewegung nach hinten zu seinen Töchtern auf dem Rücksitz. Rachel schläft tief und fest, aber Penelope starrt mich finster an.
»Das ist das blödeste Ostern der Welt«, quengelt die Kleine.
»Ich versuche, das Beste daraus zu machen, okay?«, fährt Ethan sie gereizt an, ehe er sich wieder mir zuwendet. »Ich dachte, wir könnten ein bisschen herumfahren, ehe wir sie zu Hause abliefern. Ich verstehe nicht, warum Sadie sie nicht einfach vor den Fernseher setzen kann. Sie macht immer um alles so ein Theater«, murmelt er und bedeutet mir mit einem Kopfnicken auf die Beifahrertür, dass ich einsteigen soll.
Ich bin mir sicher, dass Penelope hören kann, was er sagt, und ich fühle mich nicht ganz wohl, als ich um das Auto herum gehe und die Tür öffne. Instinktiv werfe ich noch einen Blick zurück zum Haus. Ich zucke zusammen, als ich Dad im Wohnzimmerfenster stehen sehe. Ich winke ihm zu, warte aber nicht ab, bis er zurückwinkt.
Ich glaube, er ist von Doris' Brief genauso beunruhigt wie ich.
Ich habe gestern Barry angerufen. Er klang überrascht, von mir zu hören – positiv überrascht.
»Hallo Miss Church, ich war mir nicht sicher, ob Sie sich wirklich

melden würden. Meine Mutter hat es sich in den Kopf gesetzt, Sie unbedingt sehen zu müssen. Ich hoffe, ihr Brief hat Sie nicht zu sehr in Aufregung versetzt.«

»Nein, gar nicht«, lüge ich. »Ich lebe eigentlich inzwischen in England, aber gerade bin ich in Adelaide, um meinen Vater zu besuchen.«

»Oh, welch ein Zufall!«, ruft er. »Meine Mutter hat schon eine ganze Weile vor, nach Adelaide zu fahren, um meine Schwester und ihre Familie zu besuchen. Soll ich mal schauen, ob ich für nächste Woche etwas mit ihr ausmachen kann?«

»Eigentlich geht am Freitag mein Flug zurück nach London«, erkläre ich. Ich habe das Ticket noch nicht umgebucht, aber ich glaube, ich werde noch einmal zwei Wochen länger bleiben. Ende der Woche scheint mir viel zu früh für meine Heimkehr.

»Na, dann sollte ich mich besser sputen«, sagt er heiter, ehe er mich nach meinen Kontaktdaten fragt, damit er mich zurückrufen kann. Das tut er dann auch eine Viertelstunde später. Wir verabreden uns für Dienstag, bei uns zu Hause. Je früher, desto besser, dachte ich mir, weshalb ich gar nicht erst erwähnt habe, dass ich vermutlich nächste Woche doch noch in Australien sein werde.

Ich muss all meinen Mut zusammennehmen, um ihn zu fragen, was seine Mutter mir eigentlich sagen will, doch er behauptet, es nicht zu wissen.

»Sie spricht nie darüber, was damals passiert ist«, erklärt er. »Ich hatte keine Ahnung, dass sie überhaupt noch daran denkt.«

Ich werde mich also gedulden müssen.

Ned hat mich seit letzter Woche nicht mehr angerufen, was ein wenig beunruhigend ist. Ich habe gestern versucht, ihn zu erreichen, und heute Morgen auch, aber auf seinem Handy schaltet sich sofort die Mailbox ein. Heute Morgen war es Samstagabend in England, und er hat wahrscheinlich einen gemütlichen Abend mit seiner Familie verbracht. Ich habe beschlossen, ihn später wieder anzurufen – auf der Festnetznummer seiner Eltern, wenn nötig. Ich hoffe,

ihn zu erwischen, wenn er aufwacht. Es fühlt sich nicht richtig an, dass ich ihm noch gar nichts von dem Brief erzählt habe.
»Wo fahren wir denn hin?«, nörgelt Penelope auf dem Rücksitz.
»Nur ein bisschen durch die Gegend«, antwortet Ethan durch zusammengepresste Zähne.
»Ich will aber nicht rumfahren!«, kreischt seine Tochter. »Warum konnten wir nicht bei Oma und Opa bleiben? Warum müssen wir *sie* wiedersehen?«
Ich versteife mich in meinem Sitz.
»Ihr Name ist Amber, und sie ist eine Freundin von Daddy, also sprich nicht so von ihr.«
»Mum sagt, sie steht auf dich«, petzt Penelope voller Genugtuung.
»Eure Mum hat sie auch nicht mehr alle«, zischt Ethan.
Ich werfe ihm einen geschockten Blick zu. *Mensch, mach mal halblang...*
»Ich sage ihr, dass du das gesagt hast!«, kräht Penelope.
»Warum nehmen wir sie nicht einfach mit zu dem Grundstück?«, flüstere ich Ethan zu. Mir wird die Situation immer unbehaglicher.
»Ich will sie aber nicht dabeihaben«, grummelt er.
»Ich will auch gar nicht mitkommen!«, faucht Penelope mit bebender Stimme.
Ich drehe mich nach hinten, um festzustellen, dass Rachel von dem Rabatz aufgewacht ist. Ihre Augen füllen sich mit Tränen, und ihre Unterlippe zittert bedrohlich.
»Euer Dad hat es nicht so gemeint«, versuche ich zu schlichten, während ich Ethan am liebsten getreten hätte. Rachel öffnet den Mund und heult los wie eine Sirene.
»Verdammt nochmal!«, explodiert er und fährt links ran.
»Ethan!«, rufe ich, entsetzt über seine Reaktion. Wütend schaltet er den Motor aus.
Penelope dreht richtig auf: »ICH WILL NACH HAUSE!«

Ethan reißt die Fahrertür auf, ich nehme an, um nach hinten zu gehen und seine Töchter zu trösten, doch einen Moment später sind beide noch am Schreien, während er vor dem Auto steht und den Kopf in den Händen vergräbt.
»Hey, hey«, versuche ich, die Mädchen zu beruhigen, wenn er es schon nicht tut. Ich fasse nach hinten und reibe nacheinander ihre Knie. Doch ihr Gekreische wird davon nicht leiser.
O Mann. Ist das immer so?
»Ich will zu meiner Mummy!«, krakeelt Rachel.
»Psst, ist doch okay. Lasst mich nur kurz mit eurem Daddy reden«, sage ich möglichst ruhig und steige aus dem Auto. »Ethan!«, zische ich ihm übers Autodach zu. »Kümmere dich um deine Kinder!«
Er lässt seufzend die Hände sinken und wirft mir einen resignierten Blick zu, ehe er zur hinteren Tür geht und sie öffnet.
»Hey«, sagt er. »Hey, Mädchen, es tut mir leid.«
Er muss die Stimme heben, um gegen den Lärmpegel anzukommen, doch irgendwann schafft er es, zu den beiden durchzudringen und sie zu beruhigen. Ich höre trotzdem noch, wie sie nach ihrer Mummy fragen.
»Ich bringe euch zu ihr zurück«, verspricht er. »Dann könnt ihr Mummy die vielen Ostereier zeigen, die euch der Osterhase gebracht hat!«, sagt er in möglichst fröhlichem Tonfall. Das scheint endlich zu helfen.
Nach ein paar letzten Schluchzern können wir weiterfahren.
Sadie sieht alles andere als glücklich aus, als sie den dreien die Tür öffnet. Bei ihrem Anblick fangen die Mädchen sofort wieder an zu heulen. Mit der schniefenden Rachel auf dem Arm und Penelope an ihrem Bein festgeklammert, lässt Sadie eine lautlose Schimpftirade auf Ethan los. Ich kann sein Gesicht nicht sehen, aber seiner Körpersprache nach zu urteilen, teilt er genauso aus, wie er einsteckt. Schließlich marschiert er zum Auto zurück.
»Bis Mittwoch, Mädels!«, ruft er ihnen mit gespielter Heiterkeit zu.

Sie antworten nicht, sondern halten die Köpfe an ihre Mutter geschmiegt.
Sadie geht mit ihnen ins Haus und wirft die Tür hinter sich ins Schloss.
Eine Viertelstunde später hat Ethan immer noch miese Laune. Ich habe mich gar nicht getraut, ihn anzusprechen. Er hat die Musik laut aufgedreht, und im Moment rocken die Arctic Monkeys das Auto. Ich schaue schon die ganze Zeit aus dem Fenster und versuche, meine Gedanken zu sortieren. Geht er immer so mit seinen Töchtern um? Oder war das ein einmaliger Ausrutscher?
Er streckt die Hand aus und dreht die Anlage leiser.
»Tut mir leid«, murmelt er.
»Mach dir keine Sorgen«, erwidere ich.
»Mann«, seufzt er. »Sie wissen aber auch echt, wie sie mich auf die Palme bringen können.«
Was soll ich denn darauf erwidern?
»Warum konnte ich nicht zwei Jungs haben?«, fährt er fort. »Ich bin mir sicher, das wäre einfacher gewesen.«
»Ethan!« Ich sehe ihn vorwurfsvoll an. »Das kannst du doch nicht sagen!«
Er sieht zumindest ein bisschen zerknirscht aus. »Es stimmt aber. Diese drei verbünden sich gegen mich.«
Ich rutsche unbehaglich auf meinem Sitz herum.
»Was geht dir durch den Kopf?«, fragt er, als ich schweige, auch wenn es ein bisschen so klingt, als wollte er es gar nicht wissen.
»Dass das wirklich anstrengend war, und dass du mit deinen Töchtern nicht so sprechen solltest«, sage ich ehrlich.
Er seufzt wieder. »Ich weiß, dass ich das nicht sollte, aber zeig mir mal die Eltern, die nicht ab und zu ausrasten.«
»*Ungezogenes Mädchen!*«, schallt es durch meinen Kopf
»Genau«, sagt er leise, weil ihm offenbar aufgefallen ist, wie ich zusammengezuckt bin. Er kennt mich einfach zu gut.
Ungebetene Gedanken jagen mir durch den Kopf. Ich frage mich,

wie Ned wohl als Vater wäre. Als ich daran denke, wie er mich letztes Jahr zu meinem Geburtstag mit Küssen auf den Bauch geweckt hat, in dem unser winziges Baby schlummerte ... In ein paar Stunden wird er von den aufgeregten Schreien seiner Nichten und Neffen geweckt werden. Und trotz der Tatsache, dass er zweifellos einen dicken Kopf haben wird von den Drinks, die er bestimmt mit seiner Familie gestern Abend zu sich genommen hat, wird er aufstehen und gutgelaunt der Ostereiersuche beiwohnen. Ich weiß es, weil ich selbst schon etliche Male dabei gewesen bin.
Ned und ich haben zwar nicht unser erstes Weihnachten mit dem riesigen Matthews-Clan verbracht, aber ich hatte danach noch zahllose Male die Gelegenheit, mit ihnen Feiertage und Geburtstage zu verbringen. Sie sind warmherzig und einnehmend. Anfangs kann die schiere Größe der Familie einschüchternd wirken, und Neds Mum ist ein erschreckend effizientes Energiebündel, aber andererseits muss sie das als Mutter von fünf Jungs wohl auch sein.
Ich schließe ihren Ehemann mit ein – sie bedient ihn von vorne bis hinten.
Ich mag sie alle sehr.
Neds ältester Bruder Christopher ist Ende dreißig und mit Simone verheiratet, die einen verrückten Sinn für Humor besitzt. Sie haben drei Kinder: zwei Jungs und ein Mädchen zwischen sieben und zwölf Jahren.
Dann ist da noch Michael, der ein paar Jahre älter ist als Ned, und er hat mit seiner süßen Frau Marian zwei Mädchen unter zehn.
Ned ist mit seinen einunddreißig Jahren altersmäßig der nächste in der Reihe der Brüder, doch selbst sein jüngerer Bruder Benjamin hat ein zweijähriges Kleinkind, und seine Frau Susie ist mit dem zweiten im vierten Monat schwanger.
Von den drei Ehefrauen mag ich Susie am liebsten, und sie ist mir auch am nächsten was unser Alter, aber auch unsere Persönlichkeit angeht. Wir lachen immer viel miteinander.

Es ist kein Wunder, dass Ned auch Kinder will. Er will Mitglied im Club sein. Und er wäre ein wundervoller Dad. Ich habe das Gefühl, ihn im Stich gelassen zu haben.
Unwillkürlich überkommen mich Emotionen, mit denen ich nicht gerechnet habe.
Es wäre furchtbar für Ned, seiner Familie sagen zu müssen, dass wir uns getrennt haben. Ich kann mir ihre geschockten Reaktionen nur zu gut vorstellen, und mir läuft es heiß und kalt über den Rücken. Galle steigt in meiner Kehle auf, und ich schlucke schnell, doch mein Magen ist in Aufruhr.
Oje, ich glaube, mir wird wirklich schlecht.
»Schnell, fahr links ran!«, bringe ich panisch hervor.
Ethan biegt das zweite Mal innerhalb einer Stunde von der Straße ab, und ich löse hastig den Gurt, ehe ich praktisch aus der Tür falle und mich heftig in die Büsche erbreche.
»Alles okay?«, ruft mir Ethan aus der Sicherheit des Autos zu.
Ich nicke gequält.
»Hoffentlich hast du dir nicht Sadies Magen-Darm-Virus eingefangen«, meint er und greift ins Handschuhfach, wo er eine Tüte Feuchttücher deponiert hat. »Hier.« Er reicht sie mir durch die geöffnete Tür.
Ich nehme sie ihm mit zitternden Fingern ab und setze mich auf den Sitz, die Füße noch vor der Tür, mit dem Gesicht zu dem Feld, an dessen Rand wir geparkt haben.
»Ich weiß nicht, was mit mir los ist«, sage ich, während ich mir das Gesicht abwischte. »Mir ist schon seit einer Weile immer mal wieder so – «
Ich breche plötzlich ab, und absolute Dunkelheit senkt sich über mein Gemüt.
Heilige Scheiße!
Bitte sag mir, dass ich nicht schwanger bin.

Kapitel 32

Ich spüre regelrecht, wie mir das Blut aus dem Gesicht weicht, als ich mich zu Ethan umdrehe.
Er starrt mich verwirrt an, doch einen Moment später fällt auch bei ihm der Groschen.
»Nein«, sagt er. »Nein, das kann nicht sein.«
»Wir haben nicht verhütet.«
»Aber es war nur dieses eine Mal! Ist das dein Ernst?«
»Einmal reicht aus.« Ich habe das Gefühl, als würde ich neben mir stehen und die Szene von außen betrachten. »Ich wollte eigentlich noch die Pille danach nehmen ...«
»Fuck!«, bricht es aus ihm heraus. Er reißt entsetzt die Augen auf. »Und warum hast du es nicht getan?«
»Ich weiß auch nicht!« Panik macht sich in mir breit. »Ich wollte zum Arzt gehen – ich habe darüber nachgedacht. Ich habe es dann nur nicht mehr geschafft, und wie du auch schon festgestellt hast, es war nur ein einziges Mal.«
Ethan schlägt sich die Hände vors Gesicht, und keiner von uns sagt ein Wort, während uns die Unfassbarkeit unserer Situation bewusst wird.
»Wann ist – oder war – deine Periode fällig?«, fragt er irgendwann und schielt zu mir rüber.
Ich schüttele den Kopf. »Ich versuche gerade selbst, es herauszufinden. Ich glaube, ich hätte sie dieses Wochenende bekommen sollen – vielleicht vor ein paar Tagen. O Gott!« Ich fühle mich zum Heulen.

»Wir sollten dir einen Schwangerschaftstest besorgen«, sagt er bestimmt und lässt den Motor an.

»Ja.« Ich nicke. »Ja, lass uns eine Apotheke suchen.« Ich ziehe die Tür zu und schnalle mich an.

Zu wissen, dass wir einen Plan haben, beruhigt mich schon ein wenig – wenn auch nur ein wenig. Vielleicht ist es doch nur ein Magen-Darm-Virus … Oder Liz hat den Truthahn nicht richtig durchgebraten …

Natürlich ist es Ostersonntag, und keine der Apotheken in den winzigen Käffern, durch die wir fahren, hat geöffnet.

Ich schnappe mir Ethans Telefon, doch die einzige Apotheke, die geöffnet hat, liegt in der Innenstadt von Adelaide. Wir sind schon kurz davor, umzudrehen, als die Frau von der Hotline des Notdienstes mich fragt, was wir eigentlich brauchen.

Widerwillig erzähle ich es ihr, woraufhin sie vorschlägt, es an einer Tankstelle zu versuchen. Ich bedanke mich und beginne eine neue Suche. Wie durch ein Wunder finde ich eine Tankstelle in der Nähe, und der Mann, den ich am Telefon habe, bestätigt mir tatsächlich, dass er noch zwei Schwangerschaftstests vorrätig hat.

Wir fahren direkt dorthin, ohne ein Wort miteinander zu wechseln. Mir schlägt das Herz bis zum Hals.

Ich habe das Gefühl, mich wieder übergeben zu müssen, als ich die schmuddelige Tankstelle betrete. Ethan wartet im Auto.

»Ist wohl ein Notfall, was?«, fragt der Mann mittleren Alters, der hinter der Theke steht, mit schmierigem Grinsen, als ich ihm sage, dass ich diejenige bin, die angerufen hat.

»Ja«, erwidere ich zaghaft.

Er wirkt amüsiert, als er mich zu dem Regal mit den Schwangerschaftstests führt. Er hat wirklich nur noch zwei und sie sind von derselben Marke. Ich nehme einen und gehe damit zur Kasse.

»Ich nehme an, das kommt eher überraschend?«, fragt er, offensichtlich gelangweilt und auf ein Gespräch aus.

»Wie viel kostet der Test?«, frage ich, ohne auf seine Frage einzugehen.
Er wirkt beleidigt, als er mir den Preis nennt. Ich lege einen Geldschein auf die Theke und sage ihm, dass er das Wechselgeld behalten kann.
»Willst du nicht gleich die Toilette benutzen?«, fragt Ethan, als ich die Beifahrertür öffne und einsteige.
»Nein, fahr einfach, bitte.«
So wie die Tankstelle aussieht, wird die Toilette schmutzig sein, und außerdem hätte ich Publikum, das draußen auf das Ergebnis wartet. Das würde ich nicht ertragen.
»Wo soll ich denn hinfahren?«, fragt er. »Zu einem Pub?«
»Sind wir weit weg von Eden Valley?«
»Zehn Minuten«, antwortet er.
»Können wir dorthin fahren? Da sind wir wenigstens unter uns. Ich gehe einfach hinter einen Baum.«
»Es ist ja nicht so, als hätte ich das nicht schon alles gesehen«, wendet er ein.
»Halt die Klappe.«
Das tut er dann auch sofort.
Die unbefestigte Straße, die zu dem Grundstück führt, ist gesäumt von verbrannten Eukalyptusbäumen, und Brandspuren des Feuers bedecken den Boden. Das Tor im Zaun steht noch, aber die Hütte links davon ist niedergebrannt – hier liegt nur noch ein Haufen verzogenes, verdrehtes Metall. Vor uns entdecke ich etwas, das vermutlich die Überreste von Ethans Jaguar sind.
Die trockenen Grashügel sind schwarz und verbrannt, doch nach dem kürzlich gefallenen Regen zeigen sich tatsächlich schon wieder vereinzelte grüne Büschel, die sich durch den Boden schieben. Ich schaue zu den Felsen hoch und stelle erfreut fest, dass die Kängurus wieder da sind und träge davonhüpfen, als sie uns erblicken.
Ethan seufzt tief, und für einen kurzen Moment habe ich Mitleid

mit ihm, ehe mir wieder einfällt, was ich gleich vorhabe, und dann verdrängt meine Panik wieder jedes andere Gefühl.
Er parkt, und ich steige aus und sehe mich nach einem Baum um. Der Nächste ist ein riesiger, geschwärzter Gummibaum mit braunen, toten Blättern. Daneben entdecke ich einen Haufen Schutt. Das geht auch.
Ich stapfe los über den verkohlten Boden, den Schwangerschaftstest fest in der Hand.
Sobald ich außer Sichtweite bin, schaue ich zunächst nach, ob auch nirgends unwillkommener reptilischer Besuch lauert. Beim Gedanken an die schwarze Schlange, die auf ihrer Flucht vor dem Feuer so dicht an uns vorbeigehuscht war, schaudert es mich. Wahrscheinlich wäre das Letzte gewesen, was ihr in diesem Moment eingefallen wäre, ihre Fänge in menschliches Fleisch zu schlagen, aber jetzt sähe das vielleicht anders aus.
Ich kann mich kaum auf die Anleitung für den Test konzentrieren – es ist ein altmodischer, kein digitaler, also muss ich auf den Streifen pinkeln und warten, bis die Linien erscheinen. Eine Linie ist gut, zwei Linien sind schlecht.
Eine Welle Schuldbewusstsein überkommt mich. Seit wann ist Schwangerschaft etwas Schlechtes?
Seit ich mit einem Mann gevögelt habe, der nicht mein Ehemann ist!
Mir wird wieder schlecht. Wie habe ich mich nur selbst in eine solche Lage bringen können?
Ich atme ein paarmal tief durch, um meine Übelkeit zu unterdrücken, ehe ich den Test mache.
Mir schwindelt ein wenig, als ich mich wieder aufrichte und hinter dem Schutthaufen hervortrete. Ethan fährt herum und sieht mich mit panischem Gesichtsausdruck an. Er lehnt am Kotflügel des Autos, sieht dabei jedoch alles andere als locker aus.
Ich schüttele den Kopf, und er lässt erleichtert die Schultern sinken. O nein, jetzt denkt er, ich meine …

»Nein!«, rufe ich ihm zu. »Ich weiß es noch nicht! Man muss erst zwei Minuten warten.«
Ich strecke zwei Finger in die Luft, und er versteift sich sofort wieder, während ich auf ihn zugehe. Als ich nur noch ein paar Meter von ihm entfernt bin, schaue ich ihn an. Seine grünen Augen betrachten mich voller Beklommenheit.
»Kannst du schon etwas sehen?«, fragt er.
»Es sind noch keine zwei Minuten um«, erwidere ich.
»Schau doch einfach nach«, zischt er und greift nach dem Streifen.
Ich gebe ihn ihm und kneife dann die Augen zusammen. Doch ich höre, wie er nach Luft schnappt, woraufhin ich sie widerwillig einen Spalt öffne.
»Du bist schwanger«, flüstert er.
»Nein!«, rufe ich und schlage mir geschockt die Hand vor den Mund. Er ist leichenblass. »Nein!«, wiederhole ich. »O nein. Nein, das kann nicht sein!«
Ich reiße ihm den Test aus der Hand und starre auf die beiden blauen Linien. Er vergräbt das Gesicht in den Händen.
»Nein, nein, nein, nein, nein«, stammele ich vor mich hin. »Vielleicht ist der Test kaputt. Vielleicht ist er zu alt. Hat das Ding nicht ein Mindesthaltbarkeitsdatum? O Gott! Ethan, was soll ich denn nur tun?«
»Fuck!«, ruft er plötzlich und stapft davon. Ein paar Meter weiter bleibt er stehen und starrt auf die Hügel. »Fuck«, murmelt er wieder. Als er über seine Schulter zu mir zurückschaut, erkenne ich Reue in seinem Blick. »Amber, ich will nicht noch ein Baby.«
»Du Arschloch!«, schreie ich ihn an. »Sprich nicht mit mir darüber, ob du ein weiteres Baby haben willst oder nicht! Hier geht es nicht um dich! Ich bin verheiratet! Ned ... O Ned ...«
Ich breche in Tränen aus.
Das wird ihn umbringen.
Das Baby, das er sich immer gewünscht hat, ist von einem anderen Mann. Wie soll ich ihm das jemals beibringen?

»Tut mir leid«, sagt Ethan kleinlaut und legt den Arm um meine Schulter. Ich drehe mich von ihm weg und weine hemmungslos. »Es tut mir leid.« Er zieht mich wieder an sich und gibt mir einen Kuss auf die Stirn. Mit der anderen Hand streichelt er mir über die Haare.
»Ich kann es nicht glauben!«, schluchze ich. »Gott, ich bin so *böse*. Ich weiß, ich sollte bestraft werden für das, was ich getan habe. Aber doch nicht mit einem Baby ... Das hat er nicht verdient ... O *Ned*!« Ich heule Rotz und Wasser, während Ethan mich im Arm hält. Was soll ich bloß tun?
Ich könnte es abtreiben lassen ...
Ich höre abrupt auf zu weinen.
»Was ist?«, fragt Ethan verwirrt, während ich ins Leere starre, geschockt von meinen eigenen Gedanken.
Ich schüttele den Kopf. »Ich weiß es nicht. Ich weiß nicht, was ich tun soll.«
»Denkst du etwa an –«
»Keine Ahnung«, unterbreche ich ihn schnell. »Ich muss darüber nachdenken.«
»Habe ich denn auch etwas dazu zu sagen?«, fragt er mürrisch.
In diesem Moment hasse ich ihn. »Nein, hast du nicht«, erwidere ich kalt. »Du hast mir bereits mitgeteilt, was du möchtest. Du willst, dass ich es umbringe.«
Er versteift sich, als ich so direkt bin.
»Ich hatte schon einmal eine Fehlgeburt«, erkläre ich emotionslos und schüttele seinen Arm ab. »Wenn du Glück hast, habe ich vielleicht noch eine.«
Er wendet den Blick ab.
»Ich will nach Hause«, sage ich unglücklich. Und für einen kurzen Moment ist zu Hause auf dem Sofa in Neds Arm, und nicht hier in Adelaide im Süden Australiens.
Aber es ist zu spät für Sentimentalitäten. Viel zu spät.

Kapitel 33

»Hast du geweint?«, fragt Liz verwundert.
Ich habe die letzten zwanzig Minuten im Auto damit verbracht, mich zusammenzureißen, um wieder normal auszusehen. Offenbar ist es mir nicht gelungen.
»Wo ist Dad?«, weiche ich der Frage aus.
»Er ist gerade ins Bett gegangen«, erwidert sie, immer noch verwirrt. »Was ist denn los, um Himmels willen? Ich dachte, du weinst nicht?«
»Ich weiß nicht, wie du darauf kommst«, fahre ich sie an. »Nur, weil ich nicht vor dir weine, heißt das nicht, dass ich gar nicht weine.«
Das bringt sie zum Schweigen.
»Ich gehe auch ins Bett«, sage ich und will mich an ihr vorbeischieben.
»Ehe du gehst«, sagt sie schnell. »Ich fürchte, ich habe schlechte Nachrichten.«
Sie nickt in Richtung des Wohnzimmers, wohin ich ihr mit wachsender Sorge folge. Sie schließt die Tür hinter uns, damit wir Dad nicht wecken.
»Barry Wayburn hat angerufen«, erklärt sie. »Doris ist gestürzt. Sie wird nicht in der Lage sein, sich am Dienstag mit dir zu treffen.«
Ich verziehe das Gesicht. Ich ertrage heute keine weiteren Rückschläge mehr.
»Ach, herrje«, sagt Liz, und einen seltenen Moment lang klingt sie geradezu mitfühlend.

Ich lasse mich aufs Sofa fallen und schaue sie unglücklich an, während mir Tränen über die aufgedunsenen Wangen laufen.
Sie nimmt neben mir Platz. »Ich glaube nicht, dass es etwas Ernstes ist, falls das deine Sorge ist.«
Mir rutscht das Herz in die Hose. An die Möglichkeit, dass Doris sterben könnte, ehe sie mir die letzten Worte meiner Mutter ausrichten kann, habe ich gar nicht gedacht. Aber sie ist vierundneunzig! Der Gedanke ist nicht weit hergeholt.
»Ich muss sie dringend sehen«, sage ich. »Was, wenn ihr etwas zustößt, ehe sie mir Mums Nachricht ausgerichtet hat?«
»Barry hat gesagt, der Arzt denkt, sie könnte bis zum Ende der Woche fit genug sein, um zu reisen. Das wäre also gar nicht so viel später. Du hast doch sowieso darüber nachgedacht, deinen Flug noch einmal zu verschieben, oder?«
Ich nicke. Diese Aussicht ist jetzt sogar noch verlockender, wo ich weiß, was in meinem Bauch heranwächst. In diesem Zustand kann ich auf keinen Fall zu meinem Mann zurückkehren, der zweifellos bald schon nicht mehr mein Mann sein wird. Die Vorstellung ist unerträglich.
Ich brauche mehr Zeit zum Nachdenken.
»Na dann«, sagt Liz, als ob damit alles klar wäre.
Aber ich will nicht noch eine Woche warten müssen, bis ich die letzten Worte meiner Mutter erfahre. Ich will sie jetzt wissen. Die Enttäuschung ist überwältigend. Ich hole Luft, wobei mein Atem zittert, und wische mir die Tränen weg, die unaufhörlich fließen.
»Warum bist du so traurig?«, fragt Liz, deren stahlblaue Augen mich ungewohnt sanft ansehen. »Machst du dir Sorgen darum, was sie dir zu sagen hat?«
Ich nicke. Es ist vielleicht nicht der wahre Grund für meinen Gefühlsausbruch, aber wenigstens ist dieses Thema ungefährlich.
»Ich bin mir sicher, dass es nicht so dramatisch ist, wie du es dir jetzt vielleicht ausmalst«, meint Liz. »Katy war nicht der Typ dazu, etwas Dummes zu tun.«

Ich stutze. »Woher weißt du das?«
Sie zuckt mit den Achseln. »Ich kannte sie.«
»Was? Du kanntest meine Mutter?« Ich starre sie entgeistert an. Ich dachte, sie würde nur mutmaßen. »Woher?«
»Wir sind zusammen in die Grundschule gegangen«, antwortet sie. »Kleinstadt eben«, meint sie leichthin. »Da kennt jeder jeden.«
Ich bin fassungslos. Wie kommt es, dass ich das nicht wusste? »Kanntest du Dad früher auch?«
»Nein, nein, nicht bis deine Mutter … du weißt schon …«
»Wie war sie so?« Ich hätte nie gedacht, dass ich Liz diese Frage einmal stellen würde. Gerade Liz!
»Sie war ziemlich still«, erwidert sie. »Wir haben sie immer Mäuschen genannt.«
Ich runzle die Stirn.
»Das war nicht sehr nett von uns«, gibt sie schon fast kleinlaut zu. »Aber sie war so schüchtern. Sie hätte nicht einmal eine Gans verjagen können. Ich glaube wirklich nicht, dass sie irgendetwas Dummes hinter Lens Rücken gemacht hätte, falls es das ist, worüber du dir Sorgen machst.«
»Der Gedanke ist mir schon gekommen«, murmele ich, immer noch verblüfft von ihrer Offenbarung. »Warum hast du mir nie erzählt, dass du sie kanntest?«
»Du hast mich nie gefragt«, entgegnet Liz. »Und wir hatten unsere Probleme miteinander, nicht wahr? Ich dachte nicht, dass du es gut finden würdest, wenn ich dir erzähle, dass deine Mutter und ich nicht die besten Freundinnen waren.« Sie schaut mich an. »Tut mir leid«, sagt sie dann leise, und ich meine, einen Anflug von Scham in ihrer Stimme zu hören.
Vielleicht liegt es an dem Tag, den ich hatte, doch ihre Worte treffen einen besonders wunden Punkt. »Also, hast du meine Mum in der Schule gemobbt und dann mir das Leben schwergemacht?«
»Amber!« Liz sieht mich entsetzt an.

Ich sehe rot. »Warst du schon immer so eine gemeine Ziege?« Ich springe auf und starre sie wutentbrannt an, doch eine Bewegung im Flur bremst die Hasstirade gerade noch aus, die mir auf der Zunge liegt. Als ich mich umdrehe, sehe ich Dad im Bademantel, der sich mühsam auf seinen Gehstock stützt.
»Was ist hier los?«, will er wissen.
»Sie hat mir gerade erzählt, dass sie Mum in der Schule gemobbt hat!« Mir ist ein bisschen schwindelig, als ich die Stimme hebe.
»So ein Quatsch«, meint Liz, während sie sich von der Couch hochrappelt.
Ich ignoriere sie. »Und dann hat sie *mich* gemobbt!«
»Ich hätte dich nicht mobben können, selbst wenn ich es gewollt hätte!« Liz hat nun auch die Stimme erhoben. »Du bist überhaupt nicht wie deine Mutter. Du kommst nach ihm.« Sie deutet auf Dad, der trotz seiner gebückten Haltung tatsächlich immer noch respekteinflößend aussieht. »Und ich habe Katy *nicht* gemobbt«, fährt Liz aufgebracht fort. »Sie war einfach sehr still, das ist alles. Nur weil wir keine Freundinnen waren, heißt das nicht, dass ich sie schlecht behandelt habe.«
»Lügnerin!«, schreie ich, inzwischen völlig außer Kontrolle.
»Amber!«, poltert Dad.
»Warum siehst du nicht, dass sie lügt?« Ich schüttele den Kopf, und meine Augen füllen sich erneut mit Tränen.
»Du teilst genauso gut aus, wie du einsteckst«, wendet Liz ein und lässt sich wieder aufs Sofa fallen. Sie seufzt schwer. »Ich dachte, du und ich hätten das hinter uns gelassen. Ich dachte, wir würden jetzt miteinander auskommen.«
»Nicht, wenn du mir sagst, dass du meine Mutter gemobbt hast.«
»Das habe ich nie gesagt!«, ruft sie genervt. »Len, sag es ihr! Glaubst du, ich habe Katy gemobbt?«
»Nein.« Er humpelt ins Zimmer. »Amber«, sagt er mit fester Stimme, trotz seines Nuschelns. »Wo kommt das her?«
Ich muss mich zwingen, geduldig mit ihm zu sein und ihn nicht

zu unterbrechen, wenn er so lange braucht, um seine Sätze zu beenden. Heute Abend fällt es mir besonders schwer.
»Ich bin traurig wegen Doris«, antworte ich schniefend.
»Sie ist schon weinend zurückgekommen«, stellt Liz fest.
»Warum das denn?«, fragt Dad verwirrt. »Ist es wegen Ethan? Was hat er getan?«
»Nein, Dad, lass es sein!«, rufe ich alarmiert. »Es hat nichts mit Ethan zu tun!«
»Ich habe dir doch gesagt, du sollst vorsichtig sein«, sagt er.
»Wieso denn vorsichtig? O Mann, Dad, ich bin doch kein kleines Mädchen mehr! Ich bin eine erwachsene Frau! Du musst mich vor nichts warnen, wenn ich mit meinen Freunden ausgehe.«
»Ich denke doch«, entgegnet er. Das Sprechen fällt ihm sichtlich schwer.
»Dann liegst du falsch.«
»Bist du sicher?«
Ich seufze. »Dad, du bist müde. Komm, es ist zu spät für so was. Ich bin auch total fertig. Wir reden morgen früh weiter, okay?«
»Ich glaube, das ist eine gute Idee«, stimmt Liz zu und steht wieder auf. »Tut mir leid, Amber. Ich wollte nicht, dass du dich aufregst. Ich habe Katy wirklich nicht gemobbt«, versichert sie mir wieder.
Ich nicke. »Tut mir auch leid.« Ich weiß, dass ich ihr umsonst die Hölle heißgemacht habe. Es ist nicht ihre Schuld, dass ich mich in diese missliche Lage gebracht habe.
»Entschuldigung angenommen«, erwidert Liz lächelnd. »Los, Len, wir gehen ins Bett.«

Kapitel 34

In dieser Nacht finde ich vor lauter Panik kaum Schlaf. Morgens wache ich auf und drücke Lambert tröstend an die Brust.
Ich schlafe immer noch mit ihm. Wäre ich bloß dabei geblieben, *nur* mit ihm zu schlafen.
Ich kann nicht aufhören, mir vorzustellen, wie Ned reagieren würde, falls ich ihm sagte, dass ich mit Ethans Baby schwanger bin.
Nicht falls ... Wenn.
Ich stolpere aus dem Bett, laufe zum Bad und übergebe mich in die Toilette.
Wie konnte ich nur so dumm sein, die Anzeichen der Morgenübelkeit nicht zu erkennen? Es ist ja nicht so, als hätte ich sie noch nie erlebt.
Ich fühle mich total gerädert, als ich wieder ins Bett krieche und Lambert in den Arm nehme. Ich starre ihm in die schwarzen Knopfaugen.
Was soll ich nur tun?
Eine Erinnerung flackert in meinem Kopf auf, doch ehe ich mich darauf konzentrieren kann, klopft es leise an meiner Zimmertür.
»Herein«, rufe ich und setze mich auf. Dad kommt herein. »Pass auf, es ist ziemlich unordentlich«, warne ich ihn. Er kommt sonst nie hier herein, weshalb es der einzige Ort ist, an dem ich im Chaos versinken kann. »Warte, lass mich nur kurz –«
»Bleib im Bett«, befiehlt er und benutzt seinen Gehstock, um Hindernisse, wie meine schmutzige Wäsche, die auf dem Boden

verteilt liegt, aus dem Weg zu räumen. Meine Fotoalben stapeln sich auf dem Boden. Ich habe sie mir mitten in der Nacht noch angeschaut, als ich nicht schlafen konnte.

Dad setzt sich ans Fußende meines Bettes und atmet hörbar aus.

»Wie geht es dir?«, fragt er.

»Tut mir leid wegen gestern Abend«, erwidere ich schnell. »Ich hatte unrecht.«

Er schüttelt den Kopf, sein Gesicht wirkt angespannt. »Ich mache mir Sorgen um dich.«

»Mir geht's wieder besser, versprochen.«

Die Wahrheit wird früh genug ans Licht kommen, doch ich werde versuchen, sie so lang wie möglich zu verbergen – Feigling, der ich bin.

»Hast du deinen Flug umgebucht?«, fragt er.

»Noch nicht, aber ich habe es vor.«

»Tue es nicht«, sagt er zu meiner Überraschung. »Lass uns Doris in Clare besuchen.«

Ich will gerade den Kopf schütteln, halte dann jedoch inne. »Ja!« Ich nicke, während sich ein Lächeln auf meinem Gesicht ausbreitet. »Ja, das ist eine tolle Idee!«, sage ich begeistert.

»Dann kannst du zu Ned nach Hause fliegen.«

Ich mache ein langes Gesicht. »Ich will noch nicht nach Hause gehen.«

»Warum denn nicht?«

Ich brauche Zeit. Ich kann meinen Mann jetzt nicht sehen. Ich weiß nicht, was ich wegen des Babys machen soll, das in mir heranwächst ...

»Ich bin noch nicht bereit«, antworte ich.

»Es liegt aber nicht an mir, oder?«, fragt er mit hochgezogenen Augenbrauen. »Mir geht es nämlich gut.«

Ich nicke. »Ich weiß.«

Ich hätte sagen können, dass es an ihm liegt – dass ich noch für ihn da sein will –, aber ich bringe es nicht übers Herz, ihn in dieser

Sache anzulügen. »Ich brauche noch etwas Zeit, Dad«, sage ich widerwillig.
Er mustert mich mit besorgter Miene. »Du und Ned ... Habt ihr Probleme?«
Ich zögere, nicke dann aber. »Schon seit einer Weile.«
»Warum hast du mir nichts davon erzählt?«
Ich sehe ihm an, dass ich seine Gefühle verletzt habe. »Komm schon, Dad«, sage ich versöhnlich. »Du hattest in letzter Zeit wirklich andere Sorgen. Ich wollte dich nicht zusätzlich belasten.«
Dann stellt er die Frage, die ich wirklich nicht beantworten will. »Liegt es an Ethan?«
Ich wende hastig den Blick ab, weil ich ihm nicht in die Augen sehen kann.
»Du liebst ihn immer noch«, stellt Dad fest.
Ich bin völlig baff. »Du wusstest es?«
»Immer«, antwortet er.
Ich ziehe scharf die Luft ein. »Ich bin echt verwirrt«, gebe ich mit bebender Stimme zu. »Aber ich will nicht darüber reden. Tut mir leid«, flüstere ich.
»Er ist nicht gut genug für dich.« Seine braunen Augen sind voller Mitgefühl, als er seine starke, linke Hand ausstreckt, um meine zu drücken.
Nein, kein Mann ist je gut genug für Daddys kleines Mädchen, denke ich. Sein Blick fällt auf Lambert, und er nimmt ihn in die Hand.
»Daran erinnere ich mich«, sagt er stirnrunzelnd, und ich bin dankbar für die Ablenkung. »Den hat dir Katy geschenkt.«
»Wirklich?« Mum hat mir Lambert geschenkt? »Wann?«
»Kurz bevor sie gestorben ist«, murmelt er. »Du hattest ihn mit dir im Auto, als – «
»Als wir den Unfall hatten?« Dieses Mal kann ich nicht warten, sondern muss den Satz für ihn beenden.
»Ja«, bestätigt er.

Plötzlich habe ich ein Bild von mir im Krankenhaus vor Augen, wie ich auf Dad warte, dass er mich abholt. Als er dieses unmenschliche Geräusch der Trauer von sich gegeben hat, hatte ich Lambert bei mir. Ich habe ihn fest an die Brust gedrückt. Ja, ich erinnere mich daran.
»Was kannst du mir sonst noch über den Unfall erzählen?«, bettele ich. »Wie ist es dazu gekommen?«
Er zuckt zusammen. Die Erinnerung ist immer noch schmerzhaft, und ich bekomme sofort ein schlechtes Gewissen. »Sie ist ins Licht gefahren«, sagt er.
»Ins Licht?« Ich habe keine Ahnung, was er meint. Bestimmt meint er es nicht im religiösen Sinn – ich weiß, er geht in die Kirche, aber das passt trotzdem nicht zu ihm.
»Ja. Sehr helles Sonnenlicht. Sie hat eine Kurve übersehen und ist in einen Baum gefahren. War ein Unfall.«
Ich umfasse Lambert fester.
»Es war Glück, dass du nicht auch gestorben bist«, fügt er mühsam hinzu.
Wir verfallen beide in Schweigen. Er spricht als Nächster wieder.
»Du musst nach Hause zu Ned. Sprich mit ihm.«
»Ich brauche noch ein bisschen Abstand«, erwidere ich kopfschüttelnd.
»Aber nicht mehr so lange«, warnt er und tätschelt mir die Hand.
Er wirkt, als wollte er noch etwas sagen, wüsste aber nicht, wie. Als er den Blick abwendet, dränge ich ihn nicht. Er ist müde. Das sind wir beide.
Als er weg ist, lasse ich mich wieder in mein Kissen sinken. Ich habe keine Eile, aufzustehen und den Tag zu beginnen.
Ich starre wieder Lambert an.
Welche anderen Geheimnisse verstecken sich noch hinter deinen schwarzen Glasaugen? Hast du Doris gesehen? Hast du gehört, was Mum gesagt hat?
Ich zermartere mir das Gehirn und versuche, mir die Frau vor-

zustellen, die als Erste am Unfallort war. Kann ich vielleicht doch noch eine Erinnerung ausgraben, die mir bisher entfallen war?
Ich stelle mir das Innere des Autos vor. Wie klein war ich wohl noch? Ich versuche, mir das helle Sonnenlicht vorzustellen, den großen Baum, der vor uns auftaucht. Kann ich das Metall bersten hören, das Glas zersplittern? Kann ich meine Mutter auf dem Fahrersitz sehen? Ich weiß noch, wie sie mich ein ungezogenes Mädchen nennt, aber sonst nichts. Ich sehe keine fremde Dame, die mich vom Sitz abschnallt und mich aus dem Auto trägt. Sie muss Lambert auch mitgenommen haben. Hatte ich ihn noch im Arm? Hatte Mum da schon ihren letzten Atemzug getan? Habe *ich* ihre letzten Worte gehört? Warum kann ich mich an nichts erinnern?
Manche Erinnerungen sind zu tief vergraben. Vielleicht kommen sie wieder an die Oberfläche, wenn ich Doris sehe. Ich hoffe nur, dass sie nicht zu schwer zu ertragen sein werden.
Ich will unbedingt herausfinden, was sie mir zu sagen hat. Ich hoffe, es ist für sie in Ordnung, dass wir sie besuchen, anstatt umgekehrt. Mit plötzlicher Entschlossenheit stehe ich auf und rufe Barry an, um ihm den Vorschlag zu unterbreiten.
Er ist begeistert von meinem Plan, also beschließen wir, bei unserem morgigen Termin am Dienstag zu bleiben. Ich bin aufgeregt, als ich den Hörer auflege. Dann kehren meine Gedanken zu Ned zurück.
Bei all dem Drama gestern habe ich ganz vergessen, ihn anzurufen, um ihm frohe Ostern zu wünschen. Und er hat mich auch nicht angerufen.
Als wir das letzte Mal telefoniert haben, habe ich ihm gesagt, dass ich mehr Zeit brauche, um nachzudenken. Vielleicht gibt er mir einfach Raum, aber er hat auch angedroht, sich in den nächsten Flieger zu setzen und nach Australien zu kommen. Was, wenn er genau das getan hat? Was, wenn er gerade auf dem Weg hierher ist?

Ein kalter Schauer läuft mir über den Rücken. Das wäre gar nicht gut. Was, wenn er sehen würde, dass mir schlecht ist, und errät, dass ich schwanger bin?

Mir schwirrt der Kopf, und trotz der Tatsache, dass er der letzte Mensch ist, mit dem ich jetzt sprechen möchte, beschließe ich, ihn anzurufen.

Ich bin erleichtert, als er drangeht. »Hi! Ich bin's.«

»Oh, hi.« Er klingt ein wenig überrascht.

»Frohe Ostern«, sage ich ein wenig verhalten. »Bist du in Brighton?« Ich höre Geräusche im Hintergrund. Bitte, lass ihn nicht am Flughafen sein ...

»Ja«, antwortet er tonlos. »Alle sind hier.«

Ich schließe die Augen und atme tief durch. Gott sei Dank.

»Alle außer dir«, fügt er hinzu.

Ich würde jetzt gern sofort wieder auflegen.

»Du hast also nicht versucht, einen Flug zu bekommen?«, frage ich, nur um etwas zu sagen zu haben.

»Nein. Wie du gesagt hast, war alles ausgebucht.«

Er klingt so verletzt, dass sich mir unwillkürlich die Kehle zuschnürt. Er hat *doch* versucht, zu mir zu fliegen.

»Also konnte ich meine große Geste gar nicht durchziehen«, meint er grimmig. »Dann dachte ich mir, du kommst ja sowieso am Freitag nach Hause ...« Seine Stimme bricht ab.

»Ned ...« Ich hole tief Luft und lasse die Worte dann einfach heraussprudeln. »Ich habe beschlossen, noch ein bisschen länger zu bleiben.«

»*Was?*« Er klingt geschockt. »Amber, *warum*?«

»Es ist etwas dazwischengekommen. Ich hatte noch keine Gelegenheit, es dir zu erzählen.«

»Was ist denn los, um Himmels willen?« Ich höre gedämpfte Stimmen im Hintergrund, die erst lauter werden und dann plötzlich abbrechen, als sich eine Tür schließt. Ich nehme an, er hat den Raum verlassen und sich zurückgezogen.

Schweigend hört er zu, als ich ihm die ganze Geschichte von Doris erzähle.
»Verstehe«, sagt er schließlich. »Wow. Geht es dir gut? Hast du irgendeine Ahnung, was sie dir zu sagen hat?«
»Mir geht's ganz gut. Ich bin hauptsächlich neugierig. Aber ich habe keine Ahnung, worum es gehen könnte.«
»Und dein Dad?«
»Er sagt, er weiß es auch nicht.«
»Wann triffst du dich mit ihr?«, fragt er.
Ich verfalle in Panik. Wenn ich ihm sage, dass der Termin morgen ist, wird er argumentieren, dass ich dann immer noch am Freitag nach Hause fliegen kann. Ich tue lieber so, als sei es noch nicht fest ausgemacht.
»Ich hoffe, ich kann in den nächsten Tagen selbst nach Clare rausfahren.«
»Also könntest du immer noch am Freitag nach Hause fliegen?«
Verdammt. »So einfach ist es nicht«, erwidere ich leise und verfluche mich insgeheim, dass ich nicht gleich geflunkert und ihm einen Termin in der nächsten Woche genannt habe.
»Warum ist es nicht so einfach? Es ist ja nicht so, als würden dein Dad und Liz dich dort noch länger brauchen – genau genommen freuen sie sich bestimmt auch, wenn sie ihr Haus mal wieder für sich haben. Ich bekomme langsam das Gefühl, du weichst mir aus. Ist es so, weichst du mir aus?«, will er wissen. »Ist dort drüben irgendwas passiert?«
»Nein«, antworte ich schnell – ein bisschen zu schnell vielleicht. »Nein, es ist nichts. Ich … ich brauche einfach ein bisschen Zeit, das ist alles.«
»Ich versuche ja, dir Zeit zu geben.« Er hebt die Stimme. »Ich habe dich tagelang in Ruhe gelassen, und du hast mich nicht angerufen. Ich habe versucht, das zu respektieren.«
»Jetzt habe ich angerufen.«
»Tage, nachdem du den Brief bekommen hast.« Seine Stimme

klingt angespannt. »Verdammt, Amber«, setzt er an, und ich muss schlucken, weil ich weiß, dass er gleich emotional werden wird. »Ich vermisse dich. Ich liebe dich. Können wir das nicht hinter uns lassen? Können wir es noch einmal versuchen? Ich will eine Familie mit dir gründen. Ich liebe dich.«
»Ned, es tut mir leid. Ich muss auflegen.« Mir rauscht das Blut in den Ohren, als ich das Gespräch beende. Dann breche ich in Tränen aus.

Kapitel 35

»Du liest zu langsam«, stöhne ich und beiße Ned spielerisch in die Schulter.
»Hey, lass das.« Er rutscht von mir weg.
»Ich kann es nicht fassen, dass du erst zur Hälfte durch bist.« Ich lasse mich in mein Kissen zurückfallen. »Ich wusste, dass das eine schlechte Idee ist.«
»Ich bin doch derjenige, der dich überhaupt auf diese Bücher gebracht hat, und jetzt machst du mir so einen Stress«, beschwert er sich.
Er liest den zweiten Teil von *Die Tribute von Panem*. Wir sind viel zu spät auf diese Bücher gekommen. Vor einem Monat etwa haben wir den ersten Film gesehen, und danach habe ich alle drei Bücher am Flughafen gekauft, mit dem Plan, von vorne anzufangen. Er wollte lieber gleich das zweite Buch lesen, und jetzt habe ich den ersten Band beendet und kann nicht weiterlesen. Es ist so frustrierend.
Aber ich will ihn auch nicht zu sehr nerven, immerhin hat er mich hierhergebracht. Wir sind im Urlaub in Key West. Na ja, quasi im Urlaub. Ned muss tagsüber arbeiten, aber sein Flug und unser Hotel werden von der Firma bezahlt. Für mein Ticket hat er seine Flugmeilen eingelöst, so dass wir praktisch umsonst hier sind. Im Marketing zu arbeiten hat wirklich Vorteile, das muss ich zugeben.
Ich kann es immer noch nicht fassen, dass er es geschafft hat, das Fotoshooting auf die Schulferien im Mai zu verschieben, damit ich mitkommen kann.

Neds neuer Kunde ist eine Technologiefirma, die eine wasserdichte Digitalkamera entwickelt hat. Zielgruppe sind Menschen, die Wassersportarten ausüben. Das Fotoshooting beinhaltet Tauchen, Jet-Ski-Fahren, Windsurfen und Segeln. Ned meinte, ich könnte ihn zu allen Sets begleiten, doch ich habe mich dafür entschieden, stattdessen Key West auf eigene Faust zu erkunden und am Pool abzuhängen – weshalb ich jetzt auch mein Buch schon so früh ausgelesen habe.
»Ich frage mich, ob sie den zweiten Band auch hier im Buchladen vorrätig haben«, überlege ich laut und starre den Ventilator an, der sich an der Decke über uns dreht.
»Das ist doch Quatsch. Du kannst doch nicht das gleiche Buch zweimal kaufen.«
»Warum denn nicht?«
»Wir haben keinen Geldesel.«
»Dafür habe ich dich«, necke ich ihn. »Und wenn du diesen Job bei KDW bekommst, bedeutet das eine saftige Gehaltserhöhung.«
Er war letzte Woche bei einem Vorstellungsgespräch in einer brillanten, aufstrebenden Werbeagentur in Soho. Er mochte den geschäftsführenden Creative Director, der das Gespräch mit ihm geführt hat – Max, hieß er, glaube ich. Ich bin mir sicher, es lief super, auch wenn er es herunterspielt. Allerdings hat er noch drei Monate Kündigungsfrist bei seiner aktuellen Stelle, und bei KDW suchen sie so schnell wie möglich jemanden.
»*Wenn*«, sagt er, wie nicht anders zu erwarten. »Aber ich dachte, wir sparen darauf, damit wir uns irgendwann eine eigene Wohnung oder ein Haus kaufen können.«
In letzter Zeit haben wir angefangen, über die Zukunft zu reden.
»Sorry, dass ich nicht mehr verdiene«, seufze ich.
Er lässt das Buch sinken und dreht sich zu mir um. »Sag das nicht.«
»Aber es stimmt doch«, entgegne ich achselzuckend.

»Ich finde es toll, dass du Lehrerin bist«, sagt er und stützt sich auf die Ellenbogen ab.
»Warum?«, frage ich.
»Du bist gut darin, und du hilfst all diesen Kindern, genau wie es dein Dad jahrelang getan hat. Ich bin stolz auf dich, dass du ihm nacheiferst. Anders als ich; ich arbeite in der seelenlosen Werbebranche«, stellt er missmutig fest.
»Also, ich bin auch stolz auf dich«, erwidere ich lächelnd. »Ich meine, sieh dir doch an, wo wir gerade sind.«
Wir lassen beide den Blick über den großen Raum und die weißgestrichenen Holzläden schweifen. Durch die Fenster kann man noch die Hollywoodschaukel auf dem Balkon und die tropischen Pflanzen dahinter erkennen, die sich im warmen Wind wiegen. Es ist Nacht, und die Bäume sind dezent von unten beleuchtet. Es ist noch nicht so spät, aber Ned muss für das Unterwassershooting mit den Tauchern früh aufstehen.
»Ist schon ziemlich cool hier«, stimmt er grinsend zu.
Ich neige ihm das Gesicht entgegen, und er gibt mir einen zärtlichen Kuss, ehe er sich wieder seinem Buch zuwendet.
Ich seufze schwer.
»Verdammt, Amber«, murmelt er. »Willst du, dass ich das Buch entzweireiße?«
Ich denke noch über seinen Vorschlag nach, als er sich im Bett aufsetzt und mit aller Kraft an dem Taschenbuch zu zerren beginnt. Ich zucke zusammen, als es mit einem unschönen Geräusch nachgibt, und der Buchrücken zerreißt. Er wirft mir die erste Hälfte zu.
»Bitte schön.«
Ich pruste los und schlage die erste Seite meiner Hälfte auf, während er sich ebenfalls lachend wieder seiner Lektüre widmet.

Am nächsten Morgen weckt mich Ned schon früh und überredet mich, ihn zu dem Shooting zu begleiten. Die Tauchschule liegt ein paar Inseln weiter, und wir müssen um sechs Uhr schon dort sein, weil dann die Bedingungen ideal sind. Ned hat einen Minibus bestellt für uns und die Crew, bestehend aus Kameraleuten, Stylisten und Models – drei lächerlich gutaussehenden Typen und zwei umwerfend hübschen Mädels. Im Vergleich komme ich mir furchtbar blass und unauffällig vor, besonders so früh am Morgen. Andererseits sehen sie alle ziemlich müde aus, aber wenigstens haben sie Profi-Stylisten, die etwas dagegen unternehmen werden.

Als wir am Set ankommen, heißt es erst einmal warten, doch irgendwann sind alle fertig gemacht und eingekleidet, so dass wir an Bord des Bootes gehen können. Ich beschäftige mich damit, meinem wunderbaren Freund dabei zuzusehen, wie er das Shooting leitet. Es ist faszinierend, wie er in seinem jungen Alter – er ist erst achtundzwanzig – schon derart respekteinflößend auftreten kann. Er ist so kompetent, so klug, so gut in seinem Job ... Ich bin wirklich beeindruckt.

Ehrlich gesagt, wenn die von KDW nicht noch drei Monate auf ihn warten, sind sie selbst schuld.

Während der Vormittag vergeht, wünsche ich mir langsam, ich hätte mein halbes Buch mitgebracht. Der Großteil des Shootings findet unter Wasser statt – selbst Ned ist ziemlich oft dort unten. Ich versuche, auf dem Boot nicht im Weg zu stehen. Es ist ein ziemliches Gedränge, mit den Leuten vom Cateringservice, den Stylisten und den Models, die darauf warten, vor die Kamera zu dürfen.

Die Mittagspause kommt mir deshalb sehr gelegen, doch Ned wirkt irgendwie abwesend.

»Alles okay?«, frage ich leise, als er schweigend sein Sandwich mampft und dabei aufs Meer hinausstarrt.

»Ja, ja«, winkt er ab. »Alles gut, wieso?«

»Du wirkst so nachdenklich.«

»Tue ich das?« Sein Lachen klingt nervös. »Sorry, ich habe nur grad viel im Kopf.«

Er schielt zu einem der weiblichen Models rüber, das in einem knappen, blauen Bikini vorbeistolziert. Muss sie ihre Figur wirklich so zur Schau stellen?
»Kann sie nicht einen Kaftan anziehen oder so?«, murre ich in mich hinein.
In seiner Branche hat Ned oft mit Models zu tun – etwas, das mich schon immer leicht verunsichert hat. Als er vor ein paar Wochen für das Casting nach Miami geflogen ist – sie wollten amerikanische Models für das Shooting –, war ich ziemlich eifersüchtig, aber ich muss mich immer selbst daran erinnern, dass er mich nicht hierher mitgenommen hätte, wenn er an jemand anderem Interesse hätte.
Er zieht amüsiert eine Augenbraue hoch. »Und du denkst, ich bekomme *davon* keine Komplexe?« Er nickt in Richtung des einen Tauchlehrers an Bord, einem großen, dunkelhaarigen Latino namens Leo, der seinen Neoprenanzug bis zur Hüfte heruntergezogen hat und seinen gebräunten, muskelbepackten Oberkörper präsentiert.
»Ich würde deinen Körper seinem jederzeit vorziehen«, flüstere ich.
»Ach wirklich?«, fragt er zweifelnd.
Ich verdrehe die Augen. »Natürlich würde ich das, Dummerchen.«
»Ich liebe es, wie du mit mir redest«, meint er grinsend und steht auf.
»Musst du schon weitermachen?« Ich kann meine Enttäuschung nicht verbergen.
Er schaut auf die Uhr. »Wir sind hier in ein paar Stunden fertig, und dann führe ich dich zum Abendessen aus.«
»Okay.« Ich erwidere sein Lächeln, auch wenn ich ein wenig geknickt bin, als er sich aufmacht, um mit der Crew zu sprechen. Ein kleiner Kuss auf die Lippen hätte ihn doch nicht umgebracht, oder?

Pünktlich zwei Stunden später taucht das letzte Model wieder an der Wasseroberfläche auf.
Ned sieht mich kaum an, als sich alle abtrocknen und anziehen. Auf einmal ruft Jorge, einer der beiden Tauchlehrer: »Seht mal, was ich gefunden habe!«
Sein Tonfall kommt mir ein wenig zu überschwänglich vor, aber ich verwerfe den Gedanken wieder, während Ned zu ihm geht.
»Sieh mal!«, ruft Jorge, und ich schwöre, sein Blick schweift für einen kurzen Moment zu mir ab, als er etwas in die Luft streckt, das wie eine Muschel aussieht.
»Wie cool!«, sagt Ned.
»Eine Auster!«, erklärt Jorge seltsam laut. »Du kannst sie deiner Freundin schenken, wenn du magst«, schlägt er vor, und wieder denke ich, dass er nicht ganz normal redet.
»Mache ich, danke«, erwidert Ned und lächelt zu mir rüber.
Als er auf mich zugeht, fällt mir auf, dass die gesamte Crew und die Models uns beobachten.
Was zum Teufel ist hier los?
»Hier, Amber«, sagt Ned, und auch er klingt ein wenig gekünstelt. »Jorge hat diese Muschel am Riff gefunden.«
Ich nehme ihm die Muschel vorsichtig ab und werfe ihm einen fragenden Blick zu. Was wird hier gespielt?
»Öffne sie«, fordert er mich auf.
»Vielleicht ist eine Perle darin!«, ruft Jorge.
Mit gerunzelter Stirn klappe ich die Muschel auf. In ihrem perlmuttfarbenen Inneren liegt ein Diamantring. Ich bin so geschockt, dass ich die Muschel um ein Haar hätte fallen lassen. Meine Augen füllen sich mit Tränen, als Ned feierlich vor mir auf die Knie fällt. Unter den »Aaaahs« und »Oooohs« der anderen fängt er an zu sprechen: »Amber Church, ich liebe dich so sehr. Würdest du mir die Ehre erweisen, meine Frau zu werden?«
Ich falle ihm um den Hals und drücke ihn fest an mich, den Ring immer noch in der rechten Hand. Ich lache und weine

gleichzeitig, als ich ihm antworte: »Natürlich werde ich das, du Idiot!«

Er sieht mich an, während die Crew im Hintergrund jubelt und pfeift. »Ich liebe es, wie du mit mir redest«, sagt er grinsend.

Kapitel 36

»Hast du heute irgendwas vor?«, fragt Tina eifrig. Es ist elf Uhr, und ich habe es gerade mal geschafft, zu duschen und mich anzuziehen und mein verquollenes Gesicht mit Make-up zu verschönern.
»Äh, nein, aber –«
»Kannst du dich mit mir zum Mittagessen treffen?«, unterbricht sie mich.
»Ähm …«
»Komm schon! Nell ist auch dabei. Sie hat gesagt, sie könnte dich in einer halben Stunde abholen. Bitte, bitte, bitte?«
»Was ist denn los?« Ich muss fast lachen, tue es aber doch nicht.
»Triff dich mit mir zum Mittagessen, dann sage ich es dir.«
Ich lächele nun doch. Es klingt, als hätte sie gute Nachrichten, und ich kann mir schon vorstellen, worum es geht.

Eine Stunde später fahren Nell und ich nach Hahndorf rein, eine süße, touristische Ortschaft, die Australiens älteste deutsche Siedlung ist. Wir finden einen Parkplatz vor dem *Hahndorf Inn*, wo Tina – und Josh – einen Platz auf der Terrasse ergattert haben.
»Hallo«, grüße ich mit vielsagendem Grinsen. Tina grinst zurück und steht auf. »Was ist denn hier eigentlich los?«, frage ich, und eine Millisekunde später streckt sie uns auch schon ihren Diamantring entgegen.
Das Gekreische ist groß.
»O mein Gott, wie, wann, was, warum, wen?«, schreit Nell, und ich pruste los.

»*Wen*? Ich sollte meinen, dass sie Josh heiratet«, stelle ich fest und kichere, als er mich frech angrinst. »Und *warum* ist ja wohl offensichtlich«, füge ich hinzu, als Josh ebenfalls aufsteht. »Ihr zwei seid perfekt füreinander.« Ich umarme ihn und gebe ihm einen Kuss auf die Wange.
»Was ist denn hier los?«
Ich erstarre, als ich Ethans Stimme erkenne. Tina hat nichts davon gesagt, dass er auch kommen würde.
»Er hat mich endlich gefragt!«, ruft Tina und fällt Ethan um den Hals. Josh verdreht grinsend die Augen.
»Hey, Glückwunsch«, gratuliert Ethan herzlich und löst sich aus Tinas Umarmung, um Josh die Hand schütteln zu können.
»Wie hat er dir den Antrag gemacht?«, quietscht Nell.
»Setzt euch, und ich erzähle es euch«, erwidert Tina kichernd, als sie wieder auf der Bank Platz nimmt. Nell lässt sich ihr gegenüber nieder, und Josh setzt sich neben seine Frischverlobte.
»Hi«, sagt Ethan in mein Ohr, und ich versteife mich sofort.
»Hi.« Ich werfe ihm einen warnenden Blick zu und rutsche neben Nell auf die Sitzbank.
Es gibt keine Umarmung zur Begrüßung, geschweige denn einen Kuss.
»Was wollt ihr trinken?«, fragt Ethan in die Runde.
»Das haben wir schon erledigt, Kumpel«, sagt Josh und deutet auf eine kühlgestellte Champagnerflasche am Tischende.
»Nicht schlecht.«
Ethan setzt sich neben mich, woraufhin ich mich nur weiter verkrampfe.
Sein Baby wächst in mir heran.
O Mann, warum muss ich das auch noch *denken*?
Ich zucke zusammen, als seine Hand meinen Oberschenkel berührt und kurz drückt.
Was sollte das denn? Sollte mich das beruhigen? Ich fühle mich furchtbar angespannt. Bin ich rot geworden?

Josh lässt den Champagnerkorken knallen, und Tina und Nell jubeln ausgelassen. Ich gebe mir einen Ruck, als mir bewusst wird, dass ich den Moment mit meinen Freundinnen teilen sollte. Ich setze ein Lächeln auf und nehme dankbar das Glas Champagner entgegen, das Tina mir reicht. Dann stoßen wir auf unsere Freunde an.

Josh hat Tina gestern Abend einen Antrag gemacht, und zwar oben auf Mount Lofty, wo Ethan und ich vor ein paar Wochen auch zusammen waren. Er ist vor ihr auf die Knie gegangen, und Tina hat geweint. Er hatte den Diamantring schon eine Woche zuvor gekauft, aber noch auf den richtigen Moment gewartet, ihr den Antrag zu machen.

»Ich habe auf keinen Fall nur dem Druck nachgegeben«, erklärt Josh lächelnd mit einem liebevollen Seitenblick auf die Frau neben ihm. »Ich wusste seit Jahren, dass du die Richtige für mich bist.«

Tinas Augen werden feucht, und Nell und ich geben ein langgezogenes »Oooh« von uns, während Josh seine Verlobte küsst.

»Ich hätte euch zwei so gern als Brautjungfern«, sagt Tina. »Ich weiß nicht, ob du für die Hochzeit zurückkommen kannst, Amber, aber ich hoffe es sehr.«

»Wann habt ihr denn geplant?«, frage ich. Wenn es so weitergeht, bin ich vermutlich noch hier.

»Wir dachten an Sommer, vielleicht Dezember.«

Ich nicke und erstarre dann. Heilige Scheiße. Werde ich bis dahin ein Baby haben?

»Oje«, sage ich und fächele mir Luft zu. »Entschuldige, Ethan, kannst du mich kurz rauslassen?«

Ich versuche, möglichst unbefangen zu wirken, doch sobald ich im Restaurant bin, renne ich zur Toilette. Ich schließe die Kabine hinter mir, falle auf die Knie und übergebe mich in die Kloschüssel. Ich würge und würge, aber es kommt fast nichts heraus. Irgendwann lehne ich mich auf die Fersen zurück. Geschockt rechne ich

nach. Was haben wir jetzt? April. April, Mai, Juni ... Ich zähle die Monate an den Fingern ab. Ich bin im Dezember fällig.
Schnell beuge ich mich wieder über die Schüssel.
»Amber? Geht es dir gut?«, vernehme ich Nells besorgte Stimme.
»Mir ist ein bisschen schlecht, sorry«, erwidere ich. Bitte, geh weg.
»Was hast du denn?«, fragt sie verwirrt.
»Ich weiß auch nicht«, lüge ich. »Ich glaube, ich habe mir einen Magen-Darm-Virus eingefangen. Ich hoffe, ich habe ihn noch nicht weitergegeben.«
»Oje«, murmelt sie. »Das tut mir leid. Soll ich dich nach Hause fahren?«
»Nein, nein, ich rufe mir ein Taxi«, sage ich schnell und wische mir den Mund ab. »Vielleicht könntest du mir eins rufen? Ich glaube, ich bleibe noch ein bisschen hier drin.«
»Na klar, das mache ich. Bist du sicher, dass ich dich nicht lieber heimbringen soll?«
»Ja. Es ist wirklich okay. Du solltest hierbleiben und mit Tina und Josh feiern.«
Ich habe ohnehin schon ein schlechtes Gewissen. Erst verpasse ich Tinas freudigen Verkündung einen Dämpfer, und jetzt machen sich die anderen am Ende noch Sorgen, dass ich sie mit einem fiesen Magen-Darm-Virus angesteckt habe.
Nach ein paar Minuten stehe ich auf und trete zaghaft aus der Kabine. Mit hängendem Kopf kehre ich zum Tisch zurück.
»Ach, Amber!«, ruft Tina mitleidig. »Ist alles okay?«
»Es tut mir so leid«, erwidere ich kopfschüttelnd.
»Sei nicht albern! Hast du dich vorher schon schlecht gefühlt? Du hättest es mir sagen sollen, dann hätte ich dich nicht dazu gedrängt herzukommen.«
»Bist du dir da ganz sicher?«, wendet Josh zweifelnd ein.
Tina zuckt schuldbewusst mit den Schultern. »Na ja, vielleicht hätte ich dich trotzdem gedrängt.«

»Das hättest du auf jeden Fall«, stimmt Josh zu.

Ethan steht auf, vermutlich, um mich wieder auf die Bank rücken zu lassen.

»Ich setze mich gar nicht erst wieder hin«, sage ich schnell. »Ich warte hier aufs Taxi.«

»Ich fahre dich nach Hause«, sagt er bestimmt.

»Das musst du aber nicht«, entgegne ich überrascht.

»Er hat darauf bestanden«, erklärt Nell.

»Ich muss sowieso bald wieder an die Arbeit. Das passt schon«, sagt er ruhig und schaut mir dabei in die Augen. Er arbeitet am Ostermontag? Während der Ernte müssen sie echt ranklotzen, das steht fest.

Ich hole zittrig Luft. »Okay. Dann tschüss zusammen. Tut mir wirklich leid.«

Eine Reihe von Entschuldigungen und Versicherungen später, machen wir uns auf den Weg. Ich gehe mit Ethan zum Parkplatz hinter dem Pub.

»Danke«, sage ich atemlos.

Er antwortet nicht. Genau genommen sprechen wir die ersten Minuten der Fahrt gar nicht miteinander. Ich starre nur trübsinnig aus dem Fenster und höre ab und zu sein schweres Seufzen. Er ist der Erste, der das Schweigen bricht.

»Ich habe nachgedacht …«

Ich schaue ihn an, und er räuspert sich.

»Sag schon«, fordere ich ihn auf.

»Es ist nur … Es scheint doch sehr, sehr früh zu sein für Morgenübelkeit.« Er hält inne. »Bist du sicher, dass es von mir ist?«

»Netter Versuch«, erwidere ich sarkastisch. »Aber ich hatte letzten Monat meine Tage. Und außerdem erinnere ich mich, dass mir in meiner letzten Schwangerschaft auch schon so früh schlecht war. Das ist bei jeder Frau anders.«

Er schweigt einen Moment lang nachdenklich. »Also, vielleicht solltest du trotzdem noch einen Test machen, nur um sicherzuge-

hen. Gibt es nicht so digitale Tests, die einem auch sagen können, wie weit man schon ist in der Schwangerschaft?«
Ich nicke. »Das hatte ich vor, sobald ich eine verdammte Apotheke finde, die geöffnet hat.« Vielleicht sollte ich auch einfach zum Arzt gehen.
»Hast du noch mal darüber nachgedacht, was du tun wirst?«, fragt er vorsichtig.
»Nein«, antworte ich zähneknirschend.
»Wir müssen darüber reden«, sagt er.
»Was?« Ich hebe die Stimme. »Was genau willst du mir damit sagen?«
Er seufzt und fährt links ran. Ich verschränke die Arme vor der Brust. Ethan schaltet den Motor aus und dreht sich zu mir um.
»Amber«, sagt er leise. »Amber, sieh mich an.«
Zögerlich tue ich wie geheißen. Seine dunkelgrünen Augen sind von Sorge überschattet. Ich schlucke, doch der Kloß in meinem Hals will nicht verschwinden.
»Ich will nicht noch ein Kind, A.«
Ich breche zusammen. Mein ganzer Körper bebt vor stillem Schluchzen.
»Es tut mir so leid«, sagt er leise. »Du weißt, dass ich dich liebe, aber das Timing ist einfach … Es ist einfach falsch.«
»Ach, *wirklich*?« Ich bin so außer mir vor Wut, dass selbst mein Weinen verstummt.
»Ich will dich nicht unter Druck setzen –«
»HA!«, rufe ich aus.
Er zögert und senkt den Blick auf meinen Schoß, ehe er leise fortfährt: »Es wäre nachlässig von mir, dir nicht zu sagen, wie ich mich fühle. Du hast eine Entscheidung zu treffen, und dazu solltest du alle Informationen haben.«
Mann, hat er das einstudiert?
»So, wie ich es sehe, hast du drei Optionen. Erstens könntest du es abtreiben lassen.«

Ich schlucke wieder und schlinge die Arme fester um meinen Körper.

»Niemand muss es je erfahren«, sagt er sanft. »Du könntest nach England zurückgehen, und Ned würde nichts merken.«

Ich starre wieder aus dem Fenster. Ich kann es nicht fassen, dass wir dieses Gespräch führen.

»Zweitens: Du könntest es behalten und Ned die Wahrheit sagen. Vielleicht verzeiht er dir.«

Ich schnaube verächtlich. Sehr unwahrscheinlich.

»So oder so wäre ich gern bereit, dich finanziell zu unterstützen«, fährt er fort.

»Wie großzügig von dir«, entgegne ich sarkastisch.

Ethan spricht einfach weiter, als hätte ich nichts gesagt. »Aber ich schätze, dass Ned meine Hilfe nicht will, wenn er beschließt, das Kind selbst großzuziehen.«

»Ich denke, damit könntest du richtig liegen«, sage ich grimmig.

»Aber glaub mir, sobald er hiervon erfährt, ist es eh vorbei.«

»Drittens: Du behältst es«, fährt er fort und hält dann so lange inne, dass ich mich traue, ihn anzuschauen; mich traue zu hoffen.

»Du könntest so tun, als sei es von Ned.«

Ich bin so fassungslos, dass es mir glatt die Sprache verschlägt. Einen Moment später spüre ich den Ärger in mir aufsteigen. Nein, Ärger ist ein zu schwaches Wort. Zorn … Wut … Blinde Wut …

»Du Arschloch!«, fauche ich angeekelt. Ich reiße die Tür auf und schüttele seine Hand ab, als er mich daran hindern will auszusteigen. »Du Arschloch!«, wiederhole ich, als er ebenfalls das Auto verlässt und mich über das Dach hinweg anstarrt.

»Okay, okay«, lenkt er mit erhobenen Händen ein. »Drei ist keine Option. Schon gut.«

»Schon gut?« Tränen laufen mir über die Wangen. »Gott, ich dachte, du würdest sagen …« Ich lache bitter. »Ich dachte …« Mein Lachen wird noch eine Spur verzweifelter. »Ich dachte …«

»Was?« Er stützt die Ellenbogen auf dem Autodach ab.

Mein Lachen verstummt abrupt. »Wie konnte ich nur so dumm sein?« Ich schüttele den Kopf. »Ich bin so dumm. So unglaublich dumm.«
»A, sag mir, was du denkst«, verlangt er.
Ich lache wieder, dieses Mal hysterisch und schüttele vehement den Kopf, während mir unablässig die Tränen übers Gesicht laufen. »Ich dachte, du würdest mir sagen, dass die dritte Option *wir* sind. *Wir beide*! Aber das ist dir nicht einmal eine Überlegung wert, nicht wahr, Ethan? Dass ich mich von Ned scheiden lasse, in Australien bleibe, wir gemeinsam das Kind aufziehen?« Ich weine nun hemmungslos. »Das wir uns ein Haus auf dem neuen Grundstück bauen, vielleicht sogar heiraten und noch mehr Kinder bekommen? Unsere eigene kleine, glückliche Familie?« Jetzt lache und weine ich zur selben Zeit. Ich muss aussehen, als sei ich völlig verrückt geworden. Alles, was jetzt noch fehlt, sind Männer in weißen Kitteln, die mich wegbringen.
»Ich liebe dich, du Arschloch«, sage ich. »Das habe ich immer getan.«
Er starrt mich mit leerem Blick an.
»Was für eine Verschwendung«, flüstere ich. »Was für eine Verschwendung.«
Mit verbissenem Gesichtsausdruck steige ich wieder ins Auto. Er tut es mir nach und schaut mich dann von der Seite an. Ich ertrage es nicht mehr, ihn anzusehen.
Wie konnte sich der Traumprinz meiner Kindheit als solche Enttäuschung erweisen?
Vielleicht war er nie wirklich ein Traumprinz.
»Es ist nicht ausgeschlossen«, sagt er, was in mir nur ein weiteres bitteres Lachen hervorruft.
»Vergiss es, Ethan«, erwidere ich und starre ihn finster an. Er wirkt geknickt. »Ich kann nicht mehr darüber reden.« Ich richte den Blick nach vorn. »Lass uns fahren.«

Kapitel 37

»Happy Birthday to you ...« Ein Kuss. »Happy Birthday to you ...« Ein weiterer Kuss. Kleine, süße Küsse über meinen nackten Bauch verteilt.
»Ned ...«, kichere ich, während ich langsam aufwache. »Das kitzelt.«
Seine Küsse hören nicht auf, und ich fasse nach unten in sein strubbeliges Haar.
»Mmm«, macht er und kommt mit dem Kopf nach oben, um mir einen Kuss auf den Mund zu geben. »Ich liebe dich.«
Ich lächele an seinen Lippen. »Ich liebe dich auch.«
Sein Lächeln erstirbt – und erstirbt –, bis er mich so voller Hass anstarrt, dass seine Augen fast schwarz sind. Mein Herz beginnt wie wild zu schlagen, als wollte es meinen Brustkorb sprengen.
»Ich wünschte nur, du hättest unser Baby nicht getötet«, sagt er und nimmt ein Kissen, das er mir auf das Gesicht drückt.
Ich schrecke hoch und ringe um Atem. Nur-ein-Traum-nur-ein-Traum-nur-ein-Traum ... Ich fasse mir an den Hals und unterdrücke einen Schrei.
Dämmerlicht dringt durch die Schlitze der Jalousie. Es ist Morgen. Dienstagmorgen. Heute werde ich Doris sehen. Es ist okay. Es ist okay. Ich wiederhole das so oft, bis sich mein Herzschlag beruhigt hat und ich wieder normal atmen kann.
Was für ein schrecklicher Traum!
Und dann fällt mir ein, dass die Realität fast genauso schlimm ist.

Clare ist eine Kleinstadt etwa zwei Autostunden nördlich von Adelaide. Wir fahren gleich nach dem Frühstück los. Liz fährt uns in ihrem Auto hin, so dass ich Zeit habe, mich im Rücksitz zurückzulehnen und nachzudenken.

Dad ist gestern Abend ausgerastet, als Ethan mich zu Hause abgesetzt hat. Ich hoffte, mich in mein Zimmer schleichen zu können, bevor er mich sieht, aber es war fast so, als hätte er auf mich gewartet. Selbst Liz machte sich ausnahmsweise mal rar.

»Ach, Amber«, sagte er bestürzt, als er sah, dass ich geweint hatte. »Was tut er dir nur an?«

»Nichts, Dad! Bitte, lass es gut sein.«

»Er ist nicht gut genug für dich«, nuschelte er untröstlich.

Trotz des Ernstes der Situation verdrehte ich die Augen, weil er am Morgen schon genau dasselbe gesagt hatte, und weil es so eine klischeehafte Aussage für einen Vater war.

Doch er ließ sich nicht so leicht abwimmeln.

»Aber er ist es wirklich nicht!«, beharrte er. »Kein Mann, der so blind ist, ist es wert.«

»Wie meinst du das, blind?« Ich schaute ihn verwirrt an.

»Du warst in ihn verliebt!«

Mir fiel auf, dass er von der Zeit redet, als ich noch jünger war.

»Wie konnte er das nicht sehen?«, fuhr er fort. »Vielleicht konnte er es doch. Vielleicht gefiel ihm die Aufmerksamkeit, das Angeben mit all diesen Mädchen. So ein verwöhnter Junge. Seine Eltern haben ihm alles gegeben, was er wollte.«

Seine Rede war undeutlich, weil er schnell sprach und sich nicht die Mühe machte, jedes Wort sorgfältig auszuformulieren. Aber ich konnte ihn trotzdem verstehen. Leider. Und er war noch nicht fertig.

»Ich habe dich zum Altar geführt. Ich stand direkt neben dir. Ich weiß, wie du ihn angesehen hast. Du warst nicht mit dem Herzen dabei, als du Ned geheiratet hast.«

Natürlich hat er recht. Ich *konnte* nicht mit dem ganzen Herzen dabei sein, weil Ethan noch einen Teil davon besaß. Er hat immer einen Teil meines Herzens besessen.

»Aber du bist ohne ihn besser dran«, sagte Dad und kam damit endlich zum Ende seiner väterlichen Standpauke. »Vermassele es nicht mit Ned. Er ist ein guter Mann.«

Als ob ich das nicht wüsste! Und was das Nicht-Vermasseln angeht, dafür ist es ein bisschen zu spät.

Warum hat mir mein Dad diese Ratschläge nicht vor einem Jahr gegeben? Warum hat er den Mund gehalten, obwohl er um meine Gefühle für Ethan wusste? Hätte ich auf ihn gehört, wenn er mir gesagt hätte, ich sollte mich von ihm fernhalten?

Wohl eher nicht.

Hätte ich auf irgendjemanden gehört?

Die Antwort ist ein klares Nein. Niemand hätte mir ausreden können, dass Ethan perfekt ist. Ich habe ihn für meinen Seelenverwandten gehalten. Meinen Retter. Das Einzige, was unserem Glück im Weg stand, war die winzige Kleinigkeit, dass er nicht das Gleiche für mich empfand.

Und das tut er *immer* noch nicht.

Aber meine Gefühle für ihn verändern sich auch. Das Podest, auf das ich ihn gestellt habe, bekommt Risse, fällt in sich zusammen, verwandelt sich in Geröll. Er ist nicht länger mein heldenhafter Ritter in schimmernder Rüstung. Er ist nur ein Mann. Ein egoistisches, untreues, mit Fehlern behaftetes menschliches Wesen.

Genau wie ich selbst es bin.

Was für eine Sorte Eltern würden wir wohl abgeben? Für dieses Baby gibt es keinerlei Hoffnung.

Ich wische mir verstohlen ein paar Tränen aus den Augenwinkeln, während ich aus dem Fenster auf die vorbeiziehenden Felder und Weinberge starre.

Als wir in Clare ankommen, ist es schon fast elf Uhr. Barry hat uns gesagt, dass seine Mutter gerade bei ihm und seiner Frau wohnt.

Er will sie nach dem Sturz nicht aus den Augen lassen. Ich habe die Karte vor mir und dirigiere Liz vom Rücksitz aus. Schließlich finden wir die lange, staubige Straße, die zu einem alten Farmhaus im Kolonialstil führt. Als wir in die Einfahrt einbiegen, öffnet sich ein sorgfältig gepflegter Garten vor uns, voller Grün und bunter Blüten. Rosafarbene Rosen wachsen in einem Beet vor dem Haus, und als ich aussteige, ist die Herbstluft schwer vor Blütenduft. Der Himmel ist blau, aber es ist kühl heute. Ich helfe Dad beim Aussteigen, doch noch ehe er sich aufrichten kann, öffnet sich die Haustür, und ein Mann erscheint im Türrahmen.
»Hallo!«, grüßt er uns freundlich.
Liz geht auf ihn zu, um sich vorzustellen, während ich Dad seinen Gehstock reiche und dem Mann ein nervöses Lächeln zuwerfe. Ich höre, dass er sich als Barry vorstellt, und sobald Dad bereit ist und ich den Boden auf Steine und sonstige Hindernisse, die ihn zum Stolpern bringen könnten, gecheckt habe, gehe ich zu ihm.
Barry ist Ende sechzig, würde ich schätzen, mit schütterem grauem Haar und rundem Bauch. Sein Lächeln ist herzlich, und ich kann ihn auf Anhieb gut leiden.
»Geht es Ihrer Mutter wieder besser?«, frage ich und entspanne mich allmählich, als ich ihm die Hand schüttele.
»Ja, aber sie mag es nicht, nur herumzusitzen«, antwortet er in konspirativem Flüsterton. »Sie will sich immer nützlich machen. Es ist gut, dass Sie hier sind, Sie haben ihr etwas zum Nachdenken gegeben.«
Wir folgen ihm ins Haus, wo wir von einer grauhaarigen Frau begrüßt werden, die ich zuerst für Doris halte. Doch wie sich herausstellt, handelt es sich um Barrys Frau, Patricia. Doris befindet sich im Wohnzimmer, wo sie im Rollstuhl sitzt. Sie hat langes, weißes Haar, das sie am Hinterkopf zu einem Dutt zusammengedreht hat, und sie trägt einen blassrosafarbenen Pullover. Sie sieht klein und zerbrechlich aus, doch ihre blauen Augen leuchten erwartungsvoll, als wir den Raum betreten.

»Mum, das sind Amber, Len und Liz«, stellt Barry uns vor. »Das ist meine Mutter, Doris.«

»Amber.« Doris richtet sich auf. »Komm zu mir«, fordert sie mich mit dünner, kratziger Stimme auf. »Da bist du ja«, sagt sie mit wissendem Lächeln, während sie mein Gesicht eingehend mustert. Sie stützt die Hände auf die Armlehnen und macht Anstalten, sich aus dem Rollstuhl zu hieven.

»Mum!«, ruft Barry und stürzt auf sie zu. Ich schnappe entsetzt nach Luft, als ich den üblen lilaroten Bluterguss an ihrer rechten Schläfe sehe.

»Lass mich«, fährt Doris ihn an und lässt kurzzeitig die eine Armlehne los, um ihn mit der Hand wegzuscheuchen.

»Mum, bitte, bleib heute einfach mal sitzen«, fleht er sie an.

»Ich will sie mir genauer ansehen«, erwidert sie stur und starrt zu mir hoch.

»Hier, ich bin hier.« Schnell knie ich mich vor sie auf den hellgrünen Teppich.

Sie hält einen Moment inne und ihre Stirn legt sich in Falten, bis sie sich schließlich entspannt und wieder in den Rollstuhl sinken lässt.

»Ja, ja«, sagt sie dann. »Ich kann dich sehen. Deine Augen ... Deine Haare.« Sie lacht leise. »Meine Güte, bist du groß geworden.«

»Kann ich Ihnen etwas zu trinken anbieten?«, fragt Patricia zaghaft. »Tee? Kaffee? Etwas Kaltes?«

Ich höre, wie Dad und Liz um einen Tee bitten, und schaue kurz über meine Schulter, um ihnen mit einem Nicken zu bedeuten, dass ich auch einen nehme. Dann wende ich mich wieder Doris zu.

»Es ist lange her«, sage ich vorsichtig.

»Du musst lauter sprechen, Liebes!«, herrscht sie mich an.

Ich wiederhole meinen Satz und füge hinzu: »Ich fürchte, ich kann mich nicht an Sie erinnern.«

»Du warst bewusstlos«, erklärt sie, und ich versteife mich, als ich merke, wie schwer das für Dad sein muss. Sie zieht die Augenbrauen zusammen, als sie meine Reaktion bemerkt. Sie schaut ihren Sohn an. »Liebling, ich würde gern nach draußen gehen. Würde es Ihnen etwas ausmachen, wenn ich mit Amber allein spreche?« Die Frage ist an meinen Dad und Liz gerichtet, doch ich bin es, die antwortet.

»Natürlich können wir das machen.« Ich stehe auf und werfe Dad ein kleines Lächeln zu. Er ist nicht glücklich, aber ich muss offen sprechen können. Keiner von uns weiß, was Doris zu sagen hat.

»Es ist kühl draußen, Mum«, wendet Barry ein, offenbar, um sie zu überreden, im Haus zu bleiben.

»Ach, was«, winkt sie ab. »Gebt mir einfach noch eine Decke.«

Ich unterdrücke ein Kichern und greife nach einer bunten Steppdecke, die auf dem Sofa liegt. »Ist die in Ordnung?«

»Die ist perfekt, Liebes«, antwortet Doris.

»Soll ich Sie schieben?«, frage ich.

»Das mache ich schon«, sagt Barry eilig.

»Amber ist mehr als fähig, meinen Rollstuhl zu schieben, Liebling. Ich wiege nicht viel.«

»Deshalb mache ich mir doch Sorgen«, murmelt Barry in seinen nicht vorhandenen Bart.

»Hmm?« Doris zieht fragend die Augenbrauen hoch.

»Nichts, Mutter.«

»Gut«, sagt sie. »Wir kommen bald wieder rein, um einen Tee zu trinken.«

Ich zwinkere Liz und Dad zu und umfasse die Griffe des Rollstuhls.

Einen Moment später schiebe ich Doris auf die große Terrasse, von der aus Steinstufen zu einem hübschen Garten führen. Wohin ich auch schaue, blühen Rosen an Spalieren und in Beeten. Links von uns steht ein weißer Tisch mit zwei passenden Stühlen.

»Dort können wir uns hinsetzen.« Doris deutet auf die gusseiserne Sitzgruppe, und ich schiebe einen Stuhl weg, um für ihren Rollstuhl Platz zu machen.

»Es tat mir sehr leid, von Ihrem Sturz zu hören«, sage ich, als ich wieder einen unfreiwilligen Blick auf die schlimme Prellung erhasche, während ich mich ihr gegenüber an den Tisch setze.
»Es sieht schlimmer aus, als es ist«, versichert sie mir und zupft die Decke auf ihrem Schoß zurecht. Ich hoffe, ihr ist nicht zu kalt. Im Garten ist es sonnig, doch wir sitzen im Schatten des Vordachs.
»Der Garten ist wunderschön«, stelle ich fest.
»Das ist er. Es war einmal mein Haus«, erklärt sie. »Ich bin jetzt im Heim, aber Barry und Patricia waren so lieb, mich über Ostern nach Hause zu holen.«
»Haben Sie noch mehr Kinder?« Ich verspüre das Bedürfnis, noch etwas Smalltalk zu betreiben, ehe wir zur Sache kommen.
»Noch eine Tochter, Christine. Barry hat zwei Söhne. Sie sind natürlich beide längst ausgeflogen. Christine lebt in Adelaide.« Sie schnalzt mit der Zunge. »Sie hat einen Sohn und eine Tochter. Letztere hat uns ganz schön Kummer bereitet.«
»O nein«, sage ich mitfühlend.
Sie schnaubt. »Ja, Becca. Sie wird nächste Woche dreißig Jahre alt.« Sie schaut mich an. »Ihr zwei seid gleich alt.«
Ich nicke überrascht. »Ich bin vor ein paar Wochen dreißig geworden.«
»Ihr wart zum Zeitpunkt des Unfalls beide drei«, erklärt sie.
»Was können Sie mir über diesen Tag erzählen?« Meine Ungeduld siegt nun doch.
Sie schweigt einen Moment und starrt an mir vorbei. Ich will die Frage schon wiederholen, als ich bemerke, wie sich ihr Gesichtsausdruck verändert. Sie scheint sich an den Unfall zu erinnern …

Kapitel 38

Die Wintermorgensonne blendete Doris kurzzeitig, die gerade ihren Gedanken nachgehangen hatte und sich nun sehr konzentrieren musste, um der Straße zu folgen. Da entdeckte sie es – das Auto, das an einem Gummibaum zerschmettert war. Sie wäre vermutlich einfach daran vorbeigefahren, weil sie gedacht hätte, es wäre schon länger dort, wenn nicht Rauch aus der Motorhaube aufgestiegen wäre.
Instinktiv trat sie auf die Bremse und hielt am Straßenrand an. Sie drehte sich zu dem Wrack um, doch durch den Rauch konnte sie nichts erkennen, also stieg sie aus. Als sich der Rauch lichtete, erblickte sie eine Frau auf dem Fahrersitz. Doris rutschte das Herz in die Hose, und sie lief eilig auf das Auto zu.
Die Motorhaube war vollkommen zusammengedrückt. Der stechende Geruch nach Benzin und heißem Öl, gemischt mit dem allgegenwärtigen Eukalyptusduft ließ Doris schwindeln, als sie um das Auto herumlief und die Fahrertür aufriss. Erleichterung machte sich in ihr breit, als die Frau den Kopf drehte, um sie anzuschauen. Doris zuckte zusammen, als sie das Kleinkind auf dem Rücksitz erblickte, doch es schien nur zu schlafen oder bewusstlos zu sein.
Doris wandte ihre Aufmerksamkeit wieder der Frau zu. Trotz der Schnitte von der zerschmetterten Windschutzscheibe konnte sie erkennen, dass die Frau jung und hübsch war, mit rotbraunen Haaren, die sie sich zu einem Zopf zurückgebunden hatte. Sie hatte auffallend blaue Augen, die sie jetzt auf Doris richtete.

»Geht es Ihnen gut?«, fragte Doris schnell.
»Ich glaube nicht«, flüsterte die Frau mit zitternden Lippen.
Doris ließ den Blick nach unten gleiten und stellte zu ihrem großen Entsetzen fest, dass die Hände und das Kleid der Frau blutgetränkt waren. Ein scharfes Metallstück ragte aus ihrem Bauch hervor. Doris schnappte erschrocken nach Luft. Sie musste so schnell wie möglich einen Krankenwagen rufen.
»Gehen Sie nicht fort«, flehte die Frau sie an, als Doris sich aufrichtete.
»Ich muss jemanden finden, der einen Krankenwagen rufen kann«, sagte sie kopfschüttelnd. Die Landstraße war kaum befahren. Sie würde zum nächsten Haus fahren müssen, das sie finden konnte.
»Nein, bitte nicht.« Das Gesicht der Frau war leichenblass und Blut quoll unter ihren zitternden Händen hervor, die sie auf den Bauch gedrückt hielt. »Meine Tochter«, murmelte sie. »Amber.«
Doris wandte ihre Aufmerksamkeit wieder dem kleinen Mädchen auf dem Rücksitz zu. Sie hatte rotbraune Haare wie ihre Mutter, und ihre Haut war ebenfalls blass, aber nicht so leichenblass wie die ihrer Mutter. Wenigstens hoffte Doris es. »Es geht ihr gut«, log Doris. »Ich muss jetzt wirklich Hilfe holen.«
»Zu spät«, brachte die Frau hervor, und dann hustete sie, wobei Blut aus ihrem Mund spritzte.
Doris wurde kurz schlecht, doch das Adrenalin half ihr, konzentriert zu bleiben.
»Bitte, richten Sie ihr etwas von mir aus«, hauchte die Frau.
»Sie müssen Ihre Kräfte sparen«, drängte Doris sie. »Sprechen Sie jetzt nicht mehr. Ich muss Ihnen einen Krankenwagen rufen.«
Sie ertrug es nicht, hierzubleiben und nichts zu tun, wo die Frau jederzeit sterben konnte.
»Nein«, sagte die Frau mit einer Stärke in der Stimme, die Doris überraschte. »Bitte ... Sie müssen ihr sagen ...«
»Ihr? Ihrer Tochter?«, fragte Doris nach. Sie schluckte schwer. Das war der schlimmste Albtraum, der sich hier vor ihren Augen ab-

spielte. Zu wissen, dass man gleich sterben würde und das eigene Kind zurückließ ... Diese Frau wusste es. Sie wusste es.
Doris nahm all ihre Kraft zusammen, um stark zu sein, die letzten Worte dieser Fremden zu hören und sie zu trösten, so gut sie konnte. Sie streckte den Arm aus und nahm die Hand der Frau. Sie war eiskalt und glitschig vor Blut.
»Sagen Sie es mir. Was soll ich ihr ausrichten?«, fragte Doris beherzt.
Die Frau musste wieder husten, Blut lief ihr aus dem Mundwinkel. Sie war weiß wie die Wand. Doris war sich nicht mal sicher, ob sie überhaupt noch in der Lage war zu sprechen.
»Es ist ganz einfach. Sagen Sie ihr, dass ich sie liebe«, flüsterte die Frau, und Doris nickte ermutigend. »Sie ist mein kleines Lämmchen«, fuhr die Frau fort, und eine Träne kullerte ihr aus den blauen Augen. »Sagen Sie meinem kleinen Lamm, dass sie ein braves Mädchen sein soll. Sie soll ein braves Mädchen sein für Mummy.«

Als Doris geendet hat, breche ich in Tränen aus.
Es ist keine große Enthüllung, kein großes Geheimnis, das mir jahrzehntelang verheimlicht wurde. Das war einfach nur die letzte Nachricht einer Mutter an ihre Tochter – eine Tochter, die sie sehr geliebt hat.
»Es tut mir so leid, dass ich Sie traurig gemacht habe«, meint Doris mit bebender Stimme, während ich weiter vor mich hin weine.
»Sie hat mich ihr kleines Lamm genannt«, platze ich heraus und unterdrücke ein Schluchzen. »Ich erinnere mich jetzt daran.«
Lambert ... Sie hat mir Lambert geschenkt.
Ich wische mir über die Augen und sehe, dass Doris ebenfalls eine Träne über das faltige Gesicht rinnt.
»Sie hat mir ein Plüschtier geschenkt – ein Schaf. Ich hatte es bei mir im Auto, oder?«
Doris nickte. »Das stimmt. Du wolltest es nicht zurücklassen. Ich

habe es dir abgenommen, damit ich dich aus deinem Kindersitz holen konnte, aber du hast geschrien und die Händchen danach ausgestreckt, als ich dich aus dem Auto gehoben habe. Es tat mir so leid, dass meine Hände schmutzig waren.«
Schmutzig von was? Da dämmert es mir: vom Blut meiner Mutter.
»Sie wollten es mir abnehmen«, flüstere ich und erschaudere, als eine Erinnerung in mir hochkommt. »Ich erinnere mich, dass die Krankenschwester gesagt hat, Lambert wäre schmutzig, und ich war so traurig, dass sie ihn mir doch zurückgegeben hat.«
»Ich hatte nichts, womit ich meine Hände hätte saubermachen können«, entschuldigt sich Doris.
Lambert ist immer schon etwas schäbig gewesen, solange ich mich erinnern kann, aber ich habe nie gewusst … Ich habe nicht gewusst, dass die braunen Flecken auf seinem Körper von Fingerabdrücken stammen – vom Blut meiner Mutter.
»Es tut mir leid, dass ich nicht eher versucht habe, dich zu kontaktieren«, fährt Doris fort. »Ich habe einem Polizisten gesagt, dass er es ausrichten soll, aber die Nachricht war so, na ja, so *offensichtlich*, nehme ich an … Ist es nicht das, was alle Eltern zu ihren Kindern sagen würden? Ich liebe dich. Sei brav. Es ist das, was ich sagen würde«, gibt Doris zu. »Und ich *habe* darüber nachgedacht. Ich war mir nicht sicher, ob der Polizist es ausrichten würde, und selbst wenn, hatte ich Bedenken, dass dein Vater vielleicht nicht die Bedeutung erkennen würde oder einfach vergessen könnte, es dir zu sagen.«
Ich schaue sie fragend an. »Welche Bedeutung?« Ich habe immer noch einen Kloß im Hals.
»Meine Enkelin Becca«, erklärt Doris, und ich frage mich schon, ob sie vom Thema abkommt. »Sie hatte in letzter Zeit oft Ärger. Sie war schon immer so, dass sie rennen wollte, bevor sie überhaupt laufen konnte. Mit siebzehn hat sie sich mit einem Jungen eingelassen, der nicht gut für sie war. Sie wurde innerhalb eines Jahres

schwanger, und er hat sich ein Jahr später von ihr scheiden lassen. Sie hat kurz darauf wieder geheiratet, und jetzt lässt sie sich scheiden. Christine sagt, dass sie jeden Abend in Bars geht und einen drogenabhängigen Freund hat, während die kleine Paula zu Hause ist und von meiner Tochter großgezogen wird. Sie ist jetzt elf, und ihr ist durchaus bewusst, was ihre Mutter so treibt. Ich habe Angst, dass sie sich ihr Verhalten irgendwann abschaut.«

Ich höre aufmerksam zu, verstehe aber nicht, worauf Doris hinauswill. Sie hält inne.

»Deine Mutter hat dich geliebt«, sagt sie mit Nachdruck. »Aber ich musste wissen, was aus dir geworden ist. Ob du ein guter Mensch geworden bist.«

Ich starre sie überwältigt an. Doris sieht mich fragend an, und mein Gesicht läuft rot an, als ich den Drang unterdrücke, den Blick abzuwenden. Doch dann beantwortet sie ihre eigene Frage. »Und ja, ich sehe jetzt, dass es so ist.«

Ganz langsam schüttele ich den Kopf. »Nein«, sage ich leise. »Sie liegen falsch.«

Sie setzt sich aufrecht hin. »Warum sagst du so was?«

»Weil ich kein braves Mädchen bin«, erkläre ich ihr und überlege, wie es dazu kommen konnte, dass ich diese unwirkliche Unterhaltung mit einer Fremden führe. »Die Dinge, die ich getan habe ... Die Fehler, die ich gemacht habe ...«

»Fehler machen einen nicht zu einem schlechten Menschen«, erwidert Doris. »Sie machen einen menschlich. Was man daraus macht, ist das, was zählt. Ich habe dich durchs Fenster mit deinem Vater beobachtet. Was auch immer du getan hast, du kannst es wiedergutmachen.«

Da bin ich mir nicht so sicher ...

Ich schließe die Augen, als mir wieder einfällt, dass alles – alles das hier – auf den ersten, schlimmsten meiner Fehler überhaupt zurückzuführen ist.

»*Ungezogenes Mädchen!*«

»Was ist los, Liebes?«, fragt Doris, als ich wieder zu weinen anfange.
Mein ganzer Körper bebt, doch ich schluchze lautlos, während ich die Arme um den Oberkörper schlinge.
»Amber, was ist los?«, fragt sie mehrmals und mit wachsender Besorgnis. »Was hast du getan? Es kann doch nicht so schlimm sein.«
»Ich glaube, ich habe meine Mutter getötet.«
»Wie bitte?« Sie sieht mich verwirrt an. Es dauert einen Moment, bis mir bewusst wird, dass sie mich akustisch nicht verstanden hat.
»Ich glaube, ich habe meine Mutter getötet«, wiederhole ich lauter, das Gesicht qualvoll verzogen. »Ich habe den Autounfall verursacht.«
»NEIN.« Das ist Dads Stimme, doch ich kann ihn nicht sehen. Einen Moment später geht die Schiebetür auf, und er humpelt auf die Terrasse. Er sieht wütend aus. »NEIN!«, wiederholt er mit fester Stimme. Hat er etwa gelauscht? »Das hast du nicht.«
»Doch Dad, das habe ich«, schluchze ich jetzt wieder heftiger. »Ich habe mich danebenbenommen, war ungezogen, habe sie abgelenkt. Sie hat mich angeschrien, dass ich ein ungezogenes Mädchen sei.«
Und dann hat sie eine Fremde gebeten, mir auszurichten, dass ich brav sein sollte. Ich muss wirklich *sehr* unartig gewesen sein.
Dad sieht geschockt aus, doch nicht aus dem Grund, den ich erwartet hätte. »Katy hat *niemals* die Stimme gegen dich erhoben! Du warst das süßeste kleine Mädchen überhaupt. Sie hat dich nicht ein Mal als ungezogen bezeichnet!«
»Hat sie doch!« Ich kann sie deutlich im Rückspiegel sehen. »›Ungezogenes Mädchen!‹ – das hat sie mir über den Rückspiegel zugeschrien!«
»Nein«, sagt er entsetzt. »Nein, Liebling, das war ich.«
Was?
Er wirkt schmerzgeplagt, als er weiter auf uns zuhumpelt. Ich ziehe

ihm schnell den zweiten Stuhl heran, und er lässt sich seufzend darauf nieder. »Ich war das.«
Nachdem meine Mutter gestorben war, tat mein Dad sich zunächst schwer, mich allein großzuziehen. In seiner Trauer ließ er sich gehen, das Haus verlotterte, und er hatte absolut keine Geduld, mit einer Dreijährigen umzugehen.
»Ich habe dich die ganze Zeit angeschrien«, gesteht er reuevoll. »Ich habe dich so oft ein ungezogenes Mädchen genannt.« Er schluckt schwer. »Es tut mir so leid. So leid. Das warst du nicht.«
Doris schnaubt, und wir schauen sie beide an. Es scheint ihr etwas unangenehm zu sein, doch sie spricht trotzdem aus, was sie gedacht hat. »Jedes Kind ist mal ungezogen.« Ich muss daran denken, dass Ethan das Gleiche zu mir gesagt hat.
»Vielleicht«, stimmt Dad zu. »Aber ich habe es dir wirklich nicht leichtgemacht. Es tut mir leid.«
»Das ist verständlich«, erwidere ich nach einer kurzen Pause. Aber warum habe ich dann eine so deutliche Erinnerung daran, dass es Mum war? Hat Dads Schimpfen es irgendwie in meine Träume geschafft und meine Realität so verzerrt, dass ich es für wahr gehalten habe? Möglich ist es.
»Erinnerst du dich, dass Mum mich ihr kleines Lamm genannt hat?«, frage ich Dad.
Erst zögert er, doch dann nickt er, als er sich wieder erinnert. »Stimmt. Das war, weil du deinen eigenen Namen nicht aussprechen konntest.«
Ich schaue ihn fragend an.
»Amber«, sagt er. »Baa. Du hast dich selbst Baa genannt. Sie fand, dass du wie ein kleines Lamm klingst.«
Ich lache, und meine Augen füllen sich wieder mit Tränen. »Hast du alles mitangehört, was Doris mir gesagt hat?«
Er wirkt beschämt. »Das meiste ja. Ich musste es wissen, tut mir leid.«
»Also, wusstest du, dass Mum kein großes Geheimnis hatte?«

»Natürlich wusste ich das.« Er winkt ab. »Aber ich wollte ihre letzten Worte trotzdem unbedingt erfahren. Ich musste sicher sein.«
»Der Polizist hat es dir also nicht ausgerichtet?«
»Er sagte mir, dass sie dich liebhatte«, bestätigt er. »Aber das wusste ich ohnehin schon.«
Ich habe wieder einen Kloß im Hals.
»Und ich habe dich auch lieb, Amber. So sehr.«
»Ach, Dad.«
Ich schlinge ihm die Arme um den Hals, und er drückt mich fest an sich, mit mehr Lebenskraft, als ich es seit langem bei ihm erlebt habe.
»Ich habe dich auch lieb.«

Kapitel 39

»*Sagen Sie meinem kleinen Lamm, dass sie ein braves Mädchen sein soll. Sie soll ein braves Mädchen sein für Mummy.*«
Ich starre Lambert an, während mir die Worte immer wieder durch den Kopf gehen. Wie kann ich brav sein ... Wie kann ich es wiedergutmachen?
Mir wird bewusst, dass Dad auf seine eigene Art mir seit Wochen sagt, dass ich brav sein soll. »Pass auf dich auf«, hat er immer wieder gesagt. Er wusste, dass ich dabei war, etwas mit Ethan anzufangen, und er hat versucht, mich zu warnen. Ich wollte nur einfach nicht auf ihn hören.
Die Worte meiner Mutter aber scheinen noch aus dem Grab widerzuhallen.
Ich fahre mit dem Finger über die ausgeblichenen braunen Flecken auf dem Rücken des Plüschschafs und über den einen Fleck auf seinem Bauch. Vier Finger- und ein Daumenabdruck.
»*Du kannst ihn nicht behalten!*«
Eine Erinnerung schiebt sich in mein Bewusstsein, und ich erstarre unwillkürlich.
»*Er ist schmutzig! Er kommt in den Müll!*«
Stimmt ... Dad wollte Lambert nach dem Unfall wegwerfen. Ich weiß nicht, wie lange danach es war – es könnten Tage, Wochen, Monate gewesen sein, aber ich erinnere mich, wie geschockt ich war, als er mit ihm nach draußen gegangen ist und ihn dort in die Mülltonne gesteckt hat. Er hat mich angeschrien, weil ich weinte, und er war so wütend, dass ich die Klappe gehalten habe.

Aber ich habe ihn später wieder herausgefischt – ich erinnere mich noch gut daran, dass die Mülltonne nach vergammeltem Essen gestunken hat. Dad war vermutlich auf dem Sofa eingenickt. Ich versteckte Lambert in meinem Zimmer, für wer weiß wie lange, ehe Dad ihn fand. Er war sehr wütend.

»*Ungezogenes Mädchen!*«, schrie er. »*Hast du dieses dreckige Schaf aus dem Müll geholt?*«

Ja, ich erinnere mich wieder.

Er versuchte, mir das Stofftier zu entreißen, und ich schrie wie am Spieß, bis er mich wieder losließ und weinend auf meinem Schlafzimmerboden zusammenbrach. Es war das Schlimmste überhaupt, ihn so schluchzen zu hören – und ich wusste, dass ich der Grund für sein Leiden war. Aber ich wollte Lambert nicht hergeben, nicht mal, um Daddy vom Weinen abzuhalten. Ich erinnere mich, dass er abrupt aufgestanden ist und mein Zimmer verlassen hat. Er hat das Schaf nie wieder erwähnt, aber ich habe es trotzdem noch eine ganze Weile vor ihm versteckt, nur um sicherzugehen.

Vielleicht sollte ich wirklich mal eine Therapie machen. Habe ich mich vielleicht deshalb immer als einen so schlechten Menschen gesehen?

Bin ich ein schlechter Mensch? Ich weiß, ich habe Fehler gemacht – schlimme, unverzeihliche Fehler –, aber kann ich irgendwelche davon wiedergutmachen?

Ich fahre mir mit der Hand über den Bauch. O Gott, was mache ich nur mit diesem Baby?

Ethans dritte Option schleicht sich ungebeten in meinen Kopf. Es behalten und so tun, als sei es Neds …

Die Vorstellung ist abstoßend, aber einen Moment lang erlaube ich mir, das Szenario durchzuspielen.

Zeitlich könnte es hinkommen – ich müsste es nur irgendwie so einrichten, dass er nie mit zu den Arztterminen kommt. Vielleicht würde Ned nur das sehen, was er sehen möchte, und gar nicht auf die Idee kommen, Fragen zu stellen, und Ende des Jahres hätten wir unser Baby, und er würde es nie erfahren. Könnten wir eine glückliche Familie sein? Oder würden mich meine Schuldgefühle auffressen und auf Ned und unser Kind übergehen?

Es gibt noch so viele Variablen, die es zu bedenken gibt.

Was, wenn das Baby aussieht wie Ethan?

Was, wenn Ethan es sich anders überlegt und doch am Leben seines Sohnes oder seiner Tochter teilhaben will?

Was, wenn Ned die Wahrheit herausfindet, nachdem er das Kind als sein eigenes großgezogen und liebgewonnen hat?

Und wie würde sich mein Kind fühlen, wenn es herausfände, dass ich es betrogen habe, noch bevor es geboren wurde?

Option drei ist *keine* Option. Da bin ich mir absolut sicher. Es wäre auf so vielen Ebenen unverzeihlich. Ich seufze erleichtert.

Nachdem ich diesen Entschluss gefasst habe, überdenke ich die Alternativen.

Ich könnte es behalten und Ned die Wahrheit sagen. Aber das würde das Ende unserer Ehe bedeuten.

Oder ich könnte ... ich könnte ... ich könnte es *nicht* behalten. Ich könnte das Baby nicht bekommen.

Mir schwirrt der Kopf, als mir bewusst wird, was das bedeutet: Ich muss mich zwischen meiner Ehe und meinem ungeborenen Kind entscheiden.

Wenn ich meine Ehe wähle, muss ich mit meiner Entscheidung den Rest meines Lebens umgehen, und das würde mich vermutlich so verbittern lassen, dass meine Ehe ohnehin daran zerbrechen würde. Ganz ehrlich, sie steht nicht gerade auf festen Beinen. Kann sie einen solchen Schlag verkraften? Ich würde Ned immer noch betrügen – kann es noch schlimmer kommen, als von einem anderen Mann schwanger zu werden und dann eine heimliche Abtreibung zu haben? Wenn er das jemals herausfände, würde ich ihn auf jeden Fall verlieren.

Wenn ich mich für das Baby entscheide, könnte ich wenigstens mit mir selbst leben. Wenigstens wäre mein Leben keine Lüge. Aber die Vorstellung, Ned zu verlieren, ist unbeschreiblich schmerzhaft.

Ich schüttele den Kopf und versuche, nicht mehr darüber nachzudenken.

Ich habe meine Entscheidung getroffen. Ich werde das Baby bekommen. Wahrscheinlich bleibe ich in Australien, um nah bei meinem Dad zu sein. Ich fühle mich schlecht, London und meine Freunde zu verlassen, aber ich könnte nicht zurückgehen und dann nicht mit Ned zusammen sein. Was werden Josie, Alicia und Gretchen von mir denken, wenn sie erfahren, was ich getan habe? Neds Familie wird mich hassen, und wer könnte es ihnen verübeln?

Ich werde so viel mehr als nur meine Ehe verlieren, aber ich muss stark bleiben. Tief in mir drinnen weiß ich, dass es das einzig Richtige ist.

Ich atme tief durch und versuche, die Gedanken an meine Zukunft vorerst zu verdrängen.

Morgen will ich zum Arzt gehen, nur um sicherzugehen, und dann kann ich immer noch darüber nachdenken, wie ich Ned meine Sünden am besten gestehe. Sollte ich nach Hause fliegen und es ihm persönlich beichten? Die Aussicht ist furchtbar. Ich sollte versuchen, etwas Schlaf zu bekommen – es war ein langer Tag.

Gerade als ich das denke, klingelt das Festnetztelefon. Ich stöhne und will mich gerade aus dem Bett quälen, als ich höre, wie Liz drangeht. Einen Moment später klopft sie an meine Tür.

»Amber, bist du wach?«

»Ja«, antworte ich verschlafen.

»Ned ist am Telefon.«

Mein Herz macht einen Sprung, als sie mein Zimmer betritt und mir das Telefon reicht.

»Danke«, sage ich und halte mir den Hörer ans Ohr. »Hallo?«

»Ich bin in Heathrow«, sagt Ned. »Ich gehe gleich an Bord.«

»Du fliegst her?« Ich versuche, ruhig weiter zu atmen, obwohl mir die Angst die Luft abschnürt.

»Ja. Ich habe dir doch gesagt, ich komme, sobald ich kann. Jemand muss dich doch zur Vernunft bringen.«

O Ned ... Wenn du nur wüsstest.

»Gib mir deine Flugnummer, dann hole ich dich vom Flughafen ab«, sage ich wie ferngesteuert.

Er diktiert mir die Nummer, und ich schaffe es sogar, ihm einen guten Flug zu wünschen. Nichts hiervon fühlt sich real an, doch es passiert wirklich. In weniger als vierundzwanzig Stunden wird mein Ehemann vor mir stehen, und ich werde ihm alles beichten müssen. Wenn ich auch nur die leiseste Hoffnung gehabt habe, nach dieser Erkenntnis noch einschlafen zu können, bin ich schiefgewickelt.

Kapitel 40

Heute Nachmittag werde ich meinen Ehemann sehen. Das ist mein erster Gedanke, als ich aus unruhigem Schlaf erwache. Ich muss in den frühen Morgenstunden doch noch eingedämmert sein, und jetzt brennen meine Augen, und ich fühle mich furchtbar erschöpft. Um die Sache noch schlimmer zu machen, befürchte ich, mich wieder übergeben zu müssen. Ich klettere aus dem Bett und renne ins Badezimmer. Als ich nach einer Weile wieder herauskomme, treffe ich in der Küche auf Liz. Ich hoffe, sie hat nicht wieder gehört, wie ich mich übergeben habe. Ich gehe davon aus, dass sie weiß, dass ich dieses Mal nicht den ganzen Abend gesoffen habe.

»Guten Morgen«, murmele ich.

»Geht es dir wieder nicht gut?«, fragt sie.

Ich wende hastig den Blick ab.

»Nein.« Ich wechsele schnell das Thema. »Ned ist auf dem Weg nach Australien.«

Sie reißt die Augen auf. »Wirklich?«

»Er hat mich gestern Abend von Heathrow aus angerufen. Ich hoffe, es ist okay, wenn er hier übernachtet?«

»Natürlich ist das okay.« Sie wirkt ein wenig überrumpelt.

Ich würde ihr gern sagen, dass er nicht lange bleiben wird – gerade lange genug, um mir zu sagen, wie sehr er mich hasst, und die Scheidung zu verlangen, doch ich behalte es für mich. Sie wird es früh genug erfahren.

»Warum nimmt er den weiten Weg auf sich? Ich dachte, du fliegst

ohnehin am Freitag nach Hause.«
»Ich habe ihm gesagt, dass ich überlege, länger zu bleiben.«
»Aha.« Sie bedenkt mich mit einem wissenden Blick. »Also kommt er, um dich zu überreden, mit ihm nach Hause zu fliegen, stimmt's?«
»So was in der Art.«
»Na, da wünsche ich ihm viel Glück«, bemerkt sie auf ihre nervige Art.
Ich weiß, dass sie mich gern wieder aus dem Haus hätte, doch Dad freut sich, dass ich hier bin, und er ist der Einzige, der mir in dem Fall wichtig ist.
Verstimmt kehre ich in mein Zimmer zurück.

Sobald der Hausarzt meines Dads seine Praxis geöffnet hat, rufe ich an, um einen Termin zu vereinbaren. Ich bekomme noch einen um zehn Uhr.
Von Ethan habe ich seit Montag nichts gehört, was zwei Tage her ist, aber ich muss ihm unbedingt mitteilen, dass Ned zu Besuch kommt. Ich will ihn wenigstens bitten, sich fernzuhalten, was ihm bestimmt nicht allzu schwerfallen wird.
Ich rufe ihn auf dem Handy an, doch es geht nur die Mailbox dran. Wahrscheinlich ist er im Weinkeller. Mir fällt ein, dass er gesagt hat, er hätte am Mittwoch die Mädchen, also hinterlasse ich ihm eine Nachricht, wobei ich vorsichtig bin, nichts preiszugeben, was ein Außenstehender verstehen könnte.
»Hi Ethan, hier ist Amber. Ich wollte dir nur sagen, dass Ned unterwegs nach Australien ist, ich werde also in nächster Zeit ziemlich beschäftigt sein. Oh, und ich gehe gleich zum Arzt, um diesen Magen-Darm-Virus abchecken zu lassen. Bis bald. Bye.«
Ich klinge seltsam fröhlich, was ihn wahrscheinlich irritieren wird. Aber er hat mich nicht einmal angerufen, um zu fragen, wie das Treffen mit Doris gestern war. Keiner meiner Freunde hat angerufen.

Ich sitze im Wartezimmer der Praxis und kämpfe mit einer höchst unangenehmen Mischung aus Morgenübelkeit und Nervosität.
Als ich das letzte Mal beim Arzt gewesen bin, um eine Schwangerschaft bestätigen zu lassen, war Ned bei mir. Ich ging zurück ins Wartezimmer und sah seinen hoffnungsvollen Blick, woraufhin ich nichts tun musste außer zu lächeln, und schon sprang er freudig auf und hätte mich mit seiner stürmischen Umarmung fast erdrückt. Er war so glücklich. Ich war ebenfalls glücklich, auch wenn ich nicht erwartet hatte, dass es so einfach sein würde. Ich hatte überhaupt nicht damit gerechnet, dass es gleich klappen würde.
Ich kann nicht glauben, dass ich ihn heute auch noch sehen werde.
Ich halte bereits eine Urinprobe bereit, als Dr. Molton mich in sein Zimmer rufen lässt.
»Was kann ich denn heute für Sie tun?«, fragt er und deutet auf den Stuhl ihm gegenüber.
»Ich bin mir ziemlich sicher, dass ich schwanger bin«, erkläre ich, während sich mein Magen nervös zusammenzieht.
»Haben Sie schon einen Test gemacht?«
»Ja, aber ich würde gern wissen, wann die Zeugung gewesen ist.«
Mein Gesicht beginnt zu glühen, und ich versuche schnell, die Aufmerksamkeit des Arztes davon abzulenken, indem ich ihm den Becher mit der Urinprobe entgegenstrecke.
»Ah, sehr gut.« Er nimmt mir den Becher ab. »Wann hatten Sie denn ihre letzte Periode?«
»Das war Anfang März.«
»Können Sie sich an das genaue Datum des ersten Tages der Periode erinnern?« Er schaut mich über den Rand seiner Brille an und reicht mir einen Taschenkalender.
Ich starre auf den März und zermartere mir das Gehirn, während er sich der Urinprobe widmet. Zu der Zeit war so viel los bei mir. Ich weiß, dass ich am Valentinstag im Flugzeug nach Australien

gesessen und die nächsten drei Wochen hauptsächlich im Krankenhaus verbracht habe. Ich weiß noch, dass ich im Krankenhaus mal einen Tampon benutzt habe, nach einer von Dads Sprachtherapiesitzungen, doch ich kann mich nicht erinnern, ob es viel geblutet hat. Meine Periode ist schon immer sehr unzuverlässig gewesen – einen Monat stark, den nächsten wieder ganz schwach. Das erzähle ich dem Arzt.
»Also«, sagt Dr. Molton, »Sie sind definitiv schwanger.«
Ich schließe die Augen. Es ist immer noch ein Schock, obwohl ich es eigentlich schon wusste.
»Keine guten Nachrichten?«, fragt er.
Ich schüttele den Kopf. »Nein.« Es ist mir zu peinlich, ihm den wahren Grund zu nennen. »Ich hatte eine Fehlgeburt, als ich das letzte Mal schwanger war«, sage ich stattdessen.
»Verstehe.« Er runzelt die Stirn. Dann fragt er nach den Details, und ich erzähle ihm alles.
»Können Sie mir sagen, in der wievielten Woche ich schwanger bin?«, frage ich hoffnungsvoll.
»Wenn wir nach dem Datum Ihrer letzten Periode gehen, wären Sie fast fünf Wochen schwanger«, antwortet er, »was bedeutet, dass die Zeugung etwa vor drei Wochen gewesen sein muss?«
Ich nicke unglücklich. Das würde genau zum Datum von Eden Valley und dem Feuer passen.
»Aber Ihr Hormonlevel deutet darauf hin, dass sie schon etwas weiter sind«, fährt der Arzt fort. »Diese Blutung bereitet mir Sorgen. Besonders wegen Ihrer Geschichte. Sie sagen, Sie hatten nur eine leichte Periode?«
»Ja.« Ich nicke.
»Was ist mit dem Monat davor? Anfang Februar?«
»Da war sie normal, denke ich.« Ja, ich erinnere mich, dass die Blutungen sogar sehr stark waren und ich üble Krämpfe hatte. Ich weiß noch, dass ich extralaunisch war und mich heftig mit Ned gestritten habe.

Der Arzt nickt. »Ich würde Sie gern zum Ultraschall schicken, damit wir genauer feststellen können, wie weit Sie wirklich sind.« Er greift nach dem Telefonhörer und ruft zu meiner Überraschung direkt das Krankenhaus an. Ich fühle mich wie auf glühenden Kohlen, während er telefoniert. Mit zufriedenem Lächeln legt er auf. »Können Sie jetzt gleich rüberfahren? Um Viertel nach elf ist noch ein Termin frei.«
Eilig packe ich meine Sachen zusammen und bezahle an der Anmeldung. In Australien gibt es zwar kein Gesundheitssystem wie in England, doch in meiner aktuellen Situation nehme ich die Kosten gern in Kauf, dafür dass ich wesentlich kürzere Wartezeiten habe.
Für den Ultraschall fahre ich in die Frauen- und Kinderklinik in North Adelaide, und ich bin das reinste Nervenbündel, als ich vor dem Untersuchungszimmer warte, weil ich jeden Moment damit rechne, dass Nell um die Ecke biegt. Ich hätte wirklich gern etwas mehr Zeit, ehe ich meinen Freunden meine missliche Lage erkläre, und Ned sollte der Erste sein, dem ich davon erzähle.
Irgendwann werde ich aufgerufen, doch auch in der relativen Privatsphäre des Zimmers beruhigen sich meine Nerven nicht.
Die behandelnde Ärztin bittet mich, hinter einem Vorhang den Unterkörper freizumachen und mich dann auf den Untersuchungsstuhl zu setzen. Ich tue wie geheißen und bedecke mich mit der dünnen Decke, die dort bereitliegt.
Ich habe damit gerechnet, dass der Ultraschall so ablaufen würde wie beim letzten Mal, weshalb ich etwas geschockt bin, als ich erfahre, dass es sich um einen vaginalen Ultraschall für das frühe Stadium der Schwangerschaft handelt. Der Schallkopf ist ein langer, schmaler Stab, und ich versuche, mich zu entspannen, während die Ärztin ihn in mich einführt.
»Okay«, sagt sie, den Blick auf den Bildschirm gerichtet. »Es gibt eine gewisse Unsicherheit, was das Datum Ihrer letzten Periode angeht, richtig?«

»Ja. Laut meinem Arzt könnte ich entweder in der fünften oder in der neunten Woche schwanger sein«, erkläre ich nervös.
Ethans oder Neds, Ethans oder Neds.
»Also, Sie sind nicht in der fünften Woche«, sagt sie, und der kleine Funke Hoffnung in meinem Bauch lodert auf, als sie den Bildschirm in meine Richtung dreht. »Sehen Sie den Herzschlag dort?«
Sie zeigt auf einen winzigen Punkt, der in einem gebogenen, grauen Klecks pulsiert. Sind das der Kopf und der Körper meines Babys?
»Ich würde sagen, Sie sind mindestens in der neunten Woche.«
Die Erleichterung und das Glück, das ich empfinde, sind so unbeschreiblich, dass ich in Tränen ausbreche. Die Ärztin sieht mich mit einer Mischung aus Verwirrung und Belustigung an.
Mein Baby ist von Ned. Von meinem Ehemann. Ich habe es nicht vermasselt. Nun ja, ich habe ihn betrogen und habe noch eine Menge zu klären, aber diese Neuigkeit ist unbeschreiblich schön.
Mit Neds Baby schwanger zu sein erschien mir so unwahrscheinlich – ganz abgesehen davon, dass ich vermeintlich meine Tage hatte, waren die leidenschaftlichen Momente zwischen uns in den vergangenen Monaten sehr spärlich gesät. Ich kann dieses Ergebnis einfach nicht fassen. Es fühlt sich an wie ein kleines Wunder.
Ich kann nicht anders, ich muss lachen, während mir die Tränen weiter über die Wangen laufen – vor schierer Erleichterung, aber auch vor Freude.

Ich weine immer noch, als ich die Klinik verlasse, und es ist mir völlig egal, dass mich die Leute anstarren. Im Moment bin ich der glücklichste Mensch auf Erden. Das Einzige, was es jetzt noch besser machen kann, ist, meinen Mann zu sehen.
Ach, Ned. Ich bin so froh, dass er jetzt kommt, geradezu außer mir vor Freude. Ich empfinde so viel Reue wegen allem, was ich getan habe. Irgendwie muss ich es wiedergutmachen. Ich weiß nicht, wie ich die nächsten drei Stunden überstehen soll, die ich noch warten muss, bis sein Flugzeug landet.

Werde ich ihm sagen, was ich getan habe?
Der Gedanke daran verpasst meiner euphorischen Stimmung sofort einen Dämpfer. Könnte unsere Ehe doch zu Ende sein? Würde er mir jemals verzeihen können, dass ich ihn mit Ethan betrogen habe?
Auf einmal kann es mir nicht mehr lange genug dauern, bis Ned in Adelaide landet. Einerseits will ich ihn unbedingt sehen und ihm die Neuigkeit von unserem Baby erzählen. *Unser* Baby! Ich verspüre eine erneute Welle aus Freude, doch sie ist schnell wieder erstickt, weil ich andererseits nur noch drei Stunden Zeit habe, mich zu entscheiden, ob ich ihm die Wahrheit sage oder nicht.
In diesem Zustand kann ich auch nicht nach Hause zurückkehren, weil Dad und Liz mir Fragen stellen würden, also beschließe ich, ein bisschen in der Gegend herumzufahren, um den Kopf freizubekommen. Irgendwie finde ich mich auf dem Weg in die Hügel zu Ethans Haus wieder.
Ich sollte ihm sagen, dass das Baby nicht von ihm ist. Er hat ein Recht darauf, es zu erfahren, auch wenn ein Teil von mir dafür ist, ihn noch eine Weile zappeln zu lassen.
Aber das wäre grausam. Spontan entscheide ich, zu ihm zu fahren.
Als ich in der Nähe bin, rufe ich ihn an, auch wenn ich nicht erwarte, dass er drangeht. Umso überraschter bin ich, als er es tut.
»Arbeitest du gerade?«, frage ich.
»Ich bin zu Hause. Bei Sadie zu Hause«, fügt er schnell hinzu, woraufhin ich auf die Bremse trete. Sadie wohnt in der anderen Richtung.
»Kannst du dich vielleicht zehn Minuten wegstehlen?«, frage ich vorsichtig. »Ich muss dich dringend sehen.«
»Ich habe deine Nachricht erhalten«, erwidert er. Er klingt gestresst. »Ned ist unterwegs nach Adelaide?«
»Ja«, bestätige ich ihm. »Ich bin gerade in der Nähe von Sadies Haus. Kann ich dich kurz abholen? Ich setze dich auch wieder dort ab.«

Er zögert einen Moment, ehe er antwortet. »Okay. Klar.«
»Ich bin in fünf Minuten da.« Ich lege auf und wende. Ich hoffe, er kommt von allein vor die Tür. Ich habe keine Lust, Sadie in diesem Zustand zu begegnen.
Glücklicherweise verlässt er das Haus nur ein paar Minuten, nachdem ich am Straßenrand gehalten habe. Er trägt ein schwarzes Longsleeve-Shirt und dunkelblaue Jeans. Mit misstrauischem Blick geht er aufs Auto zu. Er öffnet die Beifahrertür und faltet sich in den Sitz. Ich lasse den Motor an und fahre los.
Als ich in eine kleine, verlassene Straße einbiege, muss ich daran denken, wie wir uns das dritte Mal geliebt haben – auf dem Rücksitz seines Autos, nachdem wir auf Mount Lofty gewesen sind.
Ich erschaudere innerlich, wegen des Ausdrucks, den ich verwendet habe. Ich habe ihn vielleicht geliebt, aber das Gefühl beruhte nie auf Gegenseitigkeit. Und ich bin mir zweifelsfrei sicher, dass ich ihn jetzt nicht mehr liebe.
Ich fahre links ran und drehe mich zu ihm um. Er sieht mich fragend an.
»Ich komme gerade aus dem Krankenhaus«, erkläre ich und bemerke, wie er scharf die Luft einzieht. »Ich *bin* schwanger«, bestätige ich und füge lächelnd hinzu, »in der neunten Woche.«
Er reißt die Augen auf. »Also, bedeutet das ... Es ist von Ned?«
Ich nicke. »Ja.«
Er sackt in seinem Sitz zusammen, als die Anspannung von ihm abfällt. Ich kann ihm nicht verübeln, wie erleichtert er ist, immerhin geht es mir genauso.
»Gott sei Dank!« Er fährt sich mit den Händen durch die Haare und starrt aus dem Fenster. »Bist du dir sicher?«, fragt er dann. »Absolut sicher? Ich meine, ich dachte, er und du wart nicht mehr so glücklich miteinander. Habt ihr noch – «
»Ja, haben wir«, unterbreche ich ihn. »Es stimmt, wir hatten unsere Probleme in letzter Zeit, aber es gab auch immer wieder gute Momente. Das Baby ist definitiv von ihm.«

»Oh, Gott sei Dank!«, wiederholt er.

Wenn ich bedenke, dass ich diesen Jungen – diesen Mann – so viele Jahre lang geliebt habe ... Jetzt fühle ich mich seltsam distanziert von ihm.

»Amber ...« In seinem Blick liegt Reue. »Es tut mir alles so leid.«

»Mir auch«, erwidere ich leise.

Das war es. Ich lasse ihn los. Ich werde ihn nicht wiedersehen, und ich will es auch nicht.

»Ich hoffe, es wird alles gut für dich«, sage ich, und es fühlt sich seltsam surreal an. »Meinst du, du kommst wieder mit Sadie zusammen?« Ich frage mich, warum er heute bei ihr ist.

Er schüttelt den Kopf. »Nein. Wir versuchen gerade, die Scheidung auszuarbeiten. Sie wird mich zweifellos komplett ausnehmen«, sagt er bitter.

»Ich bin mir sicher, du kommst zurecht«, murmele ich. Ich fürchte, mein Mitgefühl hält sich in Grenzen. Ich lege die Hand auf den Schalthebel, um ihn nach Hause zu fahren, aber Ethan streckt den Arm aus und greift nach meiner Hand.

»Ich liebe dich schon, weißt du«, sagt er und drückt meine Hand. Ich bekomme feuchte Augen, als ich ihn ansehe. »Vielleicht hätten wir es doch miteinander versuchen können.«

Ich ziehe meine Hand weg und schüttele den Kopf. »Ich denke nicht, Ethan. Ich liebe Ned. Was ich für dich zu empfinden geglaubt habe, verblasst im Vergleich dazu.« Ich spüre wieder die unglaubliche Freude und Wärme in meinem Bauch. Was ich für Ned empfinde ist echt, real. Und es beruht auf Gegenseitigkeit. Wir haben uns beide gesagt, dass wir das Gefühl haben, uns an dem Tag, als wir uns begegnet sind, ineinander verliebt zu haben. Das ist jetzt sieben Jahre her, und wir haben noch viel Arbeit vor uns. Aber ich wünsche mir so sehr, dass wir es schaffen. Ich hoffe, dass er sich das auch wünscht. Doch eigentlich weiß ich, dass es so ist, sonst wäre er nicht den weiten Weg nach Australien geflogen, um mich zu sehen.

Ich werfe einen Blick auf die Uhr. »Ich muss los«, sage ich eilig und lächele unwillkürlich. »Ned landet bald.«
»Wirst du ihm von uns erzählen?«, fragt er, und ich werde sofort wieder nervös.
»Ich weiß es nicht«, antworte ich ehrlich. »Ich habe mich noch nicht entschieden. Ich will ihn nicht verlieren.«
»Dann sag es ihm nicht«, rät er mir.
Wenn es so einfach wäre ...
Wir fahren schweigend zu Sadies Haus zurück, und als ich in die Einfahrt einbiege, bin ich zittrig vor Aufregung, weil ich gleich meinen Ehemann sehen werde.
»Mach's gut, Ethan.« Ich schenke ihm ein kurzes Lächeln, weil ich möglichst schnell zum Flughafen fahren möchte.
Er streckt den Arm aus und zieht mich in eine nicht wirklich willkommene Umarmung, aber ich halte ihn auch nicht davon ab. Es wird das letzte Mal sein, dass wir das tun.
»Mach's gut, A.« Er klingt, als hätte er einen Kloß im Hals. Vielleicht, weil ihm jetzt auch aufgefallen ist, dass es das Ende ist. Wir sehen uns vielleicht nie wieder.
Er drückt seine Lippen auf meine Wange, und ich schließe die Augen, weil ich plötzlich auch mit den Tränen kämpfen muss. »Pass auf dich auf«, murmelt er mir ins Ohr. Zärtlich legt er die Hand auf meinen Bauch, und ich schlucke schwer. »Ich weiß, du wirst eine tolle Mutter werden.«
Ich drücke ihn fest an mich, während mir die Tränen über die Wangen laufen. Dann lassen wir uns gleichzeitig los. Ich warte nicht, bis er die Haustür erreicht hat, ehe ich aus der Einfahrt zurücksetze, und ich schaue nicht zurück, als ich davonfahre.
Ich bin fertig damit, ständig zurückzuschauen.

Kapitel 41

Ich bin furchtbar nervös, als ich in der Ankunftshalle des Flughafens von Adelaide auf Ned warte. Ich war vorsichtshalber schon früher hier, doch Ned muss auch noch durch die Zollkontrolle, nachdem er sein Gepäck abgeholt hat, weshalb es noch eine Weile dauern könnte. Doch das macht nichts, es gibt keinen Ort, an dem ich lieber wäre.

Endlich strömen die ersten Menschen durch die Schiebetüren. Sie sehen erschöpft aus nach dem langen Interkontinentalflug. Ich schaue mich hektisch nach Ned um, doch es gehen etwa zwei Dutzend Menschen an mir vorbei, bis ich ihn endlich entdecke. Er sieht ziemlich fertig aus, sein hellbraunes Haar steht in alle Richtungen ab, und sein Hemd ist verkrumpelt. Um ehrlich zu sein, sieht er nicht so viel anders aus als sonst, und mein Herz schlägt schneller, als ich mich nach vorn dränge, um ihn zu begrüßen.

Er erblickt mich, und sein Mund verzieht sich zu einem breiten Grinsen, als er mein strahlendes Gesicht bemerkt. Dann liegen wir uns in den Armen, und ich kann kaum atmen.

»Ich liebe dich, ich liebe dich, ich liebe dich«, sage ich immer und immer wieder, während wir uns fest umarmen. Er zieht sich zurück, um mir einen stürmischen Kuss auf die Lippen zu geben. Dann küsst er mich noch einmal sanfter.

»Ich liebe dich auch«, sagt er ernst.

Und dann fährt mir jemand von hinten mit dem Gepäckwagen gegen die Knöchel, und ich fluche laut auf. Verdammt, das tat genauso weh wie beim letzten Mal!

»Hey, pass auf mit meiner Frau, ja?«, herrscht Ned den jungen Kerl an, der den Wagen schiebt.
»Sorry«, entschuldigt der sich und eilt weiter.
»Komm, wir gehen besser beiseite«, schlage ich vor, und Ned nimmt seinen Koffer und zieht ihn hinter sich her. Ich grinse ihn albern an, und er erwidert den Gesichtsausdruck.
»Freust du dich, mich zu sehen?«, fragt er, und seine braunen Augen funkeln, trotz der Tatsache, dass er blass und erschöpft aussieht. Hat er abgenommen?
»Sehr«, erwidere ich, und eine plötzliche Welle aus Emotionen lässt mein Lächeln verblassen.
Er sieht mich besorgt an. »Alles okay?«
»Lass uns im Auto reden«, meine ich, bestrebt, den Weg zum Parkplatz schweigend zurückzulegen.
Ich habe nicht vor, ihm in einer überfüllten Flughafenhalle zu erzählen, dass ich schwanger bin.
Was ich ihm sonst noch erzählen werde, habe ich immer noch nicht entschieden, aber das muss warten. Eins nach dem anderen.
Wir erreichen Dads Auto, das ich in dem mehrstöckigen Parkhaus abgestellt habe, doch irgendwie erscheint es mir plötzlich auch nicht mehr der passende Ort zu sein, um ihm die Neuigkeiten mitzuteilen. Der Strand ist nur eine kurze Fahrt westlich von hier: perfekt.
»Wie war dein Flug?«, frage ich und lasse den Motor an. Wir sprechen eine Weile über oberflächliche Dinge, doch mir entgeht nicht, dass er nervös wirkt. Ich frage mich, ob er ebenfalls etwas mit mir besprechen will. Der Gedanke jagt mir sofort Angst ein. Ich bin versucht, vor einem Asia-Imbiss einfach am Straßenrand zu halten – wer schert sich schon um perfekte Orte? Doch dann sehe ich den blauen Ozean vor uns schimmern und beschließe, bei meinem Plan zu bleiben.
Ich parke an einer Bucht und schaue ihn an. »Lass uns einen Spaziergang machen«, schlage ich vor und öffne die Fahrertür.

»Gott, Amber«, bricht es aus ihm heraus. »Ich muss endlich wissen, was du mir zu sagen hast.«
»Es ist nichts Schlimmes«, verspreche ich und runzle die Stirn, als mir auffällt, dass er deshalb die ganze Zeit so nervös war.
»Bist du dir sicher?«, fragt er zweifelnd.
Ich muss an Ethan denken, doch meine Entscheidung steht. Jetzt geht es um uns.
»Ja«, lüge ich, und mein schlechtes Gewissen meldet sich. »Los, komm.«
Ich nehme seine Hand, und wir gehen gemeinsam den steilen Pfad hinunter, der zu dem langen Sandstrand führt. Unten angekommen ziehe ich ihn gleich in eine sitzende Position. Er sieht mich misstrauisch an, und ich spanne ihn nicht länger auf die Folter.
»Ich bin schwanger.«
Er reißt die Augen auf, und gleichzeitig breitet sich ein strahlendes Lächeln auf seinem Gesicht aus. Dann bin ich in seinen Armen.
»Neun Wochen!«, erkläre ich lachend, während er mich rückwärts auf den Sand drückt und mein Gesicht mit Küssen bedeckt.
»Wie lange weißt du es schon?«, will er wissen.
»Erst seit ein paar Tagen«, antworte ich und setze mich wieder auf. »Ich hatte heute Morgen einen Ultraschall.«
»Du hattest jetzt schon einen Ultraschall?«
»Ich wollte sichergehen, dass alles in Ordnung ist.«
»Und, ist alles in Ordnung?«, fragt er besorgt.
»Ja.« Ich nicke. »Ich habe den Herzschlag gesehen und alles.«
»Ach Gott«, sagt er. »Bist du glücklich?« Er mustert mich eingehend.
»Ja.« Ich nicke heftig, während sich meine Augen mit Tränen füllen. Und Liz denkt, ich weine nicht.
»Du siehst aber …« Er lässt den Blick über meinen Körper schweifen, »… eher so aus, als hättest du abgenommen, nicht zu.«
»Bald lege ich für uns beide ordentlich zu, keine Sorge«, erwidere

ich lächelnd. »Ich hatte ein bisschen mit Morgenübelkeit zu kämpfen in letzter Zeit«, erkläre ich. »Mal davon abgesehen, musst du gerade etwas sagen! Was ist denn deine Ausrede?«
»Ich war total unglücklich ohne dich«, sagt er.
»Oh.« Ich gebe ihm einen Kuss auf die Wange. In diesem Moment liebe ich ihn so sehr, dass es schon fast körperlich weh tut. Er dreht den Kopf, so dass sich unsere Lippen treffen.
Unser Kuss ist so leidenschaftlich, dass er mein Blut in Wallungen bringt.
»Ich liebe dich so sehr«, sagt er leise.
»Ich liebe dich auch«, erwidere ich. »Es tut mir alles so leid. Dieses letzte Jahr ... es war die Hölle.«
»Ich weiß.« Er legt den Arm um mich und zieht mich an sich. Wir schauen gemeinsam aufs Meer hinaus. »Es tut mir auch leid. Ich war nicht für dich da. Ich war so mit meinem Job beschäftigt, und die ganze Sache mit Zara war auch nicht gerade hilfreich.« Er zieht scharf die Luft ein, und ich versteife mich unwillkürlich.
»Mach dir keine Sorgen deswegen«, sage ich und bin mir sehr wohl bewusst darüber, wie weit entfernt ich vom Märtyrertum bin. »Wir müssen nicht darüber reden.«
»Müssen wir nicht?«, fragt er überrascht.
»Nein.« Ich schüttele vehement den Kopf, kann mich aber nicht dazu bringen, ihm in die Augen zu schauen. »Ich habe auch genug getan, auf das ich nicht stolz bin.« Ich verspüre einen plötzlichen Anflug von Panik. Soll ich das wirklich jetzt schon tun?
Er schüttelt den Kopf und starrt in die Wellen. »Ich will nicht mehr an das vergangene Jahr denken, Amber. Wir haben beide Dinge gesagt und getan, auf die wir nicht stolz sind. Verdammt, ich kann es immer noch nicht glauben, dass du von Scheidung gesprochen hast –«
»Ich auch nicht«, unterbreche ich ihn hastig. »Das war nicht ernst gemeint. *Wirklich* nicht. Ich war irgendwie komisch drauf, und es tut mir sehr, sehr leid.«

Er drückt mich an sich. »Ich wünsche mir nur, dass jetzt alles gut ist. Ich will, dass wir diesem Baby gute Eltern sind.«
»Ich auch.« Meine Augen füllen sich mit Tränen, als ich antworte, und ein paar kullern mir über die Wange, als wir uns wieder küssen. Ich muss an unseren ersten gemeinsamen Sommer denken, als wir so verliebt ineinander waren und das Leben noch so unkompliziert war. Ich lege alle meine Gefühle in diesen einen Kuss und hoffe, dass er irgendwie den Beginn meiner Wiedergutmachung markieren kann, für das, was ich getan habe. Vielleicht werde ich ihm in der Zukunft meine Sünden noch gestehen, doch nicht jetzt. Jetzt will ich nur unsere gemeinsame, elterliche Liebe für unser ungeborenes Kind.

Kapitel 42

»Ned!«, ruft Dad und humpelt auf seinem Gehstock in den Flur, als wir zur Tür hereinkommen.
»Hallo, Len!«, grüßt Ned ihn erfreut und schüttelt ihm die Hand.
»Wie war der Flug?«, fragt Dad auf seine übliche langsame Art und Weise, um jedes einzelne Wort richtig zu betonen.
»Lang«, antwortet Ned und verdreht die Augen. »Ich bin froh, dass ich hier bin.«
»Du musst müde sein«, sagt Dad langsam, und mir fällt auf, dass Ned nicht die Sätze für ihn beendet, auch wenn ich ihn gar nicht instruiert habe, geduldig zu sein.
»Ist schon okay«, winkt Ned ab. Er wirkt erstaunlich gelassen.
Liz taucht in der Küchentür auf.
»Ach, hallo!«, ruft sie laut.
Ned grinst und geht über den Flur auf sie zu. »Hey, Liz«, sagt er herzlich und umarmt sie.
»Es ist so schön, dich zu sehen«, sagt sie. »Kann ich dir eine Tasse Tee anbieten?«
»Das wäre super«, erwidert er und sieht mich an.
Ich grinse und reibe Dads Schulter, woraufhin er mich anlächelt.
»Du siehst glücklich aus«, stellt Dad leise fest.
»Das bin ich auch.«
Ned und ich haben beschlossen, noch nicht zu verraten, aus welchem Grund. Wir wollen erst abwarten, dass bei dem Ultraschall in der zwölften Woche alles in Ordnung ist, bis wir Familie und Freunde informieren. Beim letzten Mal waren wir nicht so vor-

sichtig, und die Tatsache, dass wir unsere Liebsten enttäuscht haben, hat es uns noch schwerergemacht, unsere eigene Trauer zu ertragen.
Wir gehen alle gemeinsam ins Wohnzimmer, und Liz bringt Tee und Kekse aus der Küche. Ned und ich sitzen eng beieinander auf dem Sofa, er hat die Arme von hinten um mich gewickelt. Er ist so lieb und kuschelig, und hin und wieder spüre ich, wie er hinter meinem Kopf ein Gähnen unterdrückt. Er muss hundemüde sein nach dem langen Flug.
»Willst du dich kurz hinlegen?«, frage ich über meine Schulter.
»Noch nicht«, antwortet er mit müden Augen und zieht mich wieder an sich. Selbst Liz beobachtet uns irgendwie liebevoll.
Vor lauter Aufregung über die Schwangerschaft habe ich ihm noch gar nichts von meinem Treffen gestern mit Doris erzählt, also gebe ich ihm schnell einen Überblick, und er hält sich vor Dad mit seinen Fragen zurück. Wir können später in meinem Zimmer noch darüber sprechen.
Nach nicht allzu langer Zeit ziehen wir uns dorthin zurück. Liz und Dad wissen, dass es mir in letzter Zeit nicht gutging, also haben sie kein Problem damit, dass ich mich kurz mit Ned hinlege.
»Bringt das nicht meinen Jetlag durcheinander?«, fragt Ned besorgt, während er seine Socken abstreift.
»Liz lässt uns sowieso nicht lang schlafen«, erkläre ich grinsend. »Sie hat etwas gegen Ausschlafen.«
Er kichert und zieht sich weiter aus, während ich ihm erzähle, wie sie mir den wohlverdienten Schlaf nach dem Flug verkürzt hat.
»Sie ist schwer in Ordnung«, sagt er lächelnd.
Ich runzele die Stirn. »Findest du?«
»Ja, du nicht? Ich dachte, ihr wärt in letzter Zeit ganz gut miteinander klargekommen?«
»Es ist definitiv besser als damals, als ich noch ein Teenager war.«
Ich ziehe mir das Kleid über den Kopf.
»Vielleicht ist sie altersmilde geworden«, sagt er, als ich in Un-

terwäsche unter die Bettdecke schlüpfe. Er legt sich zu mir und nimmt mich in den Arm. Das Gefühl seines warmen, fast nackten, wunderbar vertrauten Körpers an meinem ist unbeschreiblich schön.
»Ich bin so froh, dass du hier bist«, murmele ich.
»Hat meine etwas verspätete große Geste dann also doch funktioniert?«, fragt er grinsend.
»Auf jeden Fall.« Ich vergrabe das Gesicht an seinem Hals und küsse ihn aufs Schlüsselbein.
Er schweigt eine Weile, und ich denke schon, dass er eingenickt ist, als er sagt: »Wie fühlst du dich wegen der Sache, die Doris dir erzählt hat?«
Ich verkrampfe mich unwillkürlich. »Verwirrt«, gestehe ich.
Als vorhin Dad und Liz dabei waren, wollte ich nicht so sehr ins Detail gehen, aber jetzt erzähle ich ihm, dass Doris sich gefragt hat, ob hinter Mums Nachricht, dass ich brav sein sollte, vielleicht mehr steckte.
»Es klingt, als hätte sie dich sehen wollen, weil sie sich Sorgen um ihre Enkelin macht«, meint Ned nachdenklich.
»Ja, vielleicht. Aber ich hatte irgendwie immer dieses Gefühl, kein guter Mensch zu sein.«
»Amber!« Er sieht mich geschockt an.
Ich erzähle ihm, dass Dad mich als Kind oft ein ungezogenes Mädchen genannt hat und wie wütend er war, als er herausgefunden hat, dass ich Lambert gegen seinen Willen behalten habe.
Ned hört mir aufmerksam zu, schüttelt dann aber den Kopf, als ich geendet habe. »Wie konntest du jemals glauben, dass du kein guter Mensch bist? Sieh dir doch an, was du alles Gutes getan hast.«
»Was habe ich denn Gutes getan?«, frage ich zweifelnd.
»O Mann, meinst du das ernst? Muss ich es dir wirklich aufzählen?« Er sieht mich mit hochgezogenen Augenbrauen an. »Erstens bist du ans andere Ende der Welt geflogen, um für deinen Dad da zu sein. Nach der Uni hast du dich entschieden, Lehrerin zu

werden und Kindern zu helfen, anstatt als Maklerin einen Haufen Geld zu verdienen.«
Ich schürze die Lippen. »Aber ich habe meinen Lehrerinnenjob an den Nagel gehängt und als Maklerin angefangen«, stelle ich fest.
»Aber deine Gründe fürs Aufhören sind völlig nachvollziehbar«, antwortet er. »Was du durchgemacht hast ... Aber Amber, meinst du nicht, du wirst irgendwann wieder zum Lehrerberuf zurückkehren?«
Ich seufze. »Ich weiß es nicht. Manchmal vermisse ich es schon etwas.«
Und mit eigenen Kindern würden sich die Arbeitszeiten und die Schulferien auch gut machen ... Außerdem fand ich es immer toll, zu den Schülern eine Verbindung aufzubauen. Lehrerin zu sein hat seine Höhen und Tiefen, aber es kann auf jeden Fall sehr erfüllend sein.
»Oder denk doch mal an den Tag, als wir uns kennengelernt haben«, sagt Ned und rutscht ein Stück nach unten, so dass unsere Gesichter auf dem Kissen auf einer Höhe sind. Ich schaue hoffnungsvoll in seine lächelnden Augen. »Du hast dieser schwangeren Frau deinen Platz angeboten. Wärst du in dem Moment nicht so rücksichtsvoll gewesen, hätten wir uns vielleicht nie getroffen.«
Er gibt mir einen Kuss, den ich erwidere. Als mir bewusst wird, dass er recht hat, stockt mir der Atem.
Er sieht mich wieder an. »Jetzt mal ernsthaft, du bist verrückt«, fährt er fort. »Und dann hast du so oft angeboten, für meine Brüder zu babysitten, und die Geschenke, die du immer so sorgfältig für alle auswählst, damit jeder das bekommt, was er sich wünscht. Und als Josie Grippe hatte, hast du dich so rührend um sie gekümmert und extra freigenommen ... Ich könnte ewig so weitermachen. Du bist verrückt, wenn du dich für keinen guten Menschen hältst. Denn das bist du, du Dummerchen. Ich hätte dich bestimmt nicht geheiratet, wenn du es nicht wärst.« Er grinst mich schief an.

Ich schlucke. »Machst du mich nicht wenigstens ein klein wenig verantwortlich dafür, dass ich letztes Jahr unser Baby verloren habe?«, flüstere ich.
Er reißt entsetzt die Augen auf. »Was? Natürlich nicht! Das war ein Unfall, das hättest du nicht verhindern können.«
»Aber du wolltest schon viel früher, dass ich die Sache mit Danny bei Mr Bunton und Gretchen melde.«
»Ich glaube nicht, dass das einen großen Unterschied gemacht hätte.« Seine Miene verfinstert sich. »Selbst wenn dieses kleine Arschloch den Ball nicht nach dir gekickt hätte …« Er schüttelt den Kopf. »Man kann es nicht sagen, aber manchmal soll es einfach nicht sein.«
»Es tut mir so leid.« Ich beiße mir schnell auf die Lippe, aber es nützt nichts. Mir kommen wieder die Tränen.
»Du musst dich nicht entschuldigen«, entgegnet Ned bestimmt.
Ich hasse mich selbst dafür, dass er so falschliegt, aber ich kann ihm meine Untreue jetzt unmöglich offenbaren.
»Ich wünschte, ich wäre für dich da gewesen«, murmelt er.
»Hey«, ermahne ich ihn schluchzend. »Vorwärts schauen, nicht zurück.«
»Vorwärts, nicht zurück«, stimmt er zu und zieht mich wieder in seinen Arm.
Wir liegen eng umschlugen da, bis wir beide eingeschlafen sind.

Mummy lächelt mich an und lässt Lambert vor meinem Gesicht tanzen. Sie drückt ihn mir auf den Bauch, und ich quietsche vor Lachen, woraufhin sie ihn wieder auf und ab hüpfen lässt. Dann nimmt sie mich auf den Arm und drückt mich fest an sich, während Lambert weich und plüschig an meinem Hals liegt.
»Gute Nacht, Lämmchen«, sagt sie und gibt mir einen zärtlichen Kuss auf die Wange, ehe sie sich zurückzieht.
Ich rekele mich und erwache langsam aus dem Traum.
Dad hat behauptet, sie hätte mir gegenüber nie die Stimme er-

hoben. »*Du warst das süßeste kleine Mädchen überhaupt. Sie hat dich nicht ein Mal als ungezogen bezeichnet ...*«

»*Sie war so schüchtern. Sie hätte nicht einmal eine Gans verjagen können*«, hat Liz gesagt.

Ich wünschte, ich hätte sie besser gekannt. Ich wünschte, ich hätte sie nicht so früh verloren.

Ich werde ab jetzt brav sein für dich, Mum, schwöre ich insgeheim. Wenigstens werde ich es versuchen, füge ich mit traurigem Lächeln hinzu.

Ich würde gern noch einmal ihr Grab besuchen. Ob ich Ned bitten sollte, mich zu begleiten? Vielleicht lieber Dad.

BUMM, BUMM, BUMM!

Ich wäre vor Schreck fast aus dem Bett gefallen, als jemand viel zu laut an meine Tür hämmert.

»Aufwachen!«, ruft Liz und klopft weiter.

Ned schreckt ebenfalls hoch. »Was zum Teufel?« Er sieht sich alarmiert um.

»Wir sind wach!«, rufe ich zurück.

»Das Brathähnchen wird kalt!«, erwidert sie.

»Okay!«

Ich verdrehe die Augen und muss lachen, als ich Neds verwirrten Gesichtsausdruck bemerke. »Ich hab dir doch gesagt, dass sie uns wecken wird. Aber wenn sie Hühnchen, Pommes und Fruita hat, wirst du ihr verzeihen, glaub mir.«

Er sieht mich verdutzt an. »Was zur Hölle ist Fruita?«

Tina hat mich angerufen, als ich gerade geschlafen habe, also rufe ich sie nach dem Abendessen zurück. Sie will wissen, ob es mir bessergeht, und dann fällt ihr ein, dass sie vergessen hat, mich zu fragen, wie es bei Doris war.

»O Gott, es tut mir so leid. Joshs Antrag hat mich so geflasht, dass ich alles andere vergessen habe!«

»Ist doch in Ordnung«, erwidere ich und erzähle ihr die Kurzfassung, während Ned mir den Arm streichelt. Wir sitzen zusammen auf dem Sofa.

»Also war es gar kein großes Geheimnis?«, fragt Tina.

»Ich fürchte nicht«, erwidere ich amüsiert, weil ich mir einbilde, eine leichte Enttäuschung in ihrer Stimme zu hören.

Sie wird die Bedeutung von Mums Nachricht nie verstehen – das kann vermutlich niemand außer mir.

Ich erzähle ihr auch, dass Ned hier ist, und forme einen Kussmund in seine Richtung, während sie sich darüber auslässt, wie romantisch es ist, dass er für mich um die halbe Welt geflogen ist.

»Ich würde ihn gern mal wiedersehen«, sagt sie. »Vielleicht können wir alle zusammen essen gehen?«

»Super Idee!«, erwidere ich. »Am besten bald, wenn möglich. Ich weiß nicht, wie lange wir noch hier sein werden.«

»Wie wäre es gleich morgen?«

»Perfekt.«

»Ich frage noch Nell, George und Ethan«, sagt Tina.

Beim Klang des letzten Namens zucke ich innerlich zusammen, obwohl ich mir eigentlich keine Sorgen mache. Dieses Mal bin ich mir sicher, dass er nicht kommen wird.

Nachdem wir aufgelegt haben, schaue ich Ned an. »Wann geht dein Flug nach Hause?«

»Nächsten Freitag. Max konnte mir nicht länger freigeben.«

Ich nicke.

»Ist das genug Zeit für dich?«, fragt er. »Ich fände es schön, wenn wir zusammen nach Hause fliegen könnten.«

»Ich auch«, meine ich lächelnd. »Ich spreche mit Dad.«

»Okay.«

»Ich würde gern noch einmal mit Dad zu Mums Grab fahren, wenn das für dich okay ist.«

»Natürlich ist das okay. Soll ich euch begleiten?«

Ich denke einen Moment darüber nach. »Würde es dir etwas ausmachen, wenn ich mit Dad allein fahre?«

»Natürlich nicht. Dann leiste ich Liz in der Zeit Gesellschaft.«
Ich verdrehe die Augen, und er lacht. »Ich mag sie«, bekräftigt er.
»Gib der armen alten Dame eine Chance.«
»Ich glaube, du hattest zu viel Fruita«, necke ich ihn. »Wenn Liz eine arme alte Dame ist, bin ich ein fetter Wombat.«
»Ich habe noch nie einen Wombat gesehen«, überlegt er.
»Morgen fahre ich mit dir zum Cleland Wildlife Park und zeige dir einen«, verspreche ich.
Ned grinst. »Klingt gut.«

Wie ich mir schon gedacht habe, hat Ethan für das Abendessen mit uns am nächsten Tag abgesagt. Trotzdem bin ich nervös, bis feststeht, dass er wirklich nicht auftaucht. Nell und George kommen aber, und es freut mich zu sehen, wie liebevoll die beiden miteinander umgehen. Sie wirken sogar noch entspannter in der Gegenwart des anderen als vorher – wie sie ihr Essen teilen und am Tisch Händchen halten und sich küssen. Sie geben wirklich ein süßes Paar ab. Ich denke, dieses Mal könnte es der Richtige sein.
Tina treibt die Hochzeitspläne voller Eifer voran, und ich bin überrascht zu hören, dass sie sogar schon eine Anzahlung auf einen Ort für die Feier geleistet hat, obwohl diese erst Anfang Dezember stattfinden soll.
»Es war dreißig Prozent billiger, wenn man jetzt schon bucht«, sagt sie mit ansteckender Begeisterung. Selbst Josh wirkt belustigt.
Ich verspüre einen leichten Stich, weil wir voraussichtlich nicht zu ihrer Hochzeit kommen können – nicht, wenn das Baby wie berechnet in der zweiten Novemberwoche kommt. Aber das kann ich ihr noch nicht sagen. Ich hoffe, dass sie es verstehen wird, wenn es so weit ist.
»Wo ist denn Ethan heute Abend?« Ich zucke zusammen, als Nell die Frage an Tina und Josh richtet.
»Er muss arbeiten«, antwortet Tina.
»Mann, die arbeiten sich echt krumm«, meint Nell.

»Was ist er denn von Beruf?«, will Ned wissen.
»Er arbeitet für seinen Dad«, antworte ich in bemüht unbeschwertem Tonfall. »Die Familie hat ein Weingut.«
»Du musst eigentlich mal eine Flasche Lockwood House probieren, während du hier bist«, sagt Josh.
Ich muss an die Flasche Premium-Rotwein denken, die auf meinem Schrank steht. Ich könnte den Wein nicht mehr trinken, selbst wenn ich nicht schwanger wäre. Er würde immer einen bitteren Nachgeschmack in meinem Mund hinterlassen.
Als mir wieder einfällt, wie betrunken ich an meinem Geburtstag gewesen bin und in den Wochen davor, wird mir ganz schlecht. Ich fasse es nicht, dass ich die ganze Zeit schwanger war. Das Baby war zwar noch ganz klein, aber ich hoffe trotzdem, dass ich ihm nicht geschadet habe.
Ich werde von nun an nur noch brav sein.
Da ist es wieder, dieses Wort.

Kapitel 43

Ein paar Tage später *fährt* Dad mich zu meiner großen Freude zum Friedhof. Sein Ergotherapeut war bei ihm, als ich mit Ned im Nationalpark war, und hat ihm bescheinigt, dass er fit genug ist, sich wieder selbst hinters Steuer zu setzen, nachdem ein paar kleine Änderungen am Auto vorgenommen wurden. Es ist ein riesiger Schritt für ihn, und er ist überglücklich, einen Teil seiner Selbständigkeit zurückzuerobern.

»Jetzt kannst du wirklich nach Hause fliegen, ohne dir Sorgen um mich zu machen«, sagt er mit schiefem Lächeln, während er auf den Parkplatz des Friedhofs einbiegt.

»Ich werde mir immer Sorgen um dich machen«, erwidere ich und steige aus dem Auto.

Er runzelt die Stirn, als ich um das Auto herumgehe, um ihm beim Aussteigen zu helfen. »Das musst du aber nicht.«

»Aber du bist dann hier am anderen Ende der Welt, ganz allein...«

»Ich bin nicht allein«, schnaubt er. »Ich habe doch Liz.«

»Du weißt, was ich meine. Keine Familie.« Wir gehen auf das Tor zu.

»Liz ist aber Familie für mich«, stellt er fest, und ich spüre, wie ich rot werde.

Mir wird klar, dass ich bald nicht mehr hier sein werde, und dass es da etwas gibt, das ich vorher noch loswerden sollte.

»Ich habe immer Schuldgefühle gehabt, weil ich dich verlassen habe«, gebe ich zu und fasse seinen Arm fester, als wir das Eisentor passieren und den Aufstieg zu dem Hügel, auf dem Mums Grab liegt, antreten.

Er seufzt schwer. »Bitte, hab kein schlechtes Gewissen. Ich bin sehr glücklich in Liz' Gesellschaft.«

Ich weiß nicht, was ich darauf erwidern soll, also sage ich nichts.

»Ich weiß, dass du sie nie gemocht hast«, fährt er fort, und ich hätte ihm fast widersprochen, doch vielleicht ist es jetzt an der Zeit, ehrlich zu sein. »Sie und du, ihr hattet eure Schwierigkeiten miteinander.«

»Mmm.«

»Aber ich liebe Lizzie«, sagt er mit Nachdruck und bleibt stehen, um mich anzusehen. »Sie hat frischen Wind in mein Leben gebracht.«

Ich nicke und will weitergehen, doch er hält mich davon ab.

»Als du gegangen bist ...«, sagt er zögerlich.

»Ja?«

»Du hast gesagt, du hattest Schuldgefühle?«

»Ja, die hatte ich.«

»Ich denke, du solltest wissen, dass es das Beste war, was du für uns hättest tun können.«

Ich runzele verwirrt die Stirn. »Für dich und Liz, meinst du?«, vergewissere ich mich.

»Ja.« Er nickt. »Sie hatte eure Streits so satt. *Ich* hatte sie so satt. Als du weg warst, sind wir uns viel nähergekommen.«

»Warum hast du mir nicht gesagt, wie du dich gefühlt hast?«, frage ich ungläubig.

»Ich wollte deine Gefühle nicht verletzen«, antwortet er kopfschüttelnd.

Ich kann nicht anders, ich muss einfach lächeln, weil es so ironisch ist. »Also, du willst mir sagen, dass du froh warst, mich los zu sein?«

»So habe ich es nicht gemeint«, grummelt er.

»Ich habe mich also die ganze Zeit umsonst schlecht gefühlt?«, sage ich scherzhaft, werde aber sofort wieder ernst, als ich seinen geschockten Gesichtsausdruck sehe. »Dad, ich mache doch nur Spaß. Oje, wir sind vielleicht zwei. Ich bin froh, dass du mit Liz glücklich bist. Ehrlich«, füge ich hinzu, als er mir einen zweifelnden Blick zuwirft. »Wenn sie die Richtige für dich ist, freue ich mich für euch beide.«

»Das ist gut«, sagt er lächelnd, als wir unseren Weg fortsetzen. »Weil ich nämlich gern um ihre Hand anhalten würde.«

»Ach, herrje«, murmele ich und richte den Blick gen Himmel. Dann schaue ich ihn grinsend an und umarme ihn herzlich. Wir müssen beide lachen.

»Glückwunsch, Dad.«

»Danke, Liebes.«

Wir biegen um die Ecke und stehen kurz darauf vor dem Grab meiner Mutter. Die Blumen, die ich beim letzten Mal gepflanzt habe, sind gut angewachsen. Ich gehe vor dem Beet in die Hocke und zupfe etwas Unkraut heraus, während Dad mir zuschaut. Ich habe heute vergessen, den Klappstuhl mitzunehmen, und hoffe, Dad macht es nichts aus zu stehen. Als ich fertig bin, setze ich mich auf die Fersen zurück und betrachte die Inschrift auf dem Stein: Kate Church, geliebte Ehefrau und Mutter.

Sie wurde wirklich geliebt. So sehr.

»Du bist ein gutes Mädchen, Amber«, sagt Dad zärtlich. Meine Kopfhaut kribbelt, und ich habe ein Déjà-vu, doch dann fällt mir ein, dass er beim letzten Mal, als wir hier waren, das Gleiche zu mir gesagt hat. Ich werfe ihm einen Blick über die Schulter zu. »Es tut mir leid, wenn ich dir das Gefühl gegeben habe, dass es anders ist. Es tut mir so leid, dass ich mich nicht besser um dich gekümmert habe.«

»Ach, Dad, nein«, sage ich geschockt und stehe schnell auf. »Du hast dein Bestes gegeben. Das haben wir beide.«

»Tut mir leid, dass ich dein Schaf wegwerfen wollte«, murmelt er und schluckt, als müsste er ein Schluchzen unterdrücken.

Ich kann nicht anders, als über die Situation zu lächeln, während ich ihn in den Arm nehme. »Mach dir keine Sorgen, Dad, ich habe Lambert ja wieder. Er hat zwar nach verrotteten Lebensmitteln gestunken, aber ich habe trotzdem mit ihm im Bett geschlafen.«
Seine Brust bebt, als er stumm lacht.
»Ehrlich, Dad«, sage ich und schaue ihn an. »Es ist Zeit loszulassen. Keine Schuldgefühle mehr. Doris zu sehen hat mir geholfen. Mum sollte in Frieden ruhen können, findest du nicht?«
Er hebt den Blick, wo sich gerade die Wolken auftun, so dass die Nachmittagssonne auf die Grabsteine fällt.
»Ja«, sagt er, als die Sonne sich ausbreitet und schließlich auch uns umgibt. »Das sollte sie.«

Epilog

Elf Monate später

Ich kann hier nicht untätig herumsitzen, während sie mit ihrem ohrenbetäubenden Schreien das ganze Flugzeug wachhält.
Armer Ned. Er hat es nur gut gemeint, als er sie zum Einschlafen bringen wollte, damit ich noch etwas Ruhe bekommen kann, aber ich denke, jetzt ist es wieder an der Zeit, dass Mummy übernimmt.
Ich öffne den Gurt und trete in den Gang, in Richtung des Geschreis unserer vier Monate alten Tochter. Die Erleichterung auf Neds Gesicht, als er mich erblickt, ist so grenzenlos, dass es schon fast komisch ist.
»Willst du sie mir wieder geben?«, frage ich lächelnd.
Nur zu eifrig reicht er mir das Baby.
Ich lege mir das winzige Bündel über die Schulter und singe ihr ins Ohr.
»Baa, baa, schwarzes Schaf ...«
Sie beruhigt sich sofort, und Ned lässt sich in seinen Sitz zurückfallen. Ich gehe zu ihm und küsse ihn zärtlich auf die Lippen, setze dann aber eilig das Lied fort, als unser Baby den Mund öffnet, um weiterzuschreien.
Wir sind auf dem Weg zurück nach Australien, um mit Dad und Liz ihre Hochzeit zu feiern – und damit sie Katy endlich kennenlernen können. Kate Church Matthews, so haben wir unsere Tochter genannt. Eigentlich hatten wir Kate als Zweitnamen vorgesehen – wir wollten nicht, dass sie irgendwann das Gefühl hat, nach einem Geist benannt worden zu sein, dem sie gerecht werden müsste.

Aber uns gefiel Kate dann so gut, dass uns keine Alternativen als Erstnamen mehr eingefallen sind. Unsere Katy wird werden, wer auch immer sie sein will, und wir werden sie so oder so immer lieben.

Von Ethan habe ich nichts mehr gehört, und ich rechne auch nicht damit. Er war Joshs Trauzeuge bei Tinas Hochzeit, weshalb es wahrscheinlich nicht schlecht war, dass wir eine Ausrede hatten, nicht daran teilzunehmen. Wir haben jetzt vor, uns mit Tina, Josh, Nell und George für eine kleine, nachträgliche Hochzeitsfeier zu treffen, und ich bin mir sicher, dass Ethan irgendetwas einfallen wird, weshalb er nicht kommen kann. Vielleicht muss er wieder ernten. Ich frage mich, ob er in Eden Valley schon Wein angepflanzt hat. Ich bemühe mich, nicht an ihn zu denken.

Dieses Jahr hatte definitiv seine guten und weniger guten Tage, aber Ned und ich geben unser Bestes, um uns gegenseitig darin zu unterstützen, die Herausforderungen zu meistern, die das Leben für uns bereitgehalten hat: Arbeit, Schwangerschaft (Hormone!) und natürlich das Elternsein.

Ich habe ihm nie von meiner Affäre mit Ethan erzählt. Wenn ich es richtig durchdenke, glaube ich, dass er mir am Ende sogar verzeihen würde. Aber ich weiß auch, dass wir durch die Hölle gehen müssten, bis wir an diesen Punkt kämen, und vor der Geburt wollte ich weder Ned noch unser ungeborenes Kind diesem Stress aussetzen. Vielleicht werde ich ihm die Wahrheit eines Tages erzählen, aber im Moment hoffe ich, dass er weiß, dass ich ihn und unsere Tochter von ganzem Herzen liebe.

Dieses Jahr habe ich auch versucht, mich wieder meinen Freundinnen anzunähern.

Kurz nach unserer Rückkehr nach London meldete sich Gretchen bei mir, weil sie erfahren hatte, dass die Schule in Essex, zu der sie wechseln würde, händeringend eine Mathelehrerin für eine Elternzeitvertretung im Sommerhalbjahr suchte, da die Vertretungslehrerin unerwartet gekündigt hatte. Ich stimmte einem Vorstellungsgespräch zu, und nach wenigen Minuten mit dem Schulleiter hatte ich mich entschieden. Die reguläre Lehrerin kam im September zurück, also sollte ich nur bis zu den Sommerferien arbeiten, aber sie baten mich, auch danach noch drei Tage die Woche zu kommen, bis ich selbst in Mutterschutz gehen würde.

Erst war es seltsam, dort anzufangen, noch bevor Gretchen ihre Stelle antrat, doch sobald sie es tat, war es wie in unseren guten alten Zeiten. Schon bald hatten wir uns ein nettes Café gesucht, wo wir Freitagmittag immer einkehren und tratschen konnten.

Was meine anderen Freundinnen angeht – Alicia, Josie und ich treffen uns inzwischen regelmäßig mit den Kindern oder zum Ausgehen. Alicias Tochter Bree ist jetzt achtzehn Monate alt und Josies Sohn Harry fast ein Jahr. Waterlow Park in Highgate ist zu unserem Lieblingsplatz für Spaziergänge mit dem Kinderwagen geworden, meistens gefolgt von Tee und Kuchen in einem der umliegenden Cafés. Sie haben mir immer mit Rat und Tat zur Seite gestanden, auch wenn ich mal seelischen Beistand gebraucht habe. Ich kann mich glücklich schätzen, sie zu haben.

Als unser Flugzeug in Adelaide landet, seufzen Ned und ich erleichtert auf. Das war ein *langer* Flug – ganz anders als unser Rückflug letzten April, als wir noch kinderlos waren. Damals haben wir sogar noch einen verlängerten Zwischenstopp in Singapur einschieben können, indem wir Adelaide ein paar Tage früher verlassen haben, um uns noch einen kleinen Urlaub zu zweit zu verschaffen. Es war gutinvestierte Zeit für uns als Paar, woraufhin wir deutlich erholter und voller Vorfreude auf die gemeinsame Zukunft zu Hause angekommen sind.

Dad und Liz warten bereits auf uns, als wir durch den Zoll kommen, und mein Herz macht einen Sprung, als ich sehe, wie Dad Katy anschaut, die ich mir in ihrer Babytrage vor den Bauch geschnallt habe. Er benutzt immer noch einen Gehstock, doch sein Gang wirkt wesentlich stabiler, und ich weiß aus unseren regel-

mäßigen Telefonaten, dass sich seine Sprache sehr verbessert hat. Es war ein außerordentlich schweres Jahr für ihn – er hatte ein paar Monate lang sehr damit zu kämpfen, dass er wahrscheinlich nie wieder ganz der Alte sein würde –, aber Liz hat ihn unermüdlich aufgebaut, und ich verneige mich vor ihrer Leistung. Ich kann nicht sagen, dass ich erwarte, jemals wirklich mit ihr auf einer Wellenlänge zu liegen, aber ich muss zugeben, dass sie eine tolle Frau ist. Bin ich froh, dass sie nächste Woche meinen Dad heiraten wird? Ganz ehrlich?
Ja. Ich bin begeistert.
Dad hat mit Liz eine zweite Chance auf die Liebe bekommen, sein »frischer Wind«, wie er es bezeichnet hat. Sie scheint eine ganz andere Frau zu sein, als Mum es war, aber sie macht Dad glücklich, und dafür bin ich dankbar.
Ned umarmt Liz, während ich Dad knuddele, mit Katy zwischen uns. Sie nuckelt am Stoff des Tragegurts, der mit ihrem Sabber überzogen ist, doch als Dad sich von mir löst, hebt sie den Kopf und schaut ihn an.
»Hallo, Baby«, sagt er unbeholfen grinsend, als er ihre Wange berührt.
»Hi, Amber«, unterbricht Liz, um mich zu begrüßen.
Ich gebe ihr einen Kuss und löse Katy dann aus ihrer Position an meinem Bauch.
»Willst du sie mal halten?«, frage ich Dad, obwohl ich insgeheim etwas besorgt bin, dass er nicht stark genug sein könnte.
»Aber klar«, erwidert er erfreut.
Ned und ich beobachten ihn nervös, als er Liz seinen Gehstock reicht und dann die Arme nach Katy ausstreckt. Ich übergebe ihm das Baby, das er mit dem Köpfchen an seine Schulter legt und anfängt sanft auf und ab zu wippen.
Liz wirkt ebenfalls etwas beunruhigt. Sie hat Dad vermutlich noch nie mit einem kleinen Kind gesehen. Ich finde es großartig – und mehr als alles andere finde ich es großartig, dass er in die Knie

gehen und wippen kann. Vor einem Jahr wäre das noch undenkbar gewesen.

Mir fällt wieder mal auf, dass wir ihn vielleicht verloren hätten, wenn Liz ihn nach dem Schlaganfall nicht so schnell ins Krankenhaus geschafft hätte. Es ist wichtig, sich an diese Tatsache zu erinnern, und ich schlinge ihr aus einem Impuls heraus die Arme um den Hals und umarme sie.

»Danke, dass du dich um ihn gekümmert hast«, flüstere ich ihr ins Ohr.

»Gern geschehen«, antwortet sie, und ich meine, es in ihren Augen glitzern zu sehen.

Ich klopfe ihr freundschaftlich auf den Rücken und tue so, als hätte ich ihre Rührung nicht bemerkt. Doch ich weiß in dem Moment, dass ihre Zuneigung echt ist.

»Ich würde gern noch mal Doris besuchen, während wir hier sind«, sage ich zu Dad, als wir alle im Auto nach Hause sitzen. »Vielleicht nächste Woche vor der Hochzeit?«

»Okay«, antwortet er. »Ich habe nichts gegen einen Ausflug nach Clare. Wir können doch alle zusammen fahren. Was meinst du, Lizzie?«

»Klar«, erwidert sie.

Ich habe nicht erwartet, dass alle mitgehen würden, aber ich freue mich darüber.

Nachdem wir wieder in England waren, bin ich mit Doris in Kontakt geblieben. Ich habe ihr einen Brief geschrieben, um mich bei ihr zu bedanken und ihr zu sagen, dass mir das Treffen mit ihr sehr geholfen hat. Mir war vorher gar nicht bewusst gewesen, dass mich immer eine unterschwellige Ungewissheit geplagt hatte.

Ein paar Wochen später schrieb sie mir zurück, dass sie in ihr Pflegeheim zurückgekehrt war, und dass sie sich sehr über die Nachricht freute, dass ich ein Baby erwartete. Sie schrieb, sie könne wieder besser schlafen, seit sie mich getroffen habe, was gleichermaßen beruhigend und bedenklich war. Ich kann mir nur schwer vorstellen, wie es ihr dann erst nach dem Unfall gegangen sein muss. Kein Wunder, dass ihr die Sache jahrelang nachgehangen hat.

Die nächsten Tage vergehen wie im Flug. Wir treffen uns viel mit Freunden und versuchen, den Jetlag mit einem vier Monate alten Baby gemeinsam zu überwinden. Selbst Liz weiß keinen Rat, wie wir mit Katys unterbrochenem Schlafrhythmus umgehen sollen, also lässt sie uns einfach machen.
Trotz unserer Erschöpfung sind Ned und ich schon fast manisch glücklich. Es ist phantastisch, als Familie gemeinsam in Australien zu sein. Sobald es hell ist, verlassen wir das Haus und gehen in eines der Cafés in der Straße oder spazieren durch den Park. Ich fühle mich ihm näher denn je. Katy zu bekommen hat unsere Beziehung gefestigt.
Von all meinen Freunden ist es am lustigsten, Nell wiederzusehen. Sie hat mir bis jetzt verheimlicht, dass sie schon damals, als ich mich in der Kneipe übergeben musste, gewusst hat, dass ich schwanger bin. Ich bin im Nachhinein heilfroh, dass sie zu dem Zeitpunkt nichts dazu gesagt hat. Damit hätte ich nicht umgehen können. Ich freue mich zu hören, dass ihr George vor kurzem einen Antrag gemacht hat, und dass sie vorhaben, nächsten Sommer zu heiraten. Leider ist es auch dann unwahrscheinlich, dass wir es uns leisten können, schon wieder nach Australien zu reisen, aber sie überlegen, für die Flitterwochen nach Europa zu kommen, so dass wir uns hoffentlich dann sehen werden. Ich würde ihnen nur zu gern London zeigen.
Mit Tina und Josh zusammen zu sein ist nicht ganz so einfach. Ohne sich etwas dabei zu denken, sprechen sie über Ethan, und ich kann es nicht ändern, dass es mir immer noch Unbehagen bereitet, seinen Namen zu hören. Seine Scheidung von Sadie ist offenbar durch, und die Wogen scheinen sich endlich zu glätten. Er verbringt viel Zeit in Eden Valley, um das Land vorzubereiten und

Riesling anpflanzen zu können. Er hofft, in ein paar Jahren schon die erste Ernte einfahren zu können.
Außerdem hat er eine neue Freundin – eine Graphikdesignerin, die er kennengelernt hat, als er die Flaschenetiketten neu entwerfen ließ. Angeblich sind die Etiketten super cool – im Manga-Stil. Zu viel Information, wenn es nach mir geht, aber andererseits ist jede Information über Ethan zu viel. Ob nun berechtigt oder nicht, ich bin froh, dass Ned und ich am anderen Ende der Welt leben.

Ein paar Tage nach unserer Ankunft grabe ich Barrys Nummer aus und rufe ihn an. Er wirkt verdutzt, als ich meinen Namen nenne.
»Ich habe Ihre Mutter vor einem Jahr besucht«, erinnere ich ihn, weil ich befürchte, er könnte vergessen haben, wer ich bin. »Ich habe mich gefragt, ob ich sie vielleicht in den nächsten Tagen mal in ihrem Heim besuchen und ihr unsere kleine Tochter vorstellen könnte?«
»Oh«, sagt er nur. »Oh, verstehe.«
Er klingt nicht sehr glücklich über meinen Vorschlag, und ich bin verwirrt. Dann erklärt er mir, warum.
»Ich muss Ihnen leider sagen, dass meine Mutter vergangene Woche verstorben ist.«
Ich schnappe entsetzt nach Luft und lasse mich an die Wand sinken. »Das tut mir so leid.«
»Sie war fünfundneunzig, aber trotzdem kam es unerwartet«, gesteht er traurig. »Morgen ist die Beerdigung.«
Ich schlucke. »Wäre es in Ordnung … Könnte ich vielleicht zur Beerdigung kommen?«, frage ich vorsichtig.
»Natürlich«, antwortet er bewegt. »Lassen Sie mich Ihnen die Adresse geben. Haben Sie etwas zu schreiben zur Hand?«

Dieses Mal bin ich auf der Autofahrt nicht nervös, sondern nur traurig. Ned fährt, und Liz und Dad bleiben mit Katy zu Hause. Ich bin dankbar, dass er mich begleitet und unterstützt. Trotzdem fühle ich mich am Boden zerstört. Ich hätte mich so gefreut, Doris meine Familie vorstellen zu können. Und wir haben sie nur so knapp verpasst.

Die Beerdigung findet in einer großen Steinkirche statt, deren Kirchturm die höchsten Gummibäume in der Gegend überragt. Die Glocke läutet klagend, als Doris' Familie und Freunde sich ins Innere der Kirche begeben. Ich schaue mich verstohlen nach der berüchtigten Becca um, die laut Doris' letztem Brief von vor ein paar Monaten immer noch nicht auf den rechten Pfad zurückgefunden hat.

Tatsächlich entdecke ich eine blasse Frau etwa in meinem Alter, mit einem dunkel gefärbten Kurzhaarschnitt und zahlreichen Ohrpiercings. An ihrer Hand hängt ein trotziges Mädchen, das etwa zwölf Jahre alt sein könnte.

Ich frage mich, ob sie das ist. Selbst wenn, wüsste ich nicht, was ich zu ihr sagen sollte. Sie muss ihren eigenen Weg gehen. Das müssen wir am Ende alle.

Als ich Barry und Patricia erblicke, gehe ich mit Ned zu ihnen, um ihnen mein Beileid auszusprechen.

»Es ist so nett, dass Sie gekommen sind«, sagt Barry an uns beide gewandt. Dann sieht er mich an. »Sie wissen gar nicht, wie viel Sie ihr bedeutet haben.«

»Sie hat mir auch viel bedeutet«, erwidere ich.

Hinter uns bildet sich eine Schlange, also verabschieden wir uns und betreten den Kirchenraum.

Drinnen ist es kühl und still. Vorne am Altar ist Doris im offenen Sarg aufgebahrt. Die Trauergäste gehen nacheinander daran vorbei, um ihren Respekt auszudrücken, doch Ned sieht angespannt aus.

»Ich würde sie gern noch einmal sehen«, sage ich zu ihm. »Willst du uns schon einen Platz suchen?«

Er nickt dankbar. Ich weiß, er ist etwas empfindlich, wenn es um tote Menschen geht.

Andächtig gehe ich den Gang entlang und betrachte dabei die bunten Glasfenster und die hübschen weißen Lilien, die an jeder zweiten Sitzreihe befestigt sind. Erst habe ich das Gefühl, überall hinschauen zu wollen, nur nicht zu Doris, doch schließlich senke ich den Blick auf die alte Dame, die vor mir im Sarg liegt.
Sie sieht so klein aus und noch zerbrechlicher als das letzte Mal, als ich sie gesehen habe. Ihr Gesicht ist blass unter dem Rouge, das ihr der Bestatter aufgetragen hat, und ihre langen, weißen Haare hat man ihr in einem geflochtenen Zopf über die linke Schulter gelegt. In den Händen hält sie einen Strauß weißer Lilien, die mit einem cremefarbenen Satinband zusammengefasst sind.
Ich habe plötzlich einen Kloß im Hals, und Tränen brennen in meinen Augen. Auf einmal sehe ich sie vor mir …
Ich weine, als die nette Dame mit den blauen Augen mir mein Plüschtier wieder gibt, höre jedoch auf, als ich das Wrack des weißen Autos erblicke, aus dem sie mich gerade herausgehoben hat. Wo ist Mummy? Ehe ich sie fragen kann, drückt sie mich fest an sich und dreht sich um, so dass ich nur noch helles Sonnenlicht sehen kann.
»Wie heißt denn dein Schaf?«, fragt sie freundlich. Ich schüttele den Kopf und kneife die Augen zusammen. Mein Lamm hat keinen Namen. »Ist es ein Junge?«
Ich nicke als Antwort auf ihre Frage.
»Wie wäre es mit Lambert?«, schlägt sie vor und fängt an zu singen, während sie den Hügel hinab geht, weg von unserem Auto. »Lambert, du Löwenlämmchen …«
Ich öffne die Augen und versuche über ihre Schulter zu sehen, doch sie dreht mich so, dass ich Mummy nicht sehen kann.
»Schon gut, meine Kleine, es wird alles gut«, sagt sie leise und singt dann wieder das Lied: »Lambert, du Löwenlämmchen …«
Doris hat ihn Lambert genannt! Plötzlich weiß ich es wieder.
Ich blinzele hektisch, um wieder klar sehen zu können, und wische mir die Tränen von den Wangen.

Sie hat meiner Mutter in den letzten Minuten ihres Lebens ein bisschen Frieden gegeben. Ein anderer Passant hätte vielleicht nicht angehalten, nicht gewartet, bis sie gesagt hätte, was sie sagen wollte. Es wäre viel leichter gewesen, einfach davonzulaufen und Hilfe zu holen, egal, wie hilfreich das noch gewesen wäre. Ich kann mir nicht vorstellen, wie viel Kraft es sie gekostet haben muss, zu bleiben und meiner Mutter beim Sterben zuzuschauen. Sie hat ihr Trost gespendet, und dafür bin ich ihr auf ewig dankbar.
»Danke, Doris«, flüstere ich. »Ruhe in Frieden.«
Und bitte, sag meiner Mum einen lieben Gruß von mir ...

Dad und Liz wollten ursprünglich nur eine kleine Feier, doch es ist immer wieder faszinierend, wie leicht solche Dinge außer Kontrolle geraten können. Ihre kleine, örtliche Kirche ist vollgepackt bis zum Anschlag. Unter den Gästen finden sich neben Familienangehörigen auch Dutzende ihrer Kollegen und Freunde und selbst ein paar meiner Freunde.
Ned und ich sitzen ganz vorne und wippen Katy abwechselnd auf den Knien.
Ein paar Minuten ehe die Trauung beginnen soll, tippt mir jemand auf die Schulter. Als ich mich umdrehe, lächelt Ruth mich an. Hinter ihr steht Tony. Mir dreht sich der Magen um. Ist Ethan etwa auch hier?
»Hallo ihr!«, bringe ich hervor und springe auf, um die beiden zu begrüßen.
»Hallo Amber, Liebes!«, ruft Ruth überschwänglich. »Du siehst wunderschön aus!«
Ich trage ein enges, dunkelgrünes Kleid, unter dem sich nur noch ein kleiner Restbabybauch abzeichnet. Ich bin selbst überrascht, wie schnell ich meine Figur zurückbekommen habe.
»Ich habe dich hier vorn sitzen sehen und wollte nur kurz hallo sagen«, fährt Ruth fort, ehe ich mich für das Kompliment bedanken kann. »Ist das deine Kleine?«

»Ja, das ist Katy«, bestätige ich mit Blick auf das Baby und Ned, der sitzen geblieben ist. »Und das ist mein Mann, Ned.«
»Hallo, Ned«, sagt Ruth und fügt schnell hinzu: »Nein, bleiben Sie doch sitzen«, als er Anstalten macht aufzustehen.
Er tut es trotzdem und begrüßt sie wie der Gentleman, der er eben ist.
»Wie geht es euch?«, frage ich. »Ich wusste gar nicht, dass ihr heute auch kommt.«
Verdammt, Dad, du hättest mich ruhig mal warnen können!
»Wir hätten es um nichts in der Welt verpassen wollen«, antwortet sie. »Es ist schön, dass Len sich nach all dieser Zeit wieder auf jemanden einlassen kann.«
»Das stimmt«, nicke ich lächelnd.
»Ethan lässt sich entschuldigen. Er wäre sehr gern gekommen, aber er muss arbeiten. Es ging wohl nicht anders«, entschuldigt sie sich für ihren Sohn, während ich innerlich aufatme.
»Kein Problem. Dad hätte nicht damit gerechnet, denke ich.« In dem Moment taucht der Pfarrer vorne am Altar auf.
»Oh, wir sollten besser Platz nehmen«, sagt Ruth und drückt kurz meinen Unterarm.
»Bis später«, sage ich.
»Mach's gut, Liebes«, fügt Tony hinzu, der bis dahin noch fast nichts gesagt hat.
Als sie weg sind, sieht Ned mich fragend an.
»Ethans Eltern«, erkläre ich, während wir uns wieder auf unsere Plätze setzen. In dem Moment fängt die Orgel an zu spielen, so dass mir weitere Nachfragen erspart bleiben.
Als Dad und Liz in der Kirchentür erscheinen, erheben wir uns alle. Dad sieht umwerfend aus in seinem perfekt sitzenden schwarzen Anzug, und Liz strahlt in einer fliederfarbenen Bluse und dazu passenden Seidenhosen. Dad benutzt keinen Gehstock, als sie Arm in Arm zum Altar schreiten, und aus den Sitzreihen erklingt erfreutes Gemurmel, das sich erst legt, als die beiden vor-

ne ankommen. Sie sind hier wirklich von lieben Menschen umgeben.

Die Zeremonie ist wunderschön – ich muss immer wieder eine Träne verdrücken – und Katy gluckst fröhlich vor sich hin, womit sie an einer Stelle dem Pfarrer sogar die Show stiehlt und alle zum Lachen bringt. Und sie weint nicht ein einziges Mal.

Als es an der Zeit ist, gehe ich nach vorn, um das Traudokument zu unterschreiben. Ich bin Dads Trauzeugin.

»Gut gemacht, Dad«, sage ich und gebe ihm einen Kuss auf die Wange, ehe ich das Gleiche bei Liz tue.

»Jetzt wirst du mich nicht mehr los«, raunt sie mir scherzhaft ins Ohr.

Ich lache so laut, dass der Pfarrer uns misstrauisch beäugt. »Als ob ich je eine Chance gegen dich gehabt hätte.« Ich verpasse ihr einen freundschaftlichen Stoß mit dem Ellenbogen. »Ich freue mich wirklich sehr für euch.«

»Ich weiß, dass du das tust, Süße. Ich weiß es zu schätzen.«

Ich tupfe mir schniefend die Augen ab. »Von wegen keine Heulsuse!«

Dieses Mal ist es Liz, die so laut lacht, dass sie den Pfarrer erschreckt.

Die nächsten Stunden vergehen viel zu schnell. Nach dem Abendessen schläft Katy in ihrem Kinderwagen ein. Wir legen ein Deckchen über das Verdeck, um die Geräusche zu dämpfen, und stellen uns darauf ein, den ganzen Abend immer wieder nach ihr zu schauen. In ein paar Stunden wird sie ohnehin wieder wach sein.

Ich stille noch, weshalb ich gerade keinen Alkohol trinke, doch auch wenn dem nicht so wäre, hätte ich wohl auf den Wein verzichtet, den Tony und Ruth für die Feier bereitgestellt haben. Die Erinnerung an Ethan, jedes Mal, wenn ich eine Flasche sehe, ist nicht gerade willkommen.

Übrigens habe ich die Flasche Rotwein, die Ethan mir zum Geburtstag geschenkt hat, beim letzten Mal schon als Dankeschön für Liz und Dad hiergelassen.
»Warum hast du mir nicht erzählt, dass Ruth und Tony auch kommen werden?«, raune ich Dad zu, als ich ihn allein erwische.
»Oh!« Er sieht mich entschuldigend an. »Das wollte ich eigentlich. Ich habe sie vor ein paar Monaten zufällig getroffen, und sie haben angeboten, uns einen guten Preis für den Wein zu machen. Wir hatten sowieso schon die halbe Stadt eingeladen, also dachte ich, es wäre unhöflich, sie auszusparen. Ich wollte es dir noch sagen.«
»Hast du auch Ethan eingeladen?«, frage ich neugierig.
Er wirkt zerknirscht. »Im Vorbeigehen, ja, aber ich habe nicht wirklich nachgedacht. Ich war erleichtert, als Ruth meinte, er könnte nicht kommen.«
Aber, hallo ...
»Du und Ned, ihr seht glücklich aus.« Seine Worte lassen mich wieder lächeln.
»Das sind wir auch«, antworte ich und sehe mich nach meinem Ehemann um. Ich entdecke ihn bei Nell und George, mit denen er fröhlich plaudert. Er wirkt, als hätte er Spaß. Der Lockwood House Shiraz schmeckt gut, so viel ist sicher.
Liz taucht neben meinem Vater auf. »Hast du Amber schon erzählt, wo wir im August sein werden?«
»Wo wir *vielleicht* sein werden«, korrigiert Dad.
Ich sehe sie erwartungsvoll an.
»Queensland!«, sagt Liz triumphierend.
»Oh.« Ich lächele erfreut. »Das wird bestimmt schön.«
»Und wir fliegen hin!«, fügt sie grinsend hinzu.
»*Was?* Wie das denn?« Ich reiße überrascht die Augen auf.
»Liz hat sich mit Hypnosetherapie beschäftigt«, erklärt Dad mit stolzem Lächeln.
»Du weißt bestimmt noch, wie ich immer die Entspannungsübun-

gen mit ihm gemacht habe«, sagt sie, und ich nicke. »Ich war irgendwann ziemlich gut darin«, fährt sie fort. »Also, dachte ich mir, ich versuche mich mal an dem Therapieren von Phobien. Das heißt nicht, dass wir in nächster Zeit zu einem Vierundzwanzigstundenflug aufbrechen werden, aber wir fangen mal mit Queensland an und schauen, wie wir zurechtkommen. Vielleicht schaffen wir es ja doch eines Tages nach Europa.«

Ich bin so begeistert von der Aussicht, dass sie mich tatsächlich irgendwann besuchen könnten, dass ich ihnen gleich beiden um den Hals falle.

Und dann rutscht mir das Herz in die Hose. Am Eingang steht Ethan.

Unsere Blicke treffen sich, und ich löse mich aus der Dreierumarmung. Dad bemerkt meinen Blick und dreht sich um.

»Was macht der denn hier?«, murmelt er.

»Er ist hier, um Tony und Ruth abzuholen«, antwortet Liz achselzuckend. »Sie meinten, er würde gleich kommen.«

Mein Herzschlag beschleunigt sich. Ich schiele zu Ned rüber, der glücklicherweise noch in das Gespräch mit Nell und George vertieft ist. Soll ich mich einfach dazugesellen? Oder soll ich so höflich sein und Ethan hallo sagen?

Am Ende wird mir die Entscheidung abgenommen, weil Ethan auf uns zukommt.

»Herzlichen Glückwunsch«, sagt er herzlich und schüttelt meinem Vater die Hand, ehe er sich zu Liz beugt und ihr einen Kuss auf die Wange gibt.

»Eben habe ich deine Mutter noch hier irgendwo gesehen«, meint Liz. »Soll ich ihr sagen, dass du hier bist?«

»Ja, danke«, erwidert Ethan.

Ich spüre seinen Blick auf mir, als Liz davoneilt, doch Dad steht noch bei uns.

»Ich würde dich auf einen Drink einladen«, sagt Dad, »aber vielleicht ist es das Beste, wenn du nicht lange bleibst.«

Ethan erbleicht unmerklich, fängt sich aber sofort wieder. »Nein, ich bleibe nicht.«
»Na dann.« Dad tätschelt mir den Arm und lässt uns allein.
Ich starre ihm überrascht hinterher, ehe ich mich wieder zu Ethan umdrehe, der ebenfalls überrumpelt dreinschaut.
»Weiß dein Dad von uns?«, fragt er.
»Nein.« Ich schüttele den Kopf. »Nicht *das*. Aber er wusste von meinen Gefühlen für dich. Oder zumindest hat er es sich gedacht.«
Ethans grüne Augen werden groß. »Ah, okay.«
Plötzlich fühle ich mich furchtbar nervös und unwohl und wünschte, ich würde nicht mehr stillen, damit ich mir eine Flasche Wein hinter die Binde kippen könnte.
»Schön, dich zu sehen«, sagt er leise, doch ich weigere mich, ihn anzusehen. »Ich habe gehört, du hast ein kleines Mädchen bekommen?«
Ich muss unwillkürlich lächeln. »Katy.« Ich nicke in Richtung des Kinderwagens.
»Dann lass uns doch mal schauen«, sagt er.
Ich zögere, beschließe dann aber, dass es nicht schaden kann.
So viel dazu, dass ich ihn nie wiedersehen wollte. Es war wohl ziemlich naiv von mir zu glauben, dass sich unsere Wege nicht irgendwann wieder kreuzen würden. Ich hätte ihm auf keinen Fall ewig aus dem Weg gehen können.
Ich gehe voran zu Katys Kinderwagen, und Ethan geht davor in die Hocke und hebt die Decke an. Ich muss schlucken, als er leicht lächelt.
»Sie sieht aus wie du«, stellt er fest.
»Vielleicht wenn sie schläft«, entgegne ich. »Wenn sie wach ist, ähnelt sie Ned.«
Es stimmt. Ihre babyblauen Augen haben innerhalb der ersten Wochen die Farbe verändert, bis sie einen wunderschönen Braunton angenommen haben. Wir wissen noch nicht, welche Haarfarbe sie haben wird, da sie bisher kaum Haare hat.

Ethan lässt das Deckchen wieder sinken und mustert mich über den Kinderwagen hinweg. Widerwillig erwidere ich seinen Blick. Die Lichter von der Tanzfläche flackern bunt auf seinem Gesicht. Seine Augen funkeln mich an.

»Schön, dich zu sehen«, wiederholt er. »Ich habe dich vermisst.«

Meine verräterische Unterlippe beginnt zu zittern. »Nicht«, sage ich leise.

»Können wir nicht Freunde bleiben, A?« Sein Blick ist schon fast innig. »Wir haben schon so viel zusammen durchgemacht.«

Ich schüttele den Kopf. »Wir waren nie nur Freunde«, erinnere ich ihn. Für mich war es immer mehr.

Er nickt traurig. »Okay. Ich verstehe.« Er starrt auf den Kinderwagen runter. »Es tut mir leid. Ich weiß, ich habe mich wie ein Arschloch verhalten. Ich hoffe, du kannst mir eines Tages verzeihen. Und ich hoffe, wir können eines Tages wieder befreundet sein.«

»Vielleicht«, entgegne ich atemlos. »Irgendwann.« Aber es wird nie wieder wie vorher sein.

Er sieht unglaublich erleichtert aus, doch in diesem Moment werden wir unterbrochen.

»Da bist du ja!«, ruft Tony hinter ihm.

Ethan schließt resigniert die Augen, ehe er sich aufrichtet und zu seinem Dad umdreht. »Seid ihr zwei abfahrbereit?«, fragt er, als auch seine Mum auftaucht.

»Sind wir, mein Sohn«, erwidert Tony heiter, offensichtlich ziemlich beschwipst von seinem eigenen, zugegebenermaßen exzellenten Rotwein.

»Hat Amber dir ihr Baby gezeigt?«, gurrt Ruth. »Ist sie nicht entzückend?«

»Sehr süß«, stimmt Ethan pflichtbewusst zu.

»Kommt gut nach Hause«, sage ich lächelnd. »Es war schön, euch wiederzusehen.«

»Gleichfalls, meine Liebe.« Ich gebe Ruth einen Kuss und verabschiede mich bei Tony, ehe ich mich zu Ethan umdrehe.

»Mach's gut, A«, sagt er und zögert, offenbar unsicher, wie er sich von mir verabschieden soll.

»Bis bald«, erwidere ich und küsse ihn flüchtig auf die Wange. Dann werfe ich Ruth und Tony noch ein letztes Lächeln zu und wende mich zum Gehen.

Als ich mich umschaue, stelle ich besorgt fest, dass Ned nicht mehr bei Nell und George steht. Hat er gesehen, wie ich mit Ethan gesprochen habe? Konnte er an unserer Körpersprache erkennen, dass zwischen uns etwas gelaufen ist?

Mir dämmert, dass es von jetzt an immer so sein wird. Ich werde immer in Angst leben und mit meinen Schuldgefühlen umgehen müssen. Aber meine Schuldgefühle sind allein meine Last. Würde ich sie je auf meinen Ehemann abladen, würde ich damit sein Glück zerstören, also werde ich in der absehbaren Zukunft – wenn nicht sogar für immer – ohne seine Vergebung leben müssen.

Ich weiß, dass mein Verschweigen der Wahrheit nicht mit der gängigen Vorstellung von »Bravsein« zu vereinbaren ist, aber im Moment fühlt es sich einfach richtig an, ihm nichts zu sagen.

Ich bin selbst noch viel zu geschockt davon, zugelassen zu haben, dass eine Phantasie Realität wird.

Ich dachte irgendwie, ich sei in meinem Kopf sicher, wo ich seit Jahren von Ethan und dem, was hätte sein können, geträumt habe. Diese Phantasie hat alles viel zu einfach gemacht, als es dann tatsächlich passiert ist. Aber ich habe ganz sicher nie von den Konsequenzen einer Affäre geträumt – wie verdreht alles werden könnte.

Phantasieren ist ein wahrlich gefährliches Spiel. Ich habe fest vor, ab jetzt nur noch in der Realität zu leben.

»Buh«, macht Ned in mein Ohr, und ich zucke zusammen, als er die Hände an meine Hüfte legt.

»Du hast mich zu Tode erschreckt!«, rufe ich entrüstet. »Wo warst du denn? Ich habe nach dir gesucht.«

»Nur schnell auf Toilette.« Seine Augen funkeln, als er mich anlächelt. »Schläft die Kleine noch?«

»Ja, aber wahrscheinlich nicht mehr lang. Meinst du, wir sollten bald gehen?«

»Klar. Wann immer du möchtest.« Er beugt sich zu mir und gibt mir einen Kuss.

Ich schmecke Rotwein an seinen Lippen. »Du bist angetrunken«, stelle ich liebevoll fest.

»Ich bin sturzbetrunken«, korrigiert er mich grinsend.

»Komm, wir verabschieden uns.« Ich nehme ihn an der Hand und gehe voraus.

Liz und Dad übernachten heute in einem schicken Hotel in der Stadt, weshalb wir ihnen schon jetzt gute Nacht sagen. Wir werden sie aber noch einmal sehen, ehe sie am Montag zu ihren Flitterwochen auf Kangaroo Island aufbrechen. Wir selbst fliegen über Malaysia zurück, wo wir noch einen kleinen Kurzurlaub einlegen wollen.

Zu zweit gehen wir zurück zu Dads und Liz' Haus. Die Herbstluft ist kühl, und Katy schläft immer noch tief und fest im Kinderwagen.

»Hattest du einen schönen Abend?«, frage ich Ned.

»Ja.« Er lächelt. »Ich mag deine Aussie-Freunde.«

»Ach, wie schön. Ich wünschte, wir würden nicht so weit weg leben.«

Hmm, vor nicht allzu langer Zeit habe ich die Entfernung noch als positiv empfunden.

»Kannst du dir vorstellen, irgendwann wieder hierherzuziehen?«, fragt Ned beiläufig.

»Ich weiß nicht. Vielleicht irgendwann mal, wenn Dad und Liz älter sind. Aber im Moment nicht. Ich würde unsere Freunde in England zu sehr vermissen.«

»Ich auch«, sagt er.

Als wir zu Hause sind, geht Ned ins Bad, während ich mein Bestes

gebe, die schlafende Katy vorsichtig in das Bettchen neben unserem Bett zu verfrachten. Natürlich wacht sie auf.
»Mist«, grummelt Ned, der gerade ins Zimmer kommt.
»Ich stille sie schnell«, beschließe ich. »Vielleicht schläft sie dann wieder ein.«
»Okay.« Er lässt sich aufs Bett fallen.
Ich gehe mit Katy auf dem Arm ins Wohnzimmer und rede beruhigend auf sie ein, während ich mich zum Stillen bereitmache.
Als ich ihren winzigen Kopf halte, während sie nuckelt, erfüllt mich eine tiefe Mutterliebe.
Ich genieße diese ruhige Zeit mit ihr zu zweit. Die Liebe, die ich für meine Tochter empfinde, ist anders als alles, was ich bisher empfunden habe, und bestimmt zehnmal so stark. Nach der Geburt war ich überwältigt von der Intensität meiner Gefühle. Ich dachte, ich müsste sterben, wenn ihr etwas zustoßen sollte, und ich wusste, dass ich töten würde, um sie zu beschützen. Wenn Ned meine Welt ist, dann ist sie mein Universum.
Sie schläft an meiner Brust ein, und ich wäre auch fast eingenickt. Ich muss mich zwingen, aufzustehen und sie für ihr Bäuerchen über die Schulter zu legen, während ich langsam zu unserem Zimmer zurückgehe.
Ned liegt auf dem Rücken und schnarcht leise. Ich lächele ihn an und lege unsere Tochter vorsichtig in ihr Bettchen, wo Lambert am Fußende liegt.
Lambert war ein paarmal in der Waschmaschine, und als wir das letzte Mal in Brighton bei Neds Eltern waren, musste ich zu meinem Erschrecken erfahren, dass seine Mutter versucht hatte, die Fingerabdrücke mit Fleckenmittel zu entfernen. Sie war ziemlich verärgert, als es ihr nicht gelingen wollte – sie bekommt sonst alles raus. Wenn sie wüsste, woher die Flecken stammen, wäre sie vermutlich geschockt.
Aber manche Dinge sollen eben bleiben.
Ich beuge mich zu meiner schlafenden Tochter runter und küsse ihr

Gesicht, unfähig ihr nicht noch einmal mit den Fingerspitzen über den babyweichen Kopf zu streichen, ehe ich mich zurückziehe.
»Gute Nacht, kleines Lamm«, flüstere ich in der Dunkelheit. »Ich liebe dich.«
Sei immer schön brav.

Danksagung

Zunächst einmal ein riesiges Dankeschön an alle meine Leser. Manchmal ist es nicht ganz einfach, die sozialen Medien ständig im Auge zu behalten, wenn Abgabetermine anstehen, aber ich muss sofort lächeln, wenn ich anfange eure Nachrichten auf Twitter (*@PaigeToonAuthor*) und Facebook (*www.facebook.com/PaigeToonAuthor*) zu lesen, also, bitte schreibt mir auch weiterhin so fleißig.

Weil ich mehr tun wollte, als mich nur so bei euch für eure Unterstützung zu bedanken, hatte ich vor einiger Zeit die Idee, einen eigenen Buchclub für meine Leser zu gründen. Er heißt *The Hidden Paige*, und ihr könnt kostenlos beitreten, also tragt euch ein auf *www.paigetoon.com*, wenn ihr es nicht schon getan habt. Dieses Jahr stehen weitere exklusive Kurzgeschichten auf dem Programm …

Vielen Dank – wie immer – an meine phantastische Lektorin Suzanne Baboneau. Ich würde meine Leser gern wissen lassen, dass du zu großem Teil verantwortlich dafür bist, dass sie meine Bücher so genießen können! Ich liebe es, mit dir zu arbeiten – und mit dem ganzen Team bei Simon & Schuster. Ein besonderes Dankeschön geht dabei an Jo Dickinson, Emma Capron, Elizabeth Preston, Sara-Jade Virtue, Ally Grant, Nico Poilblanc, Hayley McMullan, Gill Richardson, Rumana Haider, Sarah Birdsey und an Melissa Four für ein weiteres, wunderschönes Design. Danke auch an meine Korrektorin Mary Tomlinsons.

Herzlichen Dank auch an meine Agentin Lizzy Kremer, ihre Assistentin Harriet Moore und das Team von David Higham Associates. Lizzy ist nicht nur der englische Titel für *Wer, wenn nicht du?* zu verdanken, sondern ohne sie wäre dieses Buch nicht annähernd das Buch, das es ist. Ich bin ihr in vielerlei Hinsicht sehr dankbar.

Um *Wer, wenn nicht du?* schreiben zu können, musste ich einige Themen recherchieren, von Schlaganfällen über Weinbau, bis hin zum Lehrerberuf und der Werbebranche. Also gibt es viele Leute, denen ich zu Dank verpflichtet bin.

Zuallererst möchte ich mich bei Ali Murray von der Stroke Association bedanken. Ali ist Information, Advice and Support Coordinator für Cambridgeshire, und sie hat jede Menge ihrer wertvollen Zeit geopfert, um mich über Schlaganfallpatienten und die Herausforderungen, denen sie sich stellen müssen, aufzuklären. Es kann Leben retten, wenn man weiß, wie man sich bei einem Schlaganfall verhalten sollte. Zum Beispiel lege ich euch den FAST-Test ans Herz, den man unbedingt kennen sollte: **F**ace (Kann die Person lächeln? Sind Mund oder Augen verzogen?), **A**rm (Ist die Person in der Lage, beide Arme zu heben?), **S**peech (Kann die Person klar und deutlich sprechen und versteht, was ihr sagt?), **T**ime (Es ist Zeit, den Notruf zu wählen, in Deutschland die 112). Je schneller ihr handelt, desto mehr Menschen können gerettet werden. Danke an Ali auch dafür, dass sie mir das Buch *Mein Jahr draußen* von Robert McCrum empfohlen hat – ein sehr einfühlsamer Bericht darüber, wie es für ihn war, mit Anfang vierzig einen Schlaganfall zu erleiden.

Danke und Prost an Mark Stalham, der mit mir sein erstaunliches Wissen über die Weinherstellung geteilt hat (bei einer außerordentlich guten Flasche Black Craft Shiraz, wie ich hinzufügen muss!), und auch an seine Frau Katherine, die mitgeholfen hat sicherzustellen, dass ich alle Fakten richtig aufgeschrieben habe.

Danke auch an meine alten Freunde, das unglaubliche Bruder-Schwester-Team Dr. Adam Nelson und Dr. Sophie Nelson, die mir bei der weiteren Recherche zu Schlaganfällen geholfen und Informationen über das Royal Adelaide Hospital verschafft haben. Ich schulde euch ein Getränk, wenn ich das nächste Mal in Australien bin!

Und wo wir schon von Getränken sprechen, danke an meinen Bruder Kerrin und meine Schwägerin Miranda Schuppan für ihre großartige Pub-Recherche in Adelaide – M, es tut mir leid, dass du zu der Zeit keinen Alkohol trinken durftest. Falls es euch interessiert: Die Bar, die Amber am Anfang des Buches besucht, nennt sich *Udaberri* und liegt in der Leigh Street. Es soll eine tolle Bar sein, doch ich habe den richtigen Namen nicht erwähnt, weil ich den Wein in meiner Geschichte mit einem geschmacklichen Fehlton versehen habe, womit ich die echte Bar nicht in Verruf bringen wollte.

Vielen Dank an alle meine Freunde, die mir erlaubt haben, sie unablässig über meine Bücher zuzutexten, besonders die Autoren Ali Harris, Angela Mash, Annabel Diggle, Katherine Reid und Katharine Park. Danke auch an meine älteste Freundin, Jane Hampton, für ihr Feedback zu einem frühen Entwurf dieses Buches, und ein dickes Dankeschön an K-Reid, dass sie mir mit dem Korrekturlesen geholfen hat.

Ich danke außerdem Ben Southgate, Nicola Farrance-Burke und Sarah Sarkozy, die mir mit verschiedenen Dingen behilflich waren. Und ein Gruß an Ellie Pennell, die über *The Hidden Paige* an einem Wettbewerb teilgenommen hat, um ihren Namen gedruckt zu sehen – ich hoffe, es hat dich zum Lachen gebracht, Ellie!

Schließlich danke ich meinen Eltern, Vern und Jen Schuppan, meinem Ehemann Greg und meinen entzückenden kleinen Kindern Indy und Idha. Greg, du hilfst mir auf so viele Arten und hast es immer getan. Und was den Rest meiner Familie angeht: Danke, dass es euch gibt.